Leonardo Sciascia
Tote auf Bestellung

Leonardo Sciascia

Tote auf Bestellung
Der Tag der Eule
Tote Richter reden nicht

Mafia-Romane

BENZIGER

Titel der Originalausgaben:
Il giorno della civetta
© 1961 Einaudi, Torino
Deutsch von Arianna Giachi

A ciascuno il suo
© 1966 Einaudi, Torino
Deutsch von Arianna Giachi

Il contesto. Una parodia
© 1971 Einaudi, Torino
Deutsch von Helene Moser

3. Auflage 1991, Sonderausgabe

Alle Rechte der Verbreitung, auch durch Film,
Funk und Fernsehen, fotomechanische Wiedergabe,
Tonträger jeder Art und auszugsweisen Nachdruck, sind
vorbehalten.
© für die deutsche Gesamtausgabe:
Benziger Verlag AG Zürich 1985
ISBN 3 545 36502 6

INHALT

Der Tag der Eule   7

Tote auf Bestellung   147

Tote Richter reden nicht   297

DER TAG DER EULE

Der Autobus sollte gerade losfahren. Er brummte erst, ratterte und heulte dann plötzlich auf. Schweigend lag der Platz im Grau der Morgendämmerung. Nebelstreifen hingen an den Türmen der Pfarrkirche. Nur der Autobus brummte. Dazwischen, flehend und ironisch, die Stimme des Pastetenverkäufers: «Pasteten, heiße Pasteten.» Der Schaffner schloß die Wagentür. Mit einem scheppernden Geräusch setzte der Autobus sich in Bewegung. Der letzte Blick des Schaffners fiel auf den Mann in Schwarz, der herbeirannte. «Einen Augenblick», sagte der Schaffner zu dem Fahrer und öffnete noch während des Fahrens die Wagentür. Da knallten zwei Schüsse. Der Mann in Schwarz, der gerade auf das Trittbrett springen wollte, schwebte einen Augenblick lang in der Luft, als halte eine unsichtbare Hand ihn empor. Die Mappe entglitt seiner Hand. Langsam sank er über ihr zusammen.
Der Schaffner fluchte. Sein Gesicht war schwefelfarben geworden. Er zitterte. Der Pastetenverkäufer, der drei Meter von dem Gestürzten entfernt stand, begann im Krebsgang auf die Kirchentür zuzugehen. Im Autobus rührte sich niemand. Der Fahrer war wie versteinert, die Rechte an der Handbremse, die Linke auf dem Lenkrad. Der Schaffner betrachtete alle diese Gesichter, die blicklos waren wie die Gesichter von Blinden. «Den haben sie umgebracht», sagte er, setzte seine Mütze ab und begann sich wie verrückt mit der Hand durch die Haare zu fahren. Dabei fluchte er noch immer.

«Die Carabinieri», sagte der Fahrer, «man muß die Carabinieri holen.»

Er stand auf und öffnete die Wagentür. «Ich gehe», sagte er zu dem Schaffner.

Der Schaffner schaute auf den Toten und dann auf die Fahrgäste. In dem Autobus saßen auch Frauen, alte Frauen, die jeden Morgen weiße, schwere Leinensäcke bei sich hatten und Körbe voller Eier. Ihren Röcken entströmte der Geruch von Steinklee, Mist und verbranntem Holz. Gewöhnlich schimpften und querulierten sie. Jetzt waren sie stumm. Jahrhundertealtes Schweigen schien auf ihren Gesichtern zu liegen.

«Wer ist das?» fragte der Schaffner und deutete auf den Toten. Niemand antwortete. Der Schaffner fluchte. Er war bei den Fahrgästen dieser Autobuslinie für sein Fluchen bekannt. Er fluchte mit Hingabe. Schon hatte man ihm mit Entlassung gedroht. Denn mit seiner üblen Angewohnheit, dauernd zu fluchen, ging es soweit, daß er keine Rücksicht auf die Anwesenheit von Geistlichen und Nonnen im Autobus nahm. Er stammte aus der Provinz Syrakus und hatte mit Mordgeschichten nur wenig Erfahrung. Eine dumme Provinz, die Provinz Syrakus. Deshalb fluchte er jetzt noch ärger als sonst.

Die Carabinieri kamen, der Wachtmeister von Schlaftrunkenheit und Unrasiertheit umdüstert. Wie eine Alarmglocke schreckte ihr Erscheinen die Fahrgäste aus ihrem dumpfen Brüten auf. Sie begannen hinter dem Schaffner durch die andere Tür auszusteigen, die der Fahrer offengelassen hatte. Scheinbar gleichgültig, als wendeten sie sich nur zurück, um die Kirchtürme aus dem richtigen Abstand zu bewundern, strebten sie

den Rändern des Platzes zu und bogen, nach einem letzten Blick zurück, in die Gassen ein. Wachtmeister und Carabinieri bemerkten nichts von dieser Flucht in alle Himmelsrichtungen. Den Toten umringten jetzt rund fünfzig Personen, Arbeiter aus einer Lehrwerkstatt, die gar nicht glauben konnten, einen so prächtigen Gesprächsgegenstand für ihre achtstündige Muße gefunden zu haben. Der Wachtmeister befahl den Carabinieri, den Platz räumen zu lassen und die Fahrgäste aufzufordern, wieder in den Autobus zu steigen.
Und die Carabinieri drängten die Neugierigen in die Straßen zurück, die auf den Platz mündeten, und forderten die Fahrgäste auf, ihre Plätze im Autobus wieder einzunehmen. Als der Platz leer war, war auch der Autobus leer. Nur der Fahrer und der Schaffner blieben übrig.
«Wie?» fragte der Wachtmeister den Fahrer. «Wollte denn heute niemand mitfahren?»
«Ein paar Leute schon», sagte der Fahrer mit einem Gesicht, als erinnere er sich an nichts.
«Ein paar Leute», sagte der Wachtmeister, «das heißt fünf oder sechs. Ich habe diesen Autobus noch nie abfahren sehen, ohne daß nicht der letzte Platz besetzt gewesen wäre.»
«Ich weiß nicht», sagte der Fahrer ganz erschöpft von der Bemühung, sich zu erinnern. «Ich weiß nicht. Ein paar Leute, sage ich, sozusagen. Sicher waren es nicht nur fünf oder sechs. Es waren mehr. Vielleicht war der Autobus voll... Ich schaue nie nach den Leuten, die da sind. Ich schlüpfe auf meinen Platz und los... Ich schaue nur auf die Straße. Dafür werde ich bezahlt.»
Der Wachtmeister fuhr sich mit nervös verkrampfter Hand übers Gesicht. «Ich verstehe», sagte er. «Du

schaust nur auf die Straße. Aber du», und er wandte sich wütend an den Schaffner, «du reißt die Fahrscheine ab, kassierst das Geld, gibst heraus. Du zählst die Leute und schaust ihnen ins Gesicht... Und wenn du nicht willst, daß ich deiner Erinnerung auf der Wache nachhelfe, mußt du mir sofort sagen, wer im Autobus war. Wenigstens zehn Namen mußt du mir nennen... Seit drei Jahren tust du auf dieser Linie Dienst. Seit drei Jahren sehe ich dich im Café Italia. Du kennst das Dorf besser als ich...»
«Besser als Sie kann niemand das Dorf kennen», sagte der Schaffner lächelnd, als wolle er ein Kompliment abwehren.
«Na schön», sagte der Wachtmeister grinsend, «ich am besten und dann du. Schon recht... Aber ich war nicht im Autobus, sonst würde ich mich an jeden einzelnen Fahrgast erinnern. Also ist das deine Sache. Wenigstens zehn mußt du mir nennen.»
«Ich kann mich nicht erinnern», sagte der Schaffner. «Bei meiner Mutter selig, ich kann mich nicht erinnern. In diesem Augenblick kann ich mich an nichts erinnern. Es ist, als träumte ich.»
«Ich werd dich schon wecken, wecken werd ich dich», brauste der Wachtmeister auf. «Mit ein paar Jahren Gefängnis weck ich dich auf...» Er unterbrach sich, um dem Amtsrichter entgegenzugehen. Und während er ihm mitteilte, um wen es sich bei dem Toten handele, und ihm von der Flucht der Fahrgäste berichtete, kam es ihm beim Anblick des Autobusses so vor, als sei etwas nicht in Ordnung oder fehle. Wie wenn wir plötzlich etwas vermissen, an das wir gewöhnt sind, etwas, das durch Übung oder Gewöhnung an unseren

Sinnen haftenbleibt und nicht mehr bis in unser Bewußtsein dringt. Aber seine Abwesenheit erzeugt eine winzige Leere, ein Unbehagen in uns wie das qualvolle plötzliche Verlöschen eines Lichtes. Bis uns das, was wir vermissen, plötzlich wieder bewußt wird.

«Irgendwas fehlt hier», sagte der Wachtmeister zum Carabiniere Sposito, der als geprüfter Buchhalter die Säule des Carabinieripostens von S. darstellte. «Irgendwas oder irgendwer fehlt.»

«Der Pastetenmann», sagte der Carabiniere Sposito.

«Herrgott, der Pastetenmann!» jubelte der Wachtmeister und dachte von den Schulen seines Vaterlandes: Das Buchhalterdiplom bekommt dort wirklich nicht jeder Hergelaufene.

Ein Carabiniere wurde ausgeschickt, sich schleunigst den Pastetenmann zu schnappen. Er wußte, wo er zu finden war. Denn gewöhnlich ging er nach der Abfahrt des ersten Autobusses seine heißen Pasteten im Hof der Volksschule verkaufen.

Zehn Minuten später hatte der Wachtmeister den Pastetenmann vor sich. Das Gesicht eines Ahnungslosen, den man aus tiefstem Schlaf geschreckt hat.

«War der hier?» fragte der Wachtmeister den Schaffner und zeigte auf den Pastetenmann.

«Der war hier», sagte der Schaffner und schaute auf seine Schuhe.

«Also», sagte der Wachtmeister mit väterlicher Milde, «du bist heute morgen wie gewöhnlich hiergewesen, um Pasteten zu verkaufen. Am ersten Autobus nach Palermo, wie gewöhnlich...»

«Ich habe einen Gewerbeschein», sagte der Pastetenmann.

«Ich weiß», sagte der Wachtmeister und sandte einen geduldheischenden Blick zum Himmel empor. «Ich weiß. Und dein Gewerbeschein interessiert mich nicht. Ich will nur eins von dir wissen. Wenn du mir das sagst, laß ich dich gleich laufen, damit du den Kindern Pasteten verkaufen kannst. Wer hat geschossen?»
«Wieso?» fragte der Pastetenmann erstaunt und neugierig. «Ist denn geschossen worden?»

«Ja, um sechs Uhr dreißig. Von der Ecke Via Cavour aus. Zwei Schrotschüsse. Mit einer Zwölfkaliberflinte oder mit einem Stutzen. Von den Leuten im Autobus hat niemand was gesehen. Eine Hundearbeit, herauszubekommen, wer im Autobus war. Bis ich kam, hatten sie sich schon verdrückt... Einer, der Pasteten verkauft, erinnerte sich, aber erst zwei Stunden später, an der Ecke Via Cavour – Piazza Garibaldi habe er so etwas wie einen Kohlensack gesehen. Soll dort an der Kirchenecke gelehnt haben. Von diesem Kohlensack sind zwei Blitze ausgegangen, sagt er. Und er hat der heiligen Fara einen Scheffel Kichererbsen versprochen. Denn es ist ein Wunder, sagt er, daß er nicht getroffen worden ist. So dicht, wie er neben dem Ziel stand... Der Schaffner hat nicht einmal den Kohlensack gesehen... Die Fahrgäste, die rechts saßen, sagen, die Fensterscheiben seien trübe wie Milchglas gewesen. So beschlagen waren sie. Und vielleicht stimmt das sogar... Ja, Vorsitzender einer Baugenossenschaft. Einer kleinen Genossenschaft. Anscheinend hat sie nie größere Aufträge übernommen. Höchstens bis zu zwanzig Millionen. Kleine Blocks im sozialen Wohnungsbau, Kanalisationsarbeiten, Straßen im Ort... Salvatore Colasberna. Co-la-sbe-rna. Maurer von Beruf. Die Genossenschaft hat er vor zehn Jahren zusammen mit zwei Brüdern und vier oder fünf anderen Maurern aus dem Dorf gegründet. Ein Landmesser galt als Direktor. Aber er selbst hatte die Arbeiten unter sich und kümmerte sich um die Verwaltung... Das Geschäft ging gut. Er und die anderen begnügten sich mit kleinen Gewinnen, als täten sie Lohnarbeit... Nein, offenbar gehören ihre Arbeiten nicht zu der Sorte, die beim ersten Regen auseinanderfällt... Ich habe ein funkelnagelneues Bauernhaus gesehen, das sackte wie ein Kartenhaus zusammen, weil eine Kuh sich daran scheuerte... Nein, die Firma Smiroldo, ein großes Baugeschäft, hatte es gebaut. Ein Bauernhaus, das eine Kuh eindrückt... Colasberna, habe ich mir sagen lassen, hat solide gearbeitet. Hier ist doch die Via Madonna di Fatima. Die hat seine Genossenschaft gebaut. Trotz all dem Autoverkehr hat sie sich noch keinen Zentimeter gesenkt. Dabei bauen größere Firmen Straßen, die nach einem Jahr aussehen wie die Kamelhöcker... Ja, Vorstrafen hatte er. Neunzehnhundertvier... Hier, vierzig. Am dritten November vierzig... Er fuhr mit dem Autobus. Autobusse scheinen ja sein Unglück gewesen zu sein. Es wurde über den Krieg gesprochen, den wir in Griechenland angefangen hatten. Jemand sagte: ‹Damit werden wir in vierzehn Tagen fertig.› Er meinte Griechenland. Colasberna sagte: ‹Ihr werdet euch noch wundern...› Im Autobus war einer von der Miliz, der zeigte ihn an... Wie?... Entschuldigen Sie, Sie haben mich gefragt, ob

er Vorstrafen hatte. Und ich antworte an Hand seiner Papiere: Ja, er hatte welche... Schön. Er hatte also keine Vorstrafen... Ich, Faschist? Wo ich mich bekreuzige, wenn ich das Rutenbündel sehe... Jawohl, zu Befehl.»
Mit ärgerlicher Sorgfalt legte er den Hörer auf und wischte sich mit dem Taschentuch über die Stirn. Der war Partisan, dachte er, ausgerechnet an einen, der Partisan war, mußte ich geraten.

Die beiden Brüder Colasberna und die anderen Mitglieder der Baugenossenschaft Santa Fara warteten auf die Ankunft des Hauptmanns. Ganz in Schwarz, die beiden Brüder mit schwarzen wolligen Halstüchern, unrasiert und mit geröteten Augen saßen sie in einer Reihe nebeneinander. Reglos starrten sie auf ein farbiges Zeichen an der Wand, auf dem geschrieben stand: «Schußwaffen hier abstellen.» Der Ort, an dem sie sich befanden, und das Warten erfüllten sie mit glühender Scham. Der Tod ist nichts im Vergleich zur Schande. Weit von ihnen entfernt, auf der äußersten Kante eines Stuhles, saß eine junge Frau. Sie war nach ihnen gekommen. Sie wolle mit dem Wachtmeister sprechen, so hatte sie dem Schreibstubengefreiten gesagt. Der Gefreite hatte geantwortet, der Wachtmeister habe zu tun. Gleich werde der Hauptmann kommen, deshalb habe der Wachtmeister zu tun. «Dann warte ich», sagte sie und setzte sich auf die Stuhlkante. Ihre Hände machten einen ganz nervös, so unruhig waren sie. Sie kannten sie vom Sehen. Sie war die Frau eines Okulierers, der nicht aus dem Dorf stammte. Nach dem Krieg war er aus dem benachbarten Dorf B. zugezogen und hatte sich in S. niedergelassen. Denn er hatte hierher geheiratet. Und auf Grund der Mitgift seiner Frau und seiner Arbeit galt er in dem armen Dorf als wohlhabend. Die Mitglieder der Genossenschaft Santa Fara dachten: Wahrscheinlich hat sie sich mit ihrem Mann gezankt, und nun schaut sie sich nach Hilfe um. Und das war der einzige Gedanke, der sie von ihrer Schande ablenkte.

Man hörte ein Auto auf den Hof fahren und halten. Absatzgetrappel den Gang entlang. Dann betrat der Hauptmann den Raum, wo die Männer warteten. Im gleichen Augenblick öffnete der Wachtmeister die Tür seiner Amtsstube, stand stramm und grüßte mit so hoch erhobenem Kopf, als wolle er die Decke einstoßen. Der Hauptmann war jung, groß und hellhäutig. Schon bei seinen ersten Worten dachten die Genossenschaftsmitglieder zugleich erleichtert und geringschätzig: Einer vom Festland. Die vom Festland sind freundlich, begreifen aber nichts.

Wieder in eine Reihe setzten sie sich vor den Schreibtisch im Amtszimmer des Wachtmeisters. Der Hauptmann saß im Armsessel des Wachtmeisters. Der Wachtmeister stand. Und seitlich, vor der Schreibmaschine, saß der Carabiniere Sposito. Er hatte ein Kindergesicht, der Carabiniere Sposito. Aber den Brüdern Colasberna und ihren Teilhabern flößte seine Gegenwart tödliche Unruhe ein, Angst vor dem unbarmherzigen peinlichen Verhör, vor der schwarzen Saat der Schrift. *Weißes Land, drauf schwarz gesät, Sämann denkt daran so stet,* heißt es in dem Rätsel von der Schrift.

Der Hauptmann sprach ihnen sein Beileid aus und entschuldigte sich dafür, daß er sie in die Kaserne bestellt und sich verspätet habe. Sie dachten nochmals: Einer vom Festland. Wirklich wohlerzogen, diese Leute vom Festland. Dabei verloren sie aber den Carabiniere Sposito nicht aus den Augen. Die Finger leicht auf die Tasten der Schreibmaschine gelegt, saß er ruhig und gespannt da wie ein Jäger, der, den Finger am Abzug, den Hasen im Mondschein erwartet.
«Sonderbar», sagte der Hauptmann, als fahre er in einem unterbrochenen Gespräch fort, «wie man sich hierzulande in anonymen Briefen Luft macht. Niemand redet, aber zum Glück für uns, ich meine für uns Carabinieri, schreiben alle. Man vergißt die Unterschrift, aber man schreibt. Bei jedem Mord, bei jedem Diebstahl flattert mir ein Dutzend anonymer Briefe auf den Tisch. Und man schreibt mir auch von Familienstreitigkeiten und von betrügerischem Bankrott. Und von den Liebesgeschichten der Carabinieri...» Er lächelte dem Wachtmeister zu und spielte, so dachten die Genossenschaftsmitglieder, vielleicht darauf an, daß der Carabiniere Savarino mit der Tochter des Tabakhändlers Palizzolo ging. Das ganze Dorf wußte davon, und man rechnete mit Savarinos baldiger Versetzung.
«In Sachen Colasberna», fuhr der Hauptmann fort, «habe ich bereits fünf anonyme Briefe bekommen. Für eine Angelegenheit, die sich vorgestern zugetragen hat, schon eine ganz stattliche Anzahl. Und sicherlich bekomme ich noch mehr... Colasberna ist aus Eifersucht umgebracht worden, sagt ein Ungenannter und erwähnt auch den Namen des eifersüchtigen Ehemanns...»

«Unsinn», sagte Giuseppe Colasberna.
«Das meine ich auch», sagte der Hauptmann und fuhr fort: «Ein anderer ist der Ansicht, er sei versehentlich umgebracht worden. Weil er einem gewissen Perricone glich, einem Kerl, den nach Ansicht des ungenannt bleibenden Berichterstatters bald die Kugel treffen wird, die ihm gebührt.»
Die Mitglieder wechselten rasch forschende Blicke.
«Mag sein», sagte Giuseppe Colasberna.
«Ausgeschlossen», sagte der Hauptmann. «Der Perricone, von dem in dem Brief die Rede ist, hat vor vierzehn Tagen seinen Paß ausgestellt bekommen und hält sich augenblicklich in Lüttich in Belgien auf. Ihr wußtet das vielleicht nicht, und gewiß wußte es der Schreiber des anonymen Briefes nicht. Aber einem der ihn umlegen wollte, wäre dieser Sachverhalt gewiß nicht entgangen... Andere Hinweise, die noch unsinniger sind als diese, will ich gar nicht erwähnen. Aber hier ist einer, den ich euch gründlich zu überdenken bitte. Denn meiner Meinung nach führt er auf die richtige Fährte... Eure Arbeit, die Konkurrenz, die Ausschreibungen. Dem sollte man zweifellos nachgehen.»
Abermals fragende Blicke.
«Das kann nicht sein», sagte Giuseppe Colasberna.
«Und ob es sein kann», sagte der Hauptmann, «und ich will euch sogar sagen, wieso und weshalb. Auch abgesehen von eurem Fall bekomme ich viele genaue Informationen über den Gang der Ausschreibungen. Leider nur Informationen, denn wenn ich Beweise hätte... Nehmen wir mal an, daß in dieser Gegend, in dieser Provinz zehn Firmen arbeiten. Jede Firma hat

ihre Maschinen, ihr Material. Dinge, die nachts am Straßenrand oder in der Nähe der Baustellen stehenbleiben. Und die Maschinen sind empfindlich. Man braucht nur einen Teil davon zu entfernen, unter Umständen nur eine Schraube, dann sind Stunden oder ganze Tage nötig, um sie wieder in Gang zu bringen. Und das Material, das Benzin, den Teer, die Armaturen verschwinden zu lassen oder an Ort und Stelle zu verbrennen, ist eine Kleinigkeit. Gewiß steht in der Nähe der Maschinen oder des Materials oft die Baubude mit einem oder zwei Arbeitern, die dort schlafen. Aber sie schlafen halt. Und es gibt Leute, ihr versteht mich, die niemals schlafen. Liegt es nicht nahe, diese Leute, die nicht schlafen, um Protektion zu bitten? Um so mehr, als euch diese Protektion sofort angeboten worden ist. Und wenn ihr so unklug wart, sie abzulehnen, so ist einiges vorgefallen, das euch überzeugt hat, daß ihr sie annehmen müßt... Selbstverständlich gibt es Dickköpfe, Leute, die nein sagen, sie wollten sie nicht. Und selbst mit dem Messer an der Kehle wollen sie keine Protektion annehmen. Soweit ich sehe, seid ihr solche Dickköpfe. Oder nur Salvatore war einer...»

«Davon ist uns nichts bekannt», sagte Giuseppe Colasberna. Die andern nickten entgeistert.

«Mag sein», sagte der Hauptmann, «mag sein... Aber ich bin noch nicht am Ende. Es gibt also zehn Firmen. Und neun nehmen Protektion an oder fordern sie. Aber es wäre eine ganz armselige Gesellschaft, ihr versteht, von welcher Gesellschaft ich rede, wenn sie sich mit dem, was ihr ‹guardianía› nennt, und dem Gewinn daraus begnügen wollte. Die Protektion, die

die Gesellschaft bietet, geht sehr viel weiter. Sie schanzt euch, das heißt den Firmen, die mit Protektion und Reglementierung einverstanden sind, die privaten Ausschreibungen zu. Sie gibt euch wertvolle Hinweise über die öffentlichen Ausschreibungen und hilft euch im Augenblick der behördlichen Prüfung.
Selbstverständlich ist, wenn neun Firmen Protektion angenommen haben, die zehnte, die sich der Protektion entzieht, ein schwarzes Schaf. Natürlich macht sie nicht viel Ärger. Aber allein die Tatsache, daß sie existiert, ist schon eine Herausforderung und ein schlechtes Beispiel. Man muß sie darum im Guten oder im Bösen zwingen, mitzuspielen – oder für immer zu verschwinden, indem man sie erledigt...»
Giuseppe Colasberna sagte: «Von dergleichen habe ich niemals gehört.» Und seine Brüder und ihre Teilhaber nickten zustimmend.
«Nehmen wir mal an», fuhr der Hauptmann fort, als habe er nichts gehört, «daß eure Genossenschaft, die Santa Fara, das schwarze Schaf in der Gegend ist. Die, die nicht mitspielen will. Sie stellt ihre Kalkulationen an Hand der Ausschreibungsbedingungen ehrlich an und stellt sich ohne Protektion der Konkurrenz. Und manchmal, besonders, wenn es um das höchste oder das niedrigste Angebot geht, gelingt es ihr, das richtige Angebot zu machen, eben weil sie ihre Kalkulationen ehrlich angestellt hat... Eine Respektsperson, wie ihr das nennt, kommt eines Tages und hält Salvatore Colasberna einen Vortrag. Einen Vortrag, der alles und nichts sagt, unentzifferbar wie die Rückseite einer Stikkerei. Ein Wirrwarr von Fäden und Knoten, und nur auf der andern Seite erkennt man das Muster... Cola-

sberna will diese andere Seite des Vortrages nicht erkennen, oder er kann es nicht. Und die Respektsperson ärgert sich. Die Gesellschaft schreitet zur Tat. Eine erste Warnung. Ein kleines Lager, das in Flammen aufgeht oder dergleichen. Eine zweite Warnung. Eine Kugel, die euch streift, abends spät, gegen elf Uhr, wenn ihr nach Hause geht...»
Die Genossenschaftsmitglieder vermieden es, den Hauptmann anzusehen. Sie schauten auf ihre Hände und erhoben dann ihre Augen zum Bild des Carabinierikommandeurs, zu dem des Präsidenten der Republik und zum Kruzifix. Nach einer langen Pause kam der Hauptmann auf das zu sprechen, was sie am meisten befürchteten. «Ich glaube», sagte er, «eurem Bruder ist vor sechs Monaten abends gegen elf auf dem Heimweg etwas dieser Art zugestoßen. Stimmt's?»
«Nicht, daß ich wüßte», stammelte Giuseppe.
«Die wollen nicht sprechen», mischte sich der Wachtmeister ein. «Auch wenn einer nach dem anderen umgelegt wird, sprechen die nicht. Sie lassen sich einfach abmurksen...»
Der Hauptmann unterbrach ihn mit einer Handbewegung. «Hör mal», sagte er, «da drüben ist eine Frau, die wartet...»
«Ich gehe schon», sagte der Wachtmeister ein bißchen gekränkt.
«Ich habe euch nichts mehr zu sagen», sagte der Hauptmann. «Ich habe euch schon viel gesagt, und ihr habt mir nichts zu sagen. Aber ehe ihr geht, möchte ich, daß mir jeder von euch seinen Vor- und Zunamen, seinen Geburtsort, sein Geburtsdatum und seine Adresse auf dieses Blatt schreibt...»

«Ich schreibe langsam...» sagte Giuseppe Colasberna. Die anderen sagten, auch sie schrieben nur langsam und mühselig.
«Das macht nichts», sagte der Hauptmann, «wir haben Zeit.»
Er zündete sich eine Zigarette an und schaute zu, wie sich die Genossenschaftsmitglieder auf dem Blatt abmühten. Sie schrieben, als sei die Feder so schwer wie ein Preßlufthammer, ein Preßlufthammer, der in ihren unsicheren zitternden Händen bebte. Als sie fertig waren, klingelte er nach dem Schreibstubengefreiten. Der trat zugleich mit dem Wachtmeister ein.
«Begleite die Herren hinaus», befahl der Hauptmann. Bei Gott, wie fein der einen behandelt, dachten die Genossenschaftsmitglieder. Und vor Freude, daß sie mit fast nichts davongekommen (das *fast* knüpfte sich an die Schriftproben, die der Hauptmann von ihnen verlangt hatte) und von einem Carabinierioffizier «Herren» genannt worden waren, vergaßen sie beim Hinausgehen die Trauer, die sie trugen, und hatten Lust zu rennen wie die Buben, wenn die Schule aus ist.
Der Hauptmann verglich inzwischen ihre Schriften mit der des anonymen Briefes. Er war davon überzeugt, daß einer von ihnen den Brief geschrieben hatte. Und trotz der unnatürlichen Neigung und Verzerrung der Schrift in dem Brief war kein Sachverständiger nötig, um bei ihrem Vergleich mit den Personalien auf dem Blatt festzustellen, daß Giuseppe Colasberna der Briefschreiber war. Der Hinweis in dem anonymen Brief war also beachtenswert, zutreffend.
Der Wachtmeister begriff nicht, warum der Hauptmann die Schriften so sorgfältig studierte. «Das ist, als

wolle man einen Schleifstein auspressen. Dabei kommt nichts heraus», sagte er und meinte damit die Brüder Colasberna, ihre Teilhaber, das gesamte Dorf und ganz Sizilien.
«Etwas kommt immer heraus», sagte der Hauptmann. Wenn du nur zufrieden bist, soll's mir recht sein, dachte der Wachtmeister, der sich in Gedanken die Freiheit nahm, selbst den General Lombardi zu duzen.
«Und die Frau da?» fragte der Hauptmann und schickte sich an, wieder zu gehen.
«Ihr Mann», sagte der Wachtmeister, «ist vorgestern zum Okulieren aufs Land gegangen und bisher nicht nach Hause gekommen... Vermutlich hat er sich's auf einem Bauernhof bei einem fetten Lamm und Wein wohl sein lassen. Und stinkbesoffen wird er sich zum Schlafen irgendwo ins Heu geworfen haben... Heut abend kommt er heim. Da wett ich meinen Kopf drum.»
«Vorgestern... An deiner Stelle würde ich mich auf die Suche nach ihm machen», sagte der Hauptmann.
«Jawohl, Herr Hauptmann», sagte der Wachtmeister.

«Der gefällt mir nicht», sagte der Mann in Schwarz. Sein Gesicht sah aus, als habe er saure Pflaumen gegessen und davon stumpfe Zähne bekommen. Ein sonnengebräuntes, von einer geheimnisvollen Intelligenz erhelltes Gesicht, das ständig wie von Ekel verzerrt war. «Der gefällt mir wirklich nicht.»
«Aber auch der, der vorher dort war, hat dir nicht gefallen. Sollen wir etwa alle vierzehn Tage einen

anderen dorthin schicken?» sagte der blonde elegante Mann lächelnd, der neben ihm saß. Auch er Sizilianer, nur von anderem Körperbau und von einer anderen Art, sich zu geben.
Sie saßen in einem römischen Kaffeehaus. Ein ganz und gar rosafarbener und von Schweigen erfüllter Saal. Spiegel, Kronleuchter, die wie große Blumenbuketts aussahen. Eine dunkle, füllige Garderobenfrau, die man wie eine Frucht aus ihrem schwarzen Kittel hätte schälen mögen. Die sollte man nicht sich selbst ausziehen lassen, dachten der Dunkle und der Blonde, der sollte man den Kittel vom Leibe trennen.

«Der damals gefiel mir nicht wegen der Geschichte mit den Waffenscheinen», sagte der Dunkle.
«Und vor dem mit den Waffenscheinen war einer dort, der dir wegen der Geschichte mit der Zwangsverschikkung nicht gefiel.»
«Ist das vielleicht nichts, Zwangsverschickung?»
«Natürlich ist das was. Ich weiß. Aber aus dem einen oder anderen Grund ist dir keiner recht.»
«Aber jetzt liegen die Dinge anders. Daß so ein Kerl in unserer Gegend sitzt, müßte Sie mehr stören als mich... Er ist Partisan gewesen. Wo die Kommunisten bei uns sowieso wie die Pilze aus dem Boden schießen, schicken sie uns nun auch noch einen her, der Partisan gewesen ist. Da muß es ja mit uns bergab gehen...»
«Aber bist du denn sicher, daß er es mit den Kommunisten hält?»

«Ich will Ihnen nur eines erzählen. Sie wissen, wie es augenblicklich mit den Schwefelgruben steht. Ich verfluche den Augenblick, in dem ich mich mit Scarantino assoziiert habe. Sie kennen diese Schwefelgrube ja. Wir gehen dem Ruin entgegen. Das bißchen Kapital, das ich besaß, wird von der Schwefelgrube aufgefressen.»
«Du bist also ruiniert», sagte der Blonde ungläubig und ironisch.
«Wenn ich nicht vollständig ruiniert bin, dann verdanke ich das Ihnen und der Regierung, die sich wahrhaftig genug Gedanken über die Schwefelkrise macht...»
«Sie macht sich so viele, daß sie mit dem Geld, das sie ausspuckt, den Arbeitern ihren Lohn genau und pünktlich zahlen könnte, ohne sie in die Schwefelgruben hinunterschicken zu müssen. Und vielleicht wäre das besser...»
«Jedenfalls steht es schlecht. Und selbstverständlich steht es für alle schlecht. Denn die Zeche kann schließlich nicht ich allein bezahlen. Auch die Arbeiter müssen ihren Teil bezahlen... Sie haben also zwei Wochen lang keinen Lohn bekommen...»
«Drei Monate lang», korrigierte der andere lächelnd.
«So genau erinnere ich mich nicht daran... Und da kommen sie, um bei mir zu protestieren. Pfiffe vor meinem Haus, Worte, die ich Ihnen nicht wiederholen kann. Man hätte sie totschlagen mögen... Na schön, ich wende mich um Hilfe an ihn. Und wissen Sie, was er mir sagt? ‹Haben Sie heute gegessen?› – ‹Das habe ich›, ist meine Antwort. ‹Und gestern auch›, fährt er fort. ‹Und Ihre Familie leidet keinen Hunger, nicht wahr?› fragt er mich. ‹Gott sei Dank nicht›, antworte ich. ‹Und diese Leute da, die vor Ihrem Hause Lärm

schlagen, haben die heute gegessen?› Ich war drauf und dran, ihm zu sagen: ‹Da scheiß ich doch drauf, ob die gegessen haben oder nicht.› Aber ich bin wohlerzogen genug, um zu antworten: ‹Das weiß ich nicht.› Er meint: ‹Danach sollten Sie sich mal erkundigen.› Ich sage zu ihm: ‹Ich bin zu Ihnen gekommen, weil die vor meinem Haus stehen und mich bedrohen. Meine Frau und meine Töchter können nicht hinaus, nicht mal, um zur Messe zu gehen.› – ‹Oh›, sagt er, ‹wir werden dafür sorgen, daß sie zur Messe gehen können... Sie bezahlen Ihre Arbeiter nicht, und wir sorgen dafür, daß Ihre Frau und Ihre Töchter zur Messe gehen können.› Mit einem Gesicht, das schwöre ich Ihnen (und Sie wissen ja, wie hitzig ich bin), daß es mir in den Händen juckte...»

«Hm, hm, hm», machte der Blonde in immer lauterem Ton, der die Versuchung zur Gewaltanwendung tadelte und Vorsicht empfahl.

«Ich habe jetzt Nerven wie Drahtseile. Ich bin nicht mehr wie vor dreißig Jahren. Aber trotzdem frage ich: Hat man je einen Sbirren so mit einem anständigen Menschen reden hören? Der ist Kommunist. Nur die Kommunisten reden so.»

«Nicht nur die Kommunisten. Leider. Auch in unserer Partei gibt es Leute, die so reden... Wenn du wüßtest, welchen Kampf wir Tag für Tag, Stunde um Stunde auszufechten haben...»

«Ich weiß. Aber ich hab da eine eindeutige Meinung. Auch die sind Kommunisten.»

«Die sind keine Kommunisten», sagte der Blonde tief melancholisch.

«Wenn sie keine Kommunisten sind, genügt es, daß

der Papst das Nötige sagt. Aber laut und deutlich sagt. Dann haben die ihr Fett.»
«So einfach ist das nicht. Aber lassen wir das, und kommen wir zur Sache zurück. Wie heißt dieser... Kommunist?»
«Bellodi, glaube ich. Befehligt die Kompanie in C. Seit drei Monaten ist er dort und hat schon Unheil angerichtet... Jetzt steckt er seine Nase in die Ausschreibungsangelegenheiten. Auch der Commendatore Zarcone läßt sich Ihnen empfehlen. Er hat mir gesagt: ‹Wir wollen hoffen, daß der Abgeordnete ihn wieder dorthin zurückschickt, wo er seine Polenta fressen kann.›»
«Der gute Zarcone», sagte der Abgeordnete, «wie geht's ihm denn?»
«Es könnte besser gehen», sagte der Dunkle anzüglich.
«Wir werden dafür sorgen, daß es ihm besser geht», versprach der Abgeordnete.

Der Hauptmann Bellodi, Kommandant der Carabinierikompanie in C., hatte den Kontaktmann von S. vor sich. Er hatte ihn unter den üblichen Vorsichtsmaßregeln holen lassen, um zu hören, was er von der Ermordung Colasbernas halte. Gewöhnlich meldete sich der Kontaktmann von selbst, wenn im Dorf etwas von Bedeutung vorgefallen war. Diesmal hatte man ihn holen müssen. Der Mann war als Schafdieb in der ersten Nachkriegszeit vorbestraft. Jetzt vermittelte er, soweit bekannt, lediglich Kredite zu Wucherzinsen. Zum Kontaktmann gab er sich teils aus innerer Berufung und teils in der trügerischen Hoffnung her, auf diese Weise bei seinem Geschäft Straffreiheit zu genießen. Ein Geschäft, das er im Vergleich zu schwerem Raub für redlich und verständig hielt, so recht ein Geschäft für einen Familienvater. Seinen früheren Viehraub nannte er eine Jugendsünde. Denn ohne eine Lira eigenen Kapitals brachte er es jetzt nur dadurch, daß das Geld anderer durch seine Hand ging, fertig, seine Frau und drei Kinder zu ernähren. Er legte Geld beiseite, um es morgen in ein kleines Geschäft zu stecken. Hinter einem Ladentisch zu stehen und Stoff abzumessen, war nämlich der Traum seines Lebens. Aber von seiner Jugendsünde, von der Tatsache, daß er im Gefängnis gesessen hatte, war das bequeme und einträgliche Geschäft, das er jetzt betrieb, abhängig. Denn die, die ihm ihr Geld anvertrauten, unverdächtige Ehrenleute, die viel von sozialer Ordnung und Hochämtern hielten, rechneten auf seinen Ruf, damit es die Schuldner bei ihren Zahlungen nicht an Pünktlichkeit und an dem gebotenen Schweigen fehlen ließen. Und tatsächlich zahlten die Schuldner aus Angst vor dem Vermittler hundert Prozent Wucherzinsen, und zwar pünktlich zum Termin. «Ich hab meine Jacke im Ucciardone hängen lassen», pflegte er zu spaßen oder zu drohen. Wenn er also jemanden umbrachte, sollte das heißen, würde er die Jacke im Zuchthaus von Palermo wieder abholen. In Wirklichkeit aber brach ihm beim Gedanken an dieses Zuchthaus der kalte Schweiß aus. Wenn ausnahmsweise Zahlungsaufschub gewährt wurde, so geschah es nach einem progressiven System. Wer sich zum Beispiel einen Kredit genommen hatte, um sich einen Esel zu kaufen, den er für seinen Morgen Land brauchte, bei dem holte sich der Gläubiger nach Ablauf von zwei Jahren den Esel und den Morgen Land.

Wäre die Angst nicht gewesen, der Kontaktmann hätte sich für glücklich gehalten, und in seiner Seele und seinem Besitzstand nach für einen Ehrenmann. Aber die Angst rumorte in ihm wie ein tollwütiger Hund. Sie wimmerte, keuchte, sabberte und heulte in seinem Schlaf plötzlich auf. Und sie nagte, nagte in seinem Innern, an seiner Leber und an seinem Herzen. Dieses brennende Nagen an seiner Leber und das plötzliche Zappeln seines Herzens, gleich einem lebenden Kaninchen in der Schnauze eines Hundes, hatten die Ärzte diagnostiziert. Und sie hatten ihm so viele Medizinen verschrieben, daß sie die ganze Platte der Kommode bedeckten. Aber von seiner Angst wußten sie nichts, die Ärzte.

Er saß vor dem Hauptmann, drehte nervös seine Mütze zwischen den Fingern und wandte sich ein wenig zur Seite, um ihm nicht ins Gesicht schauen zu müssen. Und unterdessen nagte der Hund, knurrte und nagte. Der Abend war eisig. Im Amtszimmer des Hauptmanns strahlte ein elektrisches Öfchen so spärliche Wärme aus, daß man die Grabeskälte in dem großen, fast unmöblierten Raum nur um so deutlicher spürte. Die alten Valenzia-Kacheln, mit denen der Fußboden ausgelegt war, sahen durch die Farbe ihrer Glasur (und durch die herrschende Kälte) wie Eis aus. Aber der Mann schwitzte. Ein kaltes Leichentuch umhüllte ihn bereits, eisig auf der brennenden Rose der Schrotschüsse in seinem Körper.

Sobald der Kontaktmann von Colasbernas Tod hörte,

begann er sich seine Lüge zurechtzulegen. Bei jeder Einzelheit, die er hinzufügte, und bei jeder Verbesserung sagte er wie ein Maler, der von seinem Bild zurücktritt, um die Wirkung eines Pinselstriches zu prüfen: Vollkommen. Es fehlt nichts mehr daran. Aber dann machte er sich doch wieder ans Verbessern und Hinzufügen. Und noch während der Hauptmann sprach, verbesserte er und fügte fieberhaft Neues hinzu. Der Hauptmann wußte aus einem umfänglichen Aktenstück, das sich auf Calogero Dibella, genannt Parrinieddu, den Kontaktmann, bezog, daß der Mann einer der beiden *cosche* der dörflichen Mafia nahestand, ja vielleicht angehörte. (Man hatte ihm erklärt, daß *cosca* der dichte Blätterkranz der Artischocken ist.) Und zwar derjenigen, die, wenn auch nicht nachweisbar, Einfluß auf die öffentlichen Arbeiten hatte. Die andere, jüngere und waghalsigere *cosca,* befaßte sich, da S. ein Dorf am Meer war, mit dem Schmuggel amerikanischer Zigaretten. Der Hauptmann sah deshalb die Lüge des Kontaktmanns voraus. Gleichwohl war es nützlich, seine Reaktionen bei dieser Lüge zu beobachten.
Er hörte ihn an, ohne ihn zu unterbrechen, und versetzte ihn durch gelegentliches verstreutes Nicken in immer größere Verlegenheit. Und währenddessen dachte er an jene Kontaktleute, die unter einer dünnen Schicht Erde und trockener Blätter in den Tälern des Apennin lagen. Armselige Leute, nichts als schmutzige Angst und als Laster. Und doch spielten sie ihre Todespartie. Auf dem Grat der Lüge zwischen Faschisten und Partisanen spielten sie um ihr Leben. Und das einzig Menschliche an ihnen war dieser Todeskampf, in dem sie um sich schlugen und in den sie eben ihrer

Feigheit wegen geraten waren. Aus Todesangst stellten sie sich jeden Tag dem Tod. Und schließlich tauchte der Tod empor. Endlich der Tod. Als letztes, endgültiges, einziges, der Tod. Nicht mehr das doppelte Spiel, der doppelte Tod jeder Stunde.
Der Kontaktmann von S. wagte sein Leben. Die eine oder die andere *cosca* würde ihn eines Tages mit einem doppelten Schrotschuß oder einer Maschinenpistolensalve erledigen. (Auch im Gebrauch der Waffen unterschieden sich die beiden *cosche*.) Aber wenn er sich zwischen Mafia und Carabinieri entscheiden mußte, den beiden Parteien, zwischen denen er sein Hasardspiel betrieb, drohte der Tod ihm nur von der einen Seite. Hier auf dieser Seite gab es keinen Tod. Hier saß dieser blonde, gutrasierte Mann in seiner eleganten Uniform. Dieser Mann, der beim Sprechen das S verschluckte, der die Stimme nicht erhob und ihn nicht verächtlich behandelte. Und doch war er das Gesetz, schrecklich wie der Tod. Nicht das Gesetz, das aus Vernunft entsteht und selbst Vernunft ist. Für den Kontaktmann war das Gesetz das Gesetz eines Mannes, das von den Gedanken und den Lauten dieses Mannes seinen Ausgang nimmt. Von dem Kratzer, den er sich beim Rasieren zufügen kann, oder von dem guten Kaffee, den er getrunken hat. Ein völlig vernunftloses Gesetz, das jeden Augenblick von dem geschaffen wird, der befiehlt. Von der Polizei oder dem Carabinieri-Wachtmeister, vom Polizeipräsidenten oder vom Richter. Alles in allem von dem, der die Macht hat. Daß das Gesetz unveränderlich geschrieben stand und für alle gleich war, hatte der Kontaktmann nie geglaubt, noch konnte er daran glauben. Zwischen

Armen und Reichen, zwischen Wissenden und Unwissenden standen die Männer des Gesetzes. Und nach der einen Seite konnten diese Männer nur den Arm der Willkür ausstrecken, und nach der anderen mußten sie beschützen und verteidigen. Ein Stacheldraht, eine Mauer. Und der Mann, der geraubt und seine Strafe abgebüßt hatte, der sich an die Mafialeute hielt, Kredite zu Wucherzinsen vermittelte und Spitzeldienste tat, suchte nach einer Bresche in der Mauer, nach einem Loch im Stacheldraht. Bald würde er ein kleines Kapital in der Hand haben und einen Laden eröffnen. Seinen ältesten Sohn hatte er ins Seminar gesteckt. Er sollte Priester werden oder noch vor den Weihen das Seminar verlassen und, was noch besser war, Rechtsanwalt werden. Hatte man die Mauer einmal hinter sich, dann konnte einem das Gesetz keine Angst mehr einjagen. Dann würde es schön sein, auf diejenigen herabzusehen, die diesseits der Mauer, diesseits des Stacheldrahtes zurückgeblieben waren. Angstgepeinigt wie er war, fand er so ein bißchen Trost im Liebäugeln mit seinem zukünftigen Frieden, der sich auf Elend und Ungerechtigkeit gründete. Und inzwischen tropfte das Blei für seinen Tod.

Aber der Hauptmann Bellodi, ein Emilianer aus Parma, Republikaner aus Familientradition und Überzeugung, übte – und zwar in einer Polizeiformation – das, was man früher das Waffenhandwerk nannte, mit dem Glauben eines Mannes aus, der an einer Revolution teilgenommen und gesehen hat, wie sich aus dieser Revolution des Gesetz entwickelte. Und diesem Gesetz, das Freiheit und Gerechtigkeit verbürgte, dem Gesetz der Republik, diente er und verschaffte ihm

Respekt. Und wenn er noch immer die Uniform trug, in die er einst durch Zufall geschlüpft war, und wenn er den Dienst noch nicht quittiert hatte, um sich dem Anwaltsberuf zu widmen, für den er eigentlich bestimmt war, dann lag das daran, daß es mit jedem Tag schwieriger wurde, dem Gesetz der Republik zu dienen und ihm Respekt zu verschaffen. Den Kontaktmann freilich hätte es verwirrt, wenn er gewußt hätte, daß ihm ein Mann, Carabiniere und sogar Offizier, gegenübersaß, der die Autorität, mit der er ausgestattet war, so betrachtete wie der Chirurg sein Messer: als Instrument, das vorsichtig, genau und sicher gebraucht werden muß. Daß dieser Mann der Meinung war, das Gesetz leite sich aus der Idee der Gerechtigkeit her und alles, was mit dem Gesetz zusammenhing, sei auch der Gerechtigkeit verbunden. Ein schwieriges und bitteres Handwerk also. Aber der Kontaktmann glaubte, der Hauptmann sei glücklich. Er genieße das Glück der Macht und ihres Mißbrauchs, das um so inniger ist, je größer das Maß der Leiden ist, das man anderen Menschen zufügen kann.
Parrinieddu haspelte sein Lügennetz ab wie der Verkäufer am Ladentisch seinen Baumwollballen vor den Frauen vom Lande. Sein Spitzname, der Pfäfflein bedeutete, bezog sich auf seine Beredsamkeit und die Verlogenheit, die er ausschwitzte. Aber vor dem Schweigen des Offiziers versagte seine Wendigkeit. Weinerlich und schrill kamen die Worte aus seinem Munde. Das Lügennetz, das er abhaspelte, verlor seinen Zusammenhang, wurde unglaubwürdig.
«Glauben Sie nicht», fragte der Hauptmann schließlich ruhig und im Ton freundschaftlichen Vertrauens,

«glauben Sie nicht, es wäre zweckmäßiger, anderen Zusammenhängen nachzugehen?» (Den Stimmbändern aus der Emilia geriet das Wort «Zusammenhänge» nur undeutlich, und für einen Augenblick löste das die Verkrampfung des Kontaktmannes.)
Parrinieddu antwortete nicht.
«Halten Sie es nicht für möglich, daß Colasberna, sagen wir mal, aus Interessengründen umgelegt worden ist? Weil er auf gewisse Vorschläge nicht eingegangen ist. Weil er trotz gewissen Drohungen auch weiterhin alles genommen hat, was er bei den Ausschreibungen kriegen konnte.»
Wenn die Amtsvorgänger des Hauptmanns Bellodi dem Kontaktmann Fragen vorlegten, pflegten sie ihm durch ausdrücklichen Hinweis oder drohenden Ton die Möglichkeit polizeilicher Zwangsverschickung oder einer Anzeige wegen Wuchers vor Augen zu führen. Und das ängstigte Parrinieddu nicht, sondern machte ihn sicher. Das war eine klare Beziehung. Die Sbirren zwangen ihn zu Schändlichkeiten. Und er mußte das wenige tun, das hinreichte, um sie zu besänftigen und sich ihr Wohlwollen zu erhalten. Aber bei einem, der freundlich und vertrauensvoll mit dir spricht, liegen die Dinge anders. Deshalb bestätigte er die Frage des Hauptmanns durch eine ungelenke Bewegung seiner Hände und seines Kopfes. Ja, das sei möglich.
«Und Ihnen», fuhr der Hauptmann im selben Ton fort, «Ihnen ist niemand bekannt, der daran Interesse hat? Ich denke nicht an Leute, die auf diesem Gebiet arbeiten. Ich meine die, die nicht arbeiten, sondern an Hilfe und Protektion interessiert sind... Mir würde es genü-

gen, den Namen des Mannes zu erfahren, der Colasberna vor ein paar Monaten gewisse Vorschläge gemacht hat, Vorschläge, wir verstehen uns, nichts als Vorschläge...»
«Ich weiß von nichts», sagte der Kontaktmann. Und von der Freundlichkeit des Hauptmanns ermuntert, schwang sich sein Spitzelgemüt gleich einer Lerche auf und tirillierte laut vor Freude über die Aussicht, Leiden zufügen zu können. «Ich weiß von nichts. Aber so aufs Geratewohl würde ich sagen, daß entweder Ciccio La Rosa oder Saro Pizzuco diese Vorschläge gemacht haben könnte...» Und schon verwandelte sich sein steiler freudiger Aufflug in einen Absturz, einen Stein, der in die Mitte seines Seins, seiner Angst fiel.

«Noch eine Anfrage an das Parlament», sagte Seine Exzellenz, «ob es von den neuen schweren Bluttaten in Sizilien Kenntnis genommen hat und welche Maßnahmen es einzuleiten gedenkt. Und so weiter, und so weiter... Die Kommunisten, wie gewöhnlich. Anscheinend nehmen sie Bezug auf die Ermordung dieses Bauunternehmers... Wie hieß er schon?»
«Colasberna, Exzellenz.»
«Colasberna... Anscheinend war er Kommunist.»
«Sozialist, Exzellenz.»
«Diese Unterscheidung machen Sie immer. Sie sind eigensinnig, lieber Freund. Lassen Sie mich das aussprechen. Kommunist – Sozialist, was ist das schon für ein Unterschied?»
«Bei Lage der Dinge...»

«Um Himmels willen, geben Sie mir ja keine Erklärungen. Manchmal lese selbst ich die Zeitungen. Wissen Sie...»
«Aber ich würde mir niemals erlauben...»
«Bravo... Also, um zu vermeiden, daß dieser...»
«Colasberna...»
«... dieser Colasberna ein Märtyrer der kommunistischen... entschuldigen Sie, der sozialistischen Idee wird, muß sofort ermittelt werden, wer ihn umgebracht hat. Sofort, sofort. Damit der Minister antworten kann, Colasberna sei das Opfer einer Interessenangelegenheit oder einer Ehebruchsgeschichte geworden und die Politik habe nichts damit zu tun.»
«Die Ermittlungen machen gute Fortschritte. Zweifellos handelt es sich um ein Mafiadelikt. Aber die Politik hat nichts damit zu tun. Der Hauptmann Bellodi...»
«Wer ist Bellodi?»
«Kommandant der Carabinierikompanie in C... Seit einigen Monaten in Sizilien.»
«Aha, da haben wir es. Schon seit einiger Zeit habe ich vor, mit Ihnen über diesen Bellodi zu sprechen. Das ist einer, lieber Freund, der allenthalben Mafia wittert. Einer von diesen Norditalienern, deren Kopf voller Vorurteile steckt. Kaum sind sie von der Eisenbahnfähre gestiegen, wittern sie allenthalben Mafia... Und wenn er behauptet, Colasberna sei von der Mafia ermordet worden, dann sitzen wir schön in der Patsche... Ich weiß nicht, ob Sie die Erklärung gelesen haben, die er vor ein paar Wochen einem Journalisten gegeben hat. Es handelte sich um die Entführung dieses Landwirts... Wie hieß er schon?»
«Mendolia.»

«Mendolia... Da hat er haarsträubende Dinge behauptet. Die Mafia existiere. Sie sei eine mächtige Organisation, die alles kontrolliere: Schafe, Gemüsehandel, öffentliche Arbeiten und griechische Vasen... Der Einfall mit den griechischen Vasen ist unbezahlbar. Ein Witz für die Zeitung... Aber ich möchte meinen, ein bißchen seriös... Glauben Sie an die Existenz der Mafia?»
«Hm...»
«Und Sie?»
«Ich glaube nicht daran.»
«Ausgezeichnet. Wir zwei, wir Sizilianer, glauben nicht an ihre Existenz. Das müßte für Sie, der Sie anscheinend daran glauben, doch etwas bedeuten. Aber ich verstehe Sie. Sie sind kein Sizilianer, und die Vorurteile sterben so schnell nicht aus. Mit der Zeit werden Sie sich davon überzeugen, daß das alles nur aufgebauschte Geschichten sind. Aber inzwischen verfolgen Sie bitte die Ermittlungen dieses Bellodi aufmerksam... Und Sie, der Sie nicht an die Existenz der Mafia glauben, schauen Sie zu, daß etwas unternommen wird. Schicken Sie jemanden hin. Jemand, der sich zu benehmen weiß, der nicht Krach mit Bellodi kriegt, aber... Ima summis mutare. Können Sie Latein? Nicht das des Horaz, mein Latein meine ich.»

Paolo Nicolosi, von Beruf Okulierer, geboren am 14. Dezember 1920 in B., wohnhaft in S., Via Cavour 97, war seit fünf Tagen verschwunden. Am vierten Tag war seine Frau in heller Verzweiflung wieder

zum Wachtmeister gekommen. Und der Wachtmeister hatte nun auch angefangen, sich ernstlich Gedanken zu machen. Der Bericht lag auf dem Schreibtisch des Hauptmanns Bellodi, und Via Cavour 97 war rot unterstrichen. Der Hauptmann ging im Zimmer auf und ab und rauchte nervös. Er wartete darauf, daß man ihm vom Strafregister und von der Staatsanwaltschaft Auskünfte über Paolo Nicolosi brachte. Ob er vorbestraft war oder ob ein Verfahren gegen ihn schwebte.
Von der Ecke Via Cavour – Piazza Garibaldi war auf Colasberna geschossen worden. Nach dem Schuß war der Mörder sicherlich nicht auf den Platz gelaufen. Denn dort stand, zwei Schritte von dem Toten entfernt, der Autobus mit rund fünfzig Leuten darin und dem Pastetenverkäufer daneben. Logischerweise war zu vermuten, daß der Mörder durch die Via Cavour entwichen war. Dort wohnte in Nummer 97 Nicolosi. Es war halb sieben Uhr. Nicolosi mußte zum Okulieren in die Flur Fondachello, hieß es in dem Bericht. Zu Fuß eine Stunde Weges. Vielleicht war Nicolosi gerade aus dem Haus gekommen, als der Mörder durch die Via Cavour lief. Er hatte den Mörder erkannt. Aber wer weiß, wie viele andere Leute ihn gesehen hatten. Der Mörder konnte mit Nicolosis Schweigen ebenso sicher rechnen wie mit dem des Pastetenverkäufers und der anderen. Immer vorausgesetzt, daß er überhaupt zu identifizieren war, aus dem Ort stammte und im Ort bekannt war. Und sicherlich war zu einem Verbrechen dieser Art der Mörder von auswärts gekommen. Amerika erteilt seine Lehren.
Keine Phantastereien, hatte ihm der Major anbefohlen. Schon recht, keine Phantastereien. Ganz Sizilien ist ein

phantastischer Bereich, und wie sollte man dort ohne Phantasie auskommen? Nichts da. Nur Tatsachen. Diese Tatsachen sahen so aus: Ein gewisser Colasberna war um sechs Uhr dreißig auf der Piazza Garibaldi ermordet worden, als er in den Autobus nach Palermo stieg. Der Mörder hatte von der Ecke Via Cavour – Piazza Garibaldi geschossen und war geflohen. Am gleichen Tag, um die gleiche Zeit verließ einer, der in eben dieser Via Cavour wohnt, sein Haus oder schickte sich an, es zu verlassen. Er hätte, so behauptet seine Frau, abends wie gewöhnlich zur Zeit des Aveläutens heimkehren sollen. Aber er kommt nicht. Und zwar fünf Tage lang. Im Gutshof Fondachello behaupten sie, ihn nicht gesehen zu haben. Sie erwarteten ihn an diesem Tag, aber er hat sich nicht sehen lassen. Verschwunden. Mit dem Maultier und dem Arbeitsgerät zwischen seiner eigenen Haustür und dem Gutshof Fondachello, auf einer Strecke von sechs oder sieben Kilometern verschwunden, ohne eine Spur zu hinterlassen.

Wenn es sich herausstellen sollte, daß Nicolosi vorbestraft war oder jedenfalls Beziehungen zur Verbrecherwelt unterhielt, war auch an Flucht zu denken. Oder, daß man mit ihm wegen irgend etwas abgerechnet, ihn ermordet und jede Spur getilgt hatte. Aber wenn er nicht vorbestraft war, wenn er keine Gründe für eine mehr oder minder vorbedachte Flucht hatte, wenn er niemand war, der durch direkte oder indirekte Beziehungen zur Verbrecherwelt mit ihr so oder so abzurechnen hatte, dann hing sein Verschwinden tatsächlich – und das war keine Phantasterei – mit der Ermordung Colasbernas zusammen.

In diesem Augenblick zog es der Hauptmann nicht in Erwägung, daß Nicolosis Frau irgendwie mit seinem Verschwinden zu tun haben könnte. Das heißt, er dachte nicht an jene Leidenschaftsmotive, auf die sich sowohl die Mafia wie die Polizei so gerne berufen. Seit im plötzlichen Schweigen des Orchesterraumes der Schrei «Sie haben Gevatter Turiddu ermordet» den Opernenthusiasten zum erstenmal einen Schauer über den Rücken gejagt hat, sind in den sizilianischen Kriminalstatistiken und in den Kombinationen beim Lotto die Zusammenhänge zwischen Mord und Ehebruch immer häufiger geworden. Das Leidenschaftsdelikt wird sofort entdeckt. Es zählt also bei der Polizei zu den Aktivposten. Das Leidenschaftsdelikt wird milde bestraft. Es zählt also auch bei der Mafia zu den Aktivposten. Die Natur ahmt die Kunst nach. Von der Musik Mascagnis und dem Messer des Gevatters Alfio auf der Opernbühne hingemordet, begann Turiddu Macca die Reisekarten Siziliens und die Seziertische zu bevölkern. Aber ob Messer oder Gewehr (zum Glück nicht mehr in der Musik), der schlimmste Part fiel oft dem Gevatter Alfio zu. Der Hauptmann Bellodi machte sich das in diesem Augenblick nicht klar. Und das sollte er später durch eine kleine Zurechtweisung büßen.

Von der Staatsanwaltschaft und dem Strafregister brachten die Unteroffiziere D'Antona und Pitrone hinsichtlich Paolo Nicolosis ein Nein zurück. Keine Vorstrafen. Keine schwebenden Verfahren. Das befriedigte den Hauptmann, machte ihn aber auch ungeduldig. Ungeduldig, nach S. zu stürzen. Mit Nicolosis Frau, mit dem oder jenem Freund des Verschwundenen und mit dem Wachtmeister zu sprechen. Die Leute vom Gutshof Fondachello zu verhören und dann gegebenenfalls La Rosa und Pizzuco, die beiden Namen, die der Kontaktmann ihm genannt hatte.

Es war schon Mittag. Er befahl, das Auto startbereit zu machen, und rannte nach unten. Er hatte Lust zu singen. Und tatsächlich trällerte er beim Hinuntergehen und in der Kantine. Er aß zwei belegte Brote und trank einen kochendheißen Kaffee. Der Kantinen-Carabiniere hatte ihn eigens für ihn zubereitet, und zwar mit der besonderen Menge Kaffee und der Geschicklichkeit, über die ein Neapolitaner wie der Kantinier verfügt, wenn es darum geht, sich das besondere Wohlwollen seines Vorgesetzten zu verdienen.

Der Tag war kalt, aber hell. Die Landschaft ganz klar. Bäume, Felder und Felsen machten den Eindruck eisiger Zerbrechlichkeit, als könne ein Windstoß oder ein Schlag sie mit gläsernem Klirren zersplittern. Und wie Glas vibrierte die Luft über dem Motor des Fiat 600. Große schwarze Vögel flogen wie in einem gläsernen Labyrinth umher, in plötzlichen Wendungen und Stürzen, oder als schraubten sie sich zwischen unsichtbaren Wänden empor. Die Straße lag verlassen da. Auf dem hinteren Sitz hielt der Unteroffizier D'Antona, mit dem Finger am Abzug, die Mündung der Maschinenpistole zum Fenster hinaus. Einen Monat zuvor war auf dieser Straße der Postautobus, der von S. nach C. fuhr, angehalten worden. Alle Fahrgäste wurden ausgeplündert. Die Räuber, lauter ganz junge Kerle, saßen bereits im San-Francesco-Gefängnis.

Der Unteroffizier betrachtete unruhig die Straße, dachte an sein Gehalt und seine Ausgaben, an seine

Frau und sein Gehalt, an das Fernsehen und sein Gehalt, an seine kranken Kinder und sein Gehalt. Der Carabiniere, der fuhr, dachte an *Europa nachts,* das er am Abend zuvor gesehen hatte, und an Coccinelle, der ein Kerl war, und wie ist das möglich, und ich möcht mal sehen, was für ein Kerl der ist. Und hinter diesem Gedanken stand, eher eine Vision als ein Gedanke, heimlich und verborgen, damit der Hauptmann nichts davon merkte, seine Sorge darüber, daß er nicht in der Kaserne gegessen hatte. Und wer weiß, ob er so rechtzeitig ankam, um mit den Carabinieri in S. zu essen. Aber der Hauptmann, dieser Teufelskerl, merkte doch etwas von dieser Sorge und sagte, sie beide, der Unteroffizier und der Fahrer, sollten sich in S. so einrichten, daß sie etwas zu essen bekämen. Er mache sich Vorwürfe, daß er vor der Abfahrt nicht daran gedacht habe. Der Carabiniere wurde rot und dachte: Netter Kerl, aber er kann Gedanken lesen. Denn das geschah nicht zum erstenmal. Der Unteroffizier sagte, er habe keinen Hunger und brauche bis morgen nicht zu essen.

In S. erschien der Wachtmeister, den man nicht benachrichtigt hatte. Der Bissen steckte ihm noch im Halse, und er war rot vor Überraschung und Ärger. Der Hammelbraten war auf seinem Teller liegengeblieben, kalt würde er widerlich schmecken, und aufgewärmt noch widerlicher. Hammel muß man heiß essen, wenn das Fett noch daran heruntertropft, und er muß nach Pfeffer duften. Schluß damit. Entsagen wir und schauen wir zu, was es Neues gibt.

Neuigkeiten gab es allerdings. Dieser Meinung war auch der Wachtmeister. Daß zwischen Colasbernas

Ermordung und Nicolosis Verschwinden ein Zusammenhang bestehen sollte, davon war er allerdings nicht ganz überzeugt. Er ließ die Witwe, zwei oder drei Freunde und den Schwager holen. Die Witwe, sagte er zu dem Carabiniere. Denn tot war der auf jeden Fall. Darüber bestand für ihn kein Zweifel. Ein friedlicher Mann wie Nicolosi verschwindet nicht auf so lange Zeit, wenn nicht aus dem einfachen Grunde, weil er tot ist. Und inzwischen schlug er dem Hauptmann vor, einen Bissen zu essen. Der Hauptmann lehnte ab. Er habe bereits gegessen. Du hast gegessen, dachte der Wachtmeister. Und sein Groll erstarrte wie das Fett an den Hammelkoteletten.

Sie war recht hübsch, diese Witwe. Mit braunem Haar und tiefschwarzen Augen. Mit einem feinen, heiteren Gesicht. Um ihre Lippen huschte ein verschmitztes Lächeln. Schüchtern war sie nicht. Sie sprach einen verständlichen Dialekt. Der Hauptmann brauchte den Wachtmeister nicht als Dolmetscher. Er fragte die Frau selbst nach der Bedeutung mancher Wörter. Und entweder fiel ihr das italienische Wort dafür ein, oder sie erklärte in ihrem Dialekt den Dialektausdruck. Der Hauptmann hatte bei seinem Leben unter den Partisanen und später bei den Carabinieri viele Sizilianer kennengelernt. Und er hatte Giovanni Meli mit den Anmerkungen von Francesco Lanza und Ignazio Buttitta und den Übersetzungen von Quasimodo auf der anderen Seite gelesen.

Vor fünf Tagen war ihr Mann gegen sechs Uhr aufgestanden. Sie hatte ihn im Dunkeln aufstehen hören, denn er wollte sie nicht wecken. So hielt er es jeden Morgen. Er war ein zartfühlender Mann. (Genau so sagte sie: er war. Denn hinsichtlich des Schicksals ihres Mannes war sie offenbar der gleichen Meinung wie der Wachtmeister.) Aber sie war, wie jeden Morgen, aufgewacht. Und wie jeden Morgen hatte sie ihm gesagt: «Der Kaffee steht schon fertig in der Kredenz. Du mußt ihn nur aufwärmen.» Und war wieder eingeschlafen, das heißt, nicht eigentlich eingeschlafen, nur so, als schwebe sie über dem Schlaf, der sie rief. Sie hörte den Mann in der Küche rumoren. Dann hörte sie ihn die Treppe hinuntergehen, von der Straße aus die Stalltür öffnen. Bis ihr Mann den Maulesel angeschirrt hatte, fünf oder zehn Minuten später, schlief sie schon wieder. Ein metallischer Laut schreckte sie auf, denn ihr Mann war zurückgekehrt, um seine Zigaretten zu holen. Und im Dunkeln auf dem Nachttisch kraspelnd, hatte er die kleine silberne Herz-Jesu-Statue umgeworfen, ein Geschenk der Tante Oberin, einer Tante von ihrer Seite, Oberin im Kloster von der Unbefleckten Empfängnis. Sie war jetzt fast wach, fragte: «Was gibt's?» Ihr Mann antwortete: «Nichts. Schlaf nur. Ich hatte meine Zigaretten vergessen.» Sie sagte: «Mach ruhig das Licht an.» Denn jetzt war es doch aus mit ihrem Schlaf. Ihr Mann sagte, das sei nicht nötig, und fragte sie dann, ob sie die beiden Schüsse gehört habe, die in der Nähe abgegeben worden seien. Oder ob sie davon aufgewacht sei, daß er die Herz-Jesu-Statue achtlos umgeworfen habe. Denn so war er nun mal. Er konnte sich den ganzen Tag darüber Vorwürfe machen, daß er sie geweckt hatte. Er liebte sie wirklich. «Aber hatten Sie denn die beiden Schüsse gehört?» «Nein. Mein Schlaf ist leicht, was die Geräusche im Hause angeht, für das, was mein Mann tut. Aber drau-

ßen könnte man selbst das Feuerwerk zum Rosalienfest abbrennen, und ich würde doch nicht aufwachen.»
«Und dann?»
«Dann hab schließlich ich das Licht angezündet, die kleine Lampe auf meiner Seite. Ich hab mich mitten im Bett aufgesetzt und hab ihn gefragt, was die beiden Schüsse angerichtet hätten. Mein Mann sagte: ‹Ich weiß nicht, aber dann rannte...›»
«Wer?» fragte der Hauptmann und beugte sich in plötzlicher Erregung über den Schreibtisch zu der Frau vor. Ein jäher Schrecken verzerrte ihre Züge. Einen Augenblick lang sah sie häßlich aus. Der Hauptmann lehnte sich wieder in seinen Stuhl zurück und fragte noch einmal ruhig: «Wer?»
«Er sagte einen Namen, an den ich mich nicht erinnere. Oder vielleicht einen Spitznamen. Wenn ich es mir genau überlege, so ist es wohl ein Spitzname gewesen.»
Sie sagte Schimpfname, und zum erstenmal bedurfte der Hauptmann einer erhellenden Erklärung des Wachtmeisters. «Ein Spitzname», sagte der Wachtmeister, «hier haben fast alle einen Spitznamen. Und manche davon sind so beleidigend, daß sie wirklich Schimpfnamen sind.»
«Es kann also ein Schimpfname gewesen sein», sagte der Hauptmann, «oder aber ein Spitzname, sonderbar wie ein Schimpfname... Hatten Sie vorher niemals den Spitz- oder Schimpfnamen gehört, den Ihr Mann aussprach? Versuchen Sie, sich zu erinnern. Es ist sehr wichtig.»
«Vielleicht hatte ich ihn zuvor nie gehört.»
«Versuchen Sie, sich zu erinnern... Und sagen Sie mir

einstweilen, was Ihr Mann sonst noch gesagt oder getan hat.»
«Er sagte nichts mehr und ging fort.»
Seit ein paar Minuten war das Gesicht des Wachtmeisters zu höchst bedrohlicher Ungläubigkeit erstarrt. Seit die Frau so jäh erschrocken war. Das wäre nach seiner Meinung der richtige Augenblick gewesen, um ihr einen noch größeren Schrecken einzujagen und sie so weit einzuschüchtern, daß sie ihn nennen mußte, diesen Namen oder Spitznamen. Denn, bei Gott, der haftete ihr im Gedächtnis. Jawohl, das tat er. Und statt dessen war der Hauptmann sogar noch freundlicher als gewöhnlich geworden. Wer glaubt er eigentlich zu sein, etwa Arsène Lupin? dachte der Wachtmeister und verwechselte bei seinen lange zurückliegenden Lektüreerinnerungen einen Dieb mit einem Polizisten.
«Versuchen Sie, sich an diesen Schimpfnamen zu erinnern», sagte der Hauptmann, «und inzwischen wird der Wachtmeister so freundlich sein, uns einen Kaffee zu besorgen.»
Auch noch Kaffee, dachte der Wachtmeister. Daß man sie nicht mehr richtig anpfeifen darf, na schön. Aber dann noch Kaffee. Aber er sagte nur: «Jawohl, Herr Hauptmann.»
Der Hauptmann fing an, von Sizilien zu reden. Gerade, wo es besonders rauh und nackt sei, sei es auch besonders schön. Und von den Sizilianern, die so intelligent seien. Ein Archäologe hatte ihm erzählt, wie geschickt, behende und feinfühlig die Bauern bei den Ausgrabungen arbeiten könnten. Besser als die Facharbeiter aus dem Norden. Und daß die Sizilianer faul sind, stimmt nicht. Und daß sie initiativelos sind, auch nicht.

Der Kaffee kam. Und er redete immer noch von Sizilien und den Sizilianern. Die Frau trank in kleinen Schlücken. Für die Frau eines Okulierers recht elegant. Nach einem knappen Überblick über die sizilianische Literatur, von Verga bis zum *Leopard,* verweilte der Hauptmann bei jener, wie er es nannte, besonderen Literaturgattung der Spitz- und Schimpfnamen, die häufig durch ein einziges Wort ein Merkmal sehr genau bezeichnen. Die Frau verstand nicht viel davon, und der Wachtmeister auch nicht. Aber manche Dinge, die der Verstand nicht begreift, begreift das Herz. Und in ihren Sizilianerherzen widerhallten die Worte des Hauptmanns melodisch. Es ist schön, ihn reden zu hören, dachte die Frau. Und der Wachtmeister dachte: Reden, das kannst du wirklich. Besser als Terracini. Denn Terracini war für ihn, natürlich von seinen Ideen abgesehen, der größte Redner in allen Wahlversammlungen, denen er dienstlich beiwohnen mußte.

«Es gibt Schimpfnamen, die sich auf körperliche Eigenschaften oder Fehler eines Menschen beziehen», sagte der Hauptmann. «Andere dagegen gelten moralischen Eigenschaften. Wieder andere rühren von einem bestimmten Ereignis oder einer Episode her. Und dann gibt es die erblichen Schimpfnamen, die auf eine ganze Familie ausgedehnt werden. Und die stehen sogar im Grundbuch... Aber wir wollen der Reihe nach vorgehen. Schimpfnamen, die körperliche Eigenschaften oder Fehler bedeuten. Die alltäglichsten: der Blinde, der Hinkefuß, der Lahme, der Linkspatsch... Glich der Name, den Ihr Mann aussprach, einem solchen Namen?»

«Nein», sagte die Frau und schüttelte den Kopf.

«Ähnlichkeiten mit Tieren, mit Bäumen, mit Dingen... Zum Beispiel: Katze für einen Menschen, der graue Augen oder sonst was hat, das an eine Katze erinnert... Ich habe einen gekannt, der trug den Spitznamen *lu chiuppu,* die Pappel. Seiner Statur wegen, und weil er dauernd zitterte. So wurde mir das jedenfalls erklärt... Dinge... Wir wollen mal ein bißchen nach Spitznamen suchen, die sich auf die Ähnlichkeit mit einem Ding beziehen...»

«Ich kenne einen, der heißt Flasche», sagte der Wachtmeister, «weil er wirklich die Figur einer Flasche hat.»

«Wenn Sie gestatten», sagte der Carabiniere Sposito, der so reglos dagesessen hatte, daß er in dem Raum fast unsichtbar geworden war, «wenn Sie gestatten, kann ich ein paar solcher Schimpfnamen nennen, die die Namen von Dingen sind. Laterne heißt einer, dem die Augen vorstehen wie Lampen. Schmorbirne einer, der von wer weiß welcher Krankheit zermürbt ist. *Vircuoco,* Aprikose – ich weiß nicht, warum. Vielleicht, weil der ein ausdrucksloses Gesicht hat. Himmelshostie, weil der ein Gesicht, weiß und rund wie eine Hostie hat...»

Der Wachtmeister räusperte sich anzüglich. Er gestattete keine scherzhaften Anspielungen auf Menschen oder Dinge, die irgendwie mit der Religion zu tun hatten. Sposito verstummte.

Der Hauptmann schaute die Frau fragend an. Sie verneinte, schüttelte mehrmals den Kopf. Der Wachtmeister, dessen Augen zwischen den Lidern zu zwei wäßrigen Spalten geworden waren, beugte sich heftig vor, um sie anzuschauen. Und da sagte sie plötzlich, als sei

der Name ihr mit einem jähen Schluckauf hochgekommen: «Zicchinetta.»
«Zecchinetta», übersetzte Sposito sofort, «ein Glücksspiel, das man mit sizilianischen Karten spielt...»
Der Wachtmeister warf ihm einen wütenden Blick zu. Denn der Augenblick der Philologie war vorüber. Jetzt wußten sie den Namen. Und ob er ein Kartenspiel oder einen Paradiesesheiligen bedeutete, war unwichtig. (Und in seinem Kopf schrillten die Jagdsignale so laut und erregten ihn dermaßen, daß der Paradiesesheilige mit der Nase auf die sizilianischen Karten schlug.)
Den Hauptmann überkam indessen jäh ein Gefühl düsterer Entmutigung, ein Gefühl der Enttäuschung und Machtlosigkeit. Dieser Name oder möglicherweise Schimpfname war endlich herausgekommen. Aber erst in dem Augenblick, als der Wachtmeister in den Augen der Frau zur schrecklichen Drohung eines peinlichen Verhörs und der Willkür geworden war. Vielleicht erinnerte sie sich an diesen Namen seit dem Augenblick, als ihr Mann ihn ausgesprochen hatte, und es stimmte nicht, daß sie ihn vergessen hatte. Oder er war ihr erst in der plötzlichen verzweifelten Angst wieder in Erinnerung gekommen. Aber ohne den Wachtmeister, ohne seine bedrohliche Gestalt – ein fetter, gutmütiger Mann, der plötzlich zur Drohung wurde – hätte man es vielleicht nie zu diesem Ergebnis gebracht.
«Nur ein paar Minuten, bis ich rasiert bin», sagte der Wachtmeister. «Dann weiß ich, ob Zicchinetta einer von hier ist. Mein Barbier kennt alle.»
«Geh», sagte der Hauptmann matt. Und der Wacht-

meister fragte sich: Was ist denn plötzlich mit dem los? Der Hauptmann war so enttäuscht, daß Heimweh in ihm aufstieg. Der Sonnenstreifen, der mit seinen goldenen Stäubchen auf den Schreibtisch fiel, beleuchtete den Schwarm radfahrender Mädchen auf den Straßen der Emilia, das Filigran der Bäume vor einem weißen Himmel. Und ein großes Haus an der Grenze zwischen Stadt und flachem Land, das im Licht des Abends und der Erinnerung sehr traulich wirkte. *Dove tu manchi,* sagte er mit den Worten eines Dichters aus seiner Heimat zu sich, *all'antica abitudine serale.* Wo du uralter Gewohnheit, abendlicher, fern bist. Worte, die der Dichter für seinen toten Bruder geschrieben hatte. Und im Mitleid mit seinem fernen Ich und in seiner Enttäuschung kam es dem Hauptmann Bellodi so vor, als sei er wirklich schon ein wenig gestorben.
Die Frau schaute ihn ängstlich an. Zwischen ihnen auf dem Tisch lag der Sonnenstreifen. Und er schuf einen Abstand zwischen ihnen, der dem Hauptmann fast unwirklich vorkam, für die Frau dagegen etwas Bedrückendes, Alptraumähnliches hatte.
«Was für ein Mensch war ihr Mann?» fragte der Hauptmann. Und noch während er das fragte, merkte er, daß es ihm ganz natürlich vorkam, nach dem Mann wie nach einem Toten zu fragen. Die Frau war so sehr in ihre eigenen Gedanken versunken, daß sie ihn nicht verstand.
«Ich möchte wissen, was er für einen Charakter hatte. Was für Angewohnheiten, was für Freunde.»
«Er war ein guter Mensch. Für ihn gab's nur seine Arbeit und sein Heim. An den Tagen, an denen er nicht arbeitete, ging er für ein paar Stunden in den

Kleinbauernverein. Sonntags mit mir ins Kino. Er hatte nur ein paar Freunde. Alles prächtige Leute. Der Bruder des Bürgermeisters, ein Polizist...»
«Hat er je Streitigkeiten gehabt? Interessenauseinandersetzungen? Feindschaften?»
«Nie. Im Gegenteil. Er war bei allen wohl gelitten. Er stammte nicht aus dem Dorf. Und hier geht es den Fremden immer gut.»
«Ja, er war nicht aus dem Dorf. Und wie haben Sie ihn denn kennengelernt?»
«Er hat mich bei einer Hochzeit kennengelernt. Einer meiner Verwandten hat eine aus seinem Dorf geheiratet. Ich war mit meinem Bruder auf der Hochzeit. Er hat mich gesehen. Und als mein Verwandter von der Hochzeitsreise zurückkam, hat er ihn beauftragt, zu meinem Vater zu gehen und um meine Hand anzuhalten. Mein Vater hat sich nach ihm erkundigt. Dann hat er mit mir gesprochen. Sagte: ‹Er ist ein braver Junge, sein Handwerk hat einen goldenen Boden.› Und ich sagte: ‹Ich weiß nicht, wie er ausschaut. Ich möchte ihn erst kennenlernen.› Eines Sonntags ist er dann gekommen, nicht zur Verlobung, sondern nur so, als Freund. Er hat wenig gesprochen und hat mich die ganze Zeit wie verzaubert angeschaut. ‹Verhext›, sagte mein Verwandter, als ob ich ihn behext hätte. Er sagte das nur zum Spaß, versteht sich. Ich habe dann eingewilligt, ihn zu heiraten.»
«Und liebten Sie ihn?»
«Gewiß, wir waren ja verheiratet.»
Der Wachtmeister kehrte zurück. Er roch nach dem Kölnischwasser des Friseurs. Er sagte: «Nichts.» Und stellte sich hinter den Rücken der Frau, um dem

Hauptmann mit lebhaftem Mienenspiel anzudeuten, er solle die Frau fortschicken. Denn es gab Neuigkeiten, unglaubliche Dinge, die er zu Lasten der Frau erfahren hatte. Keine Rede von Zicchinetta, sagte seine Hand, die er in Kopfhöhe herumwirbelte.
Die Frau wurde entlassen. Atemlos packte der Wachtmeister aus, sie habe einen Liebhaber. Einen gewissen Passarello, den Kassierer des Elektrizitätswerkes. Das sei sicher. Don Ciccio, der Barbier, habe es ihm erzählt.
Der Hauptmann zeigte sich nicht verwundert, sondern fragte nach Zicchinetta. Damit warf er die alte Gewohnheit über den Haufen, sobald bei einem Verbrechen Hinweise und Leidenschaftsmotive auftauchten, diesen vordringlich nachzugehen.
«Don Ciccio», sagte der Wachtmeister, «behauptet, es sei völlig ausgeschlossen, daß es im Dorf jemanden mit diesem Spitz- oder Schimpfnamen gebe. Und in diesen Dingen ist Don Ciccio letzte Instanz... Und wenn er behauptet, daß man dem armen Nicolosi Hörner aufgesetzt hat, können wir es für verbrieft und versiegelt nehmen, daß diese Hörner existieren. Es wäre also am Platze, sich diesen Passarello vorzunehmen und ihn ein bißchen auszuquetschen...»
«Nein», sagte der Hauptmann, «wir wollen lieber einen kleinen Ausflug machen, einen Besuch bei deinem Kollegen in B.»
«Ich verstehe», sagte der Wachtmeister. Aber er schien verärgert.
Schweigend fuhren sie nach B., immer am Meer entlang, das still und matt die Farben des Himmels widerspiegelte. Sie trafen den Wachtmeister in seiner Amtsstube an.

Auf seinem Schreibtisch lag zur Einsichtnahme ein Aktenstück betreffs Diego Marchica, genannt Zicchinetta, vor ein paar Monaten infolge Amnestie aus dem Zuchthaus entlassen. Das Aktenstück lag auf dem Schreibtisch des Wachtmeisters, weil man ihm gewisse vertrauliche Mitteilungen über das Spiel, eben die Zecchinetta, gemacht hatte. Marchica widmete sich diesem Spiel im Jagdverein, und er verlor dabei erhebliche Summen, die er sofort bezahlte. Das war für einen arbeitslosen Tagelöhner praktisch unmöglich, wenn er nicht über geheime und sicherlich unerlaubte Geldquellen verfügte.
Marchica, 1917 geboren, hatte seine Karriere 1935 begonnen. Einbruchdiebstahl. Verurteilt. 1938 vorsätzliche Brandstiftung. Den Leuten, deren Zeugenaussage zu seiner Verurteilung wegen Diebstahls geführt hatten, war das Korn auf der Tenne angezündet worden. Mangels Beweisen freigesprochen. Im August 1943 schwerer Raub, verbotener Waffenbesitz, Bandenbildung. Von einem amerikanischen Gericht freigesprochen. (Aus welchen Gründen, blieb unklar.) 1946 Zugehörigkeit zu einer bewaffneten Bande. Bei einer Schießerei mit den Carabinieri festgenommen. Verurteilt. 1951 Mord. Mangels Beweisen freigesprochen. 1955 versuchter Totschlag bei einer Schlägerei. Verurteilt. Interessant war die Anklage wegen Mordes 1951. Ein Mord auf Anstiftung, soweit aus den Geständnissen seiner Komplizen den Carabinieri gegenüber hervorging. Bei der Voruntersuchung schmolzen diese Geständnisse natürlich wie Schnee dahin. Die zwei Geständigen wiesen dem Richter und den Ärzten Prellungen, Schürfungen und Verrenkungen vor, die selbstredend von den Folterungen durch die Carabinie-

ri herrührten. Sonderbar war, daß Marchica, der einzige, der nicht geredet hatte, dem Richter keinerlei Prellungen vorwies. Gegen einen Unteroffizier und zwei Carabinieri wurde Anklage wegen Erpressung von Geständnissen durch Folterung erhoben. Sie wurden aber wegen erwiesener Unschuld freigesprochen. Indirekt galten die Geständnisse also als spontan gemacht. Aber der Fall wurde nicht wiederaufgenommen. Oder vielleicht flatterten die Akten noch irgendwo im Irrgarten der Justiz umher.
In den Anmerkungen wurde Marchica als außerordentlich geschickter und vorsichtiger Verbrecher bezeichnet. Als Totschläger, auf den seine Auftraggeber sich verlassen konnten. Bei Wein und Spiel war er allerdings plötzlicher Aufwallungen fähig, wie aus dem versuchten Totschlag bei der Schlägerei hervorging. Dem Aktenstück lag ein Bericht über eine Wahlversammlung des Abgeordneten Livigni bei. Umgeben von der Blüte der örtlichen Mafia, zu seiner Rechten den Dekan Don Calogero Guicciardo, zu seiner Linken Marchica, war er auf dem mittleren Balkon des Hauses Alvarez erschienen. Und an einer bestimmten Stelle seiner Rede hatte er wörtlich gesagt: «Ich werde beschuldigt, Beziehungen zu Mafia-Leuten, und das heißt zur Mafia, zu unterhalten. Aber ich sage euch, daß ich bis heute nicht begriffen habe, was die Mafia ist und ob sie existiert. Und auf mein Gewissen als Katholik und als Bürger kann ich euch beschwören, daß ich in meinem Leben noch niemals einen Mann der Mafia gekannt habe.» Worauf vom Rande des Platzes, von der Seite der Via La Lumia her, wo sich gewöhnlich die Kommunisten zusammenrotteten, wenn ihre

Gegner eine Wahlversammlung hielten, ganz deutlich gefragt wurde: «Und die, die neben Ihnen stehen, wer sind denn die? Vielleicht Seminaristen?» Und Gelächter pflanzte sich unter der Menge fort, während der Abgeordnete, als habe er die Frage nicht gehört, sich in die Darstellung seiner Pläne zur Sanierung der Landwirtschaft stürzte.

Dieser Bericht in Marchicas Papieren diente als Hinweis auf die Protektion, die Marchica bei einer eventuellen Verhaftung vermutlich genießen würde. Der Wachtmeister von B. kannte sich aus in seinem Geschäft.

«Es tut sich was», sagte der Alte. «Es tut sich was, und das gefällt mir nicht. Die Sbirren führen was im Schilde.»
«Wind», sagte der Junge.
«Bilde dir bloß nicht ein, die Sbirren seien alle Dummköpfe. Unter denen gibt es welche, die einem Kerl wie dir die Schuhe von den Füßen ziehen, und du läufst barfuß weiter, ohne es auch nur zu merken... 1935, ich erinnere mich gut daran, war hier ein Unteroffizier, der hatte den Spürsinn eines Jagdhundes und hatte auch ein Hundegesicht. Passierte was, so setzte der sich auf die Spur und schnappte dich, wie man ein kaum entwöhntes Karnickel schnappt. Ja, der hatte eine Nase. Der war zum Sbirren geboren, wie man zum Priester oder zum Hahnrei geboren ist. Glaub bloß nicht, daß einer zum Hahnrei wird, weil die Frauen ihm Hörner aufsetzen. Oder daß einer Priester wird,

weil er sich eines Tages dazu berufen fühlt. Dazu wird man geboren. Und einer wird nicht Sbirre, weil er eines Tages was verdienen muß oder weil er einen Gestellungsbefehl bekommt. Sbirre wird man, weil man zum Sbirren geboren ist. Ich meine natürlich die, denen es damit ernst ist. Es gibt bei den Sbirren auch solche armen Kerle, die wahres Engelsbrot sind. Und die nenne ich nicht Sbirren. Ehrenleute wie der Wachtmeister, der während des Krieges hier war. Wie hieß er schon? Der, der es mit den Amerikanern so gut verstand... Soll man so einen etwa einen Sbirren nennen? Er tat uns Gefälligkeiten, und wir taten ihm welche: Kisten voller Spaghetti und Flaschen voll Öl. Ein Ehrenmann. Nicht zum Sbirren geboren. Das war es. Aber ein Dummkopf war er nicht... Wir nennen Sbirren alle die, die auf ihrem Hut die Flamme mit dem V.E. tragen...»
«Dem V.E. trugen...»
«Trugen. Ich vergesse immer, daß es keinen König mehr gibt... Aber unter denen gibt es Dummköpfe, feine Leute und die richtigen, die geborenen Sbirren. Und mit den Priestern ist das genauso. Willst du etwa Pater Frazzo einen Priester nennen? Das einzig Gute, das man ihm nachsagen kann, ist, daß er ein guter Familienvater ist. Aber Pater Spina, ja, der ist der geborene Priester.»
«Und die Hahnreie?»
«Jetzt komme ich zu den Hahnreien. Einer entdeckt die Seitensprünge, die bei ihm zu Hause getan werden, und richtet ein Blutbad an. Der ist nicht zum Hahnrei geboren. Aber wenn er tut, als merke er nichts, oder sich gar mit seinen Hörnern noch sein Brot verdient,

ja, dann ist er der geborene Hahnrei... Jetzt sag ich dir, wie der geborene Sbirre aussieht. Er kommt in ein Dorf, du machst dich an ihn heran, bist freundlich mit ihm, biederst dich mit ihm an. Wenn er verheiratet ist, machst du vielleicht sogar mit deiner Frau Besuch bei ihm. Die Frauen freunden sich an, ihr freundet euch an. Die Leute sehen euch zusammen und denken, ihr seid dicke Freunde. Und du bildest dir ein, auf Grund eurer Freundschaft halte er dich für einen netten Menschen von anständiger Gesinnung. Und statt dessen bleibst du für ihn der Mann, der du in den Papieren auf seiner Wache bist. Und wenn du mal eine Polizeistrafe bekommen hast, bleibst du für ihn jeden Augenblick, auch wenn ihr in der guten Stube zusammen Kaffee trinkt, ein Vorbestrafter. Und wenn es dir mal unterläuft, etwas Verbotenes zu tun, irgendeine Kleinigkeit... Selbst wenn ihr ganz allein seid, er und du, und auch der Herrgott im Himmel sieht euch nicht, bestraft er dich mir nichts dir nichts. Na, und stell dir vor, wenn dir mal was Schlimmeres zustößt. 1927, erinnere ich mich, war hier ein Wachtmeister, der sich bei mir daheim, wie man so sagt, zu Hause fühlte. Kein Tag, an dem seine Frau und seine Kinder nicht zu uns gekommen wären. Und wir waren so befreundet, daß sein Kleinster, ein Kind von drei Jahren, meine Frau Tante nannte. Eines Tages, da taucht er doch bei mir zu Hause mit einem Haftbefehl auf. Das war seine Pflicht, ich weiß. Es herrschten böse Zeiten, damals unter Mori... Aber wie der mich behandelt hat. Als hätten wie uns nie gesehen, nie gekannt... Und wie er meine Frau behandelt hat, als sie in die Kaserne kam, um zu erfahren, was los war. Wie ein tollwütiger

Hund... *Cu si mitti cu li sbirri,* sagte das Sprichwort zu Recht, *ci appizza lu vinu e li sicarri.* Wer's mit den Häschern hält, muß Wein und Zigarren drangeben. Und die habe ich bei diesem Wachtmeister wahrhaftig drangegeben. Denn mit meinem Wein und meinen Zigarren hat der sich's wohl sein lassen.»
«1927», sagte der Junge, «herrschte der Faschismus. Das waren andere Zeiten. Mussolini ernannte die Abgeordneten und die Dorfgewaltigen. Er tat, was ihm in den Sinn kam. Jetzt wählt das Volk die Bürgermeister und die Abgeordneten...»
«Das Volk...» grinste der Alte, «das Volk... Dem Volk hat man damals Hörner aufgesetzt und setzt ihm heute Hörner auf. Der Unterschied besteht lediglich darin, daß der Faschismus dem Volk eine einzige Fahne an seine Hörner hängte und daß die Demokratie es jedem erlaubt, sich selbst eine von der Farbe, die ihm gefällt, an seine eigenen Hörner zu hängen... Wir kommen zu unserem Ausgangspunkt zurück. Es gibt nicht nur Leute, die zum Hahnrei geboren sind. Es gibt auch ganze Völker, die das sind. Von alters her haben sie Hörner aufgesetzt bekommen. Eine Generation nach der anderen...»
«Ich habe nicht das Gefühl, daß man mir Hörner aufsetzt...» sagte der Junge.
«Ich auch nicht. Aber wir, mein Lieber, wir treten den anderen auf die Hörner, als ob wir tanzten...» Und der Alte stand auf und deutete ein paar Tanzschritte an, um zu zeigen, in welchem Rhythmus man von einer Hornspitze auf die andere balancieren muß.
Der Junge lachte. Dem Alten zuzuhören war ein Vergnügen. Die kalte Lust und Gewalt, für die er in seiner

Jugend berühmt gewesen war, das wohlberechnete Hasardspiel, die Schlagfertigkeit seines Geistes und seiner Hände, kurz, alle jene Eigenschaften, die ihm bei seiner Umgebung Furcht und Respekt verschafft hatten, schienen manchmal von ihm zu weichen wie das Meer vom Strand und auf dem Sand seiner Jahre nur die leeren Hülsen der Weisheit zurückzulassen. Manchmal wird er wirklich ein Philosoph, dachte der Junge, der die Philosophie für eine Art Spiegelkabinett hielt, in dem eine lange Erinnerung und eine kurze Zukunft einander nur das Dämmerlicht von Gedanken und verzerrte, ungenaue Bilder der Wirklichkeit zuwerfen. In anderen Augenblicken aber kam der harte, unbarmherzige Mensch wieder zum Vorschein, der er immer gewesen war. Und merkwürdigerweise hagelte es dann, wenn er die Dinge dieser Welt wieder so hart und gerecht wie einst beurteilte, in seiner Rede nur so von den Wörtern Hörner und Hahnrei, in verschiedenen Bedeutungen und Nuancen, aber immer, um seine Verachtung auszudrücken.
«Das Volk, die Demokratie», sagte der Alte und setzte sich wieder. Die Demonstration dessen, wie er es verstehe, den Leuten auf die Hörner zu treten, hatte ihm ein wenig den Atem verschlagen.
«Nichts wie hübsche Erfindungen. Am grünen Tisch von Leuten erfunden, die es fertigbringen, ein Wort dem anderen an den Hinteren zu heften und alle Worte zusammen an den Hinteren der Menschheit. Mit Verlaub gesagt... Mit Verlaub, meine ich, wegen der Menschheit... Ein Wald von Hörnern, diese Menschheit, dichter als der Wald von Ficuzza, als er noch ein richtiger Wald war. Und weißt du, wer sich die Zeit

damit vertreibt, auf diesen Hörnern herumzuspazieren? Erstens, und merk dir das gut, die Priester. Zweitens, die Politiker. Und je mehr sie behaupten, mit dem Volk zu gehen, desto mehr trampeln sie ihm auf den Hörnern herum. Drittens, Leute wie du und ich... Es ist richtig, daß die Gefahr besteht, zu stolpern und sich zu verheddern, für mich ebensogut wie für die Priester und die Politiker. Aber selbst wenn es mich aufschlitzt, bleibt ein Horn doch ein Horn. Und wer es auf dem Kopfe trägt, dem hat man eben Hörner aufgesetzt... Und das bleibt eine Genugtuung, beim Blut des Heilands, eine wahre Genugtuung. Mir geht's zwar schlecht, ich sterbe, aber euch hat man Hörner aufgesetzt... Und da wir gerade dabei sind: Dieser Parrinieddu, auch so ein Kerl mit Hörnern auf dem Kopf, kommt mir allmählich verdächtig vor. In all dem Hin und Her von Sbirren hat er doch sicher seine Pfoten drin... Gestern, als er mich traf, ist er blaß geworden, hat getan, als sehe er mich nicht, und ist in die nächste Gasse eingebogen... Ich sage: Ich hab dich den Spitzel spielen lassen, weil du, das weiß ich ja, schließlich auch leben mußt. Aber du mußt Vernunft walten lassen, darfst dich nicht gegen die heilige Kirche stellen...» Und heilige Kirche hieß, daß er selbst und ebenso der heilige Freundschaftsbund, den er vertrat und beschirmte, unantastbar war.
Und immer noch an Parrinieddu gewandt, als stehe der vor ihm, sagte er mit eisiger Feierlichkeit: «... und wenn du dich gegen die heilige Kirche stellst, was kann ich, mein Lieber, dir dann anhaben? Nichts. Ich sage dir nur, du bist tot im Herzen der Freunde.»
Einen Augenblick lang schwiegen sie, als beteten sie

ein Requiem für den Mann, der in ihrem Herzen tot war. Dann sagte der Alte: «Den Diego, den würde ich für ein paar Tage fortschicken, um sich zu amüsieren. Ich meine, er hätte eine Schwester in Genua...»

Diego Marchica wurde um neun Uhr abends im Jagdverein verhaftet. Dem Wachtmeister aus B., der auf seiner Fahrt zweierlei zu erledigen gedachte, gelang indessen nur die Ausführung eines Vorhabens. Er hatte beabsichtigt, die Spieler bei dem Glücksspiel Zecchinetta zu überraschen und Diego zu verhaften. Aber die Spieler und mit ihnen Diego saßen bei einem harmlosen Spielchen. Offensichtlich hatte jemand Schmiere gestanden und die Carabinieri kommen sehen. Aber Spiel hin, Spiel her, Diego, der erst aufmuckte und sich dann fügte, wurde unter dem Gerede der Leute in die Kaserne abgeführt. Dieses Gerede kam Diego und den Carabinieri als Ausdruck des Erstaunens und des Mitleids zu Ohren. (Was hat er denn getan? Der ging doch nur seinen eigenen Geschäften nach. Der war doch wirklich niemand im Wege.) Heimlich aber, fast nur im Flüsterton, wurde nahezu einhellig der Wunsch laut, Diego möchte den Rest seines Lebens in den Gefängnissen seines Vaterlandes verbringen.
Und während man in B. Diego verhaftete, wurde in S. Parrinieddu zu der Nummer, die die Geheimwissenschaft vom Lotto dem Ermordeten zudenkt. Von seiner unsterblichen Seele abgesehen, die einzige Form des Überlebens, die ihm beschieden war. Die letzten

vierundzwanzig Stunden seines Lebens vergingen Calogero Dibella, genannt Parrinieddu, wie im Traum, wenn man durch endlose Wälder geht, die so hoch und dicht sind, daß kein Licht in sie fällt, und so undurchdringlich wie Dornengestrüpp. Zum erstenmal, seit er Kontaktmann war, hatte er den Carabinieri den richtigen Faden in die Hand gespielt, der, wenn man nur richtig an ihm zu ziehen verstand, ein ganzes Gewebe von Freundschaften und Interessen, in das auch seine eigene Existenz mit verflochten war, aufdröseln konnte. Gewöhnlich bezogen seine vertraulichen Mitteilungen sich auf Personen, die nichts mit diesem Geflecht von Freundschaften und Interessen zu tun hatten. Übelbeleumundete Burschen, die abends im Kino einen Raub sahen und sich am nächsten Tag aufmachten, um einen Autobus anzuhalten. Verbrecher kleinen Formats also, Einzelgänger ohne Protektion. Aber diesmal lagen die Dinge anders. Freilich hatte er zwei Namen genannt, und der eine von ihnen, La Rosa, hatte nichts mit der Sache zu tun. Aber der andere war ein sicherer Name, der richtige Faden. Und von dem Augenblick an, da er ihn ausgesprochen hatte, fand er keine Ruhe mehr. Sein Körper war ein von Angst durchweichter Schwamm, selbst das Brennen seiner Leber und das schmerzhafte Flimmern seines Herzens waren wie verloschen.

Pizzuco, der ihn im Café Gulino zurückhalten wollte, um ihm wie schon so oft einen Magenbitter zu spendieren, war zunächst über die Weigerung und das rasche, fluchtartige Verschwinden Parrinieddus verdutzt. Und er dachte den ganzen Tag darüber nach. Denn er war nicht gerade helle. Parrinieddu seinerseits gab dieser

Einladung zu einem Magenbitter den ganzen Tag über tödliche Bedeutungen: bitterer Verrat, bitterer Tod. Er vergaß darüber ganz Pizzucos bekannte Neigung (nach Aussage des Arztes eine Zirrhose) für den Magenbitter. Einen sizilianischen Bitter, wohlgemerkt, von der Firma Gebrüder Averna. Auf ihn stützte sich der Rest von Pizzucos separatistischem Glauben. Denn er hatte, nach seiner eigenen Aussage, dem Freiwilligenheer angehört, das für die Unabhängigkeit Siziliens kämpfte. Nach Meinung der Polizei allerdings war er lediglich ein Anhänger des Banditen Giuliano gewesen.

Noch viele andere beobachteten Parrinieddus Unsicherheit, sein unstetes Umherirren, das dem eines Menschen glich, dem ein Metzgerhund auf den Fersen ist. Und am genauesten beobachteten es diejenigen, vor denen er sich fürchtete und denen er entfliehen wollte. Und schließlich die Begegnung mit dem Mann, den er am meisten fürchtete, mit dem Mann, dem es zuzutrauen war, daß er schon wußte oder doch erriet, was vertraulich zwischen den vier Wänden einer Amtsstube gesagt worden war. Er hatte so getan, als sehe er ihn nicht. Er war gleich um die Ecke gebogen. Aber der hatte ihn mit einem Blick, der unter den schweren Lidern wie erloschen wirkte, schon gesehen.

Von dieser Begegnung an verliefen die letzten vierundzwanzig Stunden des Kontaktmannes in grausamer Hetze. Sein Umherirren auf einer Flucht, von der er doch wußte, daß sie unmöglich war, wechselte mit Visionen ab, in denen er sich selbst bereits als Toten sah. Die Flucht war der langanhaltende Pfiff der Züge, das Land, das sich im Vorbeirasen des Zuges auftat,

Dörfer, die langsam kreisten mit Frauen an den Fenstern und frischen Blumen. Und dann ein unvorhergesehener Tunnel, die vom Rhythmus des Zuges skandierten Todesworte, die schwarzen Wasser des Todes, die über ihm zusammenschlugen.

Ohne es zu wissen, hatte er sich in drei Tagen mit seiner Unruhe, seinen Fehlentscheidungen, seinem sichtbaren Zusammenfahren und Erschrecken selbst seine Grube gegraben. Jetzt brauchten sie ihn nur noch hinzuwerfen «wie einen Hund». Er aber glaubte, der Tod sei eine Folge seiner schändlichen Tat, von der er annahm, man wisse von ihr oder vermute sie doch. Und nicht, weil er selbst mit seinen wahnsinnigen Angstausbrüchen geradezu das Inbild des Verrates darstellte, den er begangen hatte. Die beiden Namen, die er sich hatte entschlüpfen lassen, ruhten im Gedächtnis des Hauptmanns Bellodi, der nicht noch einen Toten vor sich haben wollte und deshalb fest entschlossen war, dem Kontaktmann seinen Schutz angedeihen zu lassen. Aber Parrinieddu mit seinen angstzerrütteten Nerven sah seine vertrauliche Mitteilung allenthalben wie die Spreu im Winde umherfliegen. Und verloren, wie er sich wähnte, schrieb er am Morgen des Tages, der sein letzter sein sollte, dem Hauptmann auf einem Luftpostblatt zwei Namen auf. Und dann: «Ich bin tot.» Und, als schließe er einen Brief: «Hochachtungsvoll Calogero Dibella».

Während das Dorf noch im Schlaf lag, ging er den Brief in den Kasten stecken. Und den ganzen Tag streifte er ziellos durch die Straßen und kehrte dazwischen plötzlich nach Hause zurück. Ein dutzendmal entschlossen, sich in sein Haus einzuschließen, und ebensooft bereit, sich umbringen zu lassen, bis ihn bei seinem letzten Entschluß, sich zu verbergen, auf der Schwelle seiner Tür zwei wohlgezielte Pistolenschüsse trafen.

Seinen Brief las der Hauptmann, nachdem er von seinem Tod erfahren hatte. Er hatte dem Wachtmeister von B. Anweisung gegeben, Marchica zu verhaften, und war dann todmüde nach C. zurückgekehrt, direkt in seine Wohnung. Als man ihm Dibellas Tod meldete, stieg er in seine Amtsstube hinunter. Dort fand er bei der Nachmittagspost den Brief. Er war davon tief beeindruckt.

Mit einer letzten Denunziation, der zutreffendsten und sprengkräftigsten, die er je gemacht hatte, trat dieser Mann von der Bühne des Lebens ab. Zwei Namen in der Mitte des Blattes, und darunter, fast am Rand, die verzweifelte Mitteilung, das «Hochachtungsvoll» und die Unterschrift. Nicht so sehr die Bedeutung dieser Denunziation beeindruckte den Hauptmann, sondern die Verzweiflung, der Todeskampf, die zu ihr geführt hatten. Dieses «Hochachtungsvoll» rührte brüderliches Mitleid und schmerzlichen Ärger in ihm auf. Das Mitleid und den Ärger eines Menschen, der hinter einem Äußeren, das er schon eingeordnet, definiert und abgelehnt hat, plötzlich ein menschliches Herz in seiner Nacktheit und Tragik entdeckt. Mit seinem Tod, mit seinem Abschiedsgruß war ihm der Kontaktmann durch ein menschlicheres Geständnis nähergekommen. Ein Geständnis, das unangenehm und ärgerlich blieb und dem gleichwohl in den Empfindungen und Gedanken des Mannes, an den es sich wandte, eine mitleidige, pietätvolle Antwort zuteil wurde.

Diese Gemütsverfassung schlug plötzlich in Zorn um.

Der Hauptmann empfand die Enge, in die das Gesetz ihn drängte. Wie seine Unteroffiziere spielte er mit dem Gedanken an Machtvollkommenheiten und außerordentliche Handlungsfreiheit. Und doch hatte er solche Träume bei seinen Wachtmeistern immer verurteilt. Eine Suspendierung der Grundrechte in Sizilien für einige Monate, und das Übel wäre für immer ausgerottet gewesen. Aber Moris Unterdrückungen und der Faschismus kamen ihm wieder in den Sinn, und seine Ideen und Gefühle fanden wieder das richtige Maß. Aber sein Zorn blieb. Der Zorn eines Mannes aus dem Norden, der ganz Sizilien galt, dieser einzigen Gegend Italiens, der die faschistische Diktatur tatsächlich Freiheit gebracht hatte, die Freiheit, die auf der Sicherheit des Lebens und des Besitzes beruht. Wie viele andere Freiheiten diese Freiheit gekostet hatte, davon wollten und konnten die Sizilianer nichts wissen. Bei den großen Schwurgerichtsprozessen hatten sie alle *don* und *zii* auf der Anklagebank gesehen, die mächtigen Wahlvorstände und Komture der Krone, Ärzte und Advokaten, die zur Verbrecherwelt gehörten oder sie protegierten. Schwache oder korrupte Richter waren abgesetzt worden, willfährige hohe Beamte entfernt. Für den Tagelöhner, den Kleinbauern, den Hirten, den Arbeiter in den Schwefelgruben sprach die Diktatur diese Sprache der Freiheit. Und das ist vielleicht der Grund dafür, dachte der Hauptmann, daß es in Sizilien so viele Faschisten gibt. Nicht, daß sie den Faschismus nur als eine Farce betrachtet und wir ihn, nach dem achten September, als eine Tragödie erlitten hätten. Daran allein liegt es nicht. Es liegt daran, daß ihnen in ihrer Lage eine einzige Freiheit genügte und sie nicht gewußt hätten, was sie mit den anderen anfangen sollten. Aber das war noch kein ausgewogenes Urteil. Und während er diese teils klaren, teils, mangels genauer Kenntnisse, verworrenen Gedanken wälzte, war er schon auf dem Wege nach S., in der Nacht, die das eisige Licht der Scheinwerfer noch weiter und geheimnisvoller machte. Eine riesige Höhle aus glänzenden Schiefern und gleißenden Erscheinungen.

Der Wachtmeister in S. hatte einen schrecklichen Tag hinter sich, und schlimmer noch ließ sich die Nacht für ihn an. Stumm und heimtückisch waren die Wasser des Traumes, die für Augenblicke über ihm zusammenschlugen. Er hatte Marchica aus dem Nachbardorf mitgebracht, der sich freilich still, ja schlaftrunken zeigte wie ein Welpe an den Zitzen der Mutter. Ebenso still hatte er das Polizeigewahrsam betreten, und noch ehe sich die Tür hinter ihm schloß, war er wie ein Sack Knochen auf der Pritsche zusammengesunken.

Und als sei es nicht genug mit Marchica, hatte der Wachtmeister als letzte Überraschung des Tages den Toten gefunden. Das reichte wahrhaftig, um auch den ruhigsten Menschen zum Wahnsinn zu treiben. Aber der Wachtmeister, todmüde und von Hunger erschöpft, war nur schläfrig. Und als er sich deshalb aufmachte, um einen Kaffee zu trinken, veranlaßte ihn die Stimme des Hauptmanns, der gerade angekommen war, stehenzubleiben. Das bedeutete – zumindest was sein Verhältnis zu den Vorgesetzten betraf – unter einem bösen Stern geboren zu sein. Aber der Hauptmann holte ihn ein, trank ebenfalls einen Kaffee und wollte beide bezahlen, obwohl der Barmann von dem

Vergnügen sprach, das es der Bar – ganz unpersönlich – bereite, den Herrn Hauptmann und den Herrn Wachtmeister zu einem Kaffee einzuladen. Das brachte die schlechte Laune des Wachtmeisters in aller Stille wie ein Glas Bier zum Überschäumen. Denn er dachte: Der da bildet sich jetzt ein, mein Verzehr in dieser Bar ginge gratis. Aber die Gedanken des Hauptmanns waren von ganz anderer Natur.
Parrinieddus Leichnam lag noch, von einer schmutzigblauen Plane bedeckt, auf dem Pflaster. Die wachhabenden Carabinieri hoben die Plane auf. Wie in vorgeburtlichem Schlummer krümmte sich der Leichnam in der dunklen Gebärmutter des Todes zusammen. «Ich bin tot», hatte er geschrieben. Und tot lag er da, fast auf der Schwelle seines Hauses. Aus den geschlossenen Fenstern drang das schmerzliche Geheul seiner Frau und das Gemurmel der Nachbarinnen, die zu ihrem Troste herbeigeeilt waren. Der Hauptmann betrachtete den Toten einen Augenblick lang und gab dann ein Zeichen, ihn wieder zuzudecken. Der Anblick von Toten brachte ihn immer aus der Fassung und jetzt besonders. Vom Wachtmeister gefolgt, kehrte er in die Kaserne zurück.
Sein Plan ging dahin, die beiden sofort zu verhaften, deren Namen ihm Parrinieddu in seinem letzten Geständnis anvertraut hatte. Unter Umständen und auf eine Weise, die er sich schon geschickt zurechtgelegt hatte, wollte er sie verhören. Getrennt und fast gleichzeitig. Die zwei und den dritten, den man schon sicher hatte. Der Wachtmeister hielt Rosario Pizzucos Verhaftung für eine einfache Sache, die kaum mißliche Weiterungen nach sich zog. Aber für den zweiten

Namen, den zu schreiben der Kontaktmann nur als Toter, als den er sich schon bezeichnete, den Mut gehabt hatte, sah er vor sich schon eine endlose Folge von Unheil, Stufe um Stufe immer tiefer hinab, wie ein Gummiball, der schließlich ihm, dem Oberwachtmeister Arturo Ferlisi, Kommandant des Carabinieripostens von S., wieder ins Gesicht springen würde. Und nicht einmal viel Zeit würde darüber vergehen, so wie die Dinge standen. Ängstlich wies er den Hauptmann gehorsamst auf diese Folgen hin. Der Hauptmann hatte sie schon erwogen. Da war nichts zu machen. Man mußte den Esel dort anbinden, wo der Herr es wollte. Und es kam dem Wachtmeister Ferlisi vor, als binde er den Esel mitten unter Töpferwaren an. Und an das, was dabei herauskam, wenn er erst ausschlug, würde man sich für immer erinnern.

«Das begreife ich nicht, begreife ich wirklich nicht. Ein Mann wie Don Mariano Arena, ein Ehrenmann, der nur seinem Heim und der Pfarrei lebt. Und in seinem Alter, der Ärmste, mit all den Leiden, die ihn plagen, mit all seinem Kreuz... Wird wie ein Verbrecher verhaftet, während – erlauben Sie mir, das auszusprechen – zahllose Verbrecher es sich unter unseren Augen wohl sein lassen. Unter euren Augen, sollte ich lieber sagen. Aber ich weiß, wieviel Sie persönlich zu tun versuchen. Und ich schätze Ihre Arbeit ganz ungemein, wenn es auch nicht meine Sache ist, sie ihrem ganzen Verdienst nach zu würdigen...»
«Danke, aber wir tun alle, was möglich ist.»

«Ach nein, lassen Sie mich das aussprechen... Wenn man nachts an ein hochgeachtetes Haus klopft, ja ein hochgeachtetes Haus, und einen unglücklichen Christenmenschen aus dem Bett holt, der überdies noch alt und leidend ist, und ihn wie einen Übeltäter ins Gefängnis schleppt und damit eine ganze Familie in Angst und Verzweiflung stürzt, nein, das ist, ich will nicht mal sagen, nicht menschlich, nein lassen Sie mich das aussprechen, das ist nicht recht...»
«Aber es besteht begründeter Verdacht, daß...»
«Wie und wo begründet? Einer verliert den Verstand und schickt Ihnen einen Wisch, auf dem mein Name steht. Und Sie kommen zu nachtschlafender Zeit daher, und so alt ich bin, ungeachtet meiner untadeligen Vergangenheit, schleppen Sie mich mir nichts dir nichts ins Gefängnis.»
«Offen gesagt, in Arenas Vergangenheit gibt es ein paar Flecken...»
«Flecken?... Lieber Freund, lassen Sie mich das als Sizilianer und als Mensch, der ich bin, aussprechen, sofern ich, so wie ich bin, mir Ihr Vertrauen ein bißchen verdient habe. Der berühmte Mori hat den Leuten hier Blut und Tränen abgepreßt... Das gehört zu den Dingen im Faschismus, von denen man, weiß der Himmel, lieber nicht sprechen sollte. Und sehen Sie, dabei bin ich keineswegs jemand, der schlecht vom Faschismus redet. Gewisse Zeitungen nennen mich ja geradezu einen Faschisten... Und hat der Faschismus nicht wirklich auch sein Gutes gehabt? Und ob er es gehabt hat. Diese schmutzige Angelegenheit, die sie Freiheit nennen, diese Dreckbatzen, die durch die Luft fliegen, um selbst die weißeste Weste zu beschmutzen,

selbst die reinsten Gefühle... Lassen wir das... Mori ist, wie ich Ihnen schon gesagt habe, hier eine Gottesgeißel gewesen. Er kam und schnappte sich, wie man hier so sagt, die reifen und die sauren Früchte. Leute, die was damit zu tun hatten, und Leute, die nichts damit zu tun hatten. Strolche und Ehrenleute. Ganz wie es ihm und denen, die Spitzeldienste für ihn taten, in den Sinn kam... Das war eine Leidenszeit, lieber Freund, und zwar für ganz Sizilien... Und jetzt kommen Sie daher und reden mir von Flecken. Was denn für Flecken? Würden Sie Don Mariano Arena so gut kennen wie ich, dann sprächen Sie nicht von Flecken. Ein Mann, lassen Sie mich das sagen, wie es nur wenige gibt. Ich will hier nicht von seiner Glaubenstreue reden, die Sie vielleicht – ob zu Recht oder zu Unrecht, mag dahingestellt bleiben – gar nicht interessiert. Aber von seiner Redlichkeit, seiner Nächstenliebe, seiner Klugheit... Ein außergewöhnlicher Mensch, versichere ich Ihnen... Insbesondere, wenn man in Betracht zieht, daß er nichts gelernt hat und ohne Bildung ist... Aber Sie wissen ja, wie viel mehr wert als Bildung Herzensreinheit ist... Einen solchen Mann nun wie einen Übeltäter zu holen, erinnert, lassen Sie mich das mit meiner gewohnten Aufrichtigkeit aussprechen, geradezu an die Zeiten Moris...»

«Aber die öffentliche Meinung bezeichnet Arena als einen Mafiaanführer.»

«Die öffentliche Meinung... Was ist denn schon die öffentliche Meinung? Aus der Luft gegriffenes Gerede, in die Luft hineingeredet. Es bringt Verleumdung, üble Nachrede und gemeine Rache mit sich... Und im übrigen: was ist eigentlich die Mafia?... Auch sie nur

Gerede. Daß sie existiert, behauptet jedermann, wo sie existiert, weiß niemand... Gerede, Gerede, das umgeht und – lassen Sie mich das aussprechen – bei den Schwachköpfen Widerhall findet... Wissen Sie, was Vittorio Emanuele Orlando zu sagen pflegte? Ich zitiere Ihnen hier seine Worte, die gerade, weil wir heute seinen Auffassungen so ferne stehen, in unserem Munde – lassen Sie mich das aussprechen – eine besondere Autorität gewinnen...»
«Aber die Mafia existiert. Jedenfalls muß ich das aus gewissen Erscheinungen schließen, die ich beobachten konnte.»
«Sie machen mir Kummer, mein Sohn, Sie machen mir Kummer. Sie machen mir als Sizilianer Kummer und als dem vernunftbegabten Wesen, das zu sein ich behaupte... Was ich Unwürdiger repräsentiere, hat damit selbstredend nichts zu tun... Aber der Sizilianer, der ich bin, und das vernunftbegabte Wesen, das zu sein ich behaupte, empören sich bei dieser Ungerechtigkeit Sizilien gegenüber, bei dieser Beleidigung der Vernunft... Beachten Sie bitte, daß ich die Vernunft durchaus nicht überschätze... Sagen Sie doch selbst, ob das Bestehen einer so weitläufigen, gut organisierten, geheimen und mächtigen Verbrecherorganisation denkbar ist, die angeblich nicht nur halb Sizilien, sondern sogar die Vereinigten Staaten von Amerika beherrschen soll. Und das mit einem Oberhaupt, das hier in Sizilien sitzt, das die Journalisten aufsuchen und die Zeitungen dann in den düstersten Farben schildern. Der Ärmste... Kennen Sie ihn denn? Ich ja. Ein rechtschaffener Mann, ein beispielhafter Familienvater, ein unermüdlicher Arbeiter. Er hat sich bereichert,

natürlich hat er sich bereichert. Aber durch Arbeit. Und mit Mori hat auch er seinen Kummer gehabt... Es gibt Leute, die werden respektiert, um ihrer Qualitäten willen, um ihrer Lebensart willen, um ihrer Kontaktfähigkeit willen. Weil sie fähig sind, sich Sympathien und Freundschaften zu erwerben. Und sofort erhebt sich, was Sie die öffentliche Meinung nennen. Ein Sturm der Verleumdung bricht los. Und es heißt: ‹Das sind Mafiaanführer...› Eines aber wissen Sie nicht. Diese Leute, die die öffentliche Meinung als Mafiaanführer bezeichnet, haben eine gute Eigenschaft, von der ich wünschte, man begegnete ihr bei allen Menschen, eine Eigenschaft, die genügte, um jeden Menschen im Angesichte Gottes zu erlösen. Sie besitzen Gerechtigkeitssinn... Und dieser Gerechtigkeitssinn verschafft ihnen Respekt...»
«Das ist es ja gerade. Für Gerechtigkeit zu sorgen ist Sache des Staates. Man kann nicht zulassen...»
«Ich spreche von Gerechtigkeitssinn und nicht von Rechtsprechung... Und dann will ich Ihnen etwas sagen. Wenn wir beide uns um ein Stück Land, um eine Erbschaft, um Schulden streiten und ein Dritter kommt und versöhnt uns, erledigt unseren Streitfall... In gewisser Hinsicht spricht er dann Recht. Aber wissen Sie, was aus uns beiden würde, wenn wir uns an *Ihre* Rechtsprechung hielten? Jahre würden vergehen, und vielleicht würde einer von uns oder alle beide vor Ungeduld oder vor Wut Gewalt anwenden... Alles in allem glaube ich nicht, daß ein Mann des Friedens, ein Mann, der Frieden stiftet, sich das Amt der Rechtsprechung anmaßt, das der Staat innehat, und das, um Himmels willen, Sache des Staates ist...»

«Wenn man die Dinge von dieser Warte aus betrachtet...»
«Und von welcher Warte aus wollen Sie sie denn betrachten? Etwa von der Warte Ihres Kollegen aus, der ein Buch über die Mafia geschrieben hat, ein Buch, das dermaßen zusammenphantasiert ist, wie ich es – lassen Sie mich das aussprechen – einem verantwortungsbewußten Menschen niemals zugetraut hätte...»
«Für mich ist die Lektüre dieses Buches sehr lehrreich gewesen...»
«Wenn Sie damit sagen wollen, Sie hätten daraus Neues erfahren, na schön. Aber ob die Dinge, von denen in dem Buch die Rede ist, auch wirklich existieren, ist eine andere Frage... Aber lassen Sie uns die Dinge doch einmal von einer anderen Warte aus betrachten. Hat je ein Prozeß stattgefunden, aus dem hervorgegangen wäre, daß eine Verbrecherorganisation existiert, die Mafia heißt und der man mit Sicherheit die Anstiftung zu einem Verbrechen und seine Ausführung zur Last legen könnte? Ist je ein Schriftstück, eine Zeugenaussage, irgendein Beweis entdeckt worden, der eine nicht zu bezweifelnde Beziehung zwischen einer Straftat und der sogenannten Mafia herstellte? Wenn eine solche Beziehung nicht besteht und wenn wir gleichwohl unterstellen, daß die Mafia existiert, dann muß ich Ihnen sagen: Sie ist eine Gesellschaft zwecks geheimen gegenseitigen Beistands, nicht mehr und nicht weniger als die Freimaurerei. Warum legen Sie gewisse Verbrechen nicht der Freimaurerei zur Last? Es gibt ebenso viele Beweise, daß die Freimaurerei Verbrechen begeht, wie es Beweise dafür gibt, daß die Mafia welche begeht...»

«Ich glaube...»
«Glauben Sie mir, lassen Sie sich doch von mir überzeugen. Denn bei dem, was ich Unwürdiger vertrete, weiß Gott, ob ich Sie überzeugen will und kann... Und ich sage Ihnen: Wenn Sie mit Ihrer Autorität Ihre – wie soll ich das nennen? – Aufmerksamkeit Personen zuwenden, die die öffentliche Meinung als Angehörige der Mafia bezeichnet, und zwar nur weil sie als Mafialeute gelten, ohne daß es konkrete Beweise für die Existenz der Mafia und für die Zugehörigkeit dieser Personen zu ihr gäbe, nun gut, dann betreiben Sie im Angesichte Gottes ungerechte Verfolgung... Und im Fall von Don Mariano Arena trifft das genau zu... Und von diesem Offizier, der ihn verhaftet hat, ohne sich das nur noch einmal durch den Kopf gehen zu lassen, mit einer – lassen Sie mich das aussprechen – der Carabinieri-Tradition unwürdigen Leichtfertigkeit, muß man in der Sprache Suetons sagen, daß er ne principum quidem virorum insectatione abstinuit... Was in die Alltagssprache übersetzt heißt, daß Don Mariano im ganzen Dorf beliebt und geachtet ist. Daß er mir besonders lieb ist, und bitte glauben Sie mir, daß ich mich darauf verstehe, die Leute auszusuchen, denen ich meine Sympathie schenke. Daß er dem Abgeordneten Livigni und dem Minister Mancuso außerordentlich lieb und wert ist...»

Die vierundzwanzig Stunden Polizeiarrest für Marchica, Arena und Pizzuco näherten sich ihrem Ende. Als Marchica Punkt neun Uhr an die Tür des Polizeigewahrsams klopfte, um seinen Rechten, über die er genau Bescheid wußte, Geltung zu verschaffen, teilte ihm der Wachtmeister mit, auf Anordnung des Staatsanwalts sei sein Arrest auf achtundvierzig Stunden verlängert worden. Beruhigt bezüglich der Form, gab Marchica auch in der Sache wieder Ruhe, insofern sie nämlich die Pritsche darstellte, auf der er sich, sogar mit einer gewissen Wollust, ausstreckte. Der Wachtmeister ging in seine Amtsstube zurück und wurde mit der Tatsache nicht fertig, daß Marchica Schlag neun Uhr gerufen hatte. Und doch hatte er keine Uhr, denn seine Armbanduhr lag, zusammen mit seiner Brieftasche, seiner Krawatte und seinen Schnürsenkeln in einer Schublade der Amtsstube.

Um zehn Uhr weckte der Wachtmeister Marchica und gab ihm seine Sachen zurück. Marchica glaubte, man sei im Begriff, ihn zu entlassen. Das Klümpchen Schlaf, Sorge und Unrasiertheit, zu dem sein Gesicht zusammengeschrumpft war, löste sich zu einem triumphierenden Lächeln auf. Aber vor dem Kasernentor stand ein Auto. Der Wachtmeister stieß ihn hinein. Dort saß schon ein Carabiniere, und ein weiterer Carabiniere stieg nach ihm ein. So sah Marchica sich zwischen zwei Carabinieri auf den hinteren Sitz eines Fiat 600 gezwängt. Er pochte auf die Straßenverkehrsordnung, und der Wachtmeister, der sich schon neben den Fahrer gesetzt hatte, war davon so überrascht, daß er freundlich, aber ausweichend antwortete: «Ihr seid doch alle drei so mager.»

Pizzuco und Arena saßen schon im Gewahrsam der Kompaniekommandantur in C. Denn der Hauptmann war der Meinung, wenn man sie einen Tag lang im Poli-

zeigefängnis schmoren ließe, würde das Verhör, dem er sie unterziehen mußte, mehr Erfolg haben. Eine Nacht und ein Tag voller Unbequemlichkeiten, voller Unsicherheit würden auf die drei Männer ihre Wirkung tun. Er begann mit Marchica.
Die Kompaniekommandantur war in einem alten Kloster untergebracht. Ein rechtwinkliger Grundriß und in jedem Flügel zwei Zimmerreihen, die durch einen Flur getrennt wurden. Eine Reihe schaute mit ihren Fenstern auf den Hof, die andere auf die Straßen. An diesen recht wohlproportionierten Bau hatte die Regierung des Sizilianers Francesco Crispi und seines geplagtesten Ministeriums fürsorglich einen anderen unschönen, ungefügen Trakt angebaut, der in kleinerem Maßstab die Gestalt des größeren wiederholen sollte. Aber der Neubau war wie die Zeichnung ausgefallen, mit der ein Kind die Skizze eines Ingenieurs nachahmt. An die Stelle des Hofes war ein Lichtschacht getreten, und die beiden Bauten waren durch ein Treppengewirr und ein Labyrinth von Gängen verbunden, in denen man sich nur nach langer Übung zurechtfand. Immerhin hatte der Neubau den Vorteil, daß seine Räume größer waren als die im alten Trakt. Die im ersten Stock dienten als Amtsräume, die im zweiten als Wohnung für den Kommandanten.
Das Amtszimmer des Kommandanten hatte ein großes Fenster, das auf den Lichtschacht hinausging. Gegenüber lag, hinter einem entsprechenden Fenster, das Zimmer des Leutnants. Und zwischen beiden Fenstern war gerade so viel Raum, daß zwei Personen, die sich hinauslehnten, einander Papiere von einem Raum in den anderen reichen konnten.

Der Schreibtisch des Hauptmanns stand so, daß Marchica dem Fenster gegenüber saß und die Tür des Amtszimmers zu seiner Rechten war.
«Sie sind in B. geboren?» fragte der Hauptmann.
«Ja, Herr Hauptmann», antwortete Marchica in leidendem Ton.
«Und Sie sind immer in B. geblieben?»
«Nicht immer. Ich bin Soldat gewesen. Ich war ein paar Jahre im Gefängnis...»
«Sie kennen doch sicher viele Leute in B.?»
«Es ist mein Heimatdorf. Aber Sie wissen ja, wie das so geht. Einer ist ein paar Jahre lang fort, und die Buben sind junge Leute geworden, und die alten Leute noch älter... Und von den Frauen wollen wir schon gar nicht reden. Wenn man sie verläßt, spielen sie noch auf der Straße mit Murmeln. Und wenn man ein paar Jahre später zurückkehrt, hängen ihnen die Kinder am Rockzipfel. Und vielleicht sind sie sogar gewaltig auseinandergegangen...»
«Aber seine Altersgenossen, mit denen man immer im gleichen Viertel gewohnt und mit denen man als Kind gespielt hatte, die erkennt man doch rasch wieder, nicht?»
«Gewiß», sagte Marchica. Mehr als die Bedeutung der Fragen begann der gelassene Konversationston, den der Hauptmann anschlug, ihn zu beunruhigen.
Der Hauptmann schwieg einen Augenblick, als versinke er plötzlich in Gedanken. Marchica sah aus dem Fenster in das Amtszimmer gegenüber, das leer und hell erleuchtet war. Der Hauptmann hatte dafür gesorgt, daß in seinem Zimmer nur eine einzige Lampe brannte, die auf seinem Schreibtisch. Und er hatte sie so ge-

dreht, daß ihr Licht auf das Nebentischchen fiel, wo der Unteroffizier schrieb. So konnte Marchica das andere Amtszimmer sehr deutlich sehen.
«Und zweifellos haben Sie einen gewissen Paolo Nicolosi gekannt.»
«Nein», sagte Marchica rasch.
«Ausgeschlossen», sagte der Hauptmann. «Vielleicht können Sie sich augenblicklich nicht an ihn erinnern. Schon weil Nicolosi seit vielen Jahren nicht mehr in B. wohnte. Aber ich will versuchen, Ihre Erinnerung aufzufrischen... Nicolosi wohnte in der Via Giusti, einer Querstraße der Via Monti, wo Sie, wenn ich mich nicht täusche, immer gewohnt haben... Sein Vater war ein Kleinbauer, ging aber dem Handwerk eines Okulierers nach. Das gleiche Handwerk übt auch der Sohn aus, der jetzt in S. wohnt, wohin er geheiratet hat..»
«Jetzt, wo Sie mir das erzählen, meine ich mich zu erinnern.»
«Das freut mich... Und es ist ja auch nicht schwer, sich an gewisse Dinge, gewisse Personen zu erinnern, besonders wenn sie zu einem glücklichen Lebensabschnitt gehören, zu unserer Kindheit...»
«Wir haben zusammen gespielt. Jetzt erinnere ich mich daran. Aber er war kleiner als ich. Und als ich zum erstenmal ins Gefängnis mußte, ungerechterweise, bei Gott im Sakrament, war er noch ein Kind. Seither habe ich ihn nicht mehr gesehen...»
«Und wie sieht er aus? Was hat er für ein Gesicht?»
«So groß wie ich, mit blondem Haar, hellblauen Augen...»
«Hat einen Schnurrbart», sagte der Hauptmann bestimmt.

«Hatte er früher», sagte Marchica.
«Früher als was?»
«Ehe er ihn... ehe er ihn abnahm.»
«Also haben Sie ihn gesehen, als er einen Schnurrbart trug, und dann, nachdem er ihn abgenommen hatte...»
«Vielleicht irre ich mich... Recht bedacht, bringe ich wirklich alles durcheinander.»
«Nein», beruhigte ihn der Hauptmann, «Sie erinnern sich genau. Ehe er heiratete, trug er einen Schnurrbart. Dann fort damit. Vielleicht hat er seiner Frau nicht gefallen... Sie haben ihn wahrscheinlich in B. getroffen. Ich weiß nicht, ob Nicolosi in der letzten Zeit, seit Sie durch die Amnestie wieder auf freiem Fuß sind, in B. gewesen ist. Möglich... Oder haben Sie ihn vielleicht in S. getroffen?»
«Ich bin seit Jahren nicht in S. gewesen.»
«Sonderbar», sagte der Hauptmann, als stiegen plötzlich Bedenken in ihm auf, «wirklich sonderbar. Denn ausgerechnet Nicolosi behauptet, daß er Sie in S. getroffen hat. Ich begreife nicht, aus welchem Grund er diesbezüglich lügen sollte...»
Marchica verstand nichts mehr. Der Hauptmann schaute ihn an und ahnte das Durcheinander in seinem Kopf. Auf und ab wie ein Hund in den Hundstagen. Ein ganzes Bündel von Möglichkeiten, Ungewißheiten, Vermutungen, die allenthalben auftauchten, wo er mit animalischem Spürsinn innehielt.
Mit einem Schlag tat sich die Tür des Zimmers auf. Instinktiv wandte Marchica sich um. Auf der Schwelle grüßte der Wachtmeister von S. und sagte: «Er ist soweit.» Hinter ihm stand ohne Hosen, mit wirrem

Haar und unrasiert, Pizzuco. Eine Geste des Hauptmanns veranlaßte den Wachtmeister, sich zurückzuziehen und die Tür rasch zu schließen. Marchica bekam vor Entsetzen keine Luft. Zweifellos war Pizzuco so lange verprügelt worden, bis er zu schwatzen begann. (In Wirklichkeit hatte man Pizzuco gerade in diesem Augenblick aus dem Schlaf gerissen, und sein Geist war von unruhigen Träumen zermartert, nicht sein Körper von Prügeln.) Im grellen Licht sah er Pizzuco, den Wachtmeister und einen Leutnant das Zimmer gegenüber betreten. Und kaum hatten sie sich gesetzt, stellte der Leutnant eine kurze Frage. Und Pizzuco begann zu reden und zu reden, und der Wachtmeister zu schreiben und zu schreiben. Der Leutnant hatte gefragt, was für ein Leben Pizzuco führe und mit welchen Mitteln er es bestreite. Und Pizzuco ergoß die erbauliche Geschichte seines ehrbaren, makellosen und arbeitsreichen Lebens in die flinke Feder des Wachtmeisters Ferlisi. Aber Marchica hörte in seinem Innern aus Pizzucos Munde eine Geschichte, die, wenn es gut ging, für siebenundzwanzig Jahre Haft, siebenundzwanzig lange Jahre im Ucciardone ausreichte, die nicht einmal Gott der Herr Diego Marchica vom Buckel würde nehmen können.

«Aus welchem Grunde», fragte der Hauptmann, «sollte er diesbezüglich lügen? Ich sage das nicht Ihretwegen, sondern Nicolosis wegen. Warum sollte er so etwas zudem so Unwichtiges, so Törichtes behaupten?»

«Das kann er nicht», sagte Marchica entschieden.

«Und warum?»

«Weil... Weil er es nicht behaupten kann.»

«Vielleicht weil Sie, zu Recht und mit gutem Grund der Ansicht sind, daß Nicolosi tot ist...»
«Tot oder lebendig, das ist mir gleich.»
«Aber nein, Sie haben ja recht. Nicolosi ist tot.»
Marchica war sichtlich erleichtert. Und das war ein Zeichen dafür, daß für ihn ohne die Bestätigung des Hauptmanns noch ein gewisser Zweifel an Nicolosis Tod bestand. Nicht er hatte ihn also umgelegt. (Im anderen Zimmer schwatzte Pizzuco. «Du Scheißkerl, du Taugenichts, du Hurensohn. Vier übergezogen, und du spuckst alles aus. Aber das wirst du mir bezahlen. Unter meinen Händen oder unter denen von anderen wirst du mir das bezahlen...»)
«Ja», sagte der Hauptmann, «Nicolosi ist tot. Aber Sie wissen ja, daß die Toten manchmal sprechen.»
«Beim Tischrücken», sagte Marchica verächtlich.
«Nein, sie sprechen einfach dadurch, daß sie vor ihrem Tod etwas schreiben... Und Nicolosi hat, nach der Begegnung mit Ihnen, den guten Einfall gehabt, Ihren Namen und Spitznamen auf ein Stück Papier zu schreiben. Diego Marchica, genannt Zicchinetta. Er hat Ort und Stunde Ihrer Begegnung dazugeschrieben und die ohnehin naheliegende Überlegung, daß Colasbernas Tod mit Ihrer Anwesenheit in S. in Zusammenhang zu bringen sei... Ein Briefchen alles in allem, das in Anbetracht der Tatsache, daß Nicolosi tot ist, für die Richter größere Bedeutung haben wird als die Zeugenaussage, die Nicolosi zu Lebzeiten hätte machen können... Da haben Sie einen argen Fehler begangen. Dieses Briefchen hat Nicolosi seiner Frau hinterlassen. Und nur falls ihm etwas zustieße, sollte die Frau es uns übergeben. Hätte man ihn leben lassen, dessen bin ich

sicher, hätte er nie eine Zeugenaussage gewagt. Und noch viel weniger eine Anzeige dessen, was er gesehen hatte. Ein schlimmer Fehler, ihn umzubringen...»
Im Amtszimmer gegenüber hatte Pizzuco seine Aussage beendet. Der Wachtmeister hatte die Blätter geordnet, war neben ihn getreten und hatte ihn, Seite um Seite, seine Gemeinheiten unterschreiben lassen. Dann war der Wachtmeister hinausgegangen und hatte einen Augenblick später das Amtszimmer des Hauptmanns betreten, um ihm die Blätter zu bringen. Marchica brach der Todesschweiß aus.
«Ich weiß nicht», sagte der Hauptmann, «was Sie von Rosario Pizzuco halten...»
«Ein ganz gemeiner Kerl», sagte Diego.
«Das hätte ich nie gedacht. Aber da sind wir einer Meinung. Denn soviel ich weiß, haltet ihr Sizilianer jemand für gemein, der die Gemeinheit begeht, Dinge zu enthüllen, die, obwohl sie ihre gesetzliche Strafe verdienen, niemals enthüllt werden dürfen... Wir sind der gleichen Meinung: Pizzuco hat eine Gemeinheit begangen... Wollen Sie hören?... Lies», sagte er zu dem Unteroffizier und reichte ihm die Blätter, die der Wachtmeister ihm gebracht hatte. Er zündete sich eine Zigarette an und betrachtete mit halb geschlossenen Augen unverwandt Diego Marchica, der schweißtriefend von stummer Wut geschüttelt wurde.
In dem falschen, sorgfältig vorbereiteten Protokoll hieß es, Rosario Pizzuco habe freiwillig gestanden (Die Prügel, dachte Diego, die Prügel), Marchica vor einiger Zeit begegnet zu sein und ihm anvertraut zu haben, daß er von Colasberna beleidigt worden sei. Marchica habe sich als Rachewerkzeug angeboten. Da er, Rosa-

rio Pizzuco, aber ein Mann von unerschütterlichen moralischen Grundsätzen sei, nicht zur Gewaltanwendung neige und allen Rachegefühlen abhold, habe er dieses Angebot abgelehnt. Marchica habe darauf bestanden, ja, er habe Pizzuco sein unwürdiges Verhalten Colasberna gegenüber vorgeworfen. Er habe hinzugefügt, da er persönliche Gründe zum Haß gegen Colasberna habe, der ihm Arbeit oder Geld verweigert habe, daran erinnerte sich Pizzuco nicht mehr genau, werde er Colasberna früher oder später heimtun. Das sollte heißen, er werde sein Leben auslöschen, so wie man eine Kerze auslöscht. Und zweifellos hatte er seinen Vorsatz ausgeführt. Als Pizzuco wenige Tage nach Colasbernas Ermordung wegen Grundstücksgeschäften in S. war, traf er zufällig Marchica, der ihm – ohne daß er ihn übrigens zu einer solchen Vertraulichkeit gedrängt hätte – die erschütternde Mitteilung von seinem Doppelmord machte: «*Partivu pi astutàrinni unu e mi tuccà astutàrinni du.*» Was in Marchicas Verbrechersprache unmißverständlich bedeutete, er habe zwei Morde begangen, einen an Colasberna und den anderen, so vermutete Pizzuco wenigstens, an Nicolosi, von dessen Verschwinden man in diesen Tagen sprach. Pizzuco war über diese gefährliche Enthüllung zutiefst erschrocken und kehrte fassungslos nach Hause zurück. Natürlich sprach er keiner Menschenseele davon. Denn bei Marchicas gewalttätiger Natur fürchtete er für sein eigenes Leben. Auf die Frage, warum Marchica ihn zum Mitwisser eines so gefährlichen Geheimnisses gemacht habe, hatte Pizzuco geantwortet, Marchica, der seit geraumer Zeit nicht mehr in der Gegend gewesen sei, habe vielleicht ge-

glaubt, sich auf Grund gewisser Tatsachen in Pizzucos Vorleben, das nur scheinbar seinem eigenen glich, auf ihn verlassen zu dürfen. In der wirren Zeit der Separatistenbewegung hatten nämlich beide in dem Freiwilligenheer für Siziliens Unabhängigkeit gekämpft. Pizzuco freilich aus rein ideellen Gründen, Marchica zu verbrecherischen Zwecken. Auf die weitere Frage, ob man hinter Marchica die Verantwortlichkeit Dritter, das heißt von Anstiftern, vermuten müsse, hatte Pizzuco geantwortet, das wisse er nicht, aber persönlich neige er dazu, diese Vermutung auf das nachdrücklichste auszuschließen. Er sehe die Motive für das Verbrechen ausschließlich in Marchicas gewalttätiger Natur und in seinen unüberwindlichen verbrecherischen Neigungen, von denen er, sowohl was das Eigentum, als was das Leben anderer anging, jederzeit Beweise geliefert habe.
Das war eine meisterhafte Fälschung. Eine solche Aussage paßte zu Menschen wie Pizzuco und zu Pizzuco insbesondere. Dieses gefälschte Protokoll war aus der Zusammenarbeit von drei Wachtmeistern entstanden. Seine klügste Wendung stellte die letzte Behauptung dar, die Pizzuco unterstellt wurde: der vollständige Ausschluß der Möglichkeit, es könnten Auftraggeber existieren. Mariano Arenas Name in diesem gefälschten Protokoll wäre ein nicht wiedergutzumachender Fehltritt gewesen. Ein falscher Ton, ein unwahrscheinliches Detail. Und das Mißtrauen, das es in Marchica geweckt hätte, hätte das ganze Lügengebäude zu Fall gebracht. Aber die sorgfältige Technik, jede Schuld nach unten, das heißt auf Marchica, abzuwälzen, die eigene Schuld entschieden abzuleugnen und den Ver-

dacht, es könne Anstifter geben, zurückzuweisen, erfüllte Marchica mit der qualvollen Gewißheit von der Echtheit dieses Schriftstücks. Ja, er zweifelte nicht einen Augenblick daran. Denn die Stimme des Unteroffiziers, der es verlas, erschien ihm als klingende Säule der stummen Anschauung, die ihm vor dem Fenster zuteil geworden war.
Fassungslos, in blinder Wut – wäre ihm Pizzuco jetzt unter die Hände gekommen, so hätte er sein ruchloses Leben auf der Stelle ausgelöscht –, sagte er nach langem Schweigen, wenn die Dinge so stünden, dann bleibe ihm nichts übrig, als zu tun, was Samson getan habe. *« Mori Sansuni »*, sagte er, *« cu tuttu la cumpagnuni. »* Samson starb mit allen seinen Gesellen. Und das heiße natürlich, die Dinge richtigzustellen, die dieser Schweinehund auf seine Art erzählt habe.
Ja, eine Begegnung, die erste Begegnung mit Pizzuco nach langen Jahren, hatte stattgefunden. Und zwar in B., in den ersten Dezembertagen des vergangenen Jahres. Pizzuco hatte ihm vorgeschlagen, Colasberna umzulegen, der ihn, wie er sagte, tief beleidigt habe. Dreihunderttausend Lire Belohnung. Da Marchica wenige Monate zuvor aus dem Gefängnis entlassen worden war und sein bißchen Freiheit und Ruhe genießen wollte, sagte er, er habe keine Lust dazu. Da er sich aber in einer Notlage befand und Pizzuco immer wieder auf die Sache zurückkam und dabei die Möglichkeit einer sofortigen Anzahlung vor ihm aufblitzen ließ und ihm die Restzahlung gleich nach vollbrachter Tat und obendrein eine Feldhüterstelle versprach, gab Marchica schließlich nach. Nur weil er sich, darauf mußte er noch einmal hinweisen, in einer Notlage

befand. Denn eine Notlage ist schlimm. So wurden denn die Einzelheiten für die Ausführung des Verbrechens mit Pizzuco abgesprochen. Dabei verpflichtete sich Pizzuco insofern zur Beihilfe, als er die Waffe in einem ihm gehörigen Landhaus bereitlegen wollte. Marchica sollte sich dort in der Nacht vor dem Verbrechen einfinden. Von diesem nicht weit vom Dorf gelegenen Landhaus sollte er sich zur Abfahrtszeit des ersten Autobusses nach Palermo auf einem vorher verabredeten Weg an die Ecke der Via Cavour begeben, da Colasberna jeden Samstag mit diesem Autobus nach Palermo zu fahren pflegte. Sofort nach dem Schuß sollte er dann schleunigst durch die Via Cavour flüchten und in das Landhaus zurückkehren, wo Pizzuco ihn abholen würde, um ihn im Auto nach B. zu bringen.

Ein paar Tage vor dem Verbrechen ging Marchica nach S., um den zukünftigen Tatort in Augenschein zu nehmen und in der Lage zu sein, Colasberna unter Ausschluß aller Irrtümer zu identifizieren. Bei dieser Gelegenheit setzte Pizzuco das Datum für den Mord fest. Am 16. Januar, um sechs Uhr dreißig, ermordete Marchica, der dem von Pizzuco ausgearbeiteten Plan in allen Einzelheiten folgte, Salvatore Colasberna. Daß Marchica aber auf seiner Flucht durch die Via Cavour seinem Mitbürger Paolo Nicolosi begegnete, stellte eine Panne dar. Denn Nicolosi erkannte ihn einwandfrei, ja, er rief ihn sogar bei seinem Namen. Das beunruhigte ihn, und er teilte seine Bedenken Pizzuco mit, als der sofort darauf in das Landhaus kam. Pizzuco regte sich auf und fluchte. Dann beruhigte er sich und sagte: «Mach dir keine Sorgen, laß das unsere Sache

sein.» In einem Lieferwagen, der ihm gehörte, brachte Pizzuco ihn bis in die Flur Granci, nicht ganz einen Kilometer von B. entfernt. Aber vorher händigte er ihm zur Begleichung seiner Schuld nochmals hundertfünfzigtausend Lire aus, die zusammen mit der Anzahlung die abgesprochenen dreihunderttausend Lire ausmachten. Als Pizzuco ein paar Tage später nach B. kam, erfuhr Marchica, daß er sich Nicolosis wegen keinerlei Sorgen mehr machen müsse. Der tauge, so hatte Pizzuco sich wörtlich ausgedrückt, nur noch dazu, den Kindern Zuckerpuppen zu bringen. Damit spielte er auf die örtliche Sitte einer Art Weihnachtsbescherung für die Kinder an Allerseelen an, bei der sie eben Zuckerpuppen geschenkt bekamen. Diese Äußerung Pizzucos gab Marchica die Gewißheit, daß Paolo Nicolosi beseitigt worden war. Auf die Frage, ob Pizzuco ihn im Auftrag Dritter zu dem Mord an Colasberna angestiftet habe, sagt Marchica, das wisse er nicht. Aber seiner Meinung nach sei das auszuschließen. Auf die Frage, ob Pizzucos Ausspruch, «Mach dir keine Sorgen, und laß das unsere Sache sein», nicht auf die Teilnahme und Beihilfe anderer, Marchica unbekannter Spießgesellen Pizzucos schließen lasse, sagt Marchica, das halte er für ausgeschlossen. Ja, er behauptet, er könne es nicht auf sein Gewissen nehmen, ob Pizzuco gesagt habe: «Laß das unsere Sache sein.» Oder Vielleicht: «Laß das meine Sache sein.» Auf die Frage, ob er wisse oder vermute, wie und wo Nicolosi beseitigt worden sei, sagte er, davon wisse er nichts.
Während er sprach, fand Diego sein Gleichgewicht wieder. Er nickte befriedigt zu der Verlesung seines Geständnisses durch den Hauptmann und unterschrieb

ebenso befriedigt. Nachdem er die Angelegenheit zu Lasten von diesem Aas, dem Pizzuco, und zu seinen eigenen Lasten in Ordnung gebracht und die schöne Sitte beobachtet hatte, andere, die keine Äser waren, nicht in die Sache hineinzuziehen, war er mit seinem Gewissen im reinen und fand sich mit seinem Schicksal ab. Vielleicht würde er den Rest seines Lebens im Gefängnis verbringen. Aber abgesehen von der Tatsache, daß er daran längst gewöhnt war und das Gefängnis für ihn ein bißchen das Zuhause darstellte, in das man nach den Anstrengungen einer Reise gern zurückkehrt, war etwa das Leben selbst nicht auch ein Gefängnis? Eine ständige Drangsal war das Leben. Das Geld, das dir fehlt, die Zecchinetta-Karten, die dich locken, das Auge des Wachtmeisters, das dir folgt, die guten Ratschläge der Leute. Und die Arbeit, der Fluch eines Arbeitstages, der dich tiefer erniedrigt als einen Esel. Schluß damit. Jetzt galt es, die Angelegenheit zu überschlafen. Und wahrhaftig begann der Schlaf, düster und ungestalt, alle seine Gedanken wieder zu überwältigen. Der Hauptmann schickte ihn schlafen, in Einzelhaft. Und so schob er die freudige Begrüßung, die Diego bei den anderen Häftlingen erwartete, bis nach dem Abschluß der Ermittlungen hinaus.

Jetzt kam Pizzuco an die Reihe. Es war schon tiefe Nacht. Unter anderen Umständen hätte Pizzuco einem leid getan. Steif vor Kälte und Arthritis, mit Nase und Augen, die von einem plötzlich aufgetretenen Schnupfen troffen, fassungslos über das, was ihm zustieß. Seine tränenden Augen irrten mit dem Blick eines Tauben hin und her. Und er öffnete und schloß seinen Mund, als finde er keine Worte.

Der Hauptmann ließ ihm vom Unteroffizier Marchicas Geständnis vorlesen. Pizzuco schwor auf das heilige Altarsakrament, vor Jesus dem Gekreuzigten, bei der Seele seiner Mutter, seiner Frau, seines Sohnes Giuseppe, schwor, daß das von Marchica eine schwarze Gemeinheit war. Und auf Marchicas Familie rief er bis ins siebente Glied die gerechte Rache des Himmels herab. Außer seinen schon erwähnten Toten betete dort die Seele eines Onkels Kanonikus für ihn, der [und das mußte hier ausgesprochen werden] im Geruch der Heiligkeit gestorben war. Trotz seiner Erkältung und seiner Angst war Pizzuco ein außerordentlicher Redner. Seine Rede war mit Bildern, Symbolen und Hyperbeln gespickt. In einem Sizilianisch, das teils höchst wirkungsvoll italianisiert, teils unverständlicher als der reine Dialekt war. Der Hauptmann ließ ihn ein Weilchen reden.
«Also», sagte er dann kühl, «Sie kennen Marchica gar nicht.» Denn das schien er mit seiner langen Rede behaupten zu wollen.
«Kennen, Herr Hauptmann, kennen tu ich ihn schon. Und vielleicht wäre es besser gewesen, sie hätten mich umgelegt, ehe ich ihn kennenlernte... Ich kenne ihn, und ich weiß, was er taugt... Aber daß zwischen ihm und mir je so enge Beziehungen bestanden haben sollten, und dann auch noch um, Gott beschütze mich, einem Christen das Leben zu nehmen... Niemals, Herr Hauptmann, niemals. Für Rosario Pizzuco thront das Menschenleben, jedes Menschenleben, gleichsam auf dem Hochaltar einer Kirche. Es ist heilig, Herr Hauptmann, heilig...»
«Sie kennen Marchica also.»
«Ja, ich kenne ihn. Wie könnte ich nein sagen? Ich

kenne ihn, aber es ist, als ob ich ihn nicht kennte. Ich weiß, wie der gemacht ist. Und bin ihm immer aus dem Wege gegangen.»
«Und wie erklären Sie sich sein Geständnis?»
«Ja, wie soll man sich das erklären? Vielleicht hat er den Verstand verloren. Vielleicht hat er sich in den Kopf gesetzt, mich zu ruinieren... Und wer schaut in einen Kopf wie den seinen hinein?... Sein Kopf ist wie ein bitterer Granatapfel. Jeder seiner Gedanken ist ein Korn Bosheit, von dem einer wie ich vor Schrecken stumpfe Zähne bekommt... Der ist fähig, einen umzulegen, weil er ihn nicht gegrüßt hat oder weil ihm sein Lachen nicht gefällt... Der geborene Verbrecher...»
«Sie kennen seinen Charakter ja ausgezeichnet.»
«Und wie sollte ich nicht? Wo er mir doch dauernd vor die Füße gekommen ist...»
«Und ist er Ihnen in letzter Zeit auch manchmal vor die Füße gekommen? Versuchen Sie, sich zu erinnern.»
«Wollen mal sehen... Kaum war er aus dem Zuchthaus raus, bin ich ihm begegnet, das war das erstemal... Dann bin ich ihm in B., seinem Heimatdorf, begegnet, und das war das zweitemal... Dann ist er nach S. gekommen, und das ist das dritte... Dreimal, Herr Hauptmann, dreimal.»
«Und worüber haben Sie gesprochen?»
«Über nichts, Herr Hauptmann, über gar nichts. Unnützes Zeug, das man gleich wieder vergißt, als schriebe man auf eine Wasserlache... Man gibt seiner Freude darüber Ausdruck, daß er wieder auf freiem Fuß ist, und denkt dabei, daß die Amnestien wirklich vergeu-

det werden. Man wünscht ihm Glück, daß er sich wieder auf freiem Fuß befindet, und man denkt: Wenig Zeit wird vergehen, und er sitzt wieder im Kittchen. Und dann spricht man über die Ernte, das Wetter, wie's den Freunden geht... Unnützes Zeug...»
«Ihrer Meinung nach stimmt, was Ihre Person angeht, nichts an Marchicas Aussage... Aber lassen wir Marchica mal für einen Augenblick beiseite. Wir wissen vollkommen sicher, daß Sie vor drei Monaten – und wenn Sie wollen, kann ich Ihnen das genaue Datum nennen – eine Unterredung mit Salvatore Colasberna gehabt haben. Und Sie haben ihm Vorschläge unterbreitet, die Colasberna abgelehnt hat, hinsichtlich...»
«Ratschläge, Herr Hauptmann, Ratschläge. Uneigennützige Ratschläge als guter Freund...»
«Wenn Sie in der Lage sind, Ratschläge zu erteilen, dann heißt das, daß Sie gut Bescheid wissen...»
«Gut Bescheid?... Dinge, die man da und dort gehört hat. Durch meine Arbeit bin ich ständig unterwegs. Ich höre heute dies und morgen das...»
«Und was hatten Sie gehört, daß Sie es für nötig hielten, Colasberna Ratschläge zu erteilen?»
«Ich hatte gehört, daß es um seine Angelegenheiten schlecht stand. Und ich habe ihm geraten, Protektion und Hilfe zu suchen...»
«Bei wem?»
«Ich weiß nicht... Bei Freunden, bei Banken. Er sollte den richtigen Weg in die Politik finden...»
«Und was ist Ihrer Meinung nach der richtige Weg in der Politik?»
«Ich würde sagen, der der Regierung. Wer befiehlt, macht das Gesetz. Und wer seinen Vorteil aus dem

Gesetz ziehen will, muß auf der Seite der Regierenden stehen.»
«Abschließend: Sie haben Colasberna also keine genauen Ratschläge gegeben.»
«Nein, Herr Hauptmann.»
«Sie gaben ihm also nur einen Rat, sagen wir mal, allgemeiner Natur. Und nur aus Freundschaft.»
«Ganz recht.»
«Aber Sie waren doch gar nicht so sehr mit Colasberna befreundet.»
«Wir kannten uns...»
«Und Sie machen sich also die Mühe, jemand, den Sie kaum kennen, Ratschläge zu erteilen?»
«So bin ich nun mal. Wenn ich sehe, daß einem der Fuß strauchelt, bin ich zur Stelle, um ihm die Hand zu reichen.»
«Haben Sie jemals Paolo Nicolosi eine Hand gereicht?»
«Und was hat das damit zu tun?»
«Nachdem Sie Colasberna eine Hand gereicht hatten, lag es doch nahe, daß Sie auch Paolo Nicolosi eine Hand reichten.»
Auf dem Tisch läutete das Telefon. Der Hauptmann lauschte auf das, was ihm mitgeteilt wurde, und beobachtete zugleich Pizzucos Gesicht, das jetzt ruhiger und sicherer aussah und sogar nicht mehr vor Schnupfen troff wie bei seinem Eintreten.
Er legte den Hörer auf und sagte: «Jetzt können wir noch einmal von vorne anfangen.»
«Von vorne anfangen?» fragte Pizzuco.
«Ja. Denn aus diesem Anruf aus S. habe ich erfahren, daß man die Waffe gefunden hat, mit der Colasberna

umgebracht worden ist. Wollen Sie wissen, wo man sie gefunden hat?... Nein, denken Sie nicht schlecht von Ihrem Schwager. Er war gerade dabei, den Befehl auszuführen, den Sie ihm gegeben haben, als die Carabinieri kamen, um Sie abzuführen. Heute abend, zu später Stunde, ist er aufs Land gegangen. Er hat die Schrotflinte genommen und wollte gerade hinaus, um sich ihrer zu entledigen, als die Carabinieri eintrafen... Ein unglücklicher Zufall... Ihr Schwager, Sie kennen ihn ja, hat sich verlorengegeben. Er hat gesagt, er habe diesen Auftrag von Ihnen bekommen und habe das Gewehr Ihren Instruktionen gemäß im Chiarchiaro in der Flur Gràmoli verstecken wollen...» Und den Unteroffizier fragte er: «Was ist das Chiarchiaro?»
«Eine Steinwüste», sagte der Unteroffizier, «voller Höhlen, Löcher, verborgener Winkel.»
«Das habe ich geahnt», sagte der Hauptmann. «Und jetzt kommt mir ein Gedanke. Vielleicht ist er gut, vielleicht auch nicht. Aber der Versuch kann nichts schaden... Wie, wenn im Chiarchiaro auch Nicolosis Leichnam läge?... Was sagen Sie zu meinem Einfall?» wandte er sich mit kühlem Lächeln an Pizzuco.
«Möglicherweise eine gute Idee», sagte Pizzuco ungerührt.
«Wenn Sie sie gutheißen, beruhigt mich das», sagte der Hauptmann und rief den Carabinieriposten in S. an, um Nachsuchungen im Chiarchiaro von Gràmoli anzuordnen.
Während des Telefongesprächs hatte Pizzuco sich sofort den Plan zurechtgelegt, dem er jetzt zweckmäßigerweise folgen würde. Der Hauptmann hatte gesagt: «Jetzt können Sie Marchicas Marschroute einschlagen

und gestehen, daß Sie ihn beauftragt haben, Colasberna umzubringen. Und gestehen, daß Sie selbst Nicolosi umgebracht haben.» Aber Pizzuco hatte sich schon für eine andere Marschroute entschieden. Sonderbarerweise stimmte sie mit dem falschen Protokoll überein, das Marchicas Geständnis hervorgelockt hatte. Nur in einem Punkt wich sie davon ab.
Die Wachtmeister, die das gefälschte Protokoll vorbereitet hatten, hatten wirklich was los. In der Psychologie eines Mannes wie Pizzuco kannten sie sich mit wissenschaftlicher Genauigkeit aus. Und so durfte man sich nicht darüber wundern, daß Diego darauf hereingefallen war wie ein Kapaun in die Pfanne.
Tatsächlich behauptete Pizzuco, er habe vor ungefähr drei Monaten Colasberna getroffen. Obwohl sie gar nicht so sehr befreundet seien, habe er ihm einige freundschaftliche Ratschläge für sein Verhalten als Bauunternehmer gegeben. Aber anstatt sich zu bedanken, wie Pizzuco erwartete, hatte Colasberna ihn mit nicht wiederzugebenden Ausdrücken aufgefordert, sich nicht in Dinge einzumischen, die ihn nichts angingen. Und Pizzuco konnte – so drückte er sich aus – dem Herrgott noch danken, wenn es Colasberna nicht so weit kommen ließ, daß er, Pizzuco, alle seine Zähne vom Boden auflesen mußte. Mit anderen Worten: Er mußte froh sein, daß Colasberna ihm nicht die Zähne einschlug. Diese Reaktion Colasbernas hatte Pizzuco, der zart besaitet war und nur durch seine unverbesserliche Gutmütigkeit hin und wieder in bedauerliche Situationen geriet, schmerzlich gekränkt. Und als er darüber gelegentlich mit Marchica sprach, hatte dieser sich erboten, Pizzuco, auch ohne jegliches Entgelt, zu

rächen. Denn er hatte seine eigenen Gründe zum Haß gegen Colasberna. Pizzuco war über diesen Vorschlag entsetzt und lehnte entschieden ab. Aber ein paar Tage später kam Marchica nach S. und bat ihn, in dem in der Flur Poggio nahe bei S. gelegenen Landhaus, das Pizzucos Frau gehörte, wohnen zu dürfen. Nur für eine Nacht, da er wichtige Geschäfte in S. zu erledigen habe und es in diesem Dorf ja bekanntlich keine Gasthöfe gebe. Zudem habe Marchica ihn gebeten, ihm ein Gewehr zu leihen. Er habe die Absicht, in den frühen Morgenstunden einen kleinen Jagdausflug in die Gegend zu machen, von der man ihm erzählt habe, es gebe dort viele Hasen. Als er ihm den Schlüssel zu dem Landhaus aushändigte, hatte Pizzuco ihm gesagt, er finde dort ein altes, ein sehr altes Gewehr. Nicht eigentlich ein Jagdgewehr, aber zu brauchen sei es. Von vertrauensseliger Natur und immer geneigt, jedermann einen Gefallen zu tun, habe er von Marchicas verbrecherischen Absichten nichts geahnt, und nicht einmal, als er von Colasbernas Tode hörte, sei ihm ein Verdacht gekommen. Erst als die Carabinieri in seinem Haus erschienen seien, um ihn zu verhaften, wurde ihm die schreckliche Geschichte klar, in die ihn Marchica, unter Ausnutzung seiner Gutgläubigkeit, hineingeritten hatte. Und deshalb hatte er seinem Schwager Anweisung gegeben, das Gewehr verschwinden zu lassen, dessen sich, das war jetzt klar, Marchica ohne seine Erlaubnis bedient hatte. Das hatte er für das Schlaueste gehalten. Denn in Anbetracht von Marchicas rachsüchtiger Natur konnte er von sich aus der Polizeibehörde den Sachverhalt nicht darlegen, dem er zum Opfer gefallen war.

«O Exzellenz», sagte Seine Exzellenz, und den Satz, mit dem er aus dem Bett sprang, hätte man ihm bei seinem Alter und seiner Würde nicht zugetraut.

In lästigen Wellen war das Läuten des Telefons dem Schlafenden ins Bewußtsein gedrungen. Und mit dem Gefühl, seine Hand sei dabei unermeßlich weit von seinem Körper entfernt, hatte er den Hörer abgehoben. Und während ferne Schwingungen und Stimmen an sein Ohr schlugen, hatte er das Licht angeknipst und damit endgültig seine Frau aus dem Schlaf geweckt, der ihren unruhigen Körper ohnehin nur selten heimsuchte. Plötzlich gerannen die fernen Schwingungen und Stimmen zu einer ebenfalls fernen, aber verärgerten und strengen Stimme. Und seine Exzellenz fand sich im Schlafanzug und barfuß dienernd und lächelnd außerhalb des Bettes, als könnten seine Verbeugungen und sein Lächeln in die Sprechmuschel träufeln.

Seine Frau schaute ihn angeekelt an. Und ehe sie ihm den Rücken – einen nackten, herrlichen Rücken – kehrte, murmelte sie: «Er sieht dich nicht. Du kannst dir das Geschwänzel sparen.» Tatsächlich fehlte Seiner Exzellenz in diesem Augenblick nur noch ein Hundeschwanz, um seine Ergebenheit vollkommen auszudrücken.

Er sagte noch einmal: «O Exzellenz», und dann «Aber, Exzellenz... Ja, Exzellenz... Ganz recht, Exzellenz.» Und nachdem er hundertmal Exzellenz gesagt hatte, blieb er mit dem Hörer in der Hand stehen und murmelte, was er von der Mutter Seiner Exzellenz halte, der soeben, um zwei Uhr morgens aus Rom Verwirrung (er schaute seine Frau an, die ihm noch immer den Rücken kehrte) in sein ohnehin schon reichlich verwirrtes Leben gebracht hatte. Er legte den

Hörer auf, hob ihn wieder ab und wählte eine Nummer. Seine Frau drehte sich wie eine Katze um und sagte: «Morgen schlafe ich im Gastzimmer.»
«Es tut mir leid, lieber Freund, aber ich bin soeben geweckt worden», sagte er mit einer Stimme, die ebenso verärgert und streng klang wie jene, die wenige Minuten zuvor an sein Ohr gedrungen war. «Also machen wir eine Schneeballaktion. Ich wach, Sie wach. Und Sie tun mir freundlichst den Gefallen und wecken, wen Sie wecken müssen... Ich bin eben aus Rom angerufen worden. Ich sage nicht von wem. Sie verstehen... Dieser Bellodi – ich hatte das schon vorausgesehen, erinnern Sie sich? – hat einen Skandal von nationalen Ausmaßen entfesselt... Nationalen, sage ich... Einen von jenen Skandalen, die zur Katastrophe werden, wenn einer wie ich oder Sie gegen seinen Willen darin verwickelt wird. Zu einer furchtbaren Katastrophe, lieber Freund... Wissen Sie, was heute abend in einer römischen Zeitung gestanden hat?... Sie wissen das nicht? Sie Glücklicher! Denn ich habe es von dem Betroffenen zu hören bekommen, der, das kann ich Ihnen versichern, furchtbar getobt hat... Da war, über eine halbe Seite weg, eine Fotografie von... Sie verstehen schon von wem... neben Don Mariano Arena... Eine unglaubliche Geschichte... Eine Fotomontage? Was heißt hier Fotomontage? Eine authentische Fotografie!... Na schön, das ist Ihnen ganz gleichgültig... Sie sind ja wirklich einzigartig... Ja, das weiß ich natürlich auch, daß uns keine Schuld trifft, wenn Seine Exzellenz so – sagen wir mal – so naiv gewesen ist, sich zusammen mit Don Mariano fotografieren zu lassen... Ja, ich höre...»

Seine Frau fuhr nackt und in ihrer ganzen Schönheit aus dem Bett. Wie eine berühmte Schauspielerin pflegte sie im Bett nur Chanel No. 5 zu tragen, was die Sinne seiner Exzellenz aufstacheln und sein bürokratisches Genie einschläfern sollte, das in den Tagen der Republik von Saló sein Bestes gegeben hatte. Nur in eine Daunendecke und ihre Entrüstung gehüllt, verließ die Dame das Zimmer. Der ängstliche Blick Seiner Exzellenz folgte ihr.

«Ausgezeichnet», fuhr Seine Exzellenz fort, nachdem er ein paar Minuten zugehört hatte. «Machen wir es doch so: Entweder nageln Sie mir noch heute nacht diesen Don Mariano auf Beweise fest, die nicht einmal der Herrgott im Himmel erschüttern kann. Oder Sie schmeißen ihn noch heute nacht raus und sagen den Journalisten, er sei nur zur Vernehmung festgehalten worden... Der Staatsanwalt verfolgt die Ermittlungen und steckt mit Bellodi unter einer Decke? O weh, o weh. Das sind ja Verwicklungen. Das sind gräßliche Geschichten... Tun Sie halt was... Ja, ja. Ich bin mir darüber klar... Aber wissen Sie, was er mir gerade gesagt hat? Sie verstehen doch, wer?... Wissen Sie, was er mir gesagt hat? Daß Don Mariano Arena ein Ehrenmann ist und daß jemand hier, entweder Sie oder ich, den Kommunisten in die Hände spielt... Aber wie ist dieser Bellodi bloß hier hereingeschneit? Weshalb, zum Teufel, wird so ein Kerl in eine Gegend wie die hier geschickt? Hier ist Diskretion nötig, lieber Freund. Eine feine Nase, Gemütsruhe, Gelassenheit, das braucht man hier... Und statt dessen schickt man uns einen Schwätzer... Aber, um Himmels willen, das bezweifle ich ja nicht... Ich habe allen Respekt vor

den Carabinieri, ich schwärme für sie... Schön, machen Sie, was Sie wollen.» Und er warf den Hörer wie mit einem Hammerschlag auf die Gabel. Jetzt stand er vor dem Problem, seine Frau zu beschwichtigen. Ein Problem, dessen Lösung an Schwierigkeit die schon reichlich komplizierten Probleme in seinem Amt noch übertraf.
Morgenlicht überflutete das Land. Es schien aus dem zarten Grün der Saaten aufzusteigen, aus den Felsen und taufeuchten Bäumen, und kaum merklich zum blinden Himmel emporzuschweben. Das Chiarchiaro von Gràmoli, ein absurder Fremdkörper in der grünenden Ebene, sah aus wie ein riesiger Schwamm mit schwarzen Löchern, der sich mit dem zunehmenden Licht über dem Land vollsaugte. Der Hauptmann Bellodi war an dem Punkt, wo Müdigkeit und Schlaftrunkenheit, als verzehrten sie sich selbst, zu einem hellsichtigen Fieber werden, gleichsam zu einem Spiegel glühender Visionen. (Und ebenso verhält es sich mit dem Hunger, der an einem gewissen Punkt, bei einer gewissen Stärke, sich in eine klarsichtige Leere verwandelt, die vor dem Anblick jeglicher Speise zurückscheut.) Der Hauptmann dachte: Gott hat diesen Schwamm hierher geworfen. Denn der Anblick des Chiarchiaro schien ihm dem Kampf und der Niederlage Gottes im menschlichen Herzen zu entsprechen. Halb im Scherz, und weil er wußte, daß den Hauptmann gewisse volkstümliche Redewendungen interessierten, sagte der Unteroffizier:

E lu cuccu ci dissi a li cuccuotti
a lu chiarchiaru nni vidiemmu tutti.

Tatsächlich erregte das sofort die Neugierde des

Hauptmanns, der ihn nach der Bedeutung des Sprichwortes fragte.

Der Unteroffizier übersetzte: «Und der Kuckuck sagte zu seinen Jungen: Im Chiarchiaro treffen wir uns alle wieder.» Und er fuhr fort, das solle vielleicht heißen, daß der Tod uns alle wieder vereinigt. Denn das Chiarchiaro gelte, wer weiß warum, als ein Bild des Todes. Der Hauptmann verstand sehr wohl warum. Und wie in einer Fiebervision sah er eine Versammlung zahlloser Nachtvögel im Chiarchiaro vor sich, die im trüben Morgenlicht blindlings mit den Flügeln schlugen. Und es kam ihm so vor, als könne man die Bedeutung des Todes durch kein schrecklicheres Bild ausdrücken.

Sie hatten das Auto auf der Straße stehen lassen und gingen jetzt auf einem schmalen, schmutzigen Pfad auf das Chiarchiaro zu. Dort sah man die Carabinieri herumlaufen. Auch ein paar Bauern mochten dabei sein, die halfen. Schließlich endete der Pfad bei einem Hof. Man mußte nun über die frischbestellten Felder gehen, um dorthin zu kommen, wo der Wachtmeister von S. – man konnte ihn jetzt gut erkennen – mit großen Gesten die Suchaktion leitete.

Als sie auf Hörweite herangekommen waren, schrie der Wachtmeister: «Herr Hauptmann, wir haben ihn. Ihn raufzuholen, wird ein bißchen schwierig sein. Aber jedenfalls haben wir ihn.» Und sein Jubel bei der Auffindung eines Leichnams wirkte ein bißchen unangemessen. Aber so ist dieses Handwerk. Und in diesem Fall war die Auffindung des Ermordeten eine Genugtuung und ein Triumph. Dort lag er, auf dem Grund eines neun Meter tiefen Erdspalts. Sie hatten diesen Spalt schon mit einer Schnur ausgelotet, an deren Ende

sie einen Stein gebunden hatten. Das Licht der Taschenlampen, dem die Sträucher an den Wänden des Spalts im Wege standen, drang kaum bis zum Grund vor. Aber unzweideutig stieg der Geruch von Verwesung daraus auf. Zur großen Erleichterung der Carabinieri, die befürchteten, einer der ihren werde da hinunter müssen, hatte sich ein Bauer erboten, durch ein Seil gesichert, hinabzusteigen und den Leichnam so an mehrere Seilenden zu binden, daß man ihn verhältnismäßig bequem hochziehen konnte. Dazu waren aber viele Seile notwendig. Und man wartete jetzt darauf, daß ein Carabiniere sie aus dem Dorf brächte.
Der Hauptmann ging über das bestellte Feld zu dem Bauernhof zurück, wo der Pfad begann. Das Haus sah wie verlassen aus. Aber als er um es herum auf die dem Chiarchiaro abgewandte Seite ging, sprang plötzlich ein Hund so weit auf ihn zu, wie eine Kette, mit der er an einen Baum gebunden war, es zuließ. So als sei er an seinem Halsband aufgehängt, das ihn zu ersticken drohte, bellte er wütend. Es war ein hübscher Bastard mit braunem Fell und mit kleinen violetten Halbmonden in den gelben Augen. Ein alter Mann kam aus dem Stall, um ihn zu beschwichtigen: «Still, Barrugieddu, still. Brav sein, ganz brav.» Dann sagte er zum Hauptmann: «Küß die Hand.»
Der Hauptmann ging auf den Hund zu, um ihn zu streicheln.
«Nein», sagte der Alte erschrocken, «der ist böse. Jemand, den er nicht kennt, von dem läßt er sich vielleicht erst anfassen, läßt ihn sicher werden, und dann beißt er zu... Er ist böse wie der Teufel.»
«Und wie heißt er?» fragte der Hauptmann, neugierig

auf den sonderbaren Namen, den der Alte ausgesprochen hatte, um den Hund zu beschwichtigen.
«Barrugieddu heißt er», sagte der Alte.
«Und was bedeutet das?» fragte der Hauptmann.
«Das bedeutet einen, der böse ist», sagte der Alte.
«Nie gehört», sagte der Unteroffizier. Und im Dialekt erbat er von dem Alten weitere Auskünfte. Der Alte sagte, vielleicht sei der richtige Name Barricieddu oder vielleicht Bargieddu. Jedenfalls bedeute er Bosheit, die Bosheit eines, der befehle. Denn einstmals befahlen die Barrugieddi oder Bargieddi in den Dörfern und brachten aus schierer Bosheit die Leute an den Galgen.
«Ich verstehe», sagte der Hauptmann, «das heißt Bargello, Anführer der Sbirren.»
Verlegen sagte der Alte weder ja noch nein.
Der Hauptmann hätte den Alten gern gefragt, ob er vor einigen Tagen jemanden zum Chiarchiaro habe gehen sehen. Oder ob er sonst was Verdächtiges in der Gegend beobachtet habe. Aber er begriff, daß aus jemandem, der den Anführer der Sbirren für ebenso böse wie den eigenen Hund hielt, nichts herauszubekommen war. Und er hat nicht einmal unrecht, dachte der Hauptmann. Seit Jahrhunderten bissen die Bargelli Leute wie diesen Bauern. Vielleicht ließen sie sie erst sicher werden, wie er das nannte, aber dann bissen sie zu. Denn was waren die Bargelli anderes gewesen als Werkzeuge widerrechtlicher Machtaneignung und Willkür?
Er verabschiedete sich von dem Alten und wanderte auf dem Pfad zur Landstraße hinüber. Der Hund riß an seiner Kette und bellte noch einmal drohend hinter ihm her. Bargello, dachte der Hauptmann, ein Bargello wie ich. Auch ich bin an meine Strippe gebunden, auch ich

habe mein Halsband und meine Wut. Und er fühlte sich dem Hund mit dem Namen Barrugieddu ähnlicher als dem einstmaligen, aber doch der Vergangenheit nicht ganz zugehörigen Bargello. Und noch einmal dachte er von sich selbst: Hund des Gesetzes. Hunde des Gesetzes waren die Dominikaner. Und so dachte er: Inquisition. Und dieses Wort stürzte wie in eine leere dunkle Krypta und löste dort das dumpfe Echo von Phantasie und Geschichte aus. Und traurig überlegte er, ober er nicht, als fanatischer Hund des Gesetzes, bereits die Schwelle zu dieser Krypta überschritten habe. Gedanken. Gedanken, die aufstiegen und sich in dem Nebel auflösten, in dem die Schläfrigkeit sich selbst verzehrte.
Er kehrte nach C. zurück, und ehe er zu einer kurzen Ruhepause in seine Wohnung ging, betrat er rasch das Amtszimmer des Staatsanwalts. Er wollte ihn über den Verlauf der Ermittlungen unterrichten und eine Verlängerung der vorläufigen Festnahme Arenas erwirken, den er am Nachmittag zu vernehmen gedachte, wenn er alle bisher ermittelten Einzelheiten in Zusammenhang gebracht und ausgewertet hätte.
Auf den Treppen und Gängen des Justizgebäudes biwakierten die Journalisten. Der ganze Schwarm stürzte sich auf ihn, und vor seinen brennenden Augen zuckten die Blitzlichter der Fotografen auf.
«Was haben die Ermittlungen ergeben?» «Sind die Morde auf Anstiften Don Mariano Arenas begangen worden?» «Oder steht jemand Mächtigerer hinter Don Mariano?» «Haben Marchica und Pizzuco gestanden?» «Wird die vorläufige Festnahme verlängert werden, und sind die Haftbefehle schon ausgestellt?» «Wissen Sie etwas von Beziehungen zwischen Don

Mariano und dem Minister Mancuso?» «Stimmt es, daß der Abgeordnete Livigni Sie gestern aufgesucht hat?»
«Das stimmt nicht», antwortete er auf die letzte dieser Fragen.
«Haben sich überhaupt Politiker für Don Mariano verwendet?» «Stimmt es, daß der Minister Mancuso von Rom aus angerufen hat?»
«Soweit mir bekannt ist», sagte er mit lauter Stimme, «haben keine Politiker eingegriffen. Das wäre auch gar nicht möglich. Von den Beziehungen zwischen einem der Festgenommenen und gewissen Persönlichkeiten des politischen Lebens weiß ich nur, was Sie darüber schreiben. Aber selbst unter der Voraussetzung, daß solche Beziehungen bestehen – denn ich will hier Ihre berufliche Redlichkeit nicht in Frage stellen –, ist es bisher meine Sorge nicht, mich mit ihnen zu beschäftigen oder ihre Reichweite zu untersuchen. Sollten diese Beziehungen im Lauf der Untersuchung eine besondere Bedeutung gewinnen und die Aufmerksamkeit des Gesetzes auf sich lenken, so werden sowohl ich als der Staatsanwalt unsere Pflicht tun...»
In der sechsspaltigen Schlagzeile einer Abendzeitung sah diese Erklärung folgendermaßen aus: «Hauptmann Bellodi bezieht Minister Mancuso in seine Ermittlungen ein.»
Bekanntlich erscheinen die Abendzeitungen vormittags. Und zu der Zeit, zu der man im Süden zu Mittag ißt, brachten die Schreie der Betroffenen die Telefonleitungen wie Zündschnüre zum Glühen, um dann in den übrigens sehr hellhörigen Ohren von Personen zu verpuffen, die mit Weinen aus Salaparuta und Vittoria

den Angstkloß in ihrem Hals fortzuschwemmen trachteten.

«Das Problem liegt doch so. Die Carabinieri haben drei Glieder einer Kette in der Hand. Das erste ist Marchica. Gelingt es ihnen, dieses Glied so festzuschmieden wie den Ring, der in die Mauer eines Landhauses eingelassen ist, um die Maultiere daran festzubinden...»
«Diego ist kein Mann, der schwatzt. Er hat ein dickes Fell.»
«Laß mal sein dickes Fell beiseite. Ihr macht immer den Fehler, nicht zu begreifen, daß ein Mann, der fähig ist, zehn oder tausend oder hunderttausend Menschen umzubringen, dennoch ein Feigling sein kann... Nimm mal an, Diego hat geschwatzt. Und schon hängt Pizzuco an seinem Kettenglied. Nun gibt es zwei Möglichkeiten. Entweder Pizzuco schwatzt auch. Und schon ist an sein Kettenglied das dritte angeschmiedet, das Mariano darstellt. Oder Pizzuco schwatzt nicht. Dann bleibt er doch mit Diego verkettet, aber nur so lose, daß es einem tüchtigen Rechtsanwalt nicht schwerfallen dürfte, ihn davon loszueisen... Und... und... Und Schluß. Die Kette ist zu Ende, Mariano ist frei.»
«Pizzuco schwatzt nicht.»
«Das weiß ich nicht, mein Lieber, das weiß ich nicht. Ich rechne immer mit dem Schlimmsten, was geschehen kann. Nehmen wir also mal an, daß Pizzuco schwatzt. Dann sitzt Mariano in der Tinte. Auf Kreuz

und Kopf sage ich dir zu, daß gerade jetzt die Carabinieri versuchen, Pizzucos Kettenglied mit dem Marianos zusammenzuschweißen. Wenn das gelingt, ergeben sich zwei Möglichkeiten. Entweder endet die Kette bei Mariano. Oder Mariano beginnt, alt und leidend wie er ist, seinen Rosenkranz herzubeten... Und in diesem Fall, mein Lieber, wird die Kette immer länger und länger. Sie wird so lang, daß schließlich ich, der Minister und der Herrgott im Himmel mit dranhängen können... Eine Katastrophe, mein Lieber, eine Katastrophe...»
«Sie wollen mir das Herz schwer wie einen Wackerstein machen... Heilige Muttergottes, wissen Sie denn wirklich nicht, was für ein Mensch Don Mariano ist? Ein Grab.»
«In seiner Jugend war er ein Grab. Jetzt ist er ein Mann, der schon mit einem Fuß im Grabe steht... ‹Das Geschöpf ist schwach›, sagt Garibaldi in seinem Testament. Er befürchtete, in der Todesschwäche so weit zu sinken, daß er seine Sünden – sie müssen zu denen gehört haben, die dornig sind wie die Früchte des Feigenkaktus – einem Priester ausplaudert... Und deshalb sage ich: Es kann sein, daß Mariano die Schwäche ankommt, seine Sünden zu beichten, deren Zahl, unter uns gesagt, nicht gering ist... Ich habe im Jahr 1927 seine Akten in der Hand gehabt. Sie waren umfangreicher als dieses Buch.» Er zeigte auf einen Band Bentini. «Und man hätte daraus eine Enzyklopädie des Verbrechens machen können. Es fehlte nichts darin von A, Anstiftung zum Mord, bis Z, Zeugenbedrohung. Dieses Aktenstück ist dann zum Glück verschwunden. Nein, mach nur nicht Augen wie eine tote

Sardine. An seinem Verschwinden bin ich nicht beteiligt gewesen. Andere Freunde, wichtigere als ich, haben ihr Zauberspiel damit getrieben. Von einer Amtsstelle zur anderen, hierhin und dorthin. Und der Staatsanwalt, ein schrecklicher Mann, so erinnere ich mich, hat das Aktenstück unter seiner Nase verschwinden sehen... Er gebärdete sich wie ein toller Hund. Ich erinnere mich gut daran. Drohungen nach rechts und Drohungen nach links. Und die, die er am meisten verdächtigte, die Ärmsten, waren Leute, die gar nichts mit der Sache zu tun hatten. Dann wurde der Staatsanwalt versetzt, und das Unwetter ging vorüber. Denn, mein Lieber, so sieht es in Wirklichkeit aus. Die königlichen Staatsanwälte gehen vorüber, und die Staatsanwälte der Republik gehen vorüber, die Richter, die Offiziere, die Polizeipräsidenten und die Carabinierigefreiten...»
«Ausgezeichnet! Die Gefreiten...»
«Da gibt's nichts zu lachen, mein Lieber. Ich wünsche dir von ganzem Herzen, daß dein Gesicht sich niemals dem Gemüt eines Carabinierigefreiten einprägt... Also, auch die Carabinierigefreiten gehen vorüber, und übrig bleiben wir... Manchmal bleibt einem vor Schrecken die Luft weg. Manchmal klopft einem das Herz. Aber schließlich sind wir noch da.»
«Aber Don Mariano...»
«Don Mariano ist mal ein bißchen die Luft weggeblieben, hat mal ein bißchen das Herz geklopft...»
«Aber vorläufig sitzt er noch. Wer weiß, welche Qualen er auszustehen hat.»
«Der hat nichts auszustehen. Denkst du etwa, daß sie ihn auf den Bock schnallen oder ihn mit Elektro-

schocks traktieren? Das waren andere Zeiten, die mit den Böcken. Jetzt gilt das Gesetz auch für die Carabinieri...»

«Ein Dreck, das Gesetz. Vor drei Monaten...»

«Laß gut sein. Jetzt sprechen wir von Don Mariano... Den wagt niemand anzurühren. Ein Mann, den man respektiert. Ein Mann, der Protektion genießt. Ein Mann, der sich die Verteidigung von De Marsico, Porzio und Delitala zusammen leisten kann... Gewiß, ein paar Unbequemlichkeiten wird er auf sich nehmen müssen. Das Polizeigewahrsam ist kein Grand Hotel. Die Pritsche ist hart, und der Kübel dreht einem den Magen um. Sein Kaffee wird dem Ärmsten fehlen, von dem er alle halbe Stunden eine Tasse trank, und zwar sehr starken... Aber in ein paar Tagen lassen sie ihn frei, von Unschuld umstrahlt wie der Erzengel Gabriel. Und sein Leben kommt ins alte Gleis. Seine Geschäfte blühen von neuem..»

«Vor ein paar Minuten haben Sie geredet, daß mir die Knie wankten, daß meine Hoffnung hinwelkte, und jetzt...»

«Vor ein paar Minuten war es die Seite mit dem Kreuz, jetzt ist es die mit dem Kopf. Ich sage, daß Kopf kommen muß, daß die Dinge gut ausgehen müssen. Aber natürlich kann auch Kreuz kommen...»

«Sorgen wir dafür, daß Kopf kommt, und überlassen wir das Kreuz Jesus Christus.»

«Dann nimm dir meinen Rat zu Herzen. Man muß das erste Kettenglied aus der Mauer reißen. Man muß Diego befreien.»

«Wenn er nicht die Gemeinheit begangen hat...»

«Auch wenn er sie begangen hat, holt ihn raus. Laßt der

Ermittlung ihren Lauf. Nachdem die beiden Polentafresser sie in der Hand haben, kann sie sowieso niemand mehr aufhalten. Laßt ihr ihren Lauf. Wartet, bis sie abgeschlossen ist, bis alles vor den Untersuchungsrichter kommt. Und bereitet inzwischen ein Alibi für Diego vor, eins, an dem man sich die Zähne ausbeißen kann, wenn man ihm etwas anhaben will...»
«Und was meinen Sie damit?»
«Ich meine damit, daß Diego an dem Tag, an dem Colasberna ermordet wurde, meilenweit vom Tatort entfernt war, in der Gesellschaft durchaus ehrenwerter Personen, die nie mit dem Gesetz in Konflikt gekommen sind, feiner Leute, an deren Wort zu zweifeln kein Richter sich herausnehmen darf...»
«Aber wenn er gestanden hat...»
«Wenn er gestanden hat, nimmt er zurück, was er gesagt hat. Unter den körperlichen und moralischen Foltern der Carabinieri – denn es gibt auch moralische Foltern – hat er Erklärungen abgegeben, die der Wahrheit nicht entsprechen. Und zum Beweis dafür, daß seine Erklärungen den Carabinieri gegenüber nicht der Wahrheit entsprechen, ja, reine Phantasien sind, bezeugen Tizio, Filano und Martino, Personen von außerordentlicher Glaubwürdigkeit, die materielle Unmöglichkeit, daß Diego das Verbrechen begangen hat. Nur der eine oder andere Heilige hat die Gabe besessen, sich gleichzeitig an zwei verschiedenen und voneinander entfernten Orten aufzuhalten. Und ich glaube kaum, daß ein Richter bei Diego diese Gabe der Heiligkeit entdecken wird... Und dann schau mal diese Zeitung, diese kleine Notiz an: ‹Carabinieri übersehen Fährte bei den Morden in S.›»

Der Hauptmann Bellodi las von der Fährte, die er nach Ansicht der sizilianischen Zeitung – einer üblicherweise durchaus vorsichtigen Zeitung, der es fernlag, die Ordnungsmächte zu tadeln – übersehen hatte. Die Fährte der Leidenschaft, natürlich. Sie hätte allenfalls jemanden, der die inzwischen einwandfreien Ermittlungsergebnisse nicht kannte, zur Erklärung eines der drei Verbrechen verleiten können. Die anderen beiden Verbrechen hieß sie auf jeden Fall vollständig ungeklärt. Vielleicht hatte sich der Journalist bei seinem Aufenthalt in S. von Don Ciccio rasieren lassen, und dessen Erzählung von den Liebesbanden zwischen Nicolosis Frau und Passarello hatte seine Phantasie beflügelt. *Cherchez la femme,* das war es schließlich, was dieser Journalist als echter Journalist und Sizilianer sagte. Und der Hauptmann war gerade der Ansicht, man solle nicht nach der Frau suchen. Und er hätte sich gewünscht, daß man das in Sizilien der Polizei zur Vorschrift machte. Denn schließlich fand sie sich immer, und zwar zum Schaden der Gerechtigkeit.

Das Leidenschaftsdelikt, dachte der Hauptmann Bellodi, entspringt in Sizilien nicht wahrer und echter Leidenschaft. Nicht der Leidenschaft des Herzens, sondern einer sozusagen intellektuellen Leidenschaft, einer Leidenschaft oder einem Interesse für – wie soll man das nennen? – den juristischen Formalismus im Sinne jener Abstraktion, zu der die Gesetze bei ihrem Gang durch die verschiedenen Instanzen unserer juristischen Ordnung sich verflüchtigen, bis sie von jener formalen Durchsichtigkeit sind, in der das Wesentliche, nämlich die menschliche Bedeutung der Tatsachen, keine Rolle mehr spielt. Und ist das Bild des Menschen erst einmal ausgeschaltet, so spiegelt sich das Gesetz im Gesetz. Ciampa, eine Figur aus der «Schellenkappe» von Pirandello, spricht, als sei in seinem Munde der Oberste Gerichtshof mit allen seinen Senaten zusammengetreten, so sorgfältig zerlegt und rekonstruiert er das Formale, ohne das Wesentliche auch nur zu streifen. Und auf genau so einen Ciampa war Bellodi in den ersten Tagen nach seiner Ankunft in C. gestoßen. Pirandellos Figur, wie sie leibte und lebte, war da in seine Amtsstube geschneit, nicht auf der Suche nach einem Autor – denn den besaß sie ja schon, und zwar einen sehr bedeutenden –, sondern auf der Suche nach einem feinsinnigen Protokollführer. Und deshalb hatte sie mit einem Offizier sprechen wollen, denn einen Unteroffizier hielt sie für unfähig, ihr logisches Arabeskenwerk zu begreifen.

Und das hing wohl damit zusammen, überlegte der Hauptmann, daß die Familie für das Bewußtsein des Sizilianers die einzige lebendige Institution ist. Allerdings stellt sie sich ihm mehr als eine dramatische, vertraglich geregelte Bindung denn als ein natürliches und gefühlsbetontes Gebilde dar. Die Familie ist der eigentliche Staat des Sizilianers. Der Staat, das, was für uns der Staat ist, liegt ihm fern, jenes reine Machtgebilde, das ihm die Steuern, den Militärdienst, den Krieg und die Carabinieri auferlegt. Innerhalb der Institution der Familie verläßt der Sizilianer seine tragische Einsamkeit und fügt sich, unter haarspalterischen vertraglichen Regelungen, ihren Beziehungen, dem Zusammenleben. Es wäre zuviel von ihm verlangt, wollte man fordern, er solle die Grenze zwischen Familie und Staat überschreiten. Unter Umständen kann er sich für die Idee des Staates begeistern oder sich zu seiner Regierung aufschwingen. Aber der eigentliche und endgültige Bereich seiner Rechte und Pflichten wird die Familie bleiben, aus der ihn nur ein kleiner Schritt in die siegreiche Einsamkeit zurückführt.

Diese Gedanken, bei denen die Literatur seiner unzureichenden Erfahrung bald den richtigen, bald einen falschen Weg wies, wälzte der Hauptmann Bellodi, während er in seinem Amtszimmer auf die Vorführung Arenas wartete. Und gerade wandten sich seine Gedanken der Mafia zu, und wie die Mafia sich in das von ihm entworfene Schema einfügen lasse, als der Unteroffizier Don Mariano Arena hereinführte.

Vor seiner Vorführung beim Hauptmann hatte Don Mariano nach einem Barbier gefragt. Ein Carabiniere hatte ihn schnell rasiert, was er als wahrhaft erfrischend empfand. Und jetzt strich er mit der Hand über sein Gesicht und genoß es, dabei nicht, hart wie Glaspapier, seine Bartstoppeln zu fühlen, die ihm in den letzten beiden Tagen mehr Unbehagen als seine Gedanken bereitet hatten.

Der Hauptmann sagte: «Nehmen Sie Platz.» Und Don Mariano setzte sich und schaute ihn unter seinen schweren Lidern unverwandt an, mit einem ausdruckslosen Blick, der bei jeder Kopfbewegung sogleich erlosch, als seien seine Pupillen nach oben und innen gerutscht.

Der Hauptmann fragte ihn, ob er jemals Beziehungen zu Calogera Dibella, genannt Parrinieddu, unterhalten habe.

Don Mariano fragte zurück, was er unter Beziehungen verstehe. Eine einfache Bekanntschaft? Freundschaft? Gemeinsame Interessen?

«Das können Sie sich aussuchen», sagte der Hauptmann.
«Es gibt nur eine Wahrheit, und auszusuchen gibt's da nichts. Eine einfache Bekanntschaft.»
«Und was hatten Sie von Dibella für eine Meinung?»
«Er kam mir verständig vor. Ein paar kleine Fehltritte in seiner Jugend. Aber jetzt schien er mir auf dem rechten Weg zu sein.»
«Arbeitete er?»
«Das wissen Sie besser als ich.»
«Ich möchte das von Ihnen hören.»
«Wenn Sie Arbeit mit der Hacke meinen, die Arbeit, die sein Vater ihm beigebracht hat, dann arbeitete Dibella soviel wie Sie und ich... Vielleicht tat er Kopfarbeit.»
«Und was für Kopfarbeit tat er Ihrer Meinung nach?»
«Das weiß ich nicht und will es auch nicht wissen.»
«Warum?»
«Weil es mich nicht interessiert. Dibella ging seinen Weg, und ich ging den meinen.»
«Warum sprechen Sie davon in der Vergangenheit?»
«Weil man ihn umgebracht hat... Ich habe das eine Stunde, ehe Sie mir die Carabinieri ins Haus schickten, erfahren.»
«Die Carabinieri hat Ihnen eigentlich Dibella ins Haus geschickt.»
«Sie wollen mich verwirren.»
«Nein. Ich will Ihnen sogar zeigen, was Dibella ein paar Stunden vor seinem Tod geschrieben hat.»
Und er zeigte ihm die Fotokopie des Briefes.
Don Mariano nahm sie in die Hand und betrachtete sie, indem er sie auf Armeslänge von sich forthielt. Er sagte, entfernte Dinge sehe er gut.

«Was halten Sie davon?» fragte der Hauptmann.
«Nichts», sagte Don Mariano und gab ihm die Fotokopie zurück.
«Nichts?»
«Ganz und gar nichts.»
«Halten Sie das nicht für eine Anklage?»
«Anklage?» fragte Don Mariano erstaunt. «Ich halte das für gar nichts. Für ein Stück Papier mit meinem Namen darauf.»
«Es steht noch ein anderer Name dabei.»
«Ja, Rosario Pizzuco.»
«Kennen Sie den?»
«Ich kenne das ganze Dorf.»
«Aber Pizzuco insbesondere?»
«Nicht besonders gut. So wie viele andere.»
«Haben Sie keine Geschäftsbeziehungen zu Pizzuco?»
«Erlauben Sie mir eine Frage. Was glauben Sie, was ich für Geschäfte betreibe?»
«Vielerlei und mannigfaltige.»
«Ich betreibe keinerlei Geschäfte. Ich lebe von meiner Rente.»
«Von was für einer Rente?»
«Bodenrente.»
«Wieviel Hektar besitzen Sie?»
«Zweiundzwanzig Morgen und... sagen wir neunzig Hektar.»
«Werfen die eine gute Rente ab?»
«Nicht immer. Es kommt auf das Jahr an.»
«Was kann ein Hektar von Ihrem Grund und Boden durchschnittlich abwerfen?»
«Einen guten Teil von meinem Grund und Boden lasse ich als Weideland brachliegen... Von diesem

Brachland kann ich deshalb nur sagen, was die Schafe einbringen... Grob geschätzt, eine halbe Million... Das übrige – Korn, Bohnen, Mandeln und Öl – je nachdem, wie die Ernte ausfällt...»
«Wieviel Hektar ungefähr lassen Sie anbauen?»
«Fünfzig bis sechzig Hektar.»
«So, dann kann ich Ihnen sagen, wieviel Ihnen der Hektar einbringt. Nicht weniger als eine Million.»
«Sie belieben zu scherzen.»
«O nein, Sie scherzen... Denn Sie behaupten, daß Sie außer Ihrem Grund und Boden keine anderen Einnahmequellen haben. Daß Sie nichts mit gewerblichen und mit Handelsgeschäften zu tun haben... Und ich glaube Ihnen. Und deshalb bin ich der Ansicht, daß die vierundfünfzig Millionen, die Sie im letzten Jahr bei drei verschiedenen Banken deponiert haben, da sie offensichtlich nicht aus vorher bestehenden Depots bei anderen Banken stammen, ausschließlich die Rendite Ihres Grundbesitzes darstellen. Eine Million pro Hektar also... Und ich muß Ihnen gestehen, daß ein Sachverständiger, den ich zu Rate gezogen habe, sich darüber gewaltig gewundert hat. Denn seiner Ansicht nach gibt es hier in der Gegend keine Böden, die eine Nettorendite von mehr als hunderttausend Lire pro Hektar abwerfen können. Täuscht er sich da Ihrer Meinung nach?»
«Nein, er täuscht sich nicht», sagte Don Mariano finster.
«Also sind wir von falschen Voraussetzungen ausgegangen... Kommen wir zu unserem Ausgangspunkt zurück. Aus welchen Quellen stammen Ihre Einkünfte?»
«Nein, zu unserem Ausgangspunkt wollen wir keines-

wegs zurückkommen. Ich mache mit meinem Geld, was ich will... Ich kann allenfalls noch sagen, daß ich es nicht immer auf die Bank bringe. Gelegentlich gebe ich Freunden ein Darlehen, ohne Wechsel, nur auf Treu und Glauben... Und im vergangenen Jahr habe ich alle meine Außenstände hereinbekommen. Damit habe ich die in Frage stehenden Depots bei den Banken eröffnet...»
«Wo schon andere Depots auf Ihren Namen und auf den Ihrer Tochter bestanden...»
«Ein Vater hat die Pflicht, an die Zukunft seiner Kinder zu denken.»
«Das ist durchaus richtig. Und Sie haben Ihrer Tochter eine Zukunft in Reichtum gesichert... Aber ich weiß nicht, ob Ihre Tochter das gutheißen könnte, was Sie getan haben, um ihr diese Reichtümer zu sichern... Ich weiß, daß sie gegenwärtig in einem Pensionat in Lausanne ist, einem sehr teuren, sehr bekannten... Ich vermute, Sie werden sie sehr verwandelt wiedersehen. Feiner geworden, voller Mitleid allem gegenüber, was Sie verachten. Voller Rücksichten auf alles, worauf Sie keine Rücksicht nehmen.»
«Lassen Sie meine Tochter aus dem Spiel», sagte Don Mariano und krümmte sich vor Wut. Und entspannt, als wolle er sich das selbst bestätigen, sagte er dann: «Meine Tochter ist wie ich.»
«Wie Sie?... Ich möchte wünschen, daß das nicht der Fall wäre. Im übrigen tun Sie doch alles dafür, daß Ihre Tochter nicht wie Sie wird, daß sie anders wird... Und wenn Sie Ihre Tochter später darum nicht wiedererkennen, dann haben Sie in gewisser Hinsicht für einen Reichtum gezahlt, den Sie mit Gewalt und Betrug erworben haben...»

«Sie halten mir eine Predigt.»
«Sie haben recht... Den Prediger wollen Sie in der Kirche hören. Hier wollen Sie den Sbirren antreffen. Sie haben recht... Sprechen wir über das Geld, das Sie in ihrem Namen zusammenraffen... Viel Geld, sehr viel Geld, dessen Herkunft, wir wollen mal sagen, unklar ist... Sehen Sie, das sind die Fotokopien der auf Ihren und Ihrer Tochter Namen ausgestellten Bankquittungen. Wie Sie sehen, haben wir unsere Ermittlungen nicht auf die Filialen in Ihrem Dorf beschränkt. Wir haben unsere Fühler bis nach Palermo ausgestreckt... Viel Geld, sehr viel Geld. Können Sie mir sagen, woher es kommt?»
«Und Sie?» fragte Don Mariano unerschütterlich.
«Ich will es versuchen. Denn das Geld, das Sie auf so geheimnisvolle Weise zusammenraffen, muß der Grund für die Verbrechen sein, denen meine Ermittlungen gelten. Und diesen Grund muß man in den Akten, in denen ich Anklage wegen Anstiftung zum Mord gegen Sie erheben werde, ein bißchen durchleuchten... Ich will es versuchen... Aber dem Finanzamt müssen Sie jedenfalls eine Erklärung abgeben, denn diese Daten werden wir jetzt an die Finanzbehörde weiterreichen...»
Don Mariano deutete durch eine Geste an, daß ihn das nicht kümmere.
«Wir haben auch eine Kopie Ihrer Einkommenssteuererklärung und Ihres Steuerbescheides. Sie haben ein Einkommen deklariert...»
«Das so hoch ist wie das meine», mischte sich jetzt der Unteroffizier ein.
«... und zahlen an Steuern...»

«Etwas weniger als ich», sagte wiederum der Unteroffizier.
«Sehen Sie», fuhr der Hauptmann fort. «Es sind da viele Dinge zu klären, über die Sie Auskunft geben müssen...»
Nochmals deutete Don Mariano durch eine Geste seine Gleichgültigkeit an.
An diesem Punkt, dachte der Hauptmann, müßte man ansetzen. Einen Mann wie den da anhand des Strafgesetzbuches dingfest machen zu wollen, ist ein müßiges Unterfangen. Die Beweise werden dazu niemals ausreichen, und das Schweigen der Gerechten und der Ungerechten wird ihm immer Schutz gewähren. Und auf eine Suspendierung der Grundrechte zu hoffen ist nicht nur müßig, sondern sogar gefährlich. Ein neuer Mori würde sofort zum Werkzeug der Wahlpolitik. Nicht ein Arm der Regierung, sondern einer Regierungsgruppe, der Gruppe Mancuso-Livigni oder der Gruppe Sciortino-Caruso. Hier müßte man die Leute wie in Amerika bei ihren Steuerhinterziehungen ertappen. Und zwar nicht nur die Leute wie Mariano Arena, und nicht nur hier in Sizilien. Man müßte mit einem Schlag in den Banken erscheinen, mit erfahrenen Händen die Buchhaltungen der großen und kleinen Firmen prüfen, die gewöhnlich doppelt geführt werden, die Katasterämter kontrollieren. Und alle diese Füchse, alte wie neue, die vergeblich die politischen Ideen und Tendenzen beschnüffeln oder die Zusammenkünfte zwischen den unruhigsten Mitgliedern jener großen Familie, die die Regierung darstellt, und den Wohnungsnachbarn dieser Familie und ihrer Feinde, täten besser daran, einmal die Villen, die Autos mit Spezial-

karosserien, die Frauen und die Geliebten mancher hoher Beamter zu beschnuppern. Und diese Wahrzeichen des Reichtums mit ihren Gehältern zu vergleichen und daraus die richtigen Folgerungen zu ziehen. Nur so würden Leute wie Don Mariano den Boden unter den Füßen verlieren... In jedem anderen Land der Welt würde eine Steuerhinterziehung, wie ich sie hier gerade feststelle, schwer bestraft. Hier lacht Don Mariano nur darüber. Denn er weiß genau, daß es ihm nicht schwerfallen wird, alles zu verschleiern.
«Die Finanzbehörden machen Ihnen keinen Kummer, wenn ich recht sehe.»
«Mir macht nie etwas Kummer.»
«Und wie ist das möglich?»
«Ich bin ganz ungebildet, aber die zwei oder drei Dinge, die ich weiß, genügen mir. Das erste ist, daß unter unserer Nase der Mund sitzt, mehr zum Essen als zum Sprechen...»
«Auch mein Mund sitzt unter der Nase», sagte der Hauptmann. «Aber ich versichere Ihnen, daß ich nur das esse, was Ihr Sizilianer das Brot der Regierung nennt.»
«Ich weiß. Aber Sie sind ein Mensch.»
«Und der Unteroffizier?» fragte der Hauptmann ironisch und zeigte auf den Unteroffizier D'Antona.
«Das weiß ich nicht», sagte Don Mariano und warf ihm einen aufmerksamen Blick zu, den der Unteroffizier als lästig empfand.
«Ich», fuhr Don Mariano dann fort, «besitze eine gewisse Welterfahrung. Und was wir die Menschheit nennen – und wir nehmen den Mund gewaltig voll mit diesem schönen, windigen Wort Menschheit –, teile

ich in fünf Kategorien ein: die Menschen, die Halbmenschen, die Menschlein, die (mit Verlaub gesagt) Arschlöcher und die Blablablas... Ganz selten sind die Menschen, selten auch die Halbmenschen. Und ich wär's zufrieden, wenn die Menschheit bei den Halbmenschen aufhörte... Aber nein, sie steigt noch tiefer hinab zu den Menschlein. Die sind wie die Kinder, die sich erwachsen dünken, Affen, die die gleichen Bewegungen wie die Großen machen... Und noch weiter unten die Arschkriecher, die schon ein ganzes Heer bilden... Und schließlich die Blablablas, die wie die Enten in Tümpeln leben müßten. Denn ihr Leben hat nicht mehr Sinn und Verstand als das der Enten... Sie, auch wenn Sie mich auf diese Akten festnageln wollen, Sie sind ein Mensch...»
«Sie ebenfalls», sagte der Hauptmann einigermaßen bewegt. Und das Unbehagen, das dieser mit einem Anführer der Mafia getauschte Waffengruß in ihm sofort erregte, ließ ihn zu seiner Rechtfertigung daran denken, daß er im brausenden Jubel eines Nationalfeiertages dem Minister Mancuso und dem Abgeordneten Livigni, als den von Fanfaren und Fahnen umgebenen Repräsentanten der Nation, die Hand gedrückt hatte. Und ihnen hatte Don Mariano wahrhaftig voraus, ein Mensch zu sein. Jenseits von Gesetz und Moral, jenseits aller menschlichen Gefühle, war er ein unerlöster Klumpen menschlicher Energie, ein Klumpen Einsamkeit, ein blinder, tragischer Wille. Und wie sich ein Blinder in seinem Innern, dunkel und formlos, die Welt der Dinge vorstellt, so stellte sich Don Mariano die Welt der Gefühle, der Gesetze, der menschlichen Beziehungen vor. Und wie hätte die Welt sich ihm

anders darstellen sollen, wenn rings um ihn her die Stimme des Rechtes immer von der Gewalt erstickt worden war und der Atem des Geschehens nur die Farbe der Worte über einer unveränderlichen Wirklichkeit verändert hatte?
«Weshalb bin ich ein Mensch: und nicht ein Halbmensch oder geradezu ein Blablabla?» fragte der Hauptmann schroff.
«Weil es», antwortete Don Mariano, «auf dem Platz, an dem Sie stehen, leicht ist, einen Menschen ins Gesicht zu treten, und Sie trotzdem Respekt haben... Von Leuten, die dort stehen, wo Sie stehen, wo der Unteroffizier steht, habe ich vor vielen Jahren eine Beleidigung erfahren, die schlimmer war als der Tod. Ein Offizier wie Sie hat mich geohrfeigt. Und unten im Polizeigewahrsam hat ein Wachtmeister seine glühende Zigarre an meine Fußsohlen gehalten und hat dazu gelacht... Und ich frage: Kann man noch schlafen, wenn man so tief beleidigt worden ist?»
«Ich beleidige Sie also nicht?»
«Nein, Sie sind ein Mensch», bestätigte Don Mariano nochmals.
«Und meinen Sie, es sei eines Menschen würdig, einen anderen Menschen umzubringen oder umbringen zu lassen?»
«Ich habe niemals etwas dergleichen getan. Aber wenn Sie mich nur so zum Zeitvertreib fragen, nur um über die Dinge des Lebens zu plaudern, ob es recht ist, einem Menschen das Leben zu nehmen, so antworte ich: Erst muß man einmal sehen, ob er wirklich ein Mensch ist...»
«War Dibella ein Mensch?»

«Er war ein Blablabla», sagte Don Mariano verächtlich. «Er hat sich gehenlassen. Und Worte sind nicht wie Hunde, die man zurückpfeifen kann.»
«Und hatten Sie besondere Gründe, um ihn so zu beurteilen?»
«Keinerlei Grund. Ich kannte ihn ja kaum.»
«Und doch trifft Ihr Urteil zu, und Sie müssen Ihre Gründe dafür haben... Vielleicht wußten Sie, daß er ein Spitzel war, ein Kontaktmann der Carabinieri...»
«Das interessierte mich nicht.»
«Aber Sie wußten es...»
«Das ganze Dorf wußte es.»
«Unsere geheimen Informationsquellen...» sagte der Hauptmann ironisch, zum Unteroffizier gewandt. Und zu Don Mariano: «Und vielleicht erwies Dibella seinen Freunden gelegentlich einen Dienst, indem er uns innerhalb bestimmter Grenzen vertrauliche Mitteilungen machte... Was meinen Sie dazu?»
«Das weiß ich nicht.»
«Einmal jedenfalls, vor ungefähr zehn Tagen, hat Dibella uns richtig informiert. Hier in diesem Zimmer. Er saß dort, wo Sie jetzt sitzen... Wie haben Sie es fertiggebracht, das zu erfahren?»
«Ich habe es nicht erfahren. Und wenn ich es erfahren hätte, hätte mir das nicht heiß und nicht kalt gemacht.»
«Vielleicht ist Dibella zu Ihnen gekommen und hat, von Gewissensbissen getrieben, seinen Fehler gestanden...»
«Er war jemand, der Angst haben konnte, aber keine Gewissensbisse. Und er hatte keinen Grund, zu mir zu kommen.»
«Und sind Sie jemand, der Gewissensbisse haben kann?»

«Weder Gewissensbisse noch Angst. Niemals.»
«Manche Ihrer Freunde behaupten, Sie seien sehr religiös.»
«Ich gehe in die Kirche. Ich gebe den Waisenhäusern Geld...»
«Glauben Sie, daß das genügt?»
«Gewiß genügt das. Die Kirche ist groß genug, daß jeder auf seine Art seinen Platz in ihr findet.»
«Haben Sie je das Evangelium gelesen?»
«Ich höre es jeden Sonntag.»
«Was halten Sie davon?»
«Schöne Worte. Die ganze Kirche ist eine einzige Schönheit.»
«Für Sie hat, wie ich sehe, die Schönheit nichts mit der Wahrheit zu tun.»
«Die Wahrheit ruht auf dem Grunde eines Brunnens. Sie schauen in den Brunnen und sehen die Sonne oder den Mond. Aber wenn Sie sich hinabstürzen, ist dort weder die Sonne noch der Mond, sondern die Wahrheit.»
Der Unteroffizier wurde müde. Er kam sich vor wie ein Hund, der einem Jäger auf seinem Weg durch einen dürren Steinbruch folgen muß, wo er auch nicht die leiseste Fährte des Wildbrets aufspüren kann. Auf einem langen gewundenen Weg. Kaum näherten sie sich den Ermordeten, so machten sie einen großen Bogen um sie herum. Die Kirche, die Menschheit, der Tod. Eine Plauderei im Klub, himmlischer Heiland! Und das mit einem Verbrecher...
«Sie haben vielen Menschen dazu verholfen», sagte der Hauptmann, «die Wahrheit auf dem Grunde eines Brunnens zu finden.»

Don Mariano schlug die Augen zu ihm auf, die kalt waren wie Nickelmünzen. Er sagte nichts.

«Und Dibella stand schon in der Wahrheit», fuhr der Hauptmann fort, «als er Ihren Namen und den Pizzucos niederschrieb...»

«Verrückt war er. Keine Rede von Wahrheit.»

«Er war durchaus nicht verrückt... Ich hatte ihn sofort nach Colasbernas Tod kommen lassen. Schon damals hatte ich anonyme Informationen erhalten, die es mir erlaubten, den Mord mit bestimmten Interessen in Zusammenhang zu bringen... Ich wußte, daß man mit Vorschlägen und Drohungen an Colasberna herangetreten war, ja daß man sogar auf ihn geschossen hatte. Allerdings nur einen Warnschuß. Und Dibella habe ich gefragt, ob er mir Informationen über die Person dessen geben könne, der mit Vorschlägen und Drohungen an Colasberna herangetreten war. Unsicher geworden, allerdings nicht in dem Maße, daß er mich auf die einzig richtige Fährte geführt hätte, nannte er mir zwei Namen. Den einen, wie ich dann festgestellt habe, nur um mich zu verwirren... Aber ich wollte ihn unter meinen Schutz nehmen. Ich durfte ja auch nicht den Fehler begehen, beide von Dibella Genannten zu verhaften. Mit sicherem Griff mußte ich einen verhaften. Die beiden gehörten zwei rivalisierenden *cosche* an. Einer von beiden konnte deshalb nichts mit der Sache zu tun haben. Entweder La Rosa oder Pizzuco... In der Zwischenzeit wurde Nicolosis Verschwinden angezeigt. Und gewisse Zusammenhänge überraschten mich... Auch Nicolosi hatte uns vor seinem Tod einen Namen hinterlassen. Wir haben Diego Marchica festgenommen, den Sie sicher kennen. Und er hat gestanden...»

«Diego?» platzte Don Mariano ungläubig heraus.
«Diego», bestätigte der Hauptmann. Und wies den Unteroffizier an, das Geständnis zu verlesen.
Don Mariano begleitete seine Verlesung mit einem Ächzen, das asthmatisch klang, aber wütend war.
«Diego hat uns, wie Sie sehen, ohne Umstände auf Pizzuco verwiesen, und Pizzuco auf Sie...»
«Auf mich verweist Sie noch nicht einmal der Herrgott», sagte Don Mariano sicher.
«Sie schätzen Pizzuco sehr hoch», stellte der Hauptmann fest.
«Ich schätze niemand, aber ich kenne alle.»
«Ich will Sie, was Pizzuco betrifft, nicht enttäuschen. Um so mehr, als Diego Ihnen bereits eine schwere Enttäuschung bereitet hat.»
«Ein Dreckskerl», sagte Don Mariano. Und ein unüberwindlicher Ekel verzerrte sein Gesicht. Das war das Zeichen eines unerwarteten Nachgebens.
«Meinen Sie nicht, daß Sie ein bißchen ungerecht sind? Diego hat noch nicht einmal auf Sie angespielt.»
«Und was habe ich denn damit zu tun?»
«Und warum werden Sie denn so wütend, wenn Sie nichts damit zu tun haben?»
«Ich werde nicht wütend. Es tut mir für Pizzuco leid, der ein ordentlicher Mann ist... Wenn ich Gemeinheiten sehe, bringt mich das aus der Ruhe.»
«Können Sie dafür garantieren, daß das, womit Marchica Pizzuco belastet hat, vollkommen falsch ist?»
«Ich kann für nichts garantieren. Noch nicht einmal für einen Wechsel auf einen Heller.»
«Aber Sie halten Pizzuco nicht für schuldig?»
«Nein.»

«Und wenn Pizzuco selbst gestanden und Sie als Komplizen genannt hätte?»
«Dann würde ich annehmen, daß er den Verstand verloren hat.»
«Sind Sie es nicht gewesen, der Pizzuco beauftragt hat, die Sache mit Colasberna im Guten oder im Bösen ins reine zu bringen?»
«Nein.»
«Sind Sie nicht an Bauunternehmen beteiligt oder interessiert?»
«Ich? Aber auch im Traum nicht.»
«Haben Sie nicht die Firma Smiroldo für einen großen Auftrag empfohlen, den sie dank Ihrer Empfehlung unter – gelinde gesagt – ungewöhnlichen Bedingungen bekommen hat?»
«Nein... Ja. Aber ich gebe Tausende von Empfehlungen.»
«Empfehlungen welcher Art?»
«Empfehlungen aller Art. Bei Ausschreibungen, für eine Stellung in einer Bank, für das Abitur, eine Unterstützung...»
«An wen wenden Sie sich mit Ihren Empfehlungen?»
«An Freunde, die etwas ausrichten können.»
«Aber gewöhnlich an wen?»
«An besonders gute Freunde. Und an Leute, die sehr viel ausrichten können.»
«Und bringt Ihnen das keinerlei Vorteile ein, keinerlei Vergünstigungen, keinerlei Dankeszeichen?»
«Freundschaft bringt mir das ein.»
«Aber manchmal...»
«Manchmal bekomme ich zu Weihnachten eine Cassata geschenkt.»

«Oder einen Scheck. Der Buchhalter Martini von der Firma Smiroldo erinnert sich an einen Scheck über eine beträchtliche Summe, den der Ingenieur Smiroldo auf Ihren Namen ausgestellt hat. Der Scheck ist durch seine Hand gegangen... Vielleicht war das ein Dankeszeichen für den großen Auftrag, den die Firma erhalten hatte? Oder hatten Sie der Firma noch andere Dienste geleistet?»
«Nicht, daß ich mich erinnern könnte. Vielleicht war es auch eine Rückzahlung.»
«Wir werden den Ingenieur Smiroldo festnehmen, da Sie sich nicht erinnern können.»
«Ausgezeichnet. So brauche ich mir den Kopf nicht zu zerbrechen... Ich bin alt, gelegentlich trügt mich mein Gedächtnis.»
«Kann ich Ihr Gedächtnis vielleicht in einer Angelegenheit in Anspruch nehmen, die weniger lang zurückliegt?»
«Wollen sehen.»
«Die Ausschreibung für die Landstraße Monterosso–Falcone. Abgesehen von der Tatsache, daß Sie die Finanzierung einer vollkommen überflüssigen Straße durchgesetzt haben, auf einer unmöglichen Trasse... Den Beweis dafür, daß Sie es waren, der die Finanzierung dieser Straße durchgesetzt hat, liefert uns der Artikel eines Lokalkorrespondenten, der Ihr Verdienst darum rühmt... Davon also abgesehen, hat der Bauunternehmer Fazello es nicht Ihnen zu verdanken, daß er den Auftrag bekommen hat? Jedenfalls hat Herr Fazello mir das gesagt. Und ich wüßte nicht, aus welchem Grund er lügen sollte.»
«Aus keinem.»

«Und hat er sich Ihnen in irgendeiner Weise erkenntlich gezeigt?»
«Ja, gewiß. Er ist doch hergekommen und hat die Geschichte hier verpfiffen. Er hat mich auf Heller und Pfennig, nebst Aufgeld, bezahlt.»

Eine Stunde vor Beginn der Sitzung hatten sie die Eintrittskarten in der Via della Missione abgeholt. Dann waren sie die Passage in der Nähe des Café Berardo entlanggeschlendert und waren ab und zu stehengeblieben, um die Bilder der Illustrierten zu betrachten, die an den Kiosken hingen. Rom war vom holden Licht verzaubert und hatte sich in eine geruhsame Promenade verwandelt, die vom Vorbeiflitzen der Autos und von dem langanhaltenden Quietschen der Busse kaum berührt wurde. Die Stimme der Zeitungsausrufer, der Name ihres Dorfes, den die Ausrufer zugleich mit dem Wort Verbrecher schrien, drang unwirklich und fern an ihr Ohr. Seit zwei Tagen waren sie aus ihrem Dorf fort. Schon hatten sie mit zwei großen Strafverteidigern, einem Minister, fünf oder sechs Abgeordneten und drei oder vier Leuten gesprochen, die von der Polizei gesucht wurden und in den Wirtschaften und Kaffeehäusern beim Testaccio Roms goldene Ruhe genossen. Das alles hatte sie beruhigt, und der Vorschlag des Abgeordneten, Montecitorio zu besuchen und einer Parlamentssitzung beizuwohnen, während der die Regierung auf die Anfragen bezüglich der öffentlichen Ordnung in Sizilien antworten sollte, schien ihnen ein durchaus passender Abschluß für

diesen gehetzten Tag. Die Abendzeitungen behaupteten, aus der Festnahme von Marchica, Pizzuco und Arena sei eine Verhaftung geworden. Der Staatsanwalt habe Haftbefehle erlassen. Die Journalisten hatten bei ihrem Geschnüffel herausbekommen, Marchica habe einen Mord gestanden und einen zweiten Mord Pizzuco zur Last gelegt. Pizzuco habe seine fahrlässige Beihilfe zu den zwei von Marchica begangenen Morden gestanden. Zwei Morde, und nicht einer, wie Marchica gestanden hatte. Und Arena habe gar nichts zugegeben, und weder Marchica noch Pizzuco hätten ihn als mitschuldig bezeichnet. Gleichwohl habe der Staatsanwalt die Haftbefehle erlassen. Für Marchica wegen Mordes, für Pizzuco wegen Mordes und Anstiftung zum Mord, für Arena wegen Anstiftung zum Mord. Die Dinge standen schlimm. Aber aus der römischen Perspektive zu dieser Stunde, die der Stadt die glückselige luftige Freiheit einer Seifenblase verlieh, leuchtend und von den Farben der Frauen und der Schaufenster schillernd, schienen diese Haftbefehle leicht wie die Drachen emporzusteigen und sich im Ringelspiel hoch oben um die Mark-Aurel-Säule zu drehen.
Es war beinahe Zeit. Die beiden gingen die Unterführung hinunter, und in dem vielfarbigen Fluß, der in dem harten fluoreszierenden Licht der Schaufenster noch greller erschien, fesselten sie – in ihren dunklen Mänteln, mit ihren Gesichtern, die schwärzlich waren wie das des heiligen Patrons von S., mit ihren Trauerabzeichen und mit der stummen Sprache ihrer Ellenbogen und ausdrucksvollen Blicken, die dem Vorübergehen einer schönen Frau galten – für einen Augenblick die Aufmerksamkeit der Leute. Die meisten hielten sie

für Polizeibeamte, die einen Taschendieb verfolgten. Und doch waren sie beide zusammen ein Stück problematischer Süden.
Die Parlamentspförtner beäugten sie mißtrauisch, reichten einander ihre Eintrittskarten, fragten nach ihren Personalausweisen und forderten sie dann auf, ihre Mäntel abzulegen. Schließlich wurden sie auf eine Galerie geleitet, die wie eine Theatergalerie aussah. Aber der Saal dort unten glich keinem Theater. Wie vom Rande eines gewaltigen Trichters aus betrachteten sie diesen düsteren wimmelnden Ameisenhaufen. Das Licht ähnelte dem, das in ihrem Dorf manchen Gewittern vorangeht, wenn die Wolken, vom Saharawind getrieben, sich in zähem Gebrodel zusammenbrauen und sandiges, wässeriges Licht ausstrahlen. Ein seltsames Licht, das den Dingen eine samtige Oberfläche verleiht. Ehe Linke, Mitte und Rechte sich aus den abstrakten Ideen, die sie in ihren Köpfen darstellten, in den konkreten Lageplan des Parlaments und die bekanntesten Gesichter verwandelten, verging einige Zeit. Als Togliattis Gesicht hinter einer Zeitung hervorkam, wußten sie, daß sie die Linke vor sich hatten. Mit der gemächlichen Präzision eines Kompasses wanderten ihre Blicke zur Mitte. Für einen Augenblick blieben sie an dem Gesicht Nennis und an dem Fanfanis haften. Und dort war auch der Abgeordnete, dem sie dieses Schauspiel verdankten. Er schien zu ihnen hinaufzuschauen, und sie winkten ihm zu. Aber der Abgeordnete nahm das nicht wahr. Wer weiß, was er in seinen Gedanken vor sich sah. Was sie besonders beeindruckte, war das beständige Hin und Her der Ordner zwischen den Reihen. Es schien den ganzen

Saal in die mechanische Bewegung eines Webstuhls zu versetzen. Und das aufsteigende Gemurmel hörte sich gleichmäßig und beständig, wie es war, eher an, als gehe es von der Leere des Saales als von diesen Menschengruppen aus, die in den amphitheatralisch angeordneten Bänken so geschäftig verschwanden.
Von Zeit zu Zeit läutete eine Glocke. Dann erhob sich in dem sandigen Licht eine Stimme und schien, langsam größer werdend wie ein Ölfleck, auf der Oberfläche des Gemurmels im Saal zu schwimmen. Erst als ihr Blick von dem Präsidenten mit seiner Glocke fort und zu der Regierungsbank hinüberglitt – vorausgesetzt, daß der Mann neben dem Sprecher wirklich der Minister Pella war –, stellten sie fest, woher diese Stimme kam.
«Wir wollen den Minister», wurde von den Bänken der Linken geschrien. Der Präsident läutete die Glocke. Er sagte, der Minister habe nicht kommen können, dafür sei der Staatssekretär da. Das sei das gleiche. Sie sollten ihn reden lassen. Niemand wolle es dem Parlament gegenüber an Respekt fehlen lassen. Es war, als hätte er nichts gesagt.
«Der Minister, der Minister», wurde auf der Linken weiter gerufen.
«Lieber Himmel, laßt ihn doch sprechen», sagte einer der beiden Zuschauer, aber nur seinem Begleiter ins Ohr.
Man ließ ihn sprechen.
Der Staatssekretär sagte, die Regierung sehe im Zustand der öffentlichen Ordnung in Sizilien keinerlei Anlaß zu besonderer Sorge. Protestrufe von links. Gerade flauten sie ab, als eine Stimme von rechts

schrie: «Vor zwanzig Jahren konnte man in Sizilien bei offener Tür schlafen.»
Die Abgeordneten von links bis tief zur Mitte erhoben sich lärmend. Die beiden lehnten sich von der Tribüne hinab, um den Faschisten zu sehen, der unter ihnen wie ein Stier brüllte: «Ja, vor zwanzig Jahren war Ordnung in Sizilien. Und ihr habt diese Ordnung zerstört.» Und seine Hand mit dem anklagend erhobenen Zeigefinger beschrieb einen Bogen von Fanfani bis zu Togliatti.
Die beiden sahen nur den glattrasierten Kopf und die anklagend erhobene Hand. Einstimmig murmelten sie: «Die Ordnung der Hörner, die du auf dem Kopfe trägst.»
Die Glocke läutete lang und schrill. Wieder begann der Staatssekretär zu sprechen. Er sagte, zu den Vorfällen in S., auf die die Anfrage der Abgeordneten sich bezog, habe die Regierung nichts zu sagen, da die gerichtliche Ermittlung im Gange sei. Jedenfalls sei die Regierung der Ansicht, diese Vorfälle seien auf gewöhnliche Kriminalität zurückzuführen. Sie weise darum die Deutung zurück, die ihnen die anfragenden Abgeordneten gäben. Stolz und verächtlich weise die Regierung die Unterstellung der Linksparteien in ihren Zeitungen zurück, daß Mitglieder des Parlaments oder gar der Regierung auch nur die losesten Beziehungen zu Angehörigen der sogenannten Mafia unterhielten, die nach Ansicht der Regierung ohnehin ausschließlich in der Phantasie der Kommunisten existiere.
Die inzwischen von Abgeordneten dicht besetzte Linke erhob dröhnenden Protest. Ein hochgewachsener, grauhaariger, beinahe kahler Abgeordneter stieg aus

seiner Reihe hinab zur Regierungsbank. Drei Ordner traten ihm entgegen. Er schrie dem Staatssekretär Beschimpfungen zu, daß die beiden Zuschauer dachten: Das kommt zu einer Messerstecherei. Die Glocke läutete wie närrisch. Wie eine Heuschrecke sprang der Abgeordnete von rechts mit dem glattrasierten Kopf plötzlich mit einem Satz mitten in den Saal. Andere Ordner liefen herbei, um ihn festzuhalten. Er schrie seine Beschimpfungen nach links. In ganzen Wolken und Wogen wurde ihm das Wort Idiot entgegengeschleudert und streifte seinen mächtigen Schädel wie die Pfeile der Indianer den Kopf Buffalo Bills. Hier müßte ein Carabinieribataillon her, dachten die beiden. Und zum erstenmal in ihrem Leben waren sie geneigt zuzugeben, daß die Carabinieri zu etwas taugten.
Sie schauten zu der Seite, wo der Abgeordnete saß. Er war ruhig. Als er ihren Blick bemerkte, lächelte er und winkte ihnen zu.

Es war an einem der trägen Abende von Parma mit ihrem verzehrenden Licht, das alles fern wie eine Erinnerung, erfüllt von unsäglicher Zärtlichkeit, erscheinen läßt. Und wie durch die Gefilde einer Erinnerung wanderte der Hauptmann Bellodi durch die Straßen seiner Heimatstadt. Lebendige Gegenwart, wenn auch von Tod und Ungerechtigkeit bedrückt, war für ihn das ferne Sizilien.
Er war als Zeuge zu einem Prozeß nach Bologna geholt worden. Und nach Abschluß des Prozesses

hatte er keine Lust gehabt, nach Sizilien zurückzukehren. Seine erschöpften Nerven hatten ihm einen Urlaub bei seiner Familie in Parma verlockender und erholsamer als gewöhnlich erscheinen lassen. Er hatte darum einen Krankenurlaub eingereicht, der ihm für einen Monat bewilligt worden war.

Jetzt, fast in der Mitte seines Urlaubs, erfuhr er aus einem Bündel von Lokalzeitungen, das der Unteroffizier D'Antona ihm netterweise geschickt hatte, daß seine ganze genaue Rekonstruktion der Vorfälle in S. unter dem Anhauch unangreifbarer Alibis wie ein Kartenhaus zusammengestürzt war. Oder besser gesagt, ein einziges Alibi, das Diego Marchicas, hatte genügt, um sie zusammenstürzen zu lassen. Nicht vorbestrafte, absolut unverdächtige, ihrem Leumund und ihrer Bildung nach höchst achtenswerte Persönlichkeiten hatten vor dem Untersuchungsrichter ausgesagt, es sei unmöglich, daß Diego Marchica auf Colasberna geschossen habe und von Nicolosi wiedererkannt worden sei. Denn Diego habe sich am Tage und zu der Zeit, zu der das Verbrechen begangen wurde, volle sechsundsiebzig Kilometer vom Tatort entfernt aufgehalten, so weit nämlich, wie es von S. nach P. ist, wo Diego in einem dem Doktor Baccarella gehörenden Garten und unter den Augen des Doktors, eines Mannes, der früh aufzustehen und die Gartenarbeiten zu beaufsichtigen pflegte, mit der friedlichen und geruhsamen Arbeit beschäftigt war, vermittels eines Rohres die Grasflächen zu bewässern. Und das konnten nicht nur der Doktor, sondern Bauern und Passanten, die alle Diego einwandfrei identifiziert hatten, auf Grund klarster Erinnerung bezeugen.

Sein vor dem Hauptmann Bellodi abgelegtes Geständnis, so hatte Diego erklärt, stelle sozusagen einen Racheakt dar. Der Hauptmann hatte ihn glauben lassen, Pizzuco habe ihn verleumdet. Und in seiner blinden Wut habe er zum Gegenschlag ausgeholt. Um Pizzuco ins Unglück zu stürzen, hatte er sich selbst verleumdet. Pizzuco wiederum hatte angesichts von Diegos Verleumdung ein Feuerwerk von Lügen losgelassen und hatte sich selbst mit Kleinigkeiten belastet, nur um Marchica, der ihn verleumdet hatte, einen Stein um den Hals zu hängen. Das Gewehr? Nun, Pizzuco mußte sich wegen verbotenen Waffenbesitzes verantworten. Und die Tatsache, daß er seinen Schwager beauftragt hatte, das Gewehr verschwinden zu lassen, war nur auf die Sorge zurückzuführen, die ihm sein Wissen von der Gesetzwidrigkeit dieses Waffenbesitzes bereitete.

Was Don Mariano betrifft, der von den Zeitungen fotografiert und interviewt worden war, so bedarf es kaum der Erwähnung, daß das sorgfältige, ihn belastende Indiziengespinst des Hauptmanns und des Staatsanwalts in Rauch aufgegangen war. Und eine Gloriole der Unschuld umgab, das sah man auch auf den Fotografien, sein schweres Haupt, mit verschmitzter Weisheit. Einem Journalisten, der ihn nach dem Hauptmann Bellodi fragte, hatte er gesagt: «Er ist ein Mensch.» Und als der Journalist unbedingt wissen wollte, ob er damit meine, als Mensch sei der Hauptmann Irrtümern unterworfen, oder ob vielleicht ein Adjektiv fehle, um sein Urteil zu verdeutlichen, hatte Don Mariano gesagt: «Ach was, Adjektiv! Der Mensch bedarf keines Adjektivs. Und wenn ich sage, daß der Hauptmann ein Mensch ist, dann ist er ein

Mensch. Und damit basta.» Eine Antwort, die der Journalist für sibyllinisch hielt und von der er glaubte, Reizbarkeit, ja Verstimmung fänden in ihr ihren Ausdruck. Aber Don Mariano hatte wie ein siegreicher General ein ausgewogenes Urteil, ein Lob über den unterlegenen Gegner abgeben wollen. Und so fügte er zu den stürmischen Gefühlen im Herzen des Hauptmanns noch eine zwiespältige Empfindung, halb Freude und halb Ärger, hinzu.

Aus anderen Nachrichten, die der Unteroffizier D'Antona rot angestrichen hatte, ging hervor, daß die Ermittlungen über die drei Morde natürlich wiederaufgenommen worden seien. Und das Einsatzkommando der Polizei sei der richtigen Lösung des Falles Nicolosi schon auf der Spur. Es habe die Witwe Nicolosi und ihren Liebhaber verhaftet, einen gewissen Passarello. Höchst gewichtige, von Hauptmann Bellodi auf unerklärliche Weise übersehene Indizien belasteten die beiden. In einer weiteren, ebenfalls angestrichenen Nachricht auf der Seite «Aus der Provinz» hieß es, der Oberwachtmeister Arturo Ferlisi, Kommandant des Carabinieripostens von S., sei auf eigenen Wunsch nach Ancona versetzt worden. Der Korrespondent der Zeitung wies auf seine ruhige Art und seine Gewandtheit hin und gab ihm seine Abschiedsgrüße und guten Wünsche mit auf den Weg.

Über diese Nachrichten grübelnd und schäumend vor machtloser Wut, wanderte der Hauptmann ziellos durch die Straßen von Parma. Er sah aus, als gehe er zu einer Verabredung und befürchte, zu spät zu kommen. Und er hörte nicht, wie ihn sein Freund Brescianelli vom gegenüberliegenden Bürgersteig aus beim Namen rief. Er war überrascht und verärgert, als der Freund ihn einholte, ihm lächelnd und liebevoll entgegentrat und scherzhaft im Namen der frohen und ach so lang vergangenen Schulzeit wenigstens einen Gruß von ihm erheischte. Bellodi entschuldigte sich allen Ernstes, er habe nicht gehört, und behauptete, er höre schlecht. Dabei vergaß er, daß Brescianelli Arzt war, und einen alten Freund, dem es nicht gutging, nicht so schnell in Ruhe lassen würde.

Tatsächlich trat er einen Schritt zurück, um ihn genauer betrachten zu können, stellte fest, er sei abgemagert, wie man an dem Mantel sehe, der ein bißchen um ihn herumschlottere. Dann trat er näher an ihn heran, um ihm in die Augen zu schauen, deren Weiß, so sagte er, etwas gelblich sei, was auf einen Leberschaden schließen lasse. Er fragte ihn nach seinen Symptomen und nannte Medizinen. Bellodi hörte ihm mit zerstreutem Lächeln zu.

«Hörst du mir eigentlich zu?» fragte Brescianelli. «Oder falle ich dir vielleicht lästig?»

«Nein, nein», protestierte Bellodi, «ich freue mich ja so, dich wiederzusehen. Wo gehst du hin?» Und ohne eine Antwort abzuwarten, faßte er den Freund unter dem Arm und sagte: «Ich komme mit dir.»

Und auf den Arm des Freundes gestützt, eine Geste, die er beinahe verlernt hatte, empfand er wirklich ein Bedürfnis nach Gesellschaft, ein Bedürfnis zu sprechen, seinen Zorn mit Dingen, die ihm fernlagen, zu zerstreuen.

Aber Brescianelli fragte nach Sizilien. Wie es dort sei, wie es einem dort ergehe. Und nach den Verbrechen. Bellodi sagte, Sizilien sei unglaublich.

«Ach ja, du hast recht. Unglaublich... Auch ich habe Sizilianer gekannt. Außergewöhnliche Leute... Und jetzt haben sie ihre Autonomie, ihre eigene Regierung... Die Regierung der Schrotflinten nenne ich sie... Unglaublich, das ist das richtige Wort.»
«Unglaublich ist auch Italien. Und man muß nach Sizilien gehen, um festzustellen, wie unglaublich Italien ist.»
«Vielleicht verwandelt sich ganz Italien allmählich in Sizilien... Als ich die Skandale ihrer Regionalregierung in der Zeitung las, hatte ich eine phantastische Vorstellung. Die Wissenschaftler behaupten, die Palmlinie, das heißt das für die Vegetation der Palme günstige Klima, rücke nach Norden vor. Soweit ich mich erinnere, jährlich fünfhundert Meter... Die Palmlinie... Ich nenne sie die Kaffeelinie, die Linie des starken Kaffees, des schwarzen Kaffees... Sie steigt wie die Quecksilbersäule eines Thermometers, diese Palmlinie, diese Linie des schwarzen Kaffees und der Skandale. Immer weiter herauf in Italien. Schon ist sie über Rom hinaus...» Plötzlich hielt er inne und sagte zu einer jungen Frau, die ihnen lachend entgegenkam: «Auch du bist unglaublich, bildschön...»
«Wieso ich auch? Wer noch?»
«Sizilien... Auch Sizilien ist eine Frau. Geheimnisvoll, ruhelos, rachsüchtig und wunderschön... Wie du. Darf ich dir den Hauptmann Bellodi vorstellen, der mir gerade von Sizilien erzählt hat... Und das ist Livia», sagte er zu Bellodi gewandt, «Livia Giannelli, die du vielleicht noch als Kind gekannt hast. Und jetzt ist sie eine Frau und will von mir nichts wissen.»
«Kommen Sie aus Sizilien?» fragte Livia.

«Ja», sagte Brescianelli, «er kommt aus Sizilien. Er spielt da unten, wie die das nennen, den stinkigen Sbirren.» Und beim Aussprechen dieser Worte machte er die dröhnende Stimme und den catanesischen Akzent Angelo Muscos nach.
«Ich schwärme für Sizilien», sagte Livia, trat zwischen sie und hängte sich bei ihnen ein.
Das ist Parma, dachte Bellodi in einem plötzlichen Glücksgefühl, und das ist ein Mädchen aus Parma. Hier bist du zu Hause. Zum Teufel auch mit Sizilien. Aber Livia wollte die unglaublichen Dinge aus dem unglaublichen Sizilien hören. «Ich bin einmal in Taormina gewesen. Und in Syrakus zu den Aufführungen im griechischen Theater. Aber man hat mir gesagt, um Sizilien wirklich kennenzulernen, müsse man ins Innere gehen. In welcher Stadt leben Sie?»
Bellodi nannte den Namen des Dorfes. Weder Livia noch Brescianelli hatten je von ihm gehört.
«Und wie ist es dort?» fragte das Mädchen.
«Ein altes Dorf mit gipsgemauerten Häusern, mit steilen Straßen und Treppen. Und am Ende jeder Straße, jeder Treppe eine häßliche Kirche...»
«Und die Männer? Sind die Männer sehr eifersüchtig?»
«In gewisser Beziehung, ja», sagte Bellodi.
«Und die Mafia? Was ist mit der Mafia, von der die Zeitungen immer sprechen?»
«Ja, was ist mit der Mafia?» drängte Brescianelli.
«Das ist schwer zu erklären», sagte Bellodi, «die Mafia ist... unglaublich. Ja, das ist sie.»
Ein eisiges Schneegestöber begann. Der weiße Himmel versprach langanhaltenden Schneefall. Livia

schlug vor, sie sollten sie nach Hause begleiten. Ein paar Freundinnen würden kommen, sie würden tollen alten Jazz hören, Platten, die sie wie durch ein Wunder entdeckt hatte. Und es sei guter schottischer Whisky da und Cognac Carlos primero. «Und zu essen?» fragte Brescianelli. Livia versprach, es werde auch etwas zu essen geben.

Sie trafen Livias Schwester und zwei andere Mädchen ausgestreckt auf einem Teppich vor dem Kaminfeuer an. Neben sich Gläser. Und das *Begräbnis im Vieux Colombier,* New Orleans, das wie besessen vom Plattenspieler dröhnte. Auch sie schwärmten für Sizilien. Ein köstlicher Schauer überrieselte sie im Gedanken an die Messer, die ihrer Meinung nach die Eifersucht aufblitzen ließ. Sie bedauerten die sizilianischen Frauen und beneideten sie ein wenig. Das Rot des Bluts wurde zu Guttusos Rot. Picassos Hahn aus dem Schutzumschlag des *Bell' Antonio* von Brancati nannten sie das köstliche Wahrzeichen Siziliens. Beim Gedanken an die Mafia überlief sie ein neuer Schauer. Und sie baten um Erklärungen, um Erzählungen von den schrecklichen Dingen, die der Hauptmann sicherlich erlebt hatte.

Bellodi erzählte die Geschichte eines sizilianischen Gefängnisarztes, der sich mit Recht in den Kopf gesetzt hatte, den der Mafia angehörenden Häftlingen das Vorrecht zu entziehen, sich im Lazarett einzunisten. In dem Gefängnis gab es viele Kranke, sogar einige Tuberkulöse, die in den Einzel- und Gemeinschaftszellen lagen. Währenddessen hielten die Mafiaanführer bei bester Gesundheit das Lazarett besetzt, um in den Genuß einer besseren Verpflegung zu kommen. Der

Arzt ordnete an, sie sollten in die regulären Abteilungen zurück, und ins Lazarett sollten die Kranken kommen. Weder die Polizisten noch der Direktor befolgten die Anordnung des Arztes. Der Arzt schrieb an das Ministerium. Und so wurde er eines Nachts ins Gefängnis gerufen. Man sagte ihm, ein Häftling bedürfe dringend eines Arztes. Der Arzt ging hin. Plötzlich befand er sich im Gefängnis allein inmitten von Häftlingen. Die Mafiaanführer verprügelten ihn gründlich, nach allen Regeln der Kunst. Die Aufseher bemerkten nichts. Der Arzt zeigte die Sache beim Staatsanwalt und beim Ministerium an. Die Mafialeute, allerdings nicht alle, wurden in ein anderes Gefängnis verlegt. Der Arzt wurde vom Ministerium entlassen, da sein Übereifer zu Zwischenfällen Anlaß gegeben habe. Als militantes Mitglied einer Linkspartei wandte er sich um Unterstützung an seine Parteigenossen. Sie antworteten ihm, es sei besser, die Angelegenheit auf sich beruhen zu lassen. Da es ihm nicht gelang, für die ihm angetane Beleidigung Genugtuung zu erhalten, wandte er sich schließlich an einen Mafiaführer. Der ließ ihm wenigstens die Genugtuung zuteil werden, daß einer von denen, die ihn verprügelt hatten, in dem Gefängnis, in das er versetzt worden war, selbst verprügelt wurde. Anschließend wurde ihm dann versichert, der Schuldige sei gebührend verprügelt worden.
Die Mädchen fanden das eine köstliche Episode. Brescianelli fand sie entsetzlich.
Die Mädchen machten belegte Brote. Sie aßen, tranken Whisky und Cognac, hörten Jazz, sprachen wieder von Sizilien und dann von Eros und Sexus. Bellodi kam sich vor wie ein Rekonvaleszent, überempfindsam,

zärtlich und ausgehungert. Zum Teufel mit Sizilien, zum Teufel mit allem.

Gegen Mitternacht kehrte er nach Hause zurück und ging zu Fuß durch die ganze Stadt. Parma war vom Schnee verzaubert, stumm und menschenleer. In Sizilien fällt nur selten Schnee, dachte er. Und vielleicht hing die Eigenart einer Zivilisation vom Schnee oder von der Sonne ab, je nachdem, ob Schnee oder Sonne überwogen. Er fühlte sich ein wenig verwirrt. Aber ehe er zu Hause ankam, wußte er ganz deutlich, daß er Sizilien liebte und daß er dorthin zurückkehren würde.

«Ich werde mir den Kopf daran einrennen», sagte er laut.

NACHWORT

«Entschuldigen Sie die Länge dieses Briefes», schrieb ein Franzose [oder eine Französin] im großen achtzehnten Jahrhundert, «ich hatte keine Zeit, mich kürzer zu fassen.» Ich freilich kann, was die gute Regel angeht, auch eine Erzählung kurz zu fassen, nicht behaupten, daß es mir an Zeit dazu gefehlt hätte. Ich habe ein volles Jahr, von einem Sommer zum anderen, darauf verwendet, diesen kurzen Roman zu kürzen. Nicht intensiv, selbstverständlich, aber neben anderen Arbeiten und sehr andersartigen Sorgen. Aber das Ergebnis, zu dem diese Arbeit des Streichens führen sollte, zielte nicht so sehr darauf ab, dieser Erzählung Proportion, Wesenhaftigkeit und Rhythmus zu verleihen, als der möglichen und wahrscheinlichen Unduldsamkeit jener zu begegnen, die sich von meiner Darstellung mehr oder minder unmittelbar betroffen fühlen konnten. Denn in Italien darf man bekanntlich weder über weltliche noch über geistliche Obrigkeit scherzen. Und wenn man es nun gar, anstatt zu scherzen, durchaus ernst meint... In den Vereinigten Staaten von Amerika darf es in der erzählenden Literatur und in den Filmen trottelige Generale, korrupte Richter und nichtsnutzige Polizisten geben. Und ebenso in England, in Frankreich [wenigstens bis jetzt], in Schweden und so weiter. In Italien hat es das niemals gegeben, gibt es das nicht und wird es das niemals geben. So ist es. Und man muß dabei, wie Giusti von jenen Botschaftern sagt, die Barnabò Visconti zwang, Siegel, Pergament und Blei zu verschlingen, die

Zähne zusammenbeißen. Ich bin nicht heroisch genug, um Klagen wegen Beleidigung und übler Nachrede herauszufordern. Jedenfalls möchte ich das nicht absichtlich tun. Als ich entdeckte, daß meine Phantasie sich nicht gebührend an die Grenzen gehalten hatte, die die staatlichen Gesetze beobachtet wissen wollen, und mehr noch als die Gesetze die Empfindlichkeit derer, die für Befolgung der Gesetze sorgen, habe ich mich deshalb ans Streichen gemacht, immer wieder ans Streichen.

Im wesentlichen ist der Gang der Erzählung zwischen ihrer ersten und zweiten Niederschrift unverändert geblieben. Einige Figuren sind verschwunden. Einige andere sind in die Anonymität zurückgetreten. Einige Sätze wurden gestrichen. Mag sein, daß die Geschichte dadurch gewonnen hat. Aber jedenfalls steht fest, daß ich sie nicht in jener vollen Freiheit geschrieben habe, die ein Schriftsteller [und ich bezeichne mich als Schriftsteller nur um der Tatsache willen, daß ich mich mit Schreiben beschäftige] genießen sollte.

Daß keine Figur und kein Ereignis dieser Arbeit anders als durch Zufall mit lebenden Personen und mit Tatsachen, die sich ereignet haben, übereinstimmen, bedarf kaum der Erwähnung.

TOTE AUF BESTELLUNG

Glaubt nicht, daß ich ein Geheimnis enthüllen oder gar einen Roman schreiben will.

Poe, Der Doppelmord in der Rue Morgue

I

Der Brief kam mit der Nachmittagspost. Als erstes legte der Briefträger wie üblich den vielfarbigen Packen der Werbedrucksachen auf den Ladentisch, dann den Brief, so vorsichtig, als wäre zu befürchten, daß er explodierte: ein gelber Umschlag, auf den ein weißes Rechteck mit der aufgedruckten Adresse geklebt war.
«Der Brief da gefällt mir nicht», sagte der Postbote.
Der Apotheker sah von seiner Zeitung auf, nahm die Brille ab und fragte gereizt und neugierig zugleich: «Was ist los?»
«Ich sage, daß mir der Brief da nicht gefällt.» Mit dem Zeigefinger schob er ihn langsam über die Marmorplatte auf dem Ladentisch. Ohne ihn zu berühren, beugte sich der Apotheker vor und betrachtete ihn. Dann richtete er sich auf, setzte die Brille wieder auf und schaute ihn noch einmal gründlich an.
«Warum gefällt er dir nicht?»
«Der ist heute nacht oder heute früh hier eingesteckt worden, und als Adresse ist ein ausgeschnittener Briefkopf der Apotheke draufgeklebt.»
«Stimmt», bestätigte der Apotheker und starrte den Briefträger verlegen und beunruhigt an, als erwarte er von ihm eine Erklärung oder eine Entscheidung.
«Das ist ein anonymer Brief», sagte der Briefträger.
«Ein anonymer Brief», echote der Apotheker. Noch hatte er ihn nicht angefaßt, und schon störte dieser Brief sein häusliches Leben, fuhr wie ein einäschernder

Blitz auf eine nicht hübsche, ein wenig verblühte, ein wenig schlampige Frau nieder, die in der Küche gerade ein Zicklein zubereitete, um es für das Abendessen in den Ofen zu schieben.
«Die Unsitte der anonymen Briefe ist hier weit verbreitet», sagte der Briefträger. Er hatte seine Tasche auf einen Stuhl gestellt und sich an den Ladentisch gelehnt. Er wartete darauf, daß der Apotheker sich entschloß, den Brief zu öffnen. Im Vertrauen auf das offenherzige, arglose Wesen des Empfängers hatte er ihn unversehrt abgeliefert, ohne ihn zuvor (selbstverständlich mit aller gebotenen Vorsicht) zu öffnen. Wenn er ihn aufmacht, und es handelt sich um einen Seitensprung seiner Frau, erfahre ich nichts. Ist es aber eine Drohung oder dergleichen, dann zeigt er ihn mir. Jedenfalls wollte er nicht fortgehen, ohne Bescheid zu wissen. Zeit hatte er ja.
«Mir einen anonymen Brief?» sagte der Apotheker nach langem Schweigen verwundert und empört, machte aber ein erschrockenes Gesicht. Bleich, mit verstörtem Blick, Schweißtropfen auf der Oberlippe. Und bei all seiner bebenden Neugier teilte der Briefträger diese Verwunderung und Empörung. Ein rechtschaffener Mann, leutselig und mit Herz; einer, der in seiner Apotheke jedermann Kredit einräumte und der bei den Bauern auf dem Land, das seine Frau in die Ehe mitgebracht hatte, fünf gerade sein ließ. Auch böses Gerede über die Apothekersfrau war dem Briefträger nie zu Ohren gekommen.
Plötzlich gab sich der Apotheker einen Ruck. Er nahm den Brief, öffnete ihn und entfaltete das Blatt. Der Briefträger sah das, was er erwartet hatte: Der Brief

bestand aus Wörtern, die aus einer Zeitung ausgeschnitten worden waren.

Der Apotheker leerte den bitteren Kelch auf einen Zug. Zwei Zeilen, nicht mehr.

«Hör dir das mal an», sagte er, aber erleichtert, fast belustigt. Der Briefträger dachte: Also kein Seitensprung. Er fragte: «Und was ist's, eine Drohung?»

«Eine Drohung», bestätigte der Apotheker. Er reichte ihm das Blatt. Der Briefträger griff begierig danach und las laut: «Dieser Brief ist Dein Todesurteil, für das, was Du getan hast, mußt Du sterben.» Er faltete es zusammen und legte es auf den Ladentisch. «Ein Scherz», sagte er, und das meinte er wirklich.

«Glaubst du, daß es ein Scherz ist?» fragte der Apotheker ein bißchen beklommen.

«Was soll es denn sonst sein? Ein Scherz. Es gibt Leute, die juckt das Fell, und dann machen sie solche Scherze. Auch am Telefon.»

«Stimmt», sagte der Apotheker, «das habe ich auch schon erlebt. Nachts läutet das Telefon, ich nehme den Hörer ab, und eine Frau fragt, ob mir ein Hund entlaufen sei, sie habe einen gefunden, halb blau und halb rosa, und man habe ihr gesagt, der gehöre mir. Späße. Aber das hier ist eine Todesdrohung.»

«Das ist doch dasselbe», erklärte der Briefträger fachmännisch, nahm die Tasche und schickte sich an zu gehen. «Machen Sie sich bloß keine Gedanken deswegen», sagte er zum Abschied.

«Ich mache mir keine Gedanken», sagte der Apotheker, und schon war der Briefträger draußen. Aber er machte sich Gedanken. Dafür, daß es nur ein Scherz sein sollte, ging das doch recht weit. Wenn es überhaupt ein Scherz

war... Aber was konnte es sonst sein? Streitigkeiten hatte er nie gehabt, um Politik kümmerte er sich nicht, ja er diskutierte nicht einmal darüber, und wem er bei den Wahlen seine Stimme gab, wußte wirklich niemand: bei den Parlamentswahlen den Sozialisten, aus Familientradition und in Erinnerung an seine Jugend, bei den Gemeindewahlen den Christdemokraten, aus Heimatliebe, weil eine christdemokratische Gemeindeverwaltung bei der Regierung etwas für den Ort herausschlagen konnte, und um jene Einkommenssteuer zu verhindern, mit der die Linksparteien drohten. Nie hatte es Diskussionen darüber gegeben: Wer rechts stand, der hielt ihn für einen Mann der Rechten, und wer links stand, für einen Linken.
Sich mit Politik abzugeben war im übrigen verlorene Zeit. Wer das nicht einsah, der hatte entweder seinen Vorteil davon oder war mit Blindheit geschlagen. Der Apotheker jedenfalls lebte in Frieden. Und vielleicht war das auch der eigentliche Grund für den anonymen Brief. Ein so friedliebender Mensch mußte ja Leute, deren Lebenselement Haß und Bosheit war, reizen, ihn zu beunruhigen und zu erschrecken. Oder sollte man vielleicht den Grund in seiner einzigen Leidenschaft suchen, der Jagd? Jäger sind bekanntlich Neidhammel; du brauchst nur ein gutes Frettchen zu haben oder einen guten Hund, und schon hassen dich alle Jäger im Ort, auch deine Freunde, die mit dir auf die Jagd gehen und jeden Abend zu einem Plausch in die Apotheke kommen. Daß Jagdhunde vergiftet wurden, war im Ort keine Seltenheit. Wer einen guten Hund besaß und es wagte, ihn abends auf der Piazza frei laufen zu lassen, mußte damit rechnen, daß er sich bald unter der

Wirkung des Strychnins in Krämpfen wand. Und wer weiß, ob nicht der oder jener das Strychnin mit der Apotheke in Zusammenhang brachte. Zu Unrecht natürlich, zu Unrecht, denn für den Apotheker Manno war ein Hund heilig wie ein Gott, vor allem ein wirklich guter Jagdhund, ob es sich dabei um die eigenen oder um die seiner Freunde handelte. Die eigenen waren im übrigen sicher vor Gift. Er besaß elf, die meisten von einer aus der Cyrenaika stammenden Rasse, gutgenährt, wie Menschen behandelt, und der Garten hinter dem Haus stand ihnen zur Verfügung für ihre Bedürfnisse und als Auslauf. Es war ein Vergnügen, sie zu sehen und zu hören. Ihr Gebell, über das die Nachbarn zuweilen schimpften, war Musik in den Ohren des Apothekers. Er erkannte jeden an der Stimme und hörte, ob er vergnügt, ob mißgelaunt oder gar krank war.

Ja gewiß, einen anderen Grund gab es nicht. Also ein Scherz, jedenfalls bis zu einem gewissen Grad. Jemand wollte ihm Angst einjagen, damit er am Mittwoch, an seinem freien Tag, nicht auf die Jagd ginge. Denn ohne unbescheiden zu sein: Mit seinen guten Hunden und dank seiner Treffsicherheit verursachte er jeden Mittwoch ein wahres Massensterben unter den Hasen und Kaninchen. Dr. Roscio, sein ständiger Begleiter, konnte das bezeugen. Auch er war ein guter Schütze, auch er besaß ein paar gute Hunde, aber alles in allem... So schmeichelte der anonyme Brief schließlich seiner Eitelkeit und bestätigte seinen Ruf als Jäger. Die Eröffnung der Jagdsaison stand nämlich unmittelbar bevor, und offenbar wollte man ihm den Spaß am ersten Tag verderben, der für den Apotheker, mochte

er nun auf einen Mittwoch fallen oder nicht, der strahlendste Tag im ganzen Jahre war.
Über diese nun unzweifelhafte Absicht des Briefes und über die Person des Schreibers grübelnd, brachte der Apotheker einen Korbsessel hinaus und setzte sich in den Schatten, den das Haus jetzt warf. Ihm gegenüber stand das Bronzedenkmal von Mercuzio Spanò, dem «Lehrer des Rechts und mehrmaligen Staatssekretär für das Postwesen». Und in dieser zweifachen Eigenschaft schien der lange Schatten des Juristen im klaren Abendlicht von Betrachtungen über anonyme Briefe umdüstert. Ermuntert von diesem Gedanken, sah der Apotheker zu ihm hinauf. Aber seine Munterkeit verkehrte sich alsbald in die Bitternis dessen, der, von Unrecht heimgesucht, entdeckt, wie hoch die eigene Menschlichkeit über die Bosheit anderer erhaben ist, und der mit sich hadert und es beklagt, daß er selbst solcher Bosheit nicht fähig ist.
Als der Schatten des Mercuzio Spanò schon bis an die Mauer des Schlosses Chiaramonte hinüberreichte, das auf der anderen Seite der Piazzetta lag, war der Apotheker so tief in seine Gedanken versunken, daß Don Luigi Corvaia glaubte, er sei eingeschlafen. «Aufgewacht», rief er ihm zu, und der Apotheker schrak zusammen, lächelte und stand auf, um einen Stuhl für den Gast zu holen.
«Ein schrecklicher Tag», seufzte Don Luigi und sank erschöpft auf den Stuhl.
«Das Thermometer ist auf vierundvierzig Grad gestiegen.»
«Aber jetzt kühlt es ab, und du wirst sehen, daß man heute nacht eine Decke braucht.»

«Selbst auf das Wetter ist kein Verlaß mehr», sagte der Apotheker bitter und entschloß sich, Don Luigi die Neuigkeit sofort mitzuteilen, der dann dafür sorgen würde, daß jeder, der hinzukam, sie sofort erfuhr. «Ich habe einen anonymen Brief erhalten.»
«Einen anonymen Brief?»
«Einen Drohbrief.» Er stand auf, um ihn zu holen.
Don Luigi reagierte auf die Lektüre der beiden Zeilen erst mit einem «Herrgott!» und sagte dann: «Das ist ein Scherz.»
Der Apotheker stimmte dem zu. Ja, das war ein Scherz, aber vielleicht verfolgte man damit eine bestimmte Absicht.
«Was für eine Absicht?»
«Mich von der Jagd fernzuhalten.»
«Hm, das kann sein. Ihr Jäger seid ja zu allem fähig», sagte Don Luigi, der die unvernünftig hohen Kosten und die Anstrengungen der Jagd scheute, ein geschmortes Rebhuhn und ein süßsauer zubereitetes Kaninchen aber wohl zu schätzen wußte.
«Nicht alle», stellte der Apotheker richtig.
«Gewiß, gewiß. Keine Regel ohne Ausnahme. Aber du weißt doch, wozu sich manche Leute hinreißen lassen: ein Fleischklops, mit Strychnin vergiftet, oder ein Schuß auf den Hund des Freundes statt auf den Hasen, den er gerade verfolgt... Ihr Rindviecher, was tut euch denn der Hund? Gut oder schlecht, ein Hund bleibt ein Hund. Wenn ihr Mut habt, dann haltet euch doch an den Herrn.»
«Das ist nicht dasselbe», sagte der Apotheker, dem gewisse Aufwallungen des Neides auf die Hunde anderer Leute nicht fremd waren. Selbstverständlich

führte das nie so weit, daß er gleich an Vergiften dachte.
«Für mich ist es dasselbe. Wer fähig ist, kaltblütig einen Hund abzumurksen, dem traue ich zu, daß er auch einen Menschen umlegt, als wäre es die selbstverständlichste Sache von der Welt.» Aber dann fügte er hinzu: «Vielleicht, weil ich kein Jäger bin.»
Tatsächlich diskutierten sie den ganzen Abend über die Psychologie der Jäger. Denn jedem, der hinzukam, erzählten sie von dem anonymen Brief und endeten jedesmal bei der finsteren Eifersucht, dem Neid und all dem noch Schlimmeren im Herzen derer, die der altehrwürdigen Weidmannslust frönten. Anwesende waren natürlich ausgeschlossen, obwohl Don Luigi Corvaia, was das Vergiften von Hunden und den anonymen Brief anging, auch die Anwesenden beargwöhnte. Mit scharfen Äuglein zwischen runzligen Lidern forschte er in ihren Gesichtern. Dem Dr. Roscio, dem Notar Pecorilla, dem Rechtsanwalt Rosello, dem Lehrer Laurana, ja sogar dem Apotheker selbst – der nicht nur ein Giftmörder sein, sondern auch den Brief verfaßt haben konnte, um sich so in aller Öffentlichkeit das Ansehen eines gefürchteten Jägers zu geben –, ihnen allen traute Don Luigi ebensoviel Bosheit zu, wie sie insgeheim seinem eigenen, zu Mißtrauen, Argwohn und List erzogenen Gemüt entströmte.
Alle waren sie sich darin einig, daß der Brief als ein Scherz anzusehen sei. Ein übler Scherz war das allerdings, und erst recht, wenn man es wirklich darauf abgesehen hatte, den Apotheker von der feierlichen Eröffnung der Jagdsaison fernzuhalten. Und als wie jeden Abend der Carabinieri-Wachtmeister vorbeikam,

war der Apotheker ganz und gar in der Stimmung, die Sache als Spaß abzutun. Deshalb tat er zum Scherz, als wäre er tief betroffen und verängstigt, und beklagte sich bei dem Wachtmeister, daß ein anständiger Mensch, ein guter Bürger und Familienvater, in dem Ort, für dessen Sicherheit er, der Wachtmeister, verantwortlich sei, mir nichts, dir nichts mit dem Tode bedroht werden könne.
«Was ist denn geschehen?» fragte der Wachtmeister und lachte schon in der Erwartung, von einem Schabernack zu erfahren. Als er aber den Brief zu Gesicht bekam, wurde er ernst. Das konnte ein Scherz sein, und vielleicht war es tatsächlich einer. Aber der Tatbestand einer strafbaren Handlung war gegeben, und darum mußte Anzeige erstattet werden.
«Eine Anzeige? Auf keinen Fall», widersprach der Apotheker in seiner euphorischen Verfassung.
«Doch, das muß sein. Das ist Gesetz. Ich bin gern bereit, Ihnen den Weg zur Polizei zu ersparen. Wir setzen sie hier auf. Aber was sein muß, das muß sein. Es dauert ja auch nur ein paar Minuten.»
Sie gingen in den Laden, der Apotheker zündete die Lampe auf dem Tisch an und begann nach dem Diktat des Wachtmeisters zu schreiben.
Der Wachtmeister hielt beim Diktieren den entfalteten Brief in der Hand, und das Licht der Lampe fiel schräg darauf. Professor Laurana, der neugierig war auf Form und Wortlaut der Anzeige, sah, daß sich auf der Rückseite des Briefes das Wort UNICUIQUE deutlich abzeichnete, außerdem in kleineren Buchstaben und weniger klar: Ordine naturale, menti observantur, tempo, sede. Er trat näher, um die Schrift besser entziffern zu

können, und las laut: «Umano.» Dem Wachtmeister war das lästig, er sagte darum und zur Wahrung dessen, was nunmehr sein Amtsgeheimnis war: «Entschuldigen Sie, sehen Sie nicht, daß ich gerade diktiere?»

«Ich habe das Blatt nur von hinten gelesen», rechtfertigte sich der Professor. Der Wachtmeister ließ die Hand sinken und faltete den Brief wieder zusammen.

«Vielleicht wäre es gut, wenn auch Sie ihn einmal so läsen», sagte der Professor ein bißchen gekränkt.

«Wir werden tun, was nötig ist, zweifeln Sie nicht daran», antwortete der Wachtmeister würdevoll und fuhr fort zu diktieren.

II

Der dreiundzwanzigste August 1964 war der letzte glückliche Tag, den der Apotheker Manno auf dieser Erde hatte. Und nach Ansicht des Gerichtsmediziners erlebte er ihn bis Sonnenuntergang. Diese Feststellung der Wissenschaft wurde durch die Reichhaltigkeit der Jagdbeute gestützt, die den Taschen des Apothekers und des Dr. Roscio entquoll: elf Kaninchen, sechs Rebhühner und drei Hasen. Nach der Meinung der Sachverständigen und in Anbetracht der Tatsache, daß die Gegend kein Jagdrevier und nicht eigentlich wildreich war, bedeutete das den Ertrag eines ganzen Jagdtages. Der Apotheker und der Doktor machten es sich nämlich gern schwer, um ihr eigenes Können und das ihrer Hunde auf die Probe zu stellen. Darin stimmten sie überein, und deshalb gingen sie immer zusammen hinaus, ohne andere Gesellschaft zu suchen. Und gemeinsam beendeten sie diesen glücklichen Jagdtag, zehn Meter voneinander entfernt. Der Apotheker war in den Rücken getroffen und Dr. Roscio in die Brust. Und im ewigen Nichts oder in den ewigen Jagdgründen leistete ihnen auch einer der Hunde Gesellschaft, einer von den zehn, die der Apotheker auf die Jagd mitgenommen hatte, denn den elften hatte er zu Hause gelassen, weil seine Augen entzündet waren. Vielleicht hatte der Hund sich auf die Mörder gestürzt, vielleicht hatten sie ihn auch nur im Übermaß ihrer Leidenschaft und Gewalttätigkeit getötet.

Wie die anderen neun Apothekerhunde und die beiden des Doktors sich verhalten hatten, erfuhr man nie. Fest steht, daß sie gegen neun Uhr in den Ort zurückkamen, und zwar der Ortslegende nach in dichtem Rudel und so geheimnisvoll heulend, daß alle – denn natürlich sahen und hörten sie alle – ein Schauer ängstlicher Ahnung überlief. So zusammengerottet, schossen die Hunde winselnd schnurstracks auf den Lagerraum zu, den der Apotheker als Hundezwinger hergerichtet hatte, und vor seiner verschlossenen Tür heulten sie doppelt laut, zweifellos um dem, der seiner entzündeten Augen wegen zurückgeblieben war, Kunde von dem traurigen Ereignis zu geben.

Diese Heimkehr der Hunde veranlaßte den gesamten Ort, tagelang – und später immer wieder, sobald über Hundeeigenschaften gesprochen wurde – an der Schöpfungsordnung herumzumäkeln; denn es ist doch wahrhaftig nicht ganz gerecht, daß dem Hund die Sprache vorenthalten wurde. Dabei vergaß man, zur Rechtfertigung des Schöpfers in Betracht zu ziehen, daß sich unter obwaltenden Umständen die Hunde des Doktors, selbst wenn sie hätten sprechen können, bei einer Gegenüberstellung mit dem Wachtmeister über die Mörder ausgeschwiegen hätten. Eben dieser Wachtmeister wurde von der besorgniserregenden Heimkehr der Hunde gegen Mitternacht benachrichtigt, als er schon zu Bett gegangen war. Und bis zum Morgengrauen stand er, unterstützt von Carabinieri und Arbeitslosen, auf der Piazza und versuchte, die Hunde mit Streicheln, Kuttelstücken und gutem Zureden zu bewegen, ihn an den Ort zu führen, an dem sie ihre Herren verlassen hatten. Aber die Hunde taten, als begriffen sie nichts. So begann der Wachtmeister mit seinen Ermittlungen erst, als die Sonne schon hoch stand und nachdem er von der Apothekersfrau erfahren hatte, wohin die beiden vermutlich zur Jagd gegangen waren. Und nach einem Tag, daß Gott erbarm, fand er schließlich gegen Abend die Leichen. Genau das hatte er erwartet, denn schon in dem Augenblick, als er aus dem Bett sprang, war ihm klar, daß die Drohung in dem Brief, die alle und auch er selbst für einen Scherz gehalten hatten, wahr gemacht worden war. Das war eine böse Sache, die böseste, die dem Wachtmeister in den drei Jahren, die er in dem Ort verbracht hatte, vorgekommen war: ein Doppelmord, und die beiden Opfer waren anständige und beliebte Leute in angesehener Stellung und mit vornehmer Verwandtschaft. Beim Apotheker war die Frau eine geborene Spanò, Urenkelin jenes Spanò, dem man ein

Denkmal gesetzt hatte, und Dr. Roscio war der Sohn des Augenarztes Professor Roscio, und seine Frau, eine geborene Rosello, war eine Nichte des Dekans und eine Kusine des Rechtsanwalts Rosello.
Es bedarf darum kaum der Erwähnung, daß aus der Kreisstadt der Oberst und der Chefkommissar eines Einsatzkommandos herbeieilten. Und wie man aus den Zeitungen erfuhr, übernahm der Kommissar dann die Leitung der Ermittlungen, natürlich in enger Zusammenarbeit mit den Carabinieri. Und da doppelt genäht besser hält, wurden als erstes alle Vorbestraften festgenommen, außer den Bankrotteuren und Wucherern, deren es im Ort nicht wenige gab. Aber nach Ablauf von achtundvierzig Stunden wurden alle wieder nach Hause entlassen. Das Dunkel war undurchdringlich, auch für die örtlichen Vertrauensleute der Carabinieri. Inzwischen rüstete man zu einem Leichenbegängnis, dessen Großartigkeit der sozialen Stellung der Opfer und ihrer Familien, dem Widerhall, den der Fall in der Öffentlichkeit gefunden hatte, und der Tatsache entsprechen sollte, daß die gesamte Bürgerschaft daran teilnahm. Die Polizei beschloß, es zu filmen und dadurch noch feierlicher zu gestalten und zu verewigen. Die Vorbereitungen dazu wurden so heimlich getroffen, daß später jeder, der am Leichenzug teilgenommen hatte, auf der Leinwand mit einem Gesicht auftauchte, das dem Objektiv, dem Kameramann und den Ermittlungsbeamten zu sagen schien: Ich weiß, daß ihr da seid, aber damit verliert ihr nur eure Zeit. Mein Gesicht ist das eines Ehrenmannes, eines Unschuldigen, eines Freundes der Opfer.
Im Gefolge der Toten, die, von ihren anhänglichsten

und kräftigsten Kunden und Patienten auf den Schultern getragen, in ihren massiven und außerdem mit Bronze beschlagenen Särgen schwer wie Blei waren, unterhielten sich die Freunde aus der Apotheke über den Brief, nahmen die Vergangenheit des Apothekers unter die Lupe und widmeten ihre ganze, den Umständen angemessene Teilnahme dem armen Dr. Roscio, der mit der Sache überhaupt nichts zu tun hatte und seinen Leichtsinn, den Apotheker zu begleiten, nachdem er den Drohbrief bekommen hatte, mit dem Leben bezahlen mußte. Denn bei allem Respekt vor dem Apotheker konnte man jetzt, da die Drohung auf so entsetzliche Weise wahr gemacht worden war, nicht mehr bestreiten, daß die Mörder einen Anlaß gehabt hatten, zur Waffe zu greifen, möglicherweise einen absurden Anlaß, der sich auf eine geringfügige, vor langer Zeit geschehene, unbedachte Tat – eine Missetat – bezog. Aber schließlich sprach der Brief doch eine deutliche Sprache: «Für das, was Du getan hast, mußt Du sterben.» Also mußte den Apotheker eine – natürlich leichte, natürlich lange zurückliegende – Schuld treffen. Immerhin: Von nichts kommt nichts. Und wegen einer bloßen Kleinigkeit bringt man nicht einen Menschen um (in diesem Fall, in den der unschuldige Dr. Roscio einbezogen war, sogar zwei). Zugegeben, in der Hitze der ersten Erregung kann man jemanden auch wegen einer Kleinigkeit umbringen. Aber dieses Verbrechen war kaltblütig vorbereitet worden, um eine schwer zu verwindende Beleidigung, eine jener Kränkungen zu rächen, die die Zeit nicht heilt, sondern verschlimmert. An Narren, das weiß man ja, fehlt es nie. Sie setzen sich in den Kopf, eine bestimmte

Person habe nichts anderes im Sinn, als sie insgeheim und ohne Unterlaß zu verfolgen. Aber handelte es sich hier tatsächlich um die Tat eines solchen Narren? Ganz abgesehen davon, daß es zu ihr zweier Narren bedurft hätte, und zwei in Übereinstimmung handelnde Narren kann man sich nur schwer vorstellen. Denn daß es sich um zwei Mörder handelte, war nicht zu bezweifeln. Niemand hätte gewagt, es allein mit zwei bewaffneten Männern aufzunehmen, die ihre Flinten geladen und schußbereit zur Hand hatten. Und es war allgemein bekannt, daß die beiden Männer rasch entschlossene, recht treffsichere Schützen waren. Närrisch, jawohl, war natürlich der Brief. Warum diese Drohung? Und wenn der Apotheker im Bewußtsein seiner Schuld (die ja vorhanden sein mußte) oder auch nur unter dem Eindruck der Drohung verzichtet hätte, auf die Jagd zu gehen? Wäre der Plan der Mörder dann nicht ins Wasser gefallen?

«Der Brief», sagte der Notar Pecorilla, «ist bezeichnend für ein Leidenschaftsdelikt. So groß das Risiko auch sein mag, möchte der Rächer doch, daß das Opfer von dem Augenblick an, in dem es den Brief erhält, zu sterben beginnt und zugleich die eigene Schuld noch einmal durchlebt.»

«Aber der Apotheker begann ja gar nicht zu sterben», wandte Professor Laurana ein. «Vielleicht war er an dem Abend, an dem er den Brief bekam, ein bißchen aufgeregt, aber dann scherzte er darüber und beruhigte sich.»

«Was wissen Sie denn von dem, was ein Mann verbergen kann?» entgegnete der Notar.

«Warum verbergen? Hätte er einen Verdacht gehabt,

von wem die Drohung stammte, wäre es das Vernünftigste gewesen...»

«... diesen Verdacht den Freunden oder gar dem Wachtmeister gegenüber zu äußern», fuhr der Notar ironisch fort.

«Und warum nicht?»

«Aber lieber Freund», sagte der Notar erstaunt und vorwurfsvoll, doch in herzlichem Ton. «Stellen Sie sich einmal vor, lieber Freund, daß der Apotheker Manno seligen Angedenkens in einem Augenblick der Schwäche, der Torheit... Wir sind schließlich alle Männer, nicht wahr?» Zustimmung heischend, sah er sich um. Sie wurde ihm nicht versagt. «In eine Apotheke kommen mehr Frauen als Männer, der Apotheker gilt fast als ein Arzt... Und wie es so geht: Gelegenheit macht Diebe... Ein Mädchen, eine junge Frau... Wohlgemerkt, mir ist nicht bekannt, ob der Selige dergleichen Schwächen gehabt hat. Aber wer kann das beschwören?»

«Niemand», sagte Don Luigi Corvaia.

«Na, sehen Sie», fuhr der Notar fort, «und ich könnte hinzufügen, daß es an Verdachtsmomenten... Seien wir doch ehrlich: Der Selige hat eine Geldheirat gemacht. Man braucht die Frau Gemahlin, die Ärmste, doch nur anzuschauen, um daran nicht zu zweifeln. Eine ausgezeichnete Frau, gewiß, eine Frau von hoher Tugend, aber so häßlich, die Ärmste, wie es dem Schöpfer nur möglich war...»

«Er stammte aus armen Verhältnissen», sagte Don Luigi, «und wie alle, die arm gewesen sind, war er, vor allem in seiner Jugend, geldgierig und geizig. Dann, nach der Heirat, als die Apotheke immer besser

ging, änderte sich das, zumindest dem Anschein nach.»
«Richtig: dem Anschein nach. Denn im tiefsten Grund blieb er verschlossen und hart... Und um auf den Kern der Sache zurückzukommen, überlegt doch einmal: Wie benahm er sich, wenn von Frauen die Rede war?»
Diese Frage wurde sofort von Don Luigi beantwortet: «Er hörte schweigend zu, er sagte kein Wort.»
«Das ist doch, geben wir, die wir so gerne über Frauen reden, es ehrlich zu, das Verhalten eines Mannes, der handelt. Manchmal – erinnert ihr euch? – lächelte er, als wolle er sagen: ‹Ihr redet, aber ich handle.› Und dann muß man auch in Betracht ziehen, daß er ein schöner Mann war.»
«Was Sie da behaupten, lieber Notar, besagt gar nichts», mischte sich der Professor ein. «Und selbst angenommen, der Apotheker hätte ein Mädchen entehrt oder eine junge Frau beleidigt, um es in der Sprache volkstümlicher Romane von Anno dazumal zu sagen... Selbst wenn das also stimmte, müßte immer noch eine Erklärung gefunden werden, warum der Apotheker nach Empfang des Briefes seine Vermutungen über die Person des Absenders dem Wachtmeister nicht anvertrauen konnte.»
«Weil manche Leute, vor die Wahl gestellt, den häuslichen Frieden zu verlieren oder den ewigen Frieden zu gewinnen, sich für den ewigen Frieden entscheiden, und damit hat es sich», erklärte der Commendatore Zerillo, und dabei stand ihm das Bedauern deutlich im Gesicht geschrieben, daß er selbst bisher keine Gelegenheit gehabt hatte, diese Wahl zu treffen.

«Aber der Wachtmeister hätte doch mit aller Diskretion...» versuchte Professor Laurana es noch einmal.
«Reden Sie keinen Unsinn», schnitt ihm der Notar das Wort ab und fügte hinzu: «Entschuldigen Sie, ich erkläre Ihnen das später.»
Denn schon war man auf dem Platz angekommen, wo vor der Friedhofskapelle die Reden zum Lobe der Toten gehalten wurden, und die Aufgabe, eine Leichenrede für den Apotheker zu halten, war ausgerechnet dem Notar zugefallen.
Aber der Professor bedurfte der versprochenen Erklärung nicht. Er hatte tatsächlich Unsinn geredet.
Schon am Vorabend hatte der Kommissar die Witwe Manno mit vorsichtigen Anspielungen und zartfühlenden Umschreibungen aufgefordert, sich zu erinnern, nachzudenken, ob sie jemals, was ja immer und überall vorkommen könne, auch nur den Schatten – den Schatten – eines Verdachts gehabt habe, beileibe nicht, daß ihr Mann ein Verhältnis gehabt oder sie gelegentlich betrogen habe, daß aber eine Frau hinter ihm hergewesen sei, ihn in Versuchung geführt habe, allzu häufig in die Apotheke gekommen sei. Selbst der flüchtigste Eindruck hätte dem Kommissar genügt. Aber die Witwe verneinte entschieden und blieb dabei. Der Kommissar gab sich indessen nicht geschlagen, sondern ließ die Dienstmagd in die Carabinieri-Kaserne kommen, verhörte sie väterlich und brachte sie nach sechs Stunden zu dem Geständnis, ja, einmal habe es einen kleinen häuslichen Zwischenfall gegeben. Es ging dabei um ein Mädchen, das sich nach Meinung der gnädigen Frau allzuoft in der Apotheke habe sehen lassen. (Die Wohnung war über der Apotheke, und

wenn die Apothekersfrau es darauf anlegte, konnte sie von dort aus bequem kontrollieren, wer unten ein und aus ging.) Frage: «Und der Apotheker?» Antwort: «Sagte, das stimme nicht.» Frage: «Und was hielten Sie davon?» Antwort: «Ich? Was hab denn ich damit zu tun?» Frage: «Hatten Sie den gleichen Verdacht wie die gnädige Frau?» Antwort: «Die gnädige Frau hatte gar keinen Verdacht, sie fand das Mädchen nur sehr munter, und Männer sind halt Männer...» Frage: «Sehr munter und auch sehr hübsch, nicht wahr?» Antwort: «Meiner Meinung nach nicht besonders.» Frage: «Sehr munter, das heißt also sehr lebhaft und recht kokett... Meinen Sie das?» Antwort: «Ja.» Frage: «Und wie heißt dieses Mädchen?» Antwort: «Das weiß ich nicht.» Mit den Varianten: «Ich kenne sie nicht, ich habe sie nie gesehen, ich habe sie nur einmal gesehen und kann mich nicht an sie erinnern.» Und dabei blieb es von 14.30 bis 19.15 Uhr. Zu diesem Zeitpunkt aber schloß sich wider Erwarten die Gedächtnislücke der Magd, und ihr fiel nicht nur der Name des Mädchens ein, sondern auch Alter, Straße, Hausnummer, die gesamte Verwandtschaft bis zum fünften Grad und eine Unmenge anderer Einzelheiten.

Und 19.30 Uhr stand das Mädchen im Büro des Kommissars, während der Vater vor dem Kasernentor wartete; und um 21 Uhr erschien die künftige Schwiegermutter in Begleitung zweier Freundinnen bei ihr zu Hause, brachte ihr eine Armbanduhr, eine Krawatte, einen Schlüsselring und zwölf Briefe und verlangte, daß man ihr unverzüglich zwölf Briefe, einen Ring, ein Armband und einen Schleier, wie man ihn zur Messe trägt, zurückgebe. Und nachdem diese Zeremonie, die das Verlöbnis unwiderruflich auflöste, rasch abgewickelt worden war, setzte die alte, ehemals künftige Schwiegermutter noch das Siegel ihrer Bosheit darunter und sagte: «So, und nun sucht euch einen anderen Dummkopf», womit sie freilich zugab, daß ihr Sohn der Klügste nicht war, wenn er seine Ehre einem Mädchen anvertraute, das ein Verhältnis mit dem Apotheker hatte. Diese Aufforderung entlockte der Mutter des Mädchens und den Verwandten, die schleunigst herbeigeeilt waren, Seufzer der Scham und der Wut. Aber noch ehe sie wieder so recht zu sich kamen und loslegen konnten, entfernte die Alte sich eilig, gefolgt von ihren beiden Freundinnen. Und kaum war sie auf der Straße, da rief sie so laut, daß die Nachbarschaft es hören konnte: «Nicht jedes Unglück bringt Schaden. Hätten Sie den denn nicht umbringen können, ehe mein Sohn in dieses Haus kam?» Das war offensichtlich eine Anspielung auf den Apotheker, dem somit noch am selben Tag eine zweite Leichenrede gehalten wurde.

III

Auf Grund eines Stapels von Rezepten und der Aussage des Arztes, der sie geschrieben hatte, gelangte der Kommissar schließlich zu der Überzeugung, daß das Kommen und Gehen des Mädchens in der Apotheke ziemlich eindeutig auf eine Meningitis ihres elfjährigen Bruders zurückzuführen war, der noch immer Spuren davon aufwies: ein stumpfsinniges, verängstigtes Aus-

sehen, Gedächtnislücken und Sprachschwierigkeiten. Da der Vater zur Arbeit aufs Feld ging und die Mutter das Haus nicht verließ, fiel die Aufgabe, die Rezepte zu besorgen und ärztlichen Rat einzuholen, dem Mädchen zu, das ohnehin das regste und gebildetste Mitglied der Familie war. Der Vater und der ehemalige Verlobte wurden natürlich auch vernommen, aber nur der Vollständigkeit halber.
Der Kommissar war überzeugt. Nun hatte die Tochter nur noch einen ganzen Ort von 7500 Einwohnern von ihrer Unschuld zu überzeugen, ihre Angehörigen inbegriffen, die sich, kaum daß sie von dem Kommissar entlassen war, auf sie gestürzt und sie – schaden konnte das ja auf keinen Fall – schweigend und verbissen gründlich verprügelt hatten.
Die Witwe Teresa Manno, geborene Spanò, hatte unterdessen alle Fotografien mit dem Bild des Apothekers hervorgeholt, um jene auszusuchen, die, auf Email reproduziert, sein Grab schmücken sollte. Aber bei jeder sah sie in dem schönen, friedlichen Gesicht ihres Mannes ein kaum wahrnehmbares Grinsen über die Lippen huschen, und in seinen Augen zuckte ein kaltes, spöttisches Licht. So vollzog sich die Verwandlung des Apothekers selbst unter dem Dach, unter dem er fünfzehn Jahre lang als treuer Ehemann und vorbildlicher Vater gelebt hatte. Der Verdacht quälte die Witwe sogar im Schlaf. Spiegel blinkten auf, in denen der Apotheker nackt wie ein Wurm und mit klapprigen Gliedern als Hampelmann erschien. Und wenn die Witwe dann aus dem Schlaf schrak und aufstand, um von neuem die Bilder ihres Mannes zu befragen, dann kam es ihr manchmal vor, als antwortete er ihr aus dem

Jenseits, in dem er sich aufhielt, alles sei Humbug und unwichtig, und manchmal, häufiger, aus einem zynischen, zügellosen Leben, das er noch immer führte. Tief empört aber waren ihre Verwandten, die schon immer bereit gewesen waren, ihr diese Ehe vorzuwerfen. Die Verwandten des Apothekers dagegen, jetzt ebenso am Rande der Trauerfeierlichkeiten, wie sie sich bisher von seinem behäbigen und satten Leben ferngehalten hatten, waren geneigt, den Lauf der Dinge als schicksalhaft zu betrachten; denn wenn einer zu hoch hinauswill und glaubt, Glück und Reichtum erjagt zu haben, dann holen Leid, Schande und Tod ihn nur um so rascher ein.

Obgleich jedes Indiz bis auf den Stummel einer Zigarre, der am Tatort gefunden wurde, fehlte – die Ermittlungsbeamten waren der Ansicht, einer der Mörder habe bei seinem langen Warten im Hinterhalt geraucht –, gab es im Ort niemanden, der nicht im stillen und auf eigene Faust das Geheimnis vollständig oder doch fast vollständig gelöst hatte oder zumindest glaubte, er besitze den Schlüssel, um es zu lösen. Auch Professor Laurana hatte einen solchen Schlüssel, und zwar in Gestalt jenes UNICUIQUE, das zusammen mit anderen Wörtern, die ihm inzwischen entfallen waren, in dem schrägen Licht auf der Rückseite des Briefes sichtbar geworden war. Er wußte nicht, ob der Wachtmeister seinem Rat gefolgt war und sich die Rückseite des Briefes angesehen hatte oder ob der Brief zumindest im Laufe der Ermittlungen in den Laboratorien der Polizei genauestens untersucht worden war. Dann nämlich mußte UNICUIQUE jetzt im Mittelpunkt der Ermittlungen stehen. Aber im Grunde war er durchaus nicht sicher, daß man den Brief auf die von ihm empfohlene Weise geprüft und nach einer solchen Prüfung, wenn sie überhaupt stattgefunden hatte, die Bedeutung des Indizes erkannt hatte; dabei spielte auch eine gewisse Eitelkeit mit, als wäre es anderen nicht gegeben, in ein so evidentes Geheimnis oder in eine so geheime Evidenz einzudringen; denn dazu bedurfte es wegen des darin enthaltenen Widerspruchs eines freien und wendigen Geistes.

Eitelkeit also bestimmte ihn, den ersten Schritt zu tun, fast ohne daß er es wollte. Als er wie jeden Abend bei dem Zeitungsverkäufer vorbeiging, fragte er nach dem «Osservatore Romano». Der Zeitungsverkäufer war überrascht, denn einerseits stand der Professor in dem nicht ganz verdienten Ruf, ein ausgemachter Antiklerikaler zu sein, zum anderen hatte seit wenigstens zwanzig Jahren kein Mensch mehr nach diesem Blatt gefragt. Das sagte er auch und versetzte den Professor damit in freudige Erregung. «Nach dem ‹Osservatore› hat mich seit wenigstens zwanzig Jahren kein Mensch mehr gefragt. Im Krieg ist er noch ab und zu gelesen worden, damals bezog ich fünf Exemplare. Dann kam der Sekretär der faschistischen Partei und sagte, wenn ich den ‹Osservatore› nicht abbestelle, werde er dafür sorgen, daß man mir die Lizenz für den Zeitungsverkauf entziehe... Nun, Macht geht vor Recht. Was hätten Sie denn getan?»

«Dasselbe wie Sie», antwortete der Professor. Also hatte niemand den Zeitungshändler gefragt, ob er den «Osservatore» verkaufe, aber möglicherweise wußte der Wachtmeister das ohnehin. Jetzt mußte man es nur noch beim Postamt oder beim Briefträger versuchen.

Der Postmeister war ein Schwätzer, der mit jedermann gut Freund war. Es bedurfte keiner großen Anstrengung, um die gewünschte Auskunft von ihm zu erhalten. «Ich schreibe gerade eine Arbeit über Manzoni. Nun wurde ich auf einen Artikel aufmerksam gemacht, der vor zwei oder drei Wochen im ‹Osservatore Romano› erschienen ist. Gibt es jemanden im Ort, der den ‹Osservatore› bezieht?»

Daß der Professor Kritiken schrieb und in Zeitschriften veröffentlichte, war allgemein bekannt. Deshalb gab ihm der Postmeister, ohne lange zu überlegen, die gewünschte Auskunft. Das hätte er nicht oder nur zögernd und mißtrauisch getan, wenn die Polizei schon bei ihm nachgefragt hätte.

«Zwei Exemplare kommen immer, eins für den Dekan, das andere für den Pfarrer von Sant'Anna.»

«Und für die Christlichdemokratische Partei?»

«Für die nicht.»

«Auch für den Parteisekretär nicht?»

«Auch für den nicht. Nur zwei Exemplare kommen, darauf können Sie sich verlassen.» Und da er die Hartnäckigkeit des Professors seiner mangelnden Vertrautheit mit der Geistlichkeit zuschrieb, riet er ihm: «Gehen Sie zum Pfarrer von Sant'Anna. Wenn er die Nummer hat, die Sie suchen, gibt er sie Ihnen ohne weiteres.»

Der Professor folgte diesem Rat sofort. Die Kirche Sant'Anna war nur ein paar Schritt von der Post entfernt, und das Pfarrhaus lag daneben. Im übrigen stand der Professor auf einigermaßen vertrautem Fuß mit dem Pfarrer, einem ungewöhnlich vorurteilslosen Mann, der bei seinen Vorgesetzten schlecht ange-

schrieben und beim Volk sehr beliebt war. (Dabei hatten aber die Vorgesetzten recht.)
Er wurde mit offenen Armen empfangen; aber als er den Grund seines Besuches nannte, gab der Pfarrer seinem Bedauern Ausdruck und sagte, ja, er bekomme den «Osservatore», durch die Macht der Gewohnheit und um nicht aufzufallen, habe er das Abonnement seines Vorgängers im Pfarramt niemals abbestellt; aber lesen, nein... «Gelesen habe ich ihn nie, nicht einmal aufgeschlagen. So wie ich ihn bekomme, nimmt ihn sich, glaube ich, mein Kaplan mit. Kennen Sie ihn? Den jungen Priester, der nur aus Haut und Knochen besteht und einem nie in die Augen sieht. Ein Dummkopf. Und ein Spion obendrein, deswegen haben sie ihn mir hier hereingesetzt. Der liest den ‹Osservatore› bestimmt, und vielleicht hebt er ihn sogar auf. Wenn Sie wollen, rufe ich ihn an.»
«Dafür wäre ich Ihnen dankbar.»
«Sofort.» Er nahm den Hörer ab und verlangte die Nummer. Kaum war die Verbindung hergestellt, da fragte er barsch: «Hast du den täglichen Bericht für den Dekan schon gemacht?» Dabei blinzelte er dem Professor zu und schwenkte ostentativ den Hörer, aus dem man die Stimme des anderen vernahm, der offenbar verneinte. «Na, ist mir auch... Ich habe dich gar nicht deswegen angerufen. Hör mal gut zu: Was machst du eigentlich mit den Nummern des ‹Osservatore Romano›, die du mir klaust?» Erneuter Protest, den der Pfarrer kurz abschnitt. «Nein, diesmal mache ich Spaß. Los, sag mir, was du damit tust... Hebst du sie auf?... Ausgezeichnet. Warte mal einen Augenblick, ich sage dir gleich, welche Nummern ich brau-

che. Nicht für mich natürlich, sondern für einen Freund, einen Professor... Welche Nummern brauchen Sie?»
«Das weiß ich nicht genau. Ich würde sagen, daß der Artikel, den ich suche, zwischen dem ersten Juli und dem fünfzehnten August erschienen ist.»
«Ausgezeichnet... Hör mal, hast du noch alle Nummern vom ersten Juli bis zum fünfzehnten August?... Da mußt du nachsehen? Tu das und schau auch gleich, ob in einer dieser Nummern etwas über Manzoni steht... Sieh genau nach und ruf mich dann an.» Er legte den Hörer auf und erklärte: «Er sucht selbst nach dem Artikel. Wenn er ihn findet, sage ich ihm, er soll ihn morgen früh herbringen. So ersparen Sie sich seinen widerwärtigen Anblick. Ein ekelhafter Bursche!»
«Wirklich?»
«Um den fortwährend um sich ertragen zu können, braucht man einen guten Magen. Meiner Meinung nach hat er auch geheime Laster. Sie verstehen mich... Zum Spaß schicke ich ihn deshalb dauernd unter die Mädchen. Er leidet, der Unglücksmensch, er leidet. Und rächt sich. Nun, Sie wissen, ich nehme das Leben von der richtigen Seite... Kennen Sie übrigens den Witz von der jungen Pfarrersköchin und der bischöflichen Untersuchung? Nein? Den muß ich Ihnen erzählen. So hören Sie wenigstens mal einen Pfarrerwitz von einem Pfarrer selbst. Also: Dem Bischof kommt zu Ohren, daß es in einem Dorf einen Pfarrer gibt, dessen Köchin nicht nur weit entfernt von dem ist, was Manzoni (lupus in fabula) das kanonische Alter nennt; der Pfarrer nimmt sie auch mit ins Bett. Den Bischof läßt

das natürlich nicht ruhen, er platzt dem Pfarrer ins Haus, sieht die Köchin, die jung und wirklich hübsch ist, dann das Schlafzimmer, in dem ein riesiges Doppelbett steht. Der Bischof erklärt dem Pfarrer, wessen man ihn beschuldigt. Der Pfarrer leugnet nicht. ‹Ja, Exzellenz›, sagt er, ‹es stimmt, sie schläft auf dieser Seite, und ich auf der anderen. Aber wie Sie sehen, sind in der Wand zwischen ihrer und meiner Seite Türangeln angebracht, in die hänge ich jeden Abend, ehe wir zu Bett gehen, dieses große, feste Brett ein, das dick wie eine Wand ist.› Und er zeigt ihm das Brett. Der Bischof, der über soviel Einfalt erstaunt ist, beruhigt sich. Jene mittelalterlichen Heiligen fallen ihm ein, die mit einer Frau ins Bett gingen, aber ein Kreuz oder ein Schwert dazwischenlegten. Er sagt in mildem Ton: ‹Aber, lieber Sohn, gewiß ist das Brett, da gibt es keinen Zweifel, ein guter Schutz. Aber was machst du, wenn dich die Versuchung, die wilde, rasende, teuflische Versuchung überkommt?› – ‹Ach, Exzellenz›, antwortet der Pfarrer, ‹das ist doch ganz einfach, dann nehme ich das Brett weg.›»

Der Pfarrer hatte noch Zeit, ein paar weitere Witze zu erzählen, ehe der Kaplan anrief. Er hatte nachgesehen, er besaß alle Nummern vom ersten Juli bis zum fünfzehnten August, aber einen Artikel über Manzoni hatte er nicht gefunden.

«Das tut mir leid», sagte der Pfarrer, «aber vielleicht hat er nicht richtig nachgeschaut. Ich habe Ihnen ja schon gesagt, daß er ein Dummkopf ist. Wenn Sie sichergehen wollen, müßten Sie sich vielleicht doch selbst zu ihm bemühen und nachsehen. Oder soll ich ihm sagen, daß er mir alle Nummern herbringt?»

«Nein, danke. Das wäre doch zu beschwerlich. Schließlich brauche ich den Artikel nicht unbedingt.»
«Das glaube ich gern, seit Jahrhunderten wird nichts unbedingt Notwendiges mehr geschrieben. Und obendrein Manzoni... Ich bitte Sie, was soll ein Katholik denn heute über Manzoni schreiben? Diesen Schriftsteller kann doch nur ein Freidenker, ein echter Freidenker im ursprünglichen und im üblichen Sinne des Wortes, verstehen und lieben.»
«Aber es gibt Artikel von Katholiken über Manzoni, die höchst aufschlußreich sind.»
«Die kenne ich: Gott, der schlägt und wieder aufrichtet, die Gnade, die Landschaft, Manzoni und Vergil... Wenn man so will, ist die ganze Manzonikritik von Katholiken gemacht worden. Mit ein paar – offen gesagt, nicht besonders intelligenten – Ausnahmen. Aber wenn man sich der Hauptsache, dem eigentlichen Mittelpunkt nähert, wenn man zu dem Thema der verschwiegenen Liebe gelangt... Aber lassen wir das. Ich will Ihnen lieber etwas zeigen, von dem ich weiß, daß Sie viel davon verstehen.» Er ging zu einem Wandschrank, öffnete ihn und nahm eine etwa zwanzig Zentimeter hohe Statuette heraus, einen heiligen Rochus. «Schauen Sie sich das einmal an, diese Bewegung, diese Feinheit. Und wissen Sie, wie ich an den gekommen bin? Einer meiner Kollegen in einem Nachbarort hatte ihn als alten Plunder in den Abstellraum der Sakristei geworfen. Ich habe ihm einen schönen neuen und sehr viel größeren heiligen Rochus aus Papiermaché gekauft. Er hält mich für einen Irren, für einen, der verrückt nach altem Kram ist, und hat sich beinahe Vorwürfe gemacht, daß er bei dem Tausch

soviel gewonnen hat.» Der Pfarrer war sehr bekannt als umsichtiger und beutegieriger Kunstkenner, und man wußte, daß er ununterbrochen einträgliche Geschäftsbeziehungen mit einigen Antiquitätenhändlern in Palermo unterhielt. Tatsächlich sagte er, während er die Statuette nach allen Seiten drehte und wendete: «Ich habe sie schon gezeigt. Man hat mir dreihunderttausend Lire dafür geboten, aber einstweilen will ich selbst noch ein bißchen meine Freude daran haben. Es ist immer noch früh genug, daß sie in das Haus eines Diebes von öffentlichen Geldern kommt... Was meinen Sie? Frühes sechzehntes Jahrhundert?»
«Ja, vermutlich.»
«Dieser Meinung ist auch Professor De Renzis, eine Autorität, was die sizilianische Plastik des fünfzehnten und sechzehnten Jahrhunderts angeht. Nur daß seine Meinung» – er prustete vor Lachen – «immer mit der meinen übereinstimmt. Ich bezahle ihn nämlich.»
«Sie glauben doch an gar nichts», sagte der Professor.
«O doch, ich glaube an mancherlei. An mehr vielleicht, als bei den heutigen Zeitläufen gut ist.»
Im Ort ging eine möglicherweise wahre Geschichte um: Als der Pfarrer einmal bei der Messe den Tabernakel öffnen wollte, habe sich der Schlüssel im Schloß verklemmt; und während der Pfarrer ungeduldig daran rüttelte, sei ihm der Satz entschlüpft: «Da sitzt wohl gar der Teufel drin.» Womit er natürlich das Schloß meinte. Jedenfalls konnte es ihm bei kirchlichen Dingen nie rasch genug gehen, und ständig war er in zwielichtigen Geschäften unterwegs.
«Aber entschuldigen Sie, ich verstehe nicht...» begann der Professor.

«Warum ich die Soutane anbehalte? Darauf kann ich Ihnen nur antworten, daß ich sie nicht freiwillig angezogen habe. Aber Sie kennen die Geschichte vielleicht: Ein Onkel von mir, Priester, Pfarrer an ebendieser Kirche, Wucherer und sehr reich, hinterließ mir seine ganze Habe unter der Bedingung, daß sein Erbe Priester werde. Ich war drei Jahre alt, als er starb. Mit zehn, als ich ins Seminar kam, war ich ein heiliger Aloysius, und mit zweiundzwanzig, als ich es verließ, der Satan in Person. Am liebsten hätte ich alles hingeschmissen, aber da war die Erbschaft, da war meine Mutter. Heute mache ich mir nichts mehr aus dem, was ich geerbt habe, und meine Mutter ist tot. Ich könnte also auf und davon gehen.»
«Aber das Konkordat...»
«Mich würde das Konkordat wegen des Testamentes meines Onkels nicht treffen. Ich bin unter Zwang Priester geworden, darum würden sie mich laufenlassen, ohne meine bürgerlichen Rechte zu schmälern... Aber die Sache ist die, daß mir inzwischen die Soutane bequem geworden ist. Und meine Bequemlichkeit und mein Zynismus halten einander so vollkommen die Waage, daß mir eine Lebensfülle zuteil wird...»
«Besteht denn nicht die Gefahr, daß Sie irgendwann einmal Schwierigkeiten bekommen?»
«Nein, gewiß nicht. Wenn jemand wagt, Hand an mich zu legen, dann entfessele ich einen Skandal, daß selbst die Korrespondenten der ‹Prawda› für wenigstens einen Monat hier ihre Zelte aufschlagen. Aber was sage ich, einen Skandal? Eine ganze Reihe, ein Feuerwerk von Skandalen...»
Diese muntere Unterhaltung war der Grund dafür, daß

Professor Laurana das Pfarrhaus erst gegen Mitternacht verließ, und zwar erfüllt von Sympathie für den Pfarrer von Sant'Anna. Aber in Sizilien und vielleicht in ganz Italien, dachte er, gibt es eine ganze Menge sympathischer Leute, die man einen Kopf kürzer machen müßte.

Was das UNICUIQUE anging, so hatte er festgestellt, daß es nicht aus der Zeitung stammen konnte, die in das Pfarrhaus von Sant'Anna kam. Und das war immerhin etwas.

IV

Da die drei Tage tiefster Trauer bereits vorüber waren, hielt Laurana es nicht für taktlos, zu dem Dekan Rosello zu gehen und ihn zu bitten, ihm jene Nummer des «Osservatore Romano» zu leihen, die zwischen dem ersten Juli und dem fünfzehnten August erschienen war und einen für seine Arbeit benötigten Artikel über Manzoni enthielt. Der Dekan war ein Onkel der Frau des Dr. Roscio und hing sehr an ihr, denn bis zu ihrer Heirat hatte sie in seinem Haus gelebt. Dieses Haus des Dekans war ein vornehmes Haus und wurde aus den Einkünften eines großen, ungeteilten Besitztums unterhalten. Zwanzig Jahre zuvor, als zwei verheiratete Brüder mit ihren Familien darin lebten, bildeten die zwölf Bewohner eine verschworene Gemeinschaft, und dazu kam der Dekan, der nicht nur ihr geistliches Oberhaupt war. Später hatten neun Personen das Haus durch Heirat und Tod verlassen, und nur vier waren übriggeblieben: der Dekan, seine beiden Schwägerinnen und ein bisher unverehelichter Neffe, der Rechtsanwalt Rosello.

Der Dekan war in der Sakristei und zog gerade das Meßgewand aus. Er empfing den Professor so freundlich, als hätte der Himmel ihn gesandt. Nach zehn Minuten förmlicher Konversation kamen sie auf die entsetzliche Bluttat zu sprechen, auf das anpassungsfähige, vornehme Wesen Roscios und auf den Schmerz seiner untröstlichen Witwe.

«Ein furchtbares Verbrechen, und obendrein dermaßen in Dunkel und Geheimnis gehüllt», sagte der Professor.

«Nicht so sehr», erwiderte der Dekan, machte eine Pause und fuhr fort: «Sehen Sie, der da» – damit meinte er den armen Apotheker – «hatte seine Affären. Gewiß, man hat nie etwas davon erfahren. Aber es steht fest, daß er erst gewarnt und dann umgebracht worden ist. Das ist das typische Vorgehen bei Blutrache. Und mein armer Neffe war der Leidtragende dabei.»

«Glauben Sie?»

«Was soll man denn sonst davon halten? Geschäftliche Differenzen hat der da, soweit man feststellen konnte, doch nicht gehabt. Also kann man nur an eine Liebesaffäre denken. Einem Vater, einem Bruder oder einem Verlobten wird die Sache eines Tages zu bunt, und er macht kurzen Prozeß, und zwar so blindwütig, daß er nicht einmal sieht, wie auch ein Unschuldiger ihm zum Opfer fällt.»

«Das ist möglich, aber nicht gewiß.»

«Gewiß? Aber, lieber Laurana, Gewißheit gibt es nur

über Gott. Und über den Tod. Natürlich sind wir nicht sicher, aber Anhaltspunkte, die uns der Gewißheit nahe bringen, sind vorhanden. Erstens: Der Brief kündigt dem Apotheker an, daß er eine Schuld mit dem Tode büßen müsse; er sagt nicht, was für eine Schuld es ist, aber der Schreiber hat entweder damit gerechnet, daß die Erinnerung an diese vielleicht weit zurückliegende Schuld in dem Schuldigen sofort wiederaufleben würde, und dann ist es eine schwere, unvergeßliche Schuld, oder er hat gewußt, daß es sich um etwas jüngst Geschehenes handelte, um etwas, was sozusagen noch im Gange war. Zweitens: Wie Sie ja wissen, denn man hat mir erzählt, daß Sie dabei waren, wollte der Apotheker nicht Anzeige erstatten. Er mußte also zumindest den Verdacht haben, daß sich aus einer Anzeige etwas Ehrenrühriges für ihn ergeben könnte. Zumindest den Verdacht. Drittens: Das Familienleben im Haus des Apothekers scheint nicht sehr harmonisch gewesen zu sein.»
«Ich weiß nicht... Aber einige Einwände hätte ich doch. Erstens: Der Apotheker erhält eine klare, unumwundene Drohung. Und was tut er? Eine Woche später gibt er seinem Feind die beste Gelegenheit, diese Drohung in die Tat umzusetzen: Er geht auf die Jagd. In Wahrheit also hat er die Drohung für einen Scherz gehalten. Deshalb kann von Schuld oder Schuldgefühl nicht die Rede sein, weder von einer weit zurückliegenden noch von einer gegenwärtigen Schuld. Oder muß man vielmehr angesichts der Tatsache, daß die Drohung auf so entsetzliche Weise wahr gemacht worden ist, an eine noch viel weiter zurückliegende Schuld denken, an ein Verbrechen vor so langer Zeit, daß die

späte Rache unglaubwürdig scheint? Oder handelt es sich um eine Schuld, die er unwissentlich auf sich geladen hat, eine Geste, ein Wort, irgend etwas, was man nicht beachtet, was aber ein krankes, erbittertes Gemüt tief verletzt? Zweitens: Niemand, der den Brief gesehen hat, glaubte, daß man ihn ernst nehmen müsse. Niemand. Und das in einem kleinen Ort, in dem den Leuten ein noch so heimliches Verhältnis, ein noch so verborgenes Laster kaum entgeht... Und daß Manno nicht Anzeige erstatten wollte, ist zwar richtig, aber das folgte doch nur daraus, daß er und seine Freunde den Brief für einen Scherz hielten.»
«Mag sein, daß Sie recht haben», sagte der Dekan, aber es war ihm an den Augen abzulesen, daß er bei seiner vorgefaßten Meinung blieb. «Mein Gott», flehte er dann, «laß Dein Licht leuchten und entdecke uns die Wahrheit, nicht um der Rache, sondern um der Gerechtigkeit willen.»
«Darauf wollen wir hoffen», sagte der Professor, und es klang wie ein Amen. Dann sagte er, weshalb er sich erlaubt habe zu stören.
«Den ‹Osservatore Romano›», sagte der Dekan wohlgefällig, hocherfreut, daß ein Ungläubiger seiner bedurfte. «Ja, den bekomme und lese ich. Aber aufheben? Aufgehoben werden bei mir die Zeitschriften ‹Civiltà cattolica› und ‹Vita e pensiero›, aber Zeitungen – nein. Der Küster holt die Post und bringt sie mir her, und ich nehme die Privatbriefe und die Zeitungen mit nach Hause. Wenn ich sie gelesen habe, werden sie, um es einmal so auszudrücken, ein Bestandteil des Haushalts. Der ‹Osservatore Romano›, ‹Il popolo›, sehen Sie» – er zog den «Osservatore Romano» aus

dem Poststapel hervor –, «den nehme ich jetzt mit nach Hause, gleich nach Tisch lese ich ihn, und heute abend, das ist sicher, benutzen ihn meine Schwägerinnen oder das Mädchen, um etwas einzuwickeln oder Feuer damit zu machen. Natürlich nur, wenn er nicht eine Enzyklika, eine Ansprache oder ein Dekret Seiner Heiligkeit enthält.»
«Selbstverständlich.»
«Wenn Sie diese Nummer von vorgestern brauchen können» – er reichte sie ihm zusammengefaltet, wie sie noch war –, «mir genügt es, wenn ich sie hier nur überfliege... Ich bin nämlich auch mit dem Zeitungslesen in Verzug, die letzte Woche war für mich die Hölle.»
Laurana faltete die Zeitung auf und betrachtete den Kopf. Da stand UNICUIQUE, genau so, wie es sich auf der Rückseite des Briefes abgezeichnet hatte, UNICUIQUE SUUM, jedem das Seine. In schönen Druckbuchstaben, das Q mit einer eleganten Schleife. Dann die gekreuzten Schlüssel und die Tiara und in den gleichen Typen NON PRAEVALEBUNT. Jedem das Seine, auch dem Apotheker Manno und dem Dr. Roscio. Welches Wort stand wohl auf der Rückseite des UNICUIQUE, von derselben Hand ausgeschnitten und auf das Briefblatt geklebt, die später zwei Leben ausgelöscht hatte? Das Wort Todesurteil? Das Wort Tod? Schade, daß er keinen Blick mehr auf den Brief werfen konnte, der jetzt zu den geheimen Gerichtsakten gehörte.
«Machen Sie bitte keine Umstände», sagte der Dekan, «wenn Sie diese Nummer brauchen können, dann nehmen Sie sie mit.»

«Wie? Ja, danke. Nein, damit kann ich nichts anfangen.» Er legte die Zeitung auf den Tisch und stand auf. Er war verwirrt und konnte plötzlich den Geruch von altem Holz, verwelkten Blumen und Wachs, den die Sakristei ausströmte, nicht länger ertragen. «Ich bin Ihnen so dankbar», sagte er und reichte dem Dekan die Hand, die dieser mit der Liebe, die man den Irrenden schuldet, zwischen seine Hände nahm. Und tatsächlich verabschiedete er sich mit den Worten: «Auf Wiedersehen, denn ich hoffe, Sie besuchen mich bald wieder.» «Sehr gern», antwortete Laurana.
Er verließ die Sakristei und ging durch die leere Kirche. Die Piazza war völlig schattenlos. Als er sie überquerte, dachte er, wie gut es sich im Vergleich damit in Kirche und Sakristei lebte. Und dieser Gedanke verwandelte sich beim Weitergehen in ein ironisch verzeichnetes Bild des Dekans und des Pfarrers von Sant'Anna. Ja, die ließen es sich gutgehen, jeder auf seine, vielleicht sogar, wenn man den Leuten glauben durfte, auf ganz ähnliche Weise, und verschieden war nur das Äußerliche. Er schweifte ab. Eine subtile, unbewußte Selbstgefälligkeit veranlaßte ihn, nicht an seine Enttäuschung, seine Niederlage zu denken. Es war doch so: Selbst wenn es festzustellen gelang, aus welcher Nummer des «Osservatore» das UNICUIQUE in dem Brief ausgeschnitten worden war, blieb es unmöglich zu erfahren, wohin diese Zeitung aus dem Haus des Dekans schließlich geraten war. Denn daran, daß der Dekan, seine Schwägerinnen, sein Neffe oder das Dienstmädchen etwas mit der Sache zu tun hatten, war ja gar nicht zu denken. Was in diesem Haus mit der Zeitung geschah, nachdem der Dekan sie überflogen hatte, machte es höchst unwahrscheinlich,

daß sie Leser fand, die sie wie der Kaplan von Sant'Anna sammelten. Sicherlich war die Nummer als Einwickelpapier bei dem Urheber des Briefes (und der Verbrechen) gelandet. Ganz abgesehen davon, daß die Zeitung in der Kreisstadt am Kiosk verkauft wurde und jedermann sie dort zufällig oder in einer bestimmten Absicht erwerben konnte.

Alles in allem hatte die Polizei gut daran getan, nicht auf das UNICUIQUE zu achten. Erfahrung war doch etwas wert. Es war verlorene Zeit, in einem Heuhaufen nach einer Nadel zu suchen, zumal wenn man wußte, daß diese Nadel kein Öhr hatte, durch das man die Ergebnisse der Ermittlungen fädeln konnte. Er dagegen hatte sich von diesem Detail blenden lassen. Eine Zeitung, die nur zwei Abonnenten im ganzen Dorf hatte: ein aufschlußreiches Indiz, das den Ermittlungen den rechten Weg wies. Statt dessen hatte es ihn in eine Sackgasse geführt.

Und doch war es nicht so, daß die Polizei, die sich auf den Zigarrenstummel gestürzt hatte, auf eine bessere Karte setzte. Marke «Branca», das hatte man festgestellt. Im Ort rauchte lediglich der Gemeindesekretär diese Sorte, und er war nicht nur über jeden Verdacht erhaben, er kam auch vom Festland und wohnte erst knapp sechs Monate im Ort. Die «Branca» taugt nicht mehr als der «Osservatore», dachte Laurana, aber laß die Polizei nur hinter dieser Zigarre her sein und begrabe du die Sache mit dem «Osservatore». Doch zu Hause notierte er auf einem Zettel, während seine Mutter den Tisch für das Essen deckte: Der den Brief zusammengesetzt und dazu Wörter aus dem «Osservatore» geschnitten hat,

a) war so umsichtig, die Zeitung in der Kreisstadt zu kaufen, um dadurch den Lauf der Ermittlungen zu verwirren,
b) hatte zufällig diese Zeitung zur Hand und machte sich nicht einmal klar, um welche Zeitung es sich dabei handelte,
c) war durch seine Umgebung so an diese Zeitung gewöhnt, daß er sie als eine unter anderen betrachtete und nicht an ihre typographischen Besonderheiten und ihre fast auf einen einzigen Berufskreis beschränkte Verbreitung dachte.
Er legte die Feder nieder und las die Notiz noch einmal durch. Dann zerriß er den Zettel in winzige Stücke.

V

Paolo Laurana, Lehrer für Geschichte und Italienisch am humanistischen Gymnasium der Kreisstadt, galt bei seinen Schülern als wunderlich, aber tüchtig, und bei den Vätern der Schüler als tüchtig, aber wunderlich. Das Wort wunderlich bedeutete dabei im Munde der Söhne wie der Väter etwas Absonderliches, das nicht bis zur Eigenbrötelei ging, etwas Undurchsichtiges, Schwerfälliges, beinahe Gehemmtes. Jedenfalls erleichterte diese Absonderlichkeit den Schülern, seine Tüchtigkeit zu ertragen, während sie ihre Väter hinderte, den richtigen Zugang zu ihm zu finden, um ihn beileibe nicht zu Milde, wohl aber zu Gerechtigkeit zu veranlassen – denn es bedarf kaum der Erwähnung, daß es Schüler, die zu Recht sitzenbleiben, heutzutage nicht mehr gibt. Er war freundlich bis zur Schüchternheit, ja mitunter begann er zu stammeln. Empfehlungen schien er seine ganze Aufmerksamkeit zu schenken. Aber man wußte längst, daß sich hinter dieser Freundlichkeit eiserne Entschlossenheit und ein unerschütterliches Urteil verbargen und daß Empfehlungen bei ihm zum einen Ohr hinein- und zum anderen hinausgingen.

Während des ganzen Schuljahrs war sein Leben ein Hin und Her zwischen Kreisstadt und Dorf. Er fuhr mit dem Autobus um sieben ab und kam mit dem um zwei zurück. Nachmittags widmete er sich der Lektüre und dem Studium; den Abend verbrachte er im Klub oder in der Apotheke; gegen acht Uhr ging er nach Hause. Selbst im Sommer gab er keinen Privatunterricht, sondern zog es gerade in dieser Jahreszeit vor, sich mit literaturkritischen Arbeiten zu befassen und sie in Zeitschriften zu veröffentlichen, die im Ort niemand las.

Ein anständiger, peinlich genauer, melancholischer Mann; nicht besonders intelligent, ja gelegentlich ausgesprochen begriffsstutzig; seine Unausgeglichenheit und Empfindlichkeit waren bekannt und wurden allgemein getadelt; dabei war er nicht frei von Selbstbewußtsein, heimlicher Selbstüberschätzung und Eitelkeit, denn in seinem Schulmilieu unterschied er sich durch Kenntnisse und Bildung von den Kollegen und spürte das auch, und darum war er, um es einmal so zu nennen, als kultivierter Mensch in einer völlig isolierten Stellung. In politischer Hinsicht galt er allenthalben als Kommunist, aber das war er nicht. In seinem Privatleben betrachtete man ihn als Opfer der eifersüchtigen Liebe seiner Mutter, und das war er auch, denn noch mit vierzig Jahren träumte er von Liebesabenteuern mit Schülerinnen und Kolleginnen, die das kaum oder gar nicht bemerkten. Und wagte eine von ihnen, seine verliebten Blicke zu erwidern, so erkaltete er sofort, weil er an seine Mutter dachte und daran, was sie zu seiner Wahl sagen würde. Der Gedanke, daß beide Frauen im selben Haushalt leben müßten oder daß eine von beiden das ablehnen könnte, ließ seine flüchtige Leidenschaft jedesmal rasch abkühlen, und mit einem Gefühl der Erleichterung und Befreiung, als hätte er eine traurige Erfahrung gemacht, löste er sich von dem jeweiligen Gegenstand seiner Leidenschaft. Eine Frau nach dem Herzen seiner Mutter hätte er vielleicht blindlings geheiratet; aber seine Mutter war der Meinung, er sei noch so naiv und ahnungslos, könne sich der Bosheit dieser Welt noch so wenig erwehren, daß er nicht reif sei, einen derart gefährlichen Schritt zu wagen.

Wegen dieses Charakters und seiner Lebensumstände hatte er keine Freunde. Viele Bekannte, aber keine Freunde. Mit Dr. Roscio zum Beispiel hatte er das Gymnasium besucht, aber man hätte nicht sagen können, daß sie Freunde waren, als sie sich dann nach den Studienjahren im Heimatort wieder begegneten. Sie trafen sich im Klub und in der Apotheke, plauderten und erinnerten einander an Anekdoten und Personen aus der Schulzeit. Gelegentlich veranlaßte den Lehrer eine Depression oder eine Störung im Befinden seiner Mutter, den Arzt zu rufen. Roscio kam, untersuchte die alte Dame, verordnete etwas. Dann blieb er noch zu einem Kaffee, erinnerte sich an diesen Lehrer oder jenen Mitschüler, von dem er nichts mehr gehört hatte – wer weiß, wo der jetzt steckte und was er machte. Diese Besuche wurden niemals bezahlt; aber jedes Jahr schickte Laurana dem Doktor zu Weihnachten ein schönes Buch, denn der Arzt gehörte zu den Leuten, die dann und wann ein Buch lasen. Herzlich aber wurde diese Beziehung nie, zwischen ihnen gab es nichts als gemeinsame Erinnerungen und die Möglichkeit, einigermaßen sachgemäß über literarische und politische Themen zu sprechen, ohne daß eine Mißstimmung aufkam. Das war mit anderen Leuten im Ort nicht möglich, denn fast alle waren Faschisten, auch jene, die sich für Sozialisten oder Kommunisten hielten. Deshalb hatte Roscios Ende ihn tief getroffen, er empfand Leere und Traurigkeit, besonders nachdem er den Toten gesehen hatte. Der Tod hatte Roscios Gesicht mit einer schwefelgelben Blässe überzogen, und diese Schwefelmaske erstarrte nun allmählich in der Luft, die schwer war vom Duft der Kerzen und der welkenden Blumen und vom Schweißgeruch. Roscio schien nach und nach zu versteinern. Unter der Maske ahnte man das entsetzte Erstaunen des Toten und sein ängstliches Bemühen, diese Kruste zu durchbrechen. Dem Apotheker hingegen hatte der Tod jene Würde und Gedankenstrenge verliehen, die zu Lebzeiten niemand an ihm gekannt hatte. So hat auch der Tod seine ironischen Seiten.

Diese Einzelheiten – das Hinscheiden eines Menschen, mit dem er mehr durch Gewohnheit als durch Freundschaft verbunden war; die Tatsache, daß er dem Tod zum erstenmal in seiner schrecklichen Sachlichkeit begegnet war, wenn er auch schon früher andere Tote

und den Tod in anderer Gestalt gesehen hatte; die geschlossene Tür der Apotheke, die ein schwarzer Trauerstreifen für immer versiegelt zu haben schien –, all diese Einzelheiten hatten Laurana in eine fast verzweifelte, von Anwandlungen der Angst jäh unterbrochene Stimmung versetzt, die sich durch ein rascheres oder stockendes Pochen seines Herzens auch körperlich bemerkbar machte. Unabhängig von diesem Gemütszustand aber war – zumindest glaubte er es – seine Neugierde hinsichtlich der Gründe und der Art des Verbrechens. Denn diese Neugierde war rein intellektuell und von einer Art Ehrgeiz beflügelt. Laurana war also ungefähr in der Lage eines Menschen, der in einem Salon oder in einem Klub eine von jenen Denksportaufgaben hört, wie sie von Dummköpfen immer gern gestellt und, noch schlimmer, beantwortet werden, und der weiß, daß das ein törichtes Spiel und verlorene Zeit ist, von törichten Leuten veranstaltet, die Zeit zu vergeuden haben, und der doch nicht umhinkann, sich an der Lösung dieser Aufgaben zu versuchen, und dann davon nicht loskommt. Tatsächlich dachte er nicht im entferntesten daran, daß die Lösung des Problems dazu führen mußte, die Schuldigen, wie man so sagt, ihrem Richter und damit der Gerechtigkeit zu überantworten. Er war ein zivilisierter Mensch, einigermaßen intelligent, mit aufrichtigen Gefühlen, und er respektierte das Gesetz; aber wenn ihm bewußt geworden wäre, daß er die Aufgabe der Polizei übernahm oder ihr jedenfalls Konkurrenz machte, dann hätte er einen solchen Abscheu empfunden, daß er die Hände von der Sache gelassen hätte.
Statt dessen spielte dieser bedachtsame, schüchterne

und vielleicht durchaus nicht mutige Mann seine gefährliche Karte aus, und zwar abends im Klub, als dort alle versammelt waren. Wie jeden Abend wurde über das Verbrechen gesprochen. Und Laurana, der sonst dazu schwieg, sagte: «Der Brief ist aus Wörtern zusammengesetzt, die aus dem ‹Osservatore Romano› ausgeschnitten worden sind.»
Das Gespräch verstummte, ein erstauntes Schweigen trat ein.
«Sieh mal einer an», sagte schließlich Don Luigi Corvaia, und seine Verwunderung galt weniger dieser Eröffnung als der Einfalt dessen, der sich durch sie zur Zielscheibe beider Parteien, der Polizei und der Mörder, machte. So etwas hatte man noch nie erlebt.
«Tatsächlich?» fragte Rechtsanwalt Rosello, der Vetter von Roscios Frau. «Aber, entschuldige, woher weißt du das denn?»
«Ich habe es bemerkt, als der Wachtmeister dem Apotheker die Anzeige diktierte; Sie erinnern sich wohl, daß ich zusammen mit ihnen in die Apotheke gegangen bin.»
«Und haben Sie den Wachtmeister darauf aufmerksam gemacht?» fragte Pecorilla.
«Ja, ich habe ihm gesagt, er solle den Brief genau prüfen... Er hat geantwortet, das werde er tun.»
«Und ob die das getan haben», sagte Don Luigi erleichtert und zugleich enttäuscht, daß die Enthüllung für Laurana doch nicht so gefährlich war.
«Sonderbar, daß der Wachtmeister mir nichts davon gesagt hat», meinte Rosello.
«Vielleicht hat das Indiz nicht weitergeführt», sagte der Postmeister und wandte sich mit strahlendem Ge-

sicht an Laurana: «Dann haben Sie mich also deswegen gefragt?»
«Nein», erwiderte Laurana kurz. Inzwischen hatte sich der pensionierte Oberst Salvaggio, der immer dazwischenfuhr, sobald auch nur die leisesten Anspielungen, Zweifel oder Kritiken bezüglich des Heeres, der Carabinieri oder der Polizei laut wurden, feierlich erhoben, schritt auf Rosello zu und sagte: «Wollen Sie mir bitte erklären, warum der Wachtmeister Ihnen etwas über dieses oder andere Indizien hätte sagen sollen?»
«Weil ich ein Angehöriger von einem der Opfer bin, du lieber Himmel!» antwortete Rosello eilends.
«Ach so», sagte der Oberst befriedigt. Er hatte geglaubt, Rosello verlange auf Grund seiner politischen Stellung, daß der Wachtmeister ihm Bericht erstatte. Dann aber ging er, doch noch nicht völlig befriedigt, noch einmal zum Angriff über. «Ich muß Sie allerdings darauf aufmerksam machen, daß der Wachtmeister auch einem Angehörigen der Opfer nicht mitteilen darf, was ihm im Laufe der Ermittlungen bekannt wird. Er kann und darf das nicht tun. Und wenn er es doch tut, so begeht er einen schweren, ich sage schweren, Verstoß gegen seine Pflicht...»
«Das weiß ich», unterbrach ihn Rosello, «das weiß ich. Aber nur so aus Freundschaft...»
«Das Carabinieri-Korps hat keine Freunde», schrie der Oberst beinahe.
«Aber die Wachtmeister doch», platzte Rosello heraus.
«Die Wachtmeister sind das Carabinieri-Korps, die Obersten sind das Carabinieri-Korps, die Gefreiten sind das Carabinieri-Korps...» Der Oberst schien seiner Sinne nicht mehr mächtig, der Kopf begann ihm

zu zittern, womit sich eine der Krisen, die die Klubmitglieder nur zu gut kannten, anzukündigen pflegte.
Rosello stand auf und machte Laurana ein Zeichen, daß er mit ihm zu reden habe. Gemeinsam gingen sie hinaus.
«Alter Narr», sagte er, kaum daß sie draußen waren. «Und was ist das für eine Geschichte mit dem ‹Osservatore Romano›?»

VI

Nach Lauranas Eröffnung im Klub war nichts geschehen. Nicht daß er etwas erwartet hätte, er hatte nur sehen wollen, wie sie auf jeden der Anwesenden wirkte, aber die Einmischung des Obersten hatte alles vereitelt. Er hatte nur erreicht, daß Rosello ihm einiges über den Gang der Ermittlungen anvertraute. Wenn Oberst Salvaggio das gehört hätte, dann hätte es ihm den Atem verschlagen. Im Grunde aber besagte all das herzlich wenig: immer die gleichen Vermutungen über ein geheimes Liebesleben des Apothekers.
Aber auch so hatte Laurana das Gefühl, daß er bei den Klubmitgliedern und vor allem bei den gewohnheitsmäßigen Besuchern der Apotheke noch etwas erfahren könnte. Eine bestimmte Tatsache schien darauf hinzuweisen: Es war üblich, daß die Jäger die Stelle geheimhielten, die sie am Tag der Eröffnung der Jagdsaison aufzusuchen beabsichtigten, um dort als erste einzutreffen und unberührte Jagdgründe vorzufinden. So wollte es der Brauch im Ort. Das Geheimnis wurde

von allen Teilnehmern an dieser Jagd streng gehütet, in diesem Fall also von Manno und Roscio. Nur selten erfuhr es ein Dritter, und auch dieser nur unter dem Siegel tiefster Verschwiegenheit. Es kam sogar häufig vor, daß bewußt falsche Auskünfte gegeben wurden. Selbst wer von Manno oder Roscio ins Vertrauen gezogen worden wäre, hätte also nicht sicher sein können, daß er nicht wie üblich einen falschen Hinweis erhielt. Es sei denn, es hätte sich um einen Freund, einen sehr guten Freund gehandelt, der zudem nicht Jäger war. Einem ernsthaften, verläßlichen, erprobten und nicht von der Jagdleidenschaft angekränkelten Freund hätte einer der beiden vermutlich gesagt, wohin sie am Eröffnungstag gehen würden.

Als Laurana seine Mutter zu Besuchen bei der Apothekers- und der Arztwitwe begleitete, hatte er Gelegenheit zu einer kleinen Kontrolle. Er stellte beiden Frauen die gleiche Frage: «Hat Ihr Mann Ihnen gesagt, in welche Gegend sie am Eröffnungstag gehen wollten?»

«Im letzten Augenblick vor dem Aufbruch sagte mein Mann, sie wollten vielleicht in die Gegend von Cannatello gehen», antwortete die Witwe Manno, und Laurana fiel dabei das Wort «vielleicht» auf, das ihm von dem Widerstreben des Apothekers zu zeugen schien, selbst vor seiner Frau, und sei es im Augenblick des Aufbruchs, das Geheimnis zu lüften.

«Hatte er Ihnen etwas von dem Brief gesagt?»

«Nein, davon hatte er mir nichts gesagt.»

«Er wollte wohl nicht, daß Sie sich Sorgen machten.»

«Gewiß», antwortete die Witwe hart und ein wenig ironisch.

«Und im übrigen hielt er es ja für einen Scherz, wie wir alle.»

«Für einen Scherz», seufzte die Witwe, «und dieser Scherz hat ihn das Leben gekostet und mich mein Ansehen.»

«Ihn hat er das Leben gekostet, ja, leider... Aber Sie, ich bitte Sie, was haben Sie denn damit zu tun?»

«Was ich damit zu tun habe? Haben Sie denn das schamlose Gerücht nicht gehört, das überall umgeht?»

«Dummes Geschwätz», sagte die alte Frau Laurana, «auf das kein Mensch hereinfällt, der Herz und Verstand hat.» Aber da sie selbst nicht mit besonders viel Herz und Verstand ausgestattet war, fuhr sie fort: «Hat Ihnen denn Ihr seliger Mann nie Anlaß zu einem Verdacht gegeben?»

«Nein, niemals... Meinem Dienstmädchen haben sie die Geschichte von einer Eifersuchtsszene in den Mund gelegt, die ich meinem Mann wegen eines Mädchens gemacht haben soll. Sie wissen ja, wegen dieses armen Mädchens, das seine dringlichen Gründe hatte, in die Apotheke zu kommen. Und wenn Sie wüßten, wie dumm mein Dienstmädchen ist, wie unwissend. Die zittert schon am ganzen Leibe, wenn nur von den Carabinieri die Rede ist. Die haben sie dazu gebracht, das zu sagen, was sie hören wollten. Und die Roscios und die Rosellos... Ja, auch der Dekan, dieser heiligmäßige Mann... Alle miteinander haben sie sofort behauptet, die Laster meines Mannes hätten den Doktor, Friede seiner Seele, das Leben gekostet. Als ob wir uns hier nicht alle kennen, als wüßte man hier nicht von jedem, wer er ist und was er treibt. Ob er spekuliert, ob er stiehlt, ob er...» Sie legte sich die Hand auf

den Mund, um Schlimmeres zurückzuhalten. Dann sagte sie seufzend und bewußt boshaft: «Der arme Doktor Roscio, eine schöne Familie, in die er hineingeheiratet hat.»
«Das kann ich nicht finden...» begann Laurana.
«Wir kennen uns hier alle, glauben Sie mir», unterbrach ihn die Witwe Manno. «Sie sind bekanntlich ein Mann, der sich nur um seine Wissenschaft, um seine Bücher kümmert», sagte sie fast verächtlich. «Sie haben keine Zeit, sich mit gewissen Dingen zu befassen, gewisse Dinge zu sehen, aber wir», wandte sie sich an die alte Frau Laurana, «wir wissen...»
«Ja, wir wissen», bestätigte die Alte.
«Und im übrigen bin ich mit Luisa, Roscios Frau, zusammen im Pensionat gewesen. Eine tolle Nummer!»
Diese tolle Nummer, auf deren Kosten die Witwe Manno Erinnerungen an kleine Pensionatsbosheiten und den Schatten einer von ihr verehrten Nonne beschworen hatte, saß jetzt im gedämpften Licht hinter schweren Vorhängen, wie sie einem Trauerhaus wohl anstehen, dem Professor Laurana gegenüber. Allenthalben bemerkte man die Zeichen tiefer Trauer, selbst die Spiegel waren schwarz verhängt. Ausdruck allertiefster Trauer aber war Roscios Bild, das von einem Fotografen in der Kreisstadt auf Lebensgröße gebracht worden war. Makaber retuschiert, in schwarzem Anzug und mit schwarzer Krawatte – denn es gehörte zu den sozialen und ästhetischen Überzeugungen dieses Fotografen, daß alle Toten, deren Bilder er vergrößerte, anläßlich ihres eigenen Todes verpflichtet waren, Trauerkleider zu tragen –, tiefe Kummerfalten um den

Mund und mit müdem, flehendem Blick, sah der Doktor auf diesem Bild im Schein der Lampe, die vor ihm stand, wie ein Schmierenschauspieler aus, der für eine Gespensterrolle geschminkt ist.

«Nein, das sagte er mir nie», hatte Luisa Roscio auf die Frage geantwortet, ob sie gewußt habe, wohin ihr Mann zur Jagd gegangen sei. «Denn, um ehrlich zu sein, ich sah seine Leidenschaft für die Jagd nicht gern; ich mochte auch den Begleiter nicht, den er sich ausgesucht hatte. Nicht daß ich etwas gewußt hätte, du lieber Himmel, nein. Es war vielleicht nur eine Vorahnung, ein ganz allgemeiner Eindruck... Und die schlimme Wendung, die alles dann nahm, hat mir leider nur zu recht gegeben.» Und mit einem kummervollen Seufzer, der fast ein Wimmern war, drückte sie ihr Taschentuch auf die Augen.

«Das war eben Schicksal. Und was kann man gegen das Schicksal machen?» tröstete die alte Frau Laurana.

«Ach ja, das Schicksal... Aber was wollen Sie? Wenn ich daran denke, wie friedlich, wie glücklich wir waren, ohne alle Sorgen, ohne auch nur einen Schatten – der Herr mag mir vergeben, aber dann bin ich verzweifelt, so verzweifelt.» Sie senkte den Kopf und schluchzte verhalten.

«Nein, nein, nein», tadelte die Alte sanft, «nur keine Verzweiflung. Sie müssen sich in Gottes Willen fügen, Gott Ihr Leid aufopfern.»

«Dem Herzen Jesu, das sagt auch der Onkel Dekan... Sehen Sie nur, was für ein schönes Herz-Jesu-Bild er mir geschenkt hat.» Sie zeigte auf das Bild, das hinter der Alten hing. Die Alte drehte sich um und rückte ihren Stuhl zur Seite, als hätte sie bisher etwas Ungehö-

riges getan. Sie warf dem Bild eine Kußhand zu und sagte: «Heiligstes Herz Jesu», als begrüße sie es. Und dann: «Schön, wirklich wunderschön. Und dieser Blick...»
«Ein tröstlicher Blick», stimmte Frau Luisa zu.
«Sehen Sie, es fehlt Ihnen nicht an den Tröstungen des Herrn», sagte die Alte im Ton milden Triumphes, «und es wird Ihnen auch nicht an anderen Arten des Trostes und der Hoffnung fehlen. Sie haben doch das Kind. Sie müssen immer an das Kind denken.»
«Ja, ich denke an das Kind. Wenn ich nicht an das Kind dächte, glauben Sie mir, ich wüßte nicht, welcher Wahnsinnstat ich fähig wäre.»
«Hat das Kind es denn erfahren?» fragte die Alte zögernd.
«Nein, das arme Seelchen weiß noch nichts. Wir haben der Kleinen gesagt, der Papa sei verreist und komme bald wieder.»
«Aber wenn sie sieht, daß Sie Schwarz tragen, fragt sie dann nicht nach dem Grund, will sie nichts wissen?»
«Nein. Sie hat mir sogar gesagt, daß ich in Schwarz schöner bin als bisher und daß ich jetzt immer Schwarz tragen soll.»
Mit der Rechten drückte sie das weiße, schwarzgeränderte Taschentuch auf den Mund und schluchzte beinahe herzzerbrechend, und zugleich zog sie mit der Linken den Saum ihres Rockes herunter, der unter Lauranas Augen sofort wieder über die Knie hinaufrutschte. «Und so wird es auch für immer sein. Schwarz für immer und ewig...»
Das Kind hat recht, dachte Laurana. Eine schöne Frau, und das Schwarz kleidet sie prächtig. Ein schöner

Körper: voll, schlank, selbst in den Augenblicken größter Erstarrung von einer gewissen Entspanntheit, Lässigkeit, Hingabe. Und ein volles Gesicht, aber nicht so wie bei einer Frau, die das dritte Lebensjahrzehnt vollendet hat. Mit den strahlenden braunen, fast goldenen Augen und den blitzenden Zähnen zwischen schwellenden Lippen wirkt es eher wie das eines jungen Mädchens. Ich würde sie gern lächeln sehen. Aber er wagte nicht zu hoffen, daß ein solches Wunder bei diesem Anlaß und bei den Reden, die seine Mutter führte, geschehen könnte. Dennoch geschah es, und zwar, als man auf den Apotheker und auf die Zerstreuungen zu sprechen kam, die ihm inzwischen jedermann andichtete. «Ich will nicht sagen, daß er keine Gründe gehabt hätte, die arme Lucia Spanò ist nie eine Schönheit gewesen. Wir sind zusammen im Pensionat gewesen, und schon damals sah sie so aus, vielleicht sogar noch häßlicher.» Sie lächelte, dann verdüsterte sich ihr Gesicht aufs neue. «Aber was hatte mein Mann mit alldem zu tun?» Und wieder schluchzte sie in ihr Taschentuch.

VII

Daß ein Verbrechen sich denen, die es aufklären sollen, wie ein Bild darbietet, dessen materielle und sozusagen stilistische Merkmale man sorgfältig untersuchen und analysieren muß, um es jemandem mit Sicherheit zuschreiben zu können, ist eine der Voraussetzungen der Kriminalromane, wie sie von einem Großteil der

Menschheit verschlungen werden. In Wirklichkeit liegen die Dinge ganz anders, und die große Zahl von Justizirrtümern und Verbrechen, die straflos ausgehen, beruht nicht (oder nicht nur oder nicht immer) darauf, daß die Ermittlungsbeamten nicht viel Verstand haben, sondern darauf, daß die Anhaltspunkte, die ein Verbrechen bietet, meist ganz unzulänglich sind. Verbrechen werden ja schließlich von Leuten begangen und vorbereitet, die nach besten Kräften dazu beitragen wollen, den Straflosigkeitskoeffizienten hochzuhalten.

Zur Aufklärung von Verbrechen, die geheimnisvoll oder völlig sinnlos scheinen, führen Hinweise von sozusagen berufsmäßigen Vertrauensleuten, anonyme Anzeigen und der Zufall. Und ein bißchen, aber nur ein bißchen, der Scharfsinn der Ermittlungsbeamten.

Professor Laurana begegnete dieser Zufall im September in Palermo. Schon seit ein paar Tagen hielt er sich als Mitglied der Prüfungskommission an einem Gymnasium in der Stadt auf; und in dem Restaurant, in dem er zu essen pflegte, begegnete er einem einstigen Mitschüler, den er seit langem nicht gesehen hatte, dessen politischen Werdegang er aber aus der Ferne verfolgt hatte. Kommunist, Sekretär der Ortsgruppe der Partei in einem kleinen Dorf der Madonie, dann Abgeordneter im Regionalparlament und schließlich in Rom. Natürlich tauschten sie Erinnerungen an die Schulzeit aus, und als sie den armen Roscio erwähnten, sagte der Abgeordnete: «Die Nachricht von seinem Tod hat mich tief beeindruckt, denn erst zwei oder drei Wochen zuvor hatte er mich aufgesucht. Ich hatte ihn seit wenigstens zehn Jahren nicht gesehen. Er kam zu mir nach Rom, ins Parlament. Ich erkannte ihn sofort, er hatte sich nicht ein bißchen verändert. Nicht so wie wir... Ich dachte zunächst, sein Tod hänge mit seinem Besuch bei mir in Rom zusammen. Aber dann las ich, die Ermittlungen hätten ergeben, daß er nur umgekommen sei, weil er in Begleitung eines Mannes war, der ein Mädchen verführt haben soll, oder dergleichen... Und weißt du, warum er zu mir gekommen ist? Um mich zu fragen, ob ich bereit sei, im Parlament, in unseren Zeitungen und auf Kundgebungen die Schandtaten eines der Honoratioren in eurem Ort an die große Glocke zu hängen, eines Mannes, der die ganze Provinz in der Hand hat, der überall mit von der Partie ist, der stiehlt, korrumpiert und zwielichtige Geschäfte betreibt...»

«Einer aus unserm Ort? Tatsächlich?»

«Wenn ich es mir genau überlege, dann hat er, glaube ich, nicht ausdrücklich gesagt, daß es sich um jemanden aus eurem Ort handele; vielleicht hat er es mir lediglich zu verstehen gegeben, vielleicht habe ich auch nur diesen Eindruck gewonnen.»

«Einer der Honoratioren, einer, der die ganze Provinz in der Hand hat?»

«Ja, daran erinnere ich mich gut, genau das hat er behauptet. Ich habe ihm natürlich geantwortet, daß ich die Sache nur zu gern an die große Glocke hängen und einen Skandal entfesseln wolle, daß ich dazu aber selbstverständlich einige Unterlagen, etwas Beweismaterial brauche... Er hat mir gesagt, er verfüge über ein vollständiges Aktenstück, das er mir bringen werde... Und dann hat er nie wieder von sich hören lassen.»

«Natürlich.»

«Ja, natürlich. Er war ja nicht mehr am Leben.»

«Ich wollte keinen Witz machen. Ich meinte, daß dein Verdacht, zwischen seiner Reise nach Rom und seinem Tod könne ein Zusammenhang bestehen... Ich erinnere mich, daß er sich ein paar Tage lang nicht sehen ließ und dann sagte, er sei in Palermo bei seinem Vater gewesen... Aber Roscio, der jemanden bloßstellen will, der ein Aktenstück besitzt, das scheint mir beinahe unmöglich. Bist du wirklich sicher, daß es Roscio war?»

«Na, hör mal, wenn ich dir doch sage, daß ich ihn sofort wiedererkannt habe und daß er sich nicht ein bißchen verändert hatte!»

«Das stimmt, er hatte sich nicht verändert. Aber hat er dir den Namen dessen genannt, den er bloßstellen wollte?»

«Nein.»

«Hat er dir nicht wenigstens einen Hinweis gegeben oder Einzelheiten erwähnt?»

«Nein. Dabei hatte ich darauf gedrängt, ein wenig mehr zu erfahren. Aber er antwortete mir, es handle sich um eine delikate, ganz persönliche Angelegenheit.»

«Eine persönliche Angelegenheit?»

«Ja, persönlich. Und er würde mir entweder an Hand der Unterlagen alles sagen oder nichts. Und ich will dir gestehen, daß mir ein bißchen unbehaglich zumute wurde, als ich hörte, er habe sich noch nicht entschieden, ob er mir alles oder nichts sagen wolle... Ich hatte den Eindruck, daß diese Unterlagen und sein Erscheinen bei mir mit einer Art Erpressung zusam-

menhingen. Wenn die Sache gutging, war sie erledigt, und wenn nicht, dann würde er wiederkommen und das Aktenstück mitbringen.»
«Nein, er war keine Erpressernatur, gewiß nicht!»
«Wie erklärst du dir dann ein solches Verhalten?»
«Ich weiß nicht. Das ist alles so seltsam, fast unwahrscheinlich.»
«Aber entschuldige, du kannst dir nicht vorstellen, daß er überhaupt jemanden ruinieren wollte, du weißt nicht, auf wen er es abgesehen hatte und warum er den Betreffenden verfolgte. Und doch standest du ihm nahe und kanntest ihn gut. Da stimmt doch etwas nicht.»
«So nahe stand ich ihm nun auch wieder nicht. Er war ein verschlossener Charakter und neigte nicht zu Vertraulichkeiten. Deshalb haben wir nie über Dinge gesprochen, die uns selbst betrafen. Wir haben uns über Bücher unterhalten, über Politik...»
«Und was hatte er für politische Ansichten?»
«Er meinte, wenn man Politik mache, ohne moralische Grundsätze zu berücksichtigen...»
«Er wollte sich wohl nicht engagieren?» zischte der Abgeordnete.
«Das könntest du mir auch vorwerfen.»
«Tatsächlich?»
«Das hindert mich nicht, die Kommunisten zu wählen.»
«Ausgezeichnet», lobte der Abgeordnete.
«Aber mit großen Hemmungen und keineswegs aus Überzeugung.»
«Warum denn nicht?» fragte der Abgeordnete belustigt und nachsichtig, und man merkte ihm an, daß er

gewillt war, jedes Argument, das Laurana nennen würde, sofort zu zerpflücken.

«Ach, lassen wir das. Du würdest mich doch nicht dazu bringen, dagegen zu stimmen.»

«Gegen was?»

«Gegen die Kommunisten.»

«Du bist gut», sagte der Abgeordnete lachend.

«Nicht besonders», erwiderte Laurana ernst und nahm das Gespräch über Roscio wieder auf, der vielleicht ebenfalls die Kommunisten gewählt hatte, wenn er auch sorgfältig vermied, es auszusprechen. «Aus Rücksicht auf seine Verwandten, das heißt, auf die Verwandten seiner Frau, die alle politisch tätig sind, der Dekan an der Spitze.»

«Der Dekan?»

«Ja, der Dekan Rosello, ein Onkel seiner Frau. Aus Rücksicht auf ihn, oder um einen Familienzwist zu vermeiden, verzichtete Roscio darauf, eine klare Position zu beziehen. Allerdings muß ich sagen, daß sein Urteil über Menschen und Politik in letzter Zeit härter und schärfer geworden war. Jedenfalls über die Politik der Regierung.»

«Vielleicht hat ihm jemand ein Amt, eine fette Pfründe vor der Nase weggeschnappt.»

«Das glaube ich nicht. Sieh mal, er war ganz anders, als du ihn dir jetzt vorstellst. Er liebte seinen Beruf, er liebte den Ort, die Abende im Klub oder in der Apotheke, die Jagd und die Hunde; ich möchte annehmen, daß er auch seine Frau sehr liebte, und sein kleines Mädchen vergötterte er...»

«Was will das schon heißen? Er konnte darum doch auch das Geld lieben, seinen Ehrgeiz haben...»

«Geld hatte er, und Ehrgeiz war ihm fremd. Und wie soll einer, der sich entschlossen hat, auf dem Lande zu leben und für immer dort zu bleiben, ehrgeizig sein?»
«Also eine Art Landarzt von Anno dazumal, der von seinem Vermögen lebte, sich die Besuche nicht bezahlen ließ und den armen Leuten sogar noch Geld für die Arzneien gab?»
«Ja, so ähnlich. Allerdings verdiente er gut, auch in den Nachbarorten stand er in dem Ruf, ein tüchtiger Arzt zu sein, seine Sprechstunde war immer überfüllt. Und dann hatte er ja auch einen bekannten Namen: Roscio, den des alten Professors Roscio. Da fällt mir ein, ich könnte dem alten Herrn einen Besuch machen.»
«Du glaubst also wirklich, daß Roscios Tod mit seiner Stellungnahme gegen den Unbekannten zusammenhängt?»
«Nein, das nicht. Alles spricht sogar gegen diesen Verdacht. Roscio ist umgekommen, weil er unvorsichtigerweise – ich sage unvorsichtigerweise, weil er von der Drohung wußte – den Apotheker Manno begleitet hat. So sieht es zumindest aus.»
«Der arme Roscio», sagte der Abgeordnete.

VIII

Der alte Professor Roscio, der in Westsizilien noch immer einen großen, allmählich ans Legendäre grenzenden Ruf als Augenarzt hatte, war etwa zwanzig Jahre zuvor aus Universität und Beruf ausgeschieden.

Durch eine Ironie des Schicksals, oder damit er als der Mann, der die Natur durch Heilung von Blinden herausgefordert hatte und den sie darum seines Augenlichts beraubte, eine mythische Figur wurde, war der mehr als Neunzigjährige beinahe vollständig erblindet. Er lebte in Palermo im Haus seines Sohnes, der wahrscheinlich genauso tüchtig war wie er, aber nach der vorgefaßten Meinung der meisten Leute vom Ruhm des väterlichen Namens zehrte.

Laurana meldete sich telefonisch an und fragte, an welchem Tag und zu welcher Stunde sein Besuch genehm sei. Der Professor, dem das Hausmädchen das ausrichtete, kam selbst ans Telefon und bat Laurana, sofort zu kommen. Nicht daß er sich nach dessen Beschreibung an den früheren Mitschüler seines Sohnes erinnern konnte, aber in der lichtlosen Einsamkeit, in der er jetzt lebte, war er stets auf Gesellschaft erpicht.

Es war fünf Uhr nachmittags. Der Professor saß in seinem Sessel auf der Terrasse, neben sich einen Plattenspieler, aus dem bald donnernd, bald zart wie ein Hauch die Stimme eines bekannten Schauspielers drang, der den dreißigsten Höllengesang rezitierte.

«Sehen Sie, wie weit es mit mir gekommen ist?» sagte der Professor und reichte Laurana die Hand. Und als wäre der Schauspieler persönlich zugegen und als hätte der Professor gewichtige Gründe, ihn zu verachten, fuhr er fort: «So weit, daß ich mir die ‹Göttliche Komödie› von dem da vordeklamieren lasse. Lieber ließe ich sie mir von meinem zwölfjährigen Enkel, vom Hausmädchen oder vom Portier vorlesen, aber die haben anderes zu tun.»

Hinter der Terrassenbrüstung, unter den Schleiern des

Schirokko, leuchtete Palermo. «Ein schöner Blick», sagte der Professor und zeigte nacheinander auf San Giovanni degli Eremiti, den Palazzo d'Orléans und den Palazzo dei Normanni. Er lächelte. «Als wir vor zehn Jahren in dieses Haus gezogen sind, habe ich noch ein bißchen mehr gesehen. Jetzt sehe ich nur noch das Licht – wie eine ferne weiße Flamme. Zum Glück gibt es in Palermo ja so viel Licht! Aber wir wollen nicht von unseren persönlichen Schicksalsschlägen reden... Sie sind also ein Mitschüler meines armen Sohnes gewesen?»

«Ja, im Gymnasium. Dann hat er Medizin studiert, und ich Philologie.»

«Soso, Philologie. Und nun sind Sie Lehrer, nicht wahr?»

«Ja, für Geschichte und Italienisch.»

«Ach, wissen Sie, jetzt tut es mir leid, daß ich nicht Literaturprofessor gewesen bin. Dann könnte ich wenigstens die ‹Göttliche Komödie› auswendig.»

Das scheint seine fixe Idee zu sein, dachte Laurana und sagte: «Sie haben in Ihrem Leben doch Wichtigeres getan, als die ‹Göttliche Komödie› zu lesen und zu erklären.»

«Glauben Sie, daß das, was ich getan habe, sinnvoller ist als das, was Sie tun?»

«Nein. Ich meine nur, daß das, was ich tue, tausend andere Leute genausogut tun können, während das, was Sie getan haben, nur ganz wenige Leute tun können, zehn oder zwanzig auf der ganzen Welt.»

«Unsinn», sagte der Alte und schien einzuschlummern. Dann fragte er plötzlich: «Wie war mein Sohn eigentlich in der letzten Zeit?»

«Wie er war?»
«Ich meine, war er besorgt, unruhig oder nervös?»
«Nein, das fand ich nicht. Aber gestern habe ich mit jemandem gesprochen, der ihn in Rom getroffen hat, und da fiel mir ein, daß er sich in der letzten Zeit zumindest in manchen Dingen doch ein bißchen geändert hatte. Aber warum fragen Sie mich danach?»
«Weil er mir auch ein wenig verändert vorkam... Aber Sie sagen, er hätte sich mit jemandem in Rom getroffen?»
«Ja, in Rom. Zwei oder drei Wochen vor dem Unglück.»
«Merkwürdig... Aber täuscht sich Ihr Gewährsmann auch nicht?»
«Der täuscht sich nicht. Es ist ein Freund, ein früherer Mitschüler, kommunistischer Abgeordneter. Ihr Sohn ist eigens nach Rom gefahren, um sich mit ihm zu treffen.»
«Um sich mit ihm zu treffen? Merkwürdig, wirklich merkwürdig... Ich kann mir nicht vorstellen, daß er ihn um einen Gefallen bitten wollte. Zwar sind ja auch die Kommunisten gewissermaßen an der Macht, aber wegen Gefälligkeiten wendet man sich doch besser an die da.» Er deutete auf den Palazzo d'Orléans, den Sitz der Regionalregierung. «Und die hatte mein Sohn ja sogar im eigenen Haus, und zwar recht mächtige Leute, wie ich höre.»
«Es handelt sich nicht eigentlich um einen Gefallen. Unser Freund sollte im Parlament einen der Honoratioren anprangern, der seine Stellung mißbraucht und Staatsgelder unterschlagen hatte.»
«Das wollte mein Sohn?» fragte der Alte erstaunt.

«Ja, auch ich habe mich darüber gewundert.»
«Sicher ist, daß er sich verändert hatte», sagte der Alte wie zu sich selbst. «Er war ganz anders, und ich weiß nicht genau, seit wann. Ich kann mich nicht entsinnen, wann mir zum erstenmal eine gewisse Müdigkeit und Gleichgültigkeit an ihm aufgefallen ist, und eine gewisse Härte in seinem Urteil, die mich an seine Mutter erinnerte. Meine Frau stammte aus einer Familie von Pächtern, Leuten, die zwischen 1926 und 1930 genug damit zu tun hatten, ihren Kopf aus der Schlinge zu ziehen, die Mori ihnen um den Hals gelegt hatte... Ach nein, meine Frau liebte ihren Nächsten nicht. Aber vielleicht ist es richtiger zu sagen, daß sie das gar nicht begriff und daß niemand sie das je gelehrt hatte, am allerwenigsten ich... Aber wovon haben wir gerade gesprochen?»
«Von Ihrem Sohn.»
«Ja, von meinem Sohn. Er war intelligent, aber von einer stillen, nicht sehr wendigen Intelligenz. Und er war ein durch und durch anständiger Mensch. Vielleicht hatte er von mütterlicher Seite die Liebe zu Grund und Boden und zum Landleben geerbt. Allerdings nur das, denn sein Großvater, der Vater meiner Frau, lebte auf dem Lande wie ein Primitiver, und meine Frau auch; mein Sohn dagegen hat viel gelesen, glaube ich. Schon als Junge und später als Mann gehörte er zu denen, die als einfältig gelten und in Wirklichkeit verdammt kompliziert sind. Darum war es mir nicht recht, daß er in eine katholische Familie eingeheiratet hat. Katholisch, um es einmal so zu nennen, denn in meinem ganzen Leben habe ich hier nicht einen einzigen wirklichen Katholiken kennengelernt, und

ich werde jetzt immerhin zweiundneunzig... Es gibt Leute, die haben im Laufe ihres Lebens unter Umständen den Weizen von einem halben Morgen Land in Hostiengestalt zu sich genommen und sind doch jederzeit bereit, anderen Leuten in die Tasche zu greifen, einem Sterbenden einen Fußtritt zu versetzen und einem Gesunden einen Flintenschuß ins Kreuz zu jagen... Kennen Sie meine Schwiegertochter und ihre Verwandten?»
«Nicht sehr gut.»
«Ich überhaupt nicht. Ich habe meine Schwiegertochter nur ein paarmal gesehen, und nur ein einziges Mal ihren Onkel, den Domherrn oder Dekan oder was zum Teufel er sonst ist.»
«Dekan.»
«Ein Mann von großer Milde. Er wollte mich bekehren. Zum Glück war er nur auf der Durchreise, sonst hätte er mich noch mit dem Allerheiligsten überfallen. Er hat gar nicht begriffen, daß ich religiös bin. Aber meine Schwiegertochter ist eine schöne Frau, nicht wahr?»
«Eine sehr schöne Frau.»
«Vielleicht ist sie auch nur sehr weiblich, eine von denen, die man in meiner Jugend Bettschatz nannte», sagte er mit Kennermiene, als spräche er nicht von der Frau seines jüngst verstorbenen Sohnes, und zeichnete mit den Händen den Umriß ihres liegenden Körpers nach. «Ich glaube, heute gebraucht man diesen Ausdruck nicht mehr, die Frau ist nicht mehr von Geheimnis umwittert, weder von dem des Alkovens noch von dem der Seele. Und wissen Sie, was ich manchmal denke? Daß die katholische Kirche heute ihren größ-

ten Triumph zu verzeichnen hat: Endlich haßt der Mann die Frau. Das hatte sie nicht einmal in den Jahrhunderten der tiefsten Finsternis und Strenge fertiggebracht. Heute aber ist es soweit. Und ein Theologe würde vielleicht sagen, das sei die List der Vorsehung. Der Mensch glaube, auch in erotischer Hinsicht den Weg der Freiheit zu gehen, statt dessen habe er sich in eine Sackgasse verirrt.»
«Ja, vielleicht. Obgleich mir scheint, daß der weibliche Körper in der sogenannten christlichen Welt nie zuvor so verherrlicht, so zur Schau gestellt worden ist. Selbst die Werbung überträgt der Frau die Aufgabe, anzulocken und zu verzaubern.»
«Sie haben ein Wort gebraucht, das den Kern der Sache trifft: zur Schau gestellt. Der weibliche Körper wird zur Schau gestellt. So wie man es früher mit den Gehenkten machte. Gerechtigkeit wurde also geübt. Aber ich rede zuviel, ich sollte mich lieber ein bißchen ausruhen.»
Laurana verstand das als Aufforderung zu gehen und erhob sich rasch.
«Bitte, bleiben Sie noch», sagte der Alte in der Befürchtung, daß die seltene Gelegenheit zu einem Gespräch ihm bereits wieder entschlüpfte. Abermals schien er einzuschlafen. Abermals schien sein feingeschnittenes Gemmenprofil, das später ganze Generationen von Studenten auf einem Bronzerelief mit einer jener kaum beachteten und allenfalls belachten Inschriften sehen sollten, in Schlaf zu sinken. So wird er in den Tod hinüberschlummern, dachte Laurana und betrachtete ihn ein wenig ängstlich, bis der Alte, ohne sich zu rühren, einen Gedanken aussprach, dem er

offenbar die ganze Zeit über nachgehangen hatte.
«Manche Dinge, manche Geschehnisse läßt man besser auf sich beruhen. Ein Bibelwort, eine alte Lebensregel sagt: Lasset die Toten ihre Toten begraben. Damit ist gemeint, daß nur die Lebenden unserer Hilfe bedürfen. Menschen aus dem Norden stellen sich dabei einen Unfall vor, bei dem es einen Toten und einen Verletzten gegeben hat, und daß die Vernunft nun gebietet, den Toten sich selbst zu überlassen und sich um die Rettung des Verletzten zu kümmern. Ein Sizilianer dagegen denkt an einen Ermordeten und seinen Mörder, und der Lebende, dem geholfen werden muß, ist für ihn eben dieser Mörder. Was ein Toter im übrigen für einen Sizilianer bedeutet, hat vielleicht niemand besser als jener Lawrence verstanden, der so viel dazu beigetragen hat, daß es mit dem Eros heute aus und vorbei ist. Ein Toter ist eine lächerliche Seele im Fegefeuer, ein kleiner Wurm mit menschlichen Zügen, der auf glühenden Ziegeln herumhüpft... Wenn der Tote uns allerdings durch Blutsbande verbunden ist, dann muß man alles tun, damit der Lebende, das heißt der Mörder, ihm möglichst bald ins Fegefeuer folgt. In diesem Punkt bin ich kein richtiger Sizilianer. Ich war niemals geneigt, den Lebenden, also den Mördern, zu helfen, und habe immer gemeint, daß das Zuchthaus ein wirklicheres Fegefeuer ist... Aber am Tode meines Sohnes ist etwas, was mich mit gewisser Sorge an die Lebenden denken läßt.»
«An die Lebenden, die die Mörder sind?»
«Nein, nicht an die Lebenden, die ihn unmittelbar und tatsächlich umgebracht haben, sondern an die Lebenden, die ihn so gleichgültig haben werden lassen, die

ihn gelehrt haben, gewisse Dinge im Leben zu sehen und gewisse andere zu tun. Einer, der so alt ist wie ich, ist geneigt, den Tod für einen Willensakt zu halten, in meinem Fall für einen geringfügigen Willensakt. Eines Tages werde ich es satt haben, diese Stimme zu hören.» Er zeigte auf den Plattenspieler. «Ich werde von dem Lärm der Stadt und von der Träne im Auge, die das Hausmädchen seit einem halben Jahr besingt, ebenso genug haben wie von meiner Schwiegertochter, die sich jeden Morgen nach meinem Befinden erkundigt und dabei kaum ein Hehl aus ihrer Hoffnung macht, daß es mit mir möglichst bald zu Ende geht. Dann werde ich mich entschließen zu sterben, so wie man den Telefonhörer auflegt, wenn jemand am anderen Ende des Drahtes dummes Zeug redet oder einem zu sehr zusetzt. Ich will damit nur sagen, daß ein Mensch Erfahrungen, Kümmernisse und Gedanken mit sich herumtragen und in eine Gemütsverfassung geraten kann, die ihm den Tod nur noch als Formsache erscheinen lassen. Und wenn es dann überhaupt Verantwortliche gibt, so muß man sie unter denen suchen, die dem Toten am nächsten standen, und im Fall meines Sohnes könnte man bei mir anfangen, denn ein Vater ist immer verantwortlich, immer.» Seine blicklosen Augen schienen in eine ferne Vergangenheit mit ihren Erinnerungen zurückzuschweifen. «Wie Sie sehen, gehöre auch ich zu den Lebenden, denen man helfen muß.»

Laurana hatte bei diesen Reden des Alten ein Gefühl der Doppelbödigkeit, aber vielleicht handelte es sich auch nur um dunkle, schmerzliche Ahnungen. «Denken Sie an etwas Bestimmtes?» fragte er.

«Ach nein, nicht an etwas Bestimmtes. Ich denke an die Lebenden, das habe ich Ihnen doch schon gesagt. Und Sie?»
«Ich weiß es nicht», antwortete Laurana.
Schweigen senkte sich auf sie herab. Laurana stand auf, um sich zu verabschieden. Der Alte reichte ihm die Hand und sagte: «Es ist ein Problem.» Vielleicht meinte er damit das Verbrechen und vielleicht auch das Leben.

IX

Ende September kehrte er in seinen Heimatort zurück. Dort gab es nichts Neues, wie ihm Rechtsanwalt Rosello sofort im Klub zuflüsterte, damit der schreckliche Oberst es nicht hörte. Aber Laurana hatte dem Rechtsanwalt Neuigkeiten mitzuteilen, und zwar seine Begegnung mit dem Abgeordneten und die Geschichte von den Unterlagen, die Roscio dem Politiker unter der Bedingung geben wollte, daß er die Sache an die große Glocke hänge.
Rosello war überrascht. Er hörte sich den Bericht an und sagte dabei immer wieder: «Nein, so was.» Dann vertiefte er sich in die Einzelheiten, stellte Fragen und versuchte, sich an ein Zeichen oder ein Wort Roscios zu erinnern, das man mit dieser unglaubwürdigen Geschichte in Zusammenhang bringen konnte.
«Ich dachte, du wüßtest etwas davon», sagte Laurana.
«Ich wüßte etwas davon? Ich bin starr vor Staunen.»
«Vielleicht kann man eine Erklärung darin finden, daß

er gerade jemanden aus deiner Partei angreifen wollte und nicht wünschte, daß du dich einmischtest, um ihn davon abzuhalten. Er war zwar starrsinnig, andererseits aber auch nachgiebig. Wenn du von seiner Absicht erfahren hättest, dann hättest du ihm zugesetzt und einen Versöhnungsversuch gemacht. Denn du hättest die Drohung gegen einen Mann deiner Partei und folglich gegen deine Partei selbst nicht hinnehmen können...»
«Wenn es um die Familie geht, um jemanden aus der Familie, dann gibt es keine Rücksicht auf die Partei. Hätte er sich an mich gewandt, dann hätte ich alles getan, was er wollte.»
«Aber vielleicht hat er gerade nicht gewollt, daß du deine Stellung in der Partei wegen einer Sache aufs Spiel setztest, die nur ihn anging. Er hat nämlich gesagt, es handele sich um eine delikate, ganz persönliche Angelegenheit.»
«Um eine delikate, ganz persönliche Angelegenheit? Aber bist du sicher, daß er keine Namen genannt und keine Hinweise gegeben hat, auf Grund deren man zumindest mit einiger Bestimmtheit herausbekommen könnte, um wen es sich dabei handelte?»
«Er hat nichts gesagt.»
«Weißt du, was ich mache? Ich rufe meine Kusine an, und dann gehen wir zusammen zu ihr. Seiner Frau wird er ja etwas davon gesagt haben... Komm.»
Sie gingen ans Telefon. Rosello sprach mit seiner Kusine: Professor Laurana sei zurückgekommen und habe gewisse, fast unverständliche Dinge erfahren, die vielleicht nur sie aufklären könne, und ob sie deshalb trotz der unpassenden Tageszeit für einen Augenblick zu ihr hinaufkommen könnten.

«Komm», sagte Rosello und legte den Hörer auf.
Eine Hand ängstlich aufs Herz gedrückt, wartete Frau Luisa gespannt, was der Professor zu berichten hatte. Sie war erstaunt, von der Reise ihres Mannes nach Rom zu hören, und sagte dann, zu ihrem Vetter gewandt: «Wahrscheinlich war das zwei oder drei Wochen vor dem Unglück, als er erklärte, er wolle nach Palermo fahren.» Aber zu allem anderen hatte sie nichts zu sagen. Ja, vielleicht hatte ihr Mann in der letzten Zeit Sorgen, er sprach wenig und klagte häufig über Kopfschmerzen.
«Auch sein Vater, der alte Professor Roscio, hat mir gesagt, er habe seinen Sohn in der letzten Zeit ein wenig verändert gefunden.»
«Sie haben meinen Schwiegervater gesehen?»
«Diesen schrecklichen Alten», sagte Rosello.
«Ja, ich habe ihn aufgesucht. Er hat seine fixen Ideen, aber er ist noch ganz klar, ja ich würde sagen erbarmungslos...»
«Ein Mensch ohne Glauben», sagte Frau Luisa. «Was kann man von einem Menschen ohne Glauben schon erwarten?»
«Ich meinte, daß er einen erbarmungslos klaren Verstand hat... Und was den Glauben betrifft, so hatte ich nicht den Eindruck, daß er ein Mensch ohne Glauben ist.»
«Der hat keinen Glauben», sagte Rosello. «Er gehört zu jenen entschlossenen Atheisten, die selbst der Tod nicht erschüttert.»
«Ich halte ihn nicht für einen Atheisten», widersprach Laurana.
«Aber ein Antiklerikaler ist er», sagte Frau Luisa.

«Wir haben ihn einmal zusammen mit dem Onkel Dekan besucht, ich, mein Mann und der Onkel... Sie hätten hören sollen, was er damals sagte. Mir lief es eiskalt den Rücken hinunter, das können Sie mir glauben.» Und sie kreuzte ihre schönen bloßen Arme vor der Brust, als liefe es ihr noch jetzt eiskalt den Rücken hinunter.
«Was hat er denn gesagt?»
«Dinge, die ich nicht wiederholen kann, Dinge, die ich noch nie in meinem Leben gehört hatte... Und der arme Onkel Dekan hielt sein kleines silbernes Kruzifix fest in der Hand und sprach zu ihm von Erbarmen und Liebe.»
«Tatsächlich hat er mir gesagt, der Dekan sei ein Mann von großer Milde...»
«Dazu hatte er auch allen Anlaß», sagte Frau Luisa.
«Der Onkel Dekan ist ein Heiliger», erklärte Rosello nachdrücklich.
«Nein, so etwas kann man nicht sagen und darf man nicht sagen», korrigierte ihn Frau Luisa. «Wer heilig ist, darüber befinden nicht wir. Aber man darf sagen, daß der Onkel Dekan ein so gütiges Herz hat, daß er einem wie ein Heiliger vorkommt.»
«Ihr Mann», sagte Laurana, «glich seinem Vater äußerlich sehr, und ein wenig glich er ihm auch in der Art des Denkens.»
«Diesem alten Teufelsbraten? Aber ich bitte Sie... Mein Mann hatte großen Respekt vor dem Onkel Dekan und vor der Kirche. Er begleitete mich jeden Sonntag zur Messe. Er hielt das Freitagsgebot. Und niemals hätte er über die Religion gespottet oder auch nur ein skeptisches Wort über sie geäußert... Und so

lieb ich ihn gehabt habe, glauben Sie etwa, ich hätte ihn geheiratet, wenn ich den Verdacht, den bloßen Verdacht gehabt hätte, er dächte wie sein Vater?»

«Im Grunde», sagte Rosello, «war er schwer zu verstehen. Was er letztlich von Religion und Politik hielt, das kannst wahrscheinlich nicht einmal du, seine Frau, mit Sicherheit sagen.»

«Gewiß ist, daß er die Religion respektierte», sagte Frau Luisa.

«Ja, er respektierte sie. Aber aus dem, was uns Laurana jetzt erzählt hat, geht klar hervor, daß er sehr verschlossen war und selbst dir seine Gedanken und Pläne nicht anvertraute.»

«Das stimmt.» Die Witwe seufzte und wandte sich an Laurana. «Aber seinem Vater – hat er nicht wenigstens dem etwas gesagt?»

«Nein.»

«Und dem Abgeordneten hat er gesagt, es handele sich um eine delikate, ganz persönliche Angelegenheit?»

«Ja.»

«Und er hat ihm Unterlagen versprochen?»

«Ein ganzes Aktenstück.»

«Hör mal», schlug Rosello seiner Kusine vor, «können wir nicht einen Blick in seine Schubladen und in seine Papiere werfen?»

«Ich möchte, daß alles so bleibt, wie er es hinterlassen hat, ich hätte nicht den Mut, darin zu stöbern.»

«Es handelt sich doch darum, uns eine Sorge zu nehmen. Im übrigen, was weiß ich? Wenn jemand ihm Unrecht getan hat, dann könnte ich aus alter Anhänglichkeit, und um sein Andenken zu ehren, der Sache nachgehen und sie klären.»

«Da hast du recht», sagte Frau Luisa und erhob sich. Groß, mit imponierender Büste und Armen, die nackt waren bis zu dem Haarbüschel in den Achselhöhlen, von einem Duft umweht, in dem eine erfahrenere Nase (und eine weniger leidenschaftliche Natur) Balenciaga vom Schweiß unterschieden hätte, stand sie einen Augenblick hoch aufgerichtet vor dem Lehrer wie die Nike von Samothrake auf der Treppe des Louvre.

Sie führte sie in sein Arbeitszimmer, einen Raum, der ein wenig düster war oder doch so wirkte, weil das Licht, das auf den Schreibtisch fiel, die mit Büchern angefüllten dunklen Regale im Schatten ließ. Auf dem Schreibtisch lag ein aufgeschlagenes Buch. «Das las er gerade», sagte Frau Luisa. Rosello steckte zwei Finger zwischen die aufgeblätterten Seiten, schloß das Buch und las den Titel: «Briefe an Frau Z.»

«Was ist das?» fragte er Laurana.

«Ein sehr interessantes Buch, von einem Polen.»

«Er las so viel», sagte die Witwe.

Behutsamer, als er das Buch vom Schreibtisch genommen hatte, legte Rosello es aufgeschlagen wieder darauf. «Wir sollten uns erst einmal die Schubladen ansehen», sagte er und öffnete die erste.

Laurana beugte sich über das offene Buch, ein Satz sprang ihm ins Auge: «Erst eine Tat, die gegen die Ordnung des Systems verstößt, stellt den Menschen in das grelle Licht der Gesetze.» Er überflog die ganze Seite, nicht Zeile für Zeile, sondern so, als öffnete er eine Blende, und erkannte die Stelle im Buch, den Kontext wieder, wo der Schriftsteller von Camus, von seiner Erzählung «Der Fremde» spricht. Die Ordnung

des Systems! Und wo ist hier das System? Hatte es je eins gegeben, würde es je eins geben? Ein Fremder durch Wahrhaftigkeit oder Schuld sein, oder durch Wahrhaftigkeit und Schuld zugleich, ist ein Luxus, den man sich nur dort leisten kann, wo es die Ordnung eines Systems gibt. Es sei denn, man wolle den Zusammenhang, in dem der arme Roscio verschwunden war, als System gelten lassen. Dann ist der Mensch in der Rolle des Scharfrichters eher ein Fremder als in der des Verurteilten, steht mehr in der Wahrheit, wenn er das Fallbeil bedient, als wenn er unter ihm liegt.
Auch Frau Luisa beteiligte sich an der Suche. Eingehüllt in das Netz aus Licht und Schatten, kauerte sie vor der untersten Schublade, nackt, das Gesicht geheimnisvoll umwogt von der dunklen Masse des Haars. Lauranas Gedanken schmolzen an der düsteren Sonne des Begehrens dahin.
Frau Luisa schloß die Schublade und richtete sich mit einer tänzerisch geschmeidigen Bewegung auf. «Nichts», sagte sie. Aber das klang nicht enttäuscht, sondern so, als hätte sie nur ihrem Vetter zuliebe die Schublade durchgesehen. «Nichts», sagte auch Rosello im gleichen Ton, als er das letzte Aktenbündel an seinen Platz zurücklegte.
«Ich weiß nicht, aber er könnte doch auch ein Schließfach bei der Bank gehabt haben», sagte Laurana.
«Daran habe ich auch gerade gedacht», meinte Rosello, «morgen werde ich versuchen, darüber etwas zu erfahren.»
«Ausgeschlossen. Er wußte, daß hier niemand seine Sachen, seine Bücher und seine Papiere anrührte, nicht einmal ich ... Er war ja ein bißchen pedantisch», sagte

die Witwe in einem Ton, in dem durchklang, daß sie gewiß nicht pedantisch war.
«Irgendein Geheimnis muß aber hinter der Sache stecken», sagte Rosello.
«Glaubst du denn, daß die Geschichte mit dem kommunistischen Abgeordneten und den Unterlagen etwas mit seinem Tod zu tun hat?» fragte ihn seine Kusine.
«Nicht im Traum.» Er wandte sich an Laurana. «Was hältst du denn davon?»
«Ja, was soll ich davon halten?»
«Oh», rief die Witwe aus, «Sie glauben also...»
«Nein, das glaube ich nicht. Nur ist jetzt, nachdem die Polizei mit ihrer These von den Liebesabenteuern des Apothekers in eine Sackgasse geraten ist, jede Unterstellung möglich.»
«Und der Brief? Der Drohbrief, den der Apotheker bekommen hat? Wie erklärst du dir den?» fragte Rosello.
«Ja, der Brief?» wiederholte die Witwe.
«Den erkläre ich mir als eine List der Mörder, als ein Ablenkungsmanöver. Der Apotheker war nur ein vorgeschobener Strohmann.»
«Glauben Sie das wirklich?» fragte die Witwe erstaunt und ängstlich.
«Nein, ich glaube es nicht.»
Frau Luisa schien erleichtert. Sie klammert sich an den Gedanken, daß ihr Mann durch die Schuld des Apothekers umgekommen ist, und fürchtet von jeder anderen Hypothese, sie könnte seinem Andenken schaden, dachte Laurana und machte sich Vorwürfe, daß er sie mit dieser Hypothese beunruhigt hatte, die er freilich nicht für ein reines Hirngespinst hielt.

X

«Einer der Honoratioren, der Bestechungen und Unterschlagungen begeht und zwielichtige Geschäfte betreibt – an wen würden Sie da denken?»
«Hier im Ort?»
«Vielleicht hier im Ort, vielleicht in der weiteren Umgebung, in der Provinz.»
«Sie stellen mich da vor ein schwieriges Problem», sagte der Pfarrer von Sant'Anna. «Denn wenn wir uns auf den Ort beschränken, dann können selbst die ungeborenen Kinder diese Frage beantworten. Aber wenn wir einen größeren Umkreis oder gar die ganze Provinz einbeziehen, dann wird die Sache schwierig und schwindelerregend.»
«Beschränken wir uns doch auf den Ort», schlug Laurana vor.
«Dann kommt nur Rosello in Frage, der Rechtsanwalt Rosello.»
«Ausgeschlossen.»
«Was ist ausgeschlossen?»
«Daß er...»
«Daß er Bestechungen und Unterschlagungen begeht und zwielichtige Geschäfte betreibt? Entschuldigen Sie, dann muß ich Ihnen sagen, daß Sie mit offenen Augen schlafen.»
«Nein, nein... Ich meinte, es sei ausgeschlossen, daß er der ist, auf den mein Gesprächspartner angespielt hat.»

«Und wer war Ihr Gesprächspartner?»
«Ich kann seinen Namen nicht nennen», antwortete der Professor, wurde rot und wich dem Blick des Pfarrers aus, der plötzlich aufmerksamer wurde.
«Aber, lieber Professor, Ihr Gesprächspartner hat Ihnen den Namen des Betreffenden nicht genannt, er hat Ihnen den Namen des Ortes nicht genannt, und die Beschreibung, die er Ihnen gegeben hat, paßt – glauben Sie mir – mit Ausnahme jener Ehrenmänner, die bereits geschnappt wurden und hinter Schloß und Riegel sitzen, auf ungefähr hunderttausend Personen. Und in dieser Menschenmenge wollen Sie Ihren Mann finden?»
Er lächelte mitleidig und nachsichtig.
«Ehrlich gesagt, habe ich geglaubt, daß mein Gesprächspartner, dessen Namen ich nicht nennen kann, jemanden hier im Ort meinte. Aber wenn Sie mir jetzt sagen, daß hier im Ort nur Rosello...»
«Rosello ist der Schlimmste, der, an den man zuallererst denkt, und der einzige, den man im eigentlichen Wortsinn zu den Honoratioren zählen kann. Aber dann gibt es noch die kleinen Missetäter, und wenn Sie wollen, können Sie auch mich dazurechnen.»
«Aber nein», protestierte Laurana ohne Überzeugung.
«Doch, doch, und das wäre nicht einmal verkehrt... Aber Rosello, das möchte ich wiederholen, ist der Schlimmste. Haben Sie eigentlich eine genaue Vorstellung von Rosello? Ich meine, von seinen zwielichtigen Geschäften, von seinen Einkünften, von seiner öffentlichen und geheimen Macht? Denn was er in menschlicher Hinsicht ist, davon kann man sich leicht ein Bild machen: ein Dummkopf, aber ein raffinierter, der, um

ein Amt zu bekommen oder zu behalten – natürlich ein gutbezahltes Amt –, über Leichen ginge, über jedermanns Leiche außer der seines Onkels, des Dekans.»
«Was er für ein Mensch ist, weiß ich, aber von seiner Macht habe ich keine genaue Vorstellung. Sie wissen darüber sicherlich besser Bescheid als ich.»
«Und ob ich darüber Bescheid weiß. Rosello gehört dem Verwaltungsrat von Furaris an, macht fünfhunderttausend Lire im Monat, er ist technischer Berater derselben Firma, noch ein paar Millionen im Jahr; Beirat der Trinacria-Bank, noch ein paar Millionen; Vorstandsmitglied bei Vesceris, fünfhunderttausend Lire im Monat; Präsident einer Gesellschaft zur Gewinnung hochwertigen Marmors, die von Furaris und der Trinacria-Bank finanziert wird und, wie jedermann weiß, ihre Tätigkeit in eine Gegend verlegt hat, in der man hochwertigen Marmor selbst dann nicht fände, wenn man ihn eigens dort hinschaffte, denn er versänke sofort im Sand; schließlich ist er Provinzialrat, und das ist ein Amt, das vom finanziellen Standpunkt aus ein reines Verlustgeschäft ist, denn die Tagesgelder reichen kaum für die notwendigen Trinkgelder aus, aber was das Prestige betrifft... Sie wissen doch, daß er es war, der die Christdemokraten im Provinzialtag veranlaßte, die bisherige Koalition mit den Faschisten aufzulösen und eine Koalition mit den Sozialisten einzugehen. Das war in Italien einer der ersten Schritte in dieser Richtung. Er genießt daher hohes Ansehen bei den Sozialisten und wird sich auch das gleiche Ansehen bei den Kommunisten erwerben, wenn es ihm gelingt, wieder der erste zu sein, sobald sich ein weiterer Linksrutsch in seiner Partei abzeichnet. Ja, ich kann Ihnen

sagen, daß die Kommunisten in unserer Provinz schon in scheuer Hoffnung zu ihm hinüberblinzeln. Und damit wollen wir uns seinen Privatangelegenheiten zuwenden, die mir allerdings nur teilweise bekannt sind: Baugrundstücke in der Kreisstadt und, wie es heißt, auch in Palermo; entscheidender Einfluß auf einige Bauunternehmen; eine Druckerei, die ununterbrochen öffentliche Aufträge bekommt; eine Speditionsfirma... Und schließlich sind da noch seine dunkleren Geschäfte, und in ihnen herumzuschnüffeln, selbst wenn es aus reiner und zweckloser Neugier geschieht, ist sehr gefährlich. Ich sage Ihnen nur das eine: Wenn mir zu Ohren käme, daß auch der Mädchenhandel durch seine Hände geht, so würde ich das unbesehen glauben.»
«Das hätte ich nie geglaubt», sagte Laurana.
«Natürlich nicht. Aber wissen Sie, wie sich das verhält? Ich habe einmal in einem philosophischen Buch im Zusammenhang mit dem Relativismus gelesen, die Tatsache, daß wir mit bloßem Auge die Füße der Maden im Käse nicht erkennen könnten, sei noch kein Grund anzunehmen, daß die Maden selbst diese Füße nicht sehen können... Ich bin eine Made im selben Käse und sehe darum die Füße der anderen Maden.»
«Das ist lustig.»
«Nicht besonders», entgegnete der Pfarrer und fügte angeekelt hinzu: «Man bleibt eine Made unter Maden.»
Diese bittere Bemerkung veranlaßte Laurana beinahe, den Pfarrer ins Vertrauen zu ziehen. Wenn er ihm nun alles erzählte, was er über das Verbrechen und über Roscio wußte? Ein intelligenter, scharfsinniger Mann,

erfahren und vorurteilslos. Wer weiß, ob er nicht den Schlüssel zu diesem Problem fände. Aber dann dachte er daran, daß der Pfarrer zuviel redete, daß er sich gern als einen unabhängigen, vorurteilslosen, mit allen Wassern gewaschenen Mann hinstellte. Außerdem hegte er bekanntlich eine tiefe Abneigung gegen den Dekan. Wenn er etwas erfuhr, was irgendwie einen Schatten auf dessen Familie warf, dann ließ er sich nicht davon abhalten, es auszuschmücken und unter die Leute zu bringen. Unbewußt spielte bei diesem Mißtrauen gegen den Pfarrer auch Lauranas Abscheu vor dem schlechten Priester mit, obwohl er im Licht des Bewußtseins der Meinung war, daß es überhaupt keine guten Priester gebe; es war der gleiche Abscheu gegen den Pfarrer von Sant'Anna, wie ihn auch seine Mutter nicht verhehlte, die dem, was sie seine Schamlosigkeit nannte, das keusche Betragen des Dekans gegenüberstellte.

«Wenn man Rosello ausschließt, wen gibt es in der Provinz noch, der, sagen wir, über die gleichen Voraussetzungen verfügt?»

«Lassen Sie mich nachdenken», sagte der Priester. Dann fragte er: «Wollen wir die Abgeordneten und die Senatoren ausschließen?»

«Ja, die wollen wir ausschließen.»

«Also dann: Commendatore Fedeli, Rechtsanwalt Lavina, Doktor Jacopitto, Rechtsanwalt Anfosso, Rechtsanwalt Evangelista, Rechtsanwalt Boiano, Professor Camerlato, Rechtsanwalt Macomer...»

«Offenbar ein unlösbares Problem.»

«Ja, unlösbar. Das habe ich Ihnen ja schon vorhin gesagt. Es sind eben zu viele, zu viele. Mehr als einer,

der nicht im selben Käse sitzt, sich auch nur vorstellen kann. Aber entschuldigen Sie, welches Interesse haben Sie eigentlich daran, dieses Problem zu lösen?»
«Neugierde, reine Neugierde. Durch eine zufällige Reisebekanntschaft hörte ich von jemandem in dieser Gegend, der, sagen wir, durch unsaubere Geschäfte reich geworden ist.» Seit Laurana sich um das Verbrechen kümmerte, fiel es ihm nicht schwer zu lügen. Und das beunruhigte ihn ein wenig, als hätte er eine stille Neigung bei sich entdeckt.
«Na dann...» Der Pfarrer wischte das kleine Problem mit einer Handbewegung weg.
«Es tut mir leid, daß ich Ihnen die Zeit gestohlen habe», sagte Laurana.
«Ich las gerade Casanova, den Urtext seiner Memoiren. Auf französisch», fügte er mit einem Anflug von Genugtuung hinzu.
«Diesen Text kenne ich nicht», sagte Laurana.
«Er unterscheidet sich nicht sehr von der bekannten Fassung, vielleicht ist er ein bißchen weniger blumig... Und ich dachte gerade darüber nach, wenn man diese Memoiren als eine Art Handbuch der Erotik betrachtet, so ist das Interessanteste daran die Behauptung, zwei oder drei Frauen auf einmal zu verführen sei leichter, als eine Frau allein zu verführen.»
«Wahrhaftig?» fragte der Lehrer erstaunt.
«Das versichere ich Ihnen», antwortete der Pfarrer und legte die Hand auf die Brust.

XI

Laurana konnte sich genau erinnern: Roscio und Rosello hatten sich bis zum Abend vor dem Verbrechen gegrüßt und miteinander gesprochen. Zwar hatte zwischen ihnen weder der familiäre Ton von Verwandten noch die Herzlichkeit von Freunden geherrscht. Aber Roscio hielt von jedermann Abstand, auch vom Apotheker Manno, mit dem er doch ständig zusammen auf die Jagd ging, und das konnte leicht wie Kälte oder Gleichgültigkeit wirken. Im Gespräch beschränkte er sich darauf zu antworten, und je größer eine Gesellschaft war, desto tiefer hüllte er sich in Schweigen. Nur einem früheren Mitschüler wie Laurana gegenüber wurde er, wenn sie beide allein waren, ein bißchen gesprächiger. Und es war anzunehmen, daß er es an den langen Jagdtagen mit dem Apotheker ebenso gehalten hatte.

An den Beziehungen zum Vetter seiner Frau schien sich auch in letzter Zeit nichts geändert zu haben, außerdem wäre bei Roscios lakonischem Wesen eine solche Veränderung auch schwer festzustellen gewesen. Jedenfalls sprachen sie miteinander, und diese Tatsache schloß den Verdacht aus, daß Roscio dabei war, seinem Verwandten eine Falle zu stellen. Es sei denn, man hätte ihm eine verborgene und abgefeimte Bosheit zugetraut, die in dieser Gegend nicht seltene Fähigkeit, seinen Groll gegen jemanden sorgfältig zu tarnen und gleichzeitig auf die gemeinste Weise zu einem vernichtenden Schlag gegen den Betreffenden auszuholen. Aber diese Möglichkeit wollte Laurana nicht einmal in Betracht ziehen.

An dem Punkt, den er jetzt erreicht hatte, blieb nichts übrig, als mit der Sache Schluß zu machen und nicht mehr daran zu denken. Sie war ein Zeitvertreib für die Ferien gewesen, und, bei Lichte besehen, sogar ein ziemlich unsinniger. Nun begann die Schule wieder und damit das lästige Hin und Her zwischen Dorf und Kreisstadt. Seine Mutter hing an dem Ort und an ihrem Haus und lehnte den Vorschlag, in die Kreisstadt zu ziehen, rundweg ab. Laurana betrachtete sich zwar einerseits als ein Opfer dieser Einstellung seiner Mutter, andererseits waren nach den Schulstunden die Rückkehr in den Ort und das Leben in dem alten großen Haus doch Annehmlichkeiten, auf die er nie verzichtet hätte.

Ausgesprochen unbequem aber waren die Abfahrtszeiten des Autobusses. Jeden Morgen um sieben aufbrechen müssen, eine halbe Stunde später in der Kreisstadt eintreffen, bis zum Schulbeginn länger als eine halbe Stunde umherlaufen, im Kaffeehaus oder im Lehrerzimmer sitzen und später darauf warten, daß es halb zwei wurde, um zwei zu Hause ankommen – das war ein Leben, das er von Jahr zu Jahr lästiger fand, wie denn die Last der Jahre, die verstrichen, überhaupt spürbarer wurde.

Von dem Rat, den alle (außer seiner Mutter) ihm immer wieder gaben, Autofahren zu lernen und sich einen Wagen zu kaufen, hatte er bei seinem Alter, seinem Nervenzustand und seiner Zerstreutheit (ganz zu schweigen von den Ängsten seiner Mutter) nie viel gehalten. Aber jetzt, bei der Aussicht auf ein ermüdendes Schuljahr und die täglichen Autobusfahrten, denen er sich nicht mehr so recht gewachsen fühlte, war er entschlossen, es zu versuchen. Wenn er im übrigen bei den ersten Fahrstunden nach Ansicht des Fahrlehrers eine zu geringe Reaktions- und Konzentrationsfähigkeit bewies, konnte er die Sache ja sofort wieder aufgeben und resigniert zu seinen alten, wenn auch mühseligen Gewohnheiten zurückkehren.

Dieser Entschluß von scheinbar so geringer Tragweite sollte indessen für sein Leben schicksalhafte Bedeutung erhalten. Noch war es ihm nicht wirklich gelungen, nicht mehr – und gar von heute auf morgen – an Roscios und des Apothekers problematischen Tod zu denken, da konfrontierte ihn, als er das für den Führerschein notwendige Leumundszeugnis beantragen wollte, eine Begegnung auf der Treppe des Gerichtsgebäudes plötzlich mit einer neuen Seite des Problems. Wieder war es ein Zufall, aber diesmal einer von todesträchtiger Schicksalhaftigkeit.

Er stieg also die Treppe im Gerichtsgebäude hinauf und überließ sich dabei mit einem gewissen Masochismus jenen Befürchtungen, die jeder Italiener hat, sobald er das Labyrinth eines öffentlichen und gar noch der Rechtsprechung dienendes Gebäude betritt. Und plötzlich sah er sich Rosello gegenüber, der in Begleitung zweier Personen die Treppe herunterkam. Einen von den beiden erkannte Laurana sofort: den Rechtsanwalt Abello, der bei seinen Anhängern und bei seiner Partei als ein Muster an Gelehrsamkeit und moralischer Festigkeit galt. Und von dieser Gelehrsamkeit hatte er überzeugende Beweise gegeben, in-

dem er behauptete, durch den heiligen Augustinus, den heiligen Thomas, den heiligen Ignatius und jeden Heiligen, der jemals zur Feder gegriffen hatte oder dessen Gedanken von einem Zeitgenossen gesammelt worden waren, sei der Marxismus längst gründlich überholt. Überholen war nämlich auf jedem Gebiet seine Stärke.
Rosello schien erfreut über die gute Gelegenheit, Laurana, der so kulturbeflissen war, mit dem Abgeordneten Abello, einem wahren Kulturpapst, bekannt zu machen. Er stellte die beiden einander vor, und der Abgeordnete reichte Laurana mit einem zerstreuten «Angenehm» die Hand, wurde aber aufmerksamer, als Rosello ihm sagte, Laurana, der Professor am humanistischen Gymnasium sei, befasse sich auch mit Literaturkritik.
«Mit Literaturkritik?» fragte der Abgeordnete mit der Miene eines Examinators. «Was haben Sie denn geschrieben?»
«Wenig – über Campana, Quasimodo...»
«Ach, über Quasimodo», sagte der Abgeordnete, sichtlich enttäuscht.
«Mögen Sie ihn nicht?»
«Ganz und gar nicht. Sizilien hat heute nur einen einzigen großen Dichter: Luciano De Mattia... Kennen Sie ihn?»
«Nein.»
«‹Lausche, Friedrich, meiner Stimme, die ein Möwenwind dir bringt...› Kennen Sie das nicht? Das ist ein Gedicht von De Mattia über Friedrich II. Besorgen Sie es sich und lesen Sie es.»
Um Laurana, der von der umfassenden Bildung des

Abgeordneten ganz erschlagen war, ein wenig aufzuhelfen, mischte sich jetzt mit einem Lächeln, das deutlich von der freundschaftlichen und hilfsbereiten Absicht dieser Einmischung sprach, Rosello ins Gespräch und fragte: «Was führt dich denn hierher? Kann ich etwas für dich tun?»
Laurana erklärte, daß und weshalb er ein Leumundszeugnis beantragen wolle, und währenddessen betrachtete er nicht ohne Neugierde den Mann, der mit Rosello und dem Abgeordneten zusammen gekommen und jetzt ein wenig zurückgeblieben war. Ein Stimmenwerber des Abgeordneten oder ein Klient Rosellos, offenbar ein Mann vom Lande. Was an ihm aber auffiel und Neugierde weckte, das war eine Brille mit leichtem Metallgestell, wie sie die Amerikaner von einem gewissen Alter an tragen, kurz, eine Trumanbrille, die in merkwürdigem Gegensatz zu dem breiten, harten, braungebrannten Gesicht stand. Und vielleicht weil das Gefühl, daß er Gegenstand einer wenn auch beiläufigen und unkonzentrierten Neugier war, den Mann verlegen machte, zog er ein Päckchen aus der Tasche und entnahm ihm eine Zigarre.
Wieder reichte ihm der Abgeordnete mit einem «Lieber Freund» die Hand, aber dieses Wort drückte jetzt eher Verachtung als Zerstreutheit aus, und während Laurana die Hand schüttelte, registrierte er, daß das Päckchen, das der Mann wieder in die Tasche steckte, gelb und rot war. Er verabschiedete sich von Rosello und winkte dem Mann, der ein wenig zurückgeblieben war, einen flüchtigen Gruß zu.
Als er zwanzig Minuten später das Gerichtsgebäude eilig verließ, weil er noch eine Unterrichtsstunde zu

geben hatte, kamen ihm vor einem Tabakladen die Zigarrenpackung und ihre Farben unversehens in den Sinn. In einer plötzlichen Anwandlung trat er ein und verlangte eine Packung «Branca». In den wenigen Sekunden, in denen die Hand des Zigarrenhändlers an dem Regal entlangglitt, ehe sie bei dem Fach mit den «Branca» anhielt, begann sein Herz schneller zu schlagen, und das Blut stieg ihm zu Kopf wie einem Spieler, der dem letzten, langsamen Ausrollen der Roulettekugel zuschaut. Und schon lag die Packung «Branca» auf dem Ladentisch: rot und gelb. Das Gefühl, gespielt und gewonnen zu haben, war so lebhaft, daß er dachte: Rouge et jaune. Dabei ahmte er im stillen den singenden Ton eines Croupiers nach, und vielleicht tat er es sogar laut, denn der Tabakhändler sah ihn einen Augenblick lang erstaunt an. Er zahlte und ging. Als er die Packung öffnete, zitterten ihm die Hände. Und während er eine Zigarre herausnahm und sie anzündete, verlängerte er unbewußt das Vergnügen, über das neue überraschende Element nachzudenken, das jetzt zu den ihm bereits bekannten hinzugekommen war, und ihm fiel ein, daß es auf der Roulettescheibe kein Gelb gibt. Er sah die Spiegelsäle von Monte Carlo, wo er einmal gewesen war, wieder vor sich und blickte in die besessenen Gesichter von Iwan Mosjukin und Mattia Pascal.

Als er in die Schule kam, stand der Direktor schon im Gang vor der Klasse, um die Schüler, die zu lärmen begonnen hatten, zu beaufsichtigen. «Herr Kollege, Herr Kollege», tadelte er ihn mild.

«Bitte, entschuldigen Sie», sagte Laurana und betrat mit der brennenden Zigarre in der Hand das Klassenzimmer. Er war befriedigt, verwirrt, bestürzt. Seine Schüler begrüßten mit lautem Geschrei die Neuerung, die die Zigarre darstellte.

XII

Auf Grund dessen, was er wußte, konnte der Mann, der »Branca«-Zigarren rauchte, ebensogut ein Mörder wie ein Universitätsprofessor aus Dallas sein, der gekommen war, um aus der von Gelehrsamkeit strotzenden Brust des Abgeordneten Abello Nahrung zu saugen. Nur sein Instinkt, der wie bei jedem Sizilianer durch lange Erfahrungen und Ängste geschärft war, witterte die drohende Gefahr wie ein Hund, der schon auf der Fährte des Stachelschweines, das er noch gar nicht zu Gesicht bekommen hat, spürt, daß dessen Stacheln ihn grausam verletzen können, und der darum jämmerlich winselt.
Als er noch am selben Abend Rosello von neuem traf, wurde seine Ahnung Gewißheit.
Noch ehe er ihn begrüßt hatte, fragte Rosello mit einem selbstgefälligen, stolzen Lächeln: «Nun, wie hat dir der Abgeordnete gefallen?»
Laurana rang sich eine vieldeutige Antwort ab: «Er verdient die Bewunderung, die er genießt.»
«Es freut mich, daß du das findest, es freut mich wirklich. Ein geistsprühender Mann, ein wahres Genie... Du wirst sehen, früher oder später wird er Minister.»
«Des Innern», sagte Laurana, und es klang gegen seinen Willen ironisch.

«Warum des Innern?» fragte Rosello mißtrauisch.
«Was soll er denn sonst werden, vielleicht Minister für den Fremdenverkehr?»
«Natürlich müssen die in Rom ein Einsehen haben und ihm ein wichtiges Ministerium, eine Schlüsselposition geben.»
«Das werden sie schon tun», sagte Laurana.
«Wir wollen es hoffen, denn es ist wirklich schade, daß ein Mann wie er in einem so heiklen politischen, ja historischen Augenblick nicht richtig eingesetzt wird.»
«Aber wenn ich nicht irre, steht er doch ziemlich weit rechts. Und vielleicht ist es in einem Augenblick, in dem man mehr nach links tendiert...»
«Rechts heißt bei dem Abgeordneten, daß er weiter links steht als die Chinesen, wenn du es genau wissen willst. Was bedeutet schon rechts und links? Für ihn sind diese Unterscheidungen sinnlos.»
«Das freut mich», sagte Laurana. Und dann fragte er wie zerstreut: «Wer war denn der Herr, der den Abgeordneten begleitete?»
«Einer aus Montalmo, ein ordentlicher Mann.» Aber plötzlich wurde Rosello frostig, seine Augen nahmen einen starren, eisigen Ausdruck an. «Warum willst du das wissen?»
«Aus schierer Neugierde... Er schien mir interessant.»
«Ja, der ist wirklich interessant», sagte Rosello im Ton kaum verhüllter Drohung und Herausforderung. Laurana fühlte, daß ein Schauer des Erschreckens ihn überlief, und er versuchte, das Gespräch wieder auf den Abgeordneten zu bringen. «Ist denn der Abgeord-

nete Abello ganz und gar mit der jetzigen Linie eurer Partei einverstanden?»
«Warum denn nicht? Wir haben es zwanzig Jahre lang mit der Rechten versucht, jetzt ist es an der Zeit, es einmal mit der Linken zu versuchen. Ändern wird sich sowieso nichts.»
«Und die Chinesen?»
«Die Chinesen?»
«Ich meine, wenn der Abgeordnete weiter links steht als die Chinesen...»
«Ihr Kommunisten seid doch immer die gleichen. Aus einer Bemerkung dreht ihr einem Mann einen Strick und hängt ihn daran auf. Das war doch nur so dahingesagt, daß er links von den Chinesen steht. Aber wenn es dir Spaß macht, kann ich auch sagen, daß er rechts von Franco steht. Er ist ein außergewöhnlicher Mensch, der so großartige Ideen hat, daß ihm solche Lächerlichkeiten wie rechts und links, das habe ich dir doch schon gesagt, sinnlos scheinen... Aber entschuldige mich, wir sprechen ein andermal darüber. Ich muß nach Hause, ich habe zu tun.» Und ohne zu grüßen, ging er mit ziemlich mürrischer Miene davon.
Eine halbe Stunde später kehrte er völlig verwandelt zurück: aufgeräumt, fröhlich und guter Dinge. Aber Laurana spürte die Spannung und die Unruhe, ja vielleicht die Angst, die ihn veranlaßten, wie ein Nachtfalter (so dachte Laurana) um das Licht zu kreisen. Und dieses Bild aus «Schuld und Sühne» geriet, wie das sein literarisches Handwerk so mit sich brachte, in Anmerkungen zu Gozzano und zu Montale.
Rosello versuchte, das Gespräch wieder auf den tüchtigen Mann aus Montalmo zu bringen, nach dem Laura-

na ihn gefragt hatte. Denn der war, wenn man es recht bedachte, vielleicht gar nicht aus Montalmo, möglicherweise wohnte er in der Kreisstadt, und er hatte nur gesagt, er sei aus Montalmo, weil er ihm einmal, das eine Mal von den beiden, die er ihn überhaupt gesehen hatte, in Montalmo begegnet war. So verbrannte sich Rosello schließlich die Flügel an Lauranas Verdacht. Und er konnte einem beinahe leid tun.
Am Nachmittag des nächsten Tages fuhr Laurana mit dem Autobus nach Montalmo. Dort lebte ein Studienfreund von ihm, der ihn schon mehrmals aufgefordert hatte, ihn doch zu besuchen und sich Ausgrabungsfunde anzuschauen, die kürzlich ans Tageslicht gekommen waren, sehr interessante Dinge aus dem antiken Sizilien.
Montalmo war ein hübscher Ort, freundlich, schön angelegt, mit geraden Straßen, die strahlenförmig von einem noch völlig barocken Platz ausgingen. Sein Freund wohnte in einem Palazzo an diesem Platz, einem großen Palazzo, dessen Sandsteinfassade leuchtete, als sei sie geronnener Sonnenschein, dessen Inneres aber um so düsterer war.
Der Freund war nicht zu Hause. Er hielt sich gerade an den Fundstellen auf, über die er die ehrenamtliche Aufsicht führte. Die alte Dienstmagd sagte ihm das durch den schmalen Türspalt, den sie offensichtlich so rasch wie möglich wieder schließen wollte.
Aus dem Innern des Hauses, das mit seinen geöffneten Türen wie eine Theaterdekoration wirkte, erscholl indessen eine gebieterische Stimme: «Wer ist da?»
Die Magd ließ die Tür angelehnt, wandte sich um und rief: «Nichts, jemand, der nach dem Professor fragt.»

«Dann laß ihn doch herein», befahl die Stimme.
«Aber er fragt nach dem Professor, und der Professor ist nicht zu Hause», beharrte die Magd.
«Laß ihn herein, sage ich dir.»
«Du lieber Himmel», stöhnte die Dienstmagd, als solle es eine Katastrophe geben, öffnete die Tür ganz und ließ Laurana eintreten.
Aus der Theaterdekoration mit den offenen Türen kam ein gebeugter alter Mann auf ihn zu, der ein grellfarbiges Plaid um die Schultern trug.
«Sie wollen zu meinem Bruder?»
«Ja, wir sind alte Freunde, Studienfreunde. Er hat mich mehrmals aufgefordert, herzukommen und mir die Ausgrabungen und das neue Museum anzuschauen. Und heute...»
«Treten Sie bitte ein, er wird bald zurückkommen.» Der Alte wandte sich ab, um den Gast vorbeizulassen, und in diesem Augenblick gab die Dienstmagd Laurana ein Zeichen: Mit der rechten Hand machte sie vor der Stirn eine spiralenförmige Bewegung. Die unmißverständliche Bedeutung dieser Geste ließ Laurana innehalten. Aber ohne sich ihm zuzuwenden, sagte der Mann: «Concetta macht Sie jetzt darauf aufmerksam, daß ich verrückt bin.» Überrascht, aber auch erleichtert, folgte Laurana ihm. Am Ende der Zimmerflucht, in einem Arbeitsraum voll Bücher, Statuen und Amphoren, setzte sich der Mann hinter einen Schreibtisch und forderte Laurana durch einen Wink auf, ihm gegenüber an der anderen Seite des Schreibtisches Platz zu nehmen. Er schob einen Bücherstapel, der wie eine Barrikade zwischen ihnen stand, weg und sagte: «Concetta hält mich für verrückt, und, ehrlich gesagt, nicht nur sie.»

Laurana deutete mit einer Handbewegung seinen Zweifel und seinen Einspruch an.

«Zum Unglück bin ich es in gewisser Hinsicht auch wirklich. Ich weiß nicht, ob mein Bruder Ihnen manchmal von mir erzählt hat. Vielleicht hat er wenigstens erwähnt, daß ich ihn, wie er behauptet, während seines Universitätsstudiums zu knapp gehalten habe. Ich bin Benito, sein älterer Bruder. Mein Name bezieht sich natürlich nicht auf den, an den Sie jetzt denken, wir waren ja beide fast gleich alt... Nach der Einigung Italiens hegte meine Familie republikanische und revolutionäre Gefühle, und ich heiße Benito, weil ein Onkel, er in meinem Geburtsjahr starb, seinerseits in dem Jahr geboren wurde, in dem Benito Juárez Kaiser Maximilian erschießen ließ. Der Tod eines Kaisers war offenbar für meinen Onkel ein nie versiegender Quell der Freude. Das hinderte ihn freilich nicht, bei den Namen die bonapartistische Tradition seiner Familie fortzusetzen. Seit der Revolution von 1820 gab es in unserer Familie keinen Mann, der nicht mit zweitem oder drittem Namen Napoleon, und keine Frau, die nicht Letizia hieß. Tatsächlich heißt mein Bruder Girolamo Napoleone, meine Schwester Letizia, und bei mir verbergen sich hinter Benito Juárez die Namen Giuseppe Napoleone. Dabei kann sich Giuseppe ebensogut auf Mazzini beziehen... Man sollte ja, wenn immer möglich, gleichzeitig zwei Eisen im Feuer haben. In der faschistischen Zeit machte es einigen Eindruck, daß einer Benito hieß und genauso alt war wie der, in dessen Obhut, wie man damals sagte, die Geschicke des Vaterlandes waren, und die Leute waren dermaßen an Mythen gewöhnt, daß sie sich vielleicht einbildeten,

die beiden Namensvettern seien, schon als sie den ersten Zahn bekamen, gemeinsam aufgebrochen, um nach Rom zu marschieren... Sind Sie Faschist?»
«Nein, ganz und gar nicht.»
«Bitte, nehmen Sie mir die Frage nicht übel, aber ein bißchen sind wir doch alle Faschisten.»
«Tatsächlich?» fragte Laurana belustigt und verärgert.
«Aber gewiß... Und ich gebe Ihnen gleich ein Beispiel dafür. Ich habe erst vor kurzem eine schwere Enttäuschung erlebt: Peppino Testaquadra, mein alter Freund, der die besten Jahre seines Lebens von 1927 bis 1943 im Kerker und in der Verbannung verbracht hat und der einem an die Gurgel spränge oder einen auslachte, wenn man ihn einen Faschisten nennen wollte, ist auch einer.»
«Ein Faschist, sagen Sie? Testaquadra ein Faschist?»
«Kennen Sie ihn?»
«Ich habe ihn reden hören und lese seine Artikel.»
«Und natürlich schließen Sie aus seiner Vergangenheit und aus dem, was er sagt und schreibt, daß man schon sehr bösartig oder verrückt sein muß... Nun ja, verrückt vielleicht, wenn wir die Verrücktheit als eine Art Freihafen der Wahrheit betrachten wollen. Aber bösartig auf keinen Fall... Er ist einer meiner ältesten Freunde, aber ein Faschist, daran ist nichts zu ändern. Er hat sich sein vielleicht gar nicht mal bequemes Plätzchen an der Macht gesichert, und von diesem Plätzchen aus fängt er nun an, das Staatsinteresse von dem des Bürgers, das Recht seiner Wähler von dem seiner Gegner und Opportunität von Gerechtigkeit zu unterscheiden. Meinen Sie nicht, daß man ihn wirklich einmal fragen sollte, warum er eigentlich Kerker und

Verbannung auf sich genommen hat? Und meinen Sie nicht, daß wir so boshaft sein dürfen zu denken, daß er damals auf dem falschen Weg gewesen ist und daß er, wenn Mussolini ihn gerufen hätte...»
«Das ist wirklich boshaft», betonte Laurana.
«Daran können Sie die Enttäuschung und den Kummer ermesssen, die mir Peppino nicht nur als Freund, sondern auch als seinem Wähler bereitet hat.»
«Sie wählen Testaquadras Partei?»
«Nicht seine Partei... Das heißt, natürlich doch seine Partei, aber erst in zweiter Linie. Wie alle hier. Es gibt Leute, die bindet eine Unterstützung, eine Schüssel Spaghetti, ein Waffenschein oder ein Paß an einen Politiker; und andere, wie mich, binden persönliche Hochachtung, Freundschaft und Respekt. Und denken Sie nur daran, welch großes Opfer es für mich bedeutet, das Haus zu verlassen.»
«Gehen Sie nie aus?»
«Nein, seit vielen Jahren nicht. Zu einer bestimmten Zeit in meinem Leben habe ich eine genaue Berechnung angestellt: Wenn ich mein Haus verlasse, um mit einem einzigen intelligenten, anständigen Menschen zusammenzukommen, dann riskiere ich, durchschnittlich zwölf Dieben und sieben Schwachköpfen zu begegnen, die nur darauf warten, mir ihre Meinung über die Menschheit, die Regierung, die Stadtverwaltung und Moravia mitzuteilen. Finden Sie, daß das die Mühe lohnt?»
«Nein, gewiß nicht.»
«Und dann fühle ich mich zu Hause außerordentlich wohl, besonders in diesem Zimmer.» Er zeigte auf die Bücher ringsum.

«Eine schöne Bibliothek», sagte Laurana.
«Nicht daß ich nicht auch hier Dieben und Schwachköpfen begegnete... Ich spreche jetzt, wohlgemerkt, von Schriftstellern, und nicht von Besuchern. Aber die werde ich leicht los, ich brauche sie nur dem Buchhändler zurückzugeben oder dem ersten besten Idioten zu schenken, der mich hier aufsucht.»
«Es gelingt Ihnen also, auch wenn Sie zu Hause bleiben, nicht völlig, den Idioten aus dem Weg zu gehen.»
«Nein, das nicht, aber hier drinnen ist es doch etwas anderes, hier fühle ich mich sicherer und habe größeren Abstand. Ja, es ist ähnlich wie im Theater, und das macht mir sogar Spaß. Von hier aus gesehen, kommt mir überhaupt alles, was im Ort geschieht, Hochzeiten, Beerdigungen, Streitigkeiten, Abreisen und Ankünfte, wie Theater vor. Denn ich weiß alles, ich höre alles, ich erfahre alles, und zwar vervielfältigt und von unzähligen Echos verstärkt.»
«Ich habe jemanden aus Montalmo kennengelernt», unterbrach in Laurana, «an dessen Namen ich mich nicht erinnern kann: groß, mit breitem, dunklem Gesicht; er trägt eine Brille, wie die Amerikaner sie haben. Eine Art Kurfürst für den Abgeordneten Abello...»
«Sie sind Lehrer?»
«Ja», antwortete Laurana, und Don Benitos plötzliches, eisiges Mißtrauen ließ ihn erröten, als verbärge er sich hinter einem falschen Namen.
«Und wo haben Sie den Mann aus Montalmo kennengelernt, dessen Namen Sie vergessen haben?»
«Vor ein paar Tagen auf der Treppe im Gericht.»
«War er zwischen zwei Carabinieri?»

«Aber nein, er war in Begleitung des Abgeordneten Abello und eines meiner Bekannten, eines Rechtsanwalts.»
«Und von mir wollen Sie wissen, wie er heißt?»
«Nicht daß ich das unbedingt wissen möchte...»
«Wollen Sie seinen Namen wissen, ja oder nein?»
«Ja.»
«Und warum?»
«Aus reiner Neugierde. Der Mann hat eben Eindruck auf mich gemacht.»
«Der ist auch nicht ohne», sagte Don Benito und lachte.
Er lachte, bis er nicht mehr konnte, bis ihm die Tränen kamen. Dann beruhigte er sich und trocknete sich die Augen mit einem großen roten Taschentuch. Der ist verrückt, dachte Laurana, der ist wirklich verrückt.
«Wissen Sie, warum ich lache?» fragte Don Benito. «Ich lache über mich selbst und über meine Angst. Denn ich muß gestehen, daß ich Angst hatte. Ich, der ich mich für einen freien Mann in einem Ort halte, der nicht frei ist, habe einen Augenblick lang wieder die alte Angst gespürt, zwischen den Verbrecher und seinen Verfolger zu geraten. Aber selbst wenn Sie von der Polizei sein sollten...»
«Das bin ich nicht. Ich habe Ihnen doch schon gesagt, ich bin Lehrer, ein Kollege Ihres Bruders.»
«Was veranlaßt Sie dann, Raganà aufzustöbern?» Wieder lachte er, dann erklärte er: «Ich frage aus Vorsicht, nicht aus Angst. Aber meine Antwort haben Sie ja schon.»
«Der Mann heißt Raganà und ist ein Verbrecher.»

«Genau das, einer von den nicht vorbestraften, angesehenen, unantastbaren Verbrechern.»
«Glauben Sie, daß er auch heute noch unantastbar ist?»
«Das weiß ich nicht. Wahrscheinlich wird auch er eines Tages verhaftet. Italien ist ja ein glückliches Land: Wenn man beginnt, unsere sizilianische Mafia zu bekämpfen, dann bedeutet das nur, daß es längst eine mächtigere Mafia gibt. So etwas habe ich schon vor vierzig Jahren erlebt. Und wenn sich etwas in der Geschichte, im Großen oder im Kleinen, wiederholt, dann wird es eine Farce, mag es ursprünglich auch eine Tragödie gewesen sein. Beunruhigend finde ich das dennoch.»
«Aber was hat das mit meinem Problem zu tun?» unterbrach ihn Laurana. «Vor vierzig Jahren, darin stimme ich sogar mit Ihnen überein, hat eine große Mafia versucht, eine kleine plattzuwalzen. Aber heute, ich bitte Sie... Meinen Sie etwa, daß es heute genauso ist?»
«Nicht genauso... Aber ich will Ihnen eine Geschichte erzählen, deren Inhalt Ihnen sicherlich bekannt ist. Ein großes Unternehmen beschließt, oberhalb eines dichtbevölkerten Gebietes einen Staudamm zu bauen. Etwa ein Dutzend Abgeordnete, die sich auf das Gutachten von Sachverständigen stützen, verlangen, daß der Damm nicht gebaut wird, weil er für das talwärts liegende Gebiet eine Gefahr bedeute. Die Regierung läßt den Damm trotzdem bauen, später, als er fertig ist und benutzt wird, machen sich die ersten Anzeichen einer drohenden Gefahr bemerkbar. Nichts geschieht. Nichts, bis die Katastrophe eintritt, die eini-

ge Leute vorausgesehen haben. Ergebnis: zweitausend Tote. Zweitausend, das sind mehr, als sämtliche Leute wie Raganà in zehn Jahren umbringen können. Und ich wüßte Ihnen ein Reihe anderer Geschichten zu erzählen, die Sie aber ohnehin kennen.»
«Dieser Vergleich hinkt doch. Außerdem meine ich, daß Ihre Geschichten etwas Apologetisches haben. Sie ziehen Angst und Schrecken nicht in Betracht.»
«Glauben Sie, daß die Einwohner von Longarone beim Anblick des Staudamms keine Angst hatten?»
«Das ist doch nicht dasselbe. Ja, ich gebe zu, das war eine schlimme Sache...»
«Die man ebensowenig bestraft wie die schönsten und typischsten Verbrechen, die hier begangen werden.»
«Aber wenn es endlich gelingt, diesen Raganà und alle seinesgleichen, die wir kennen, trotz der Protektion, die sie genießen, dingfest zu machen, dann sind wir meiner Meinung nach einen guten, einen bedeutenden Schritt vorangekommen.»
«Glauben Sie das wirklich? Bei der jetzigen Lage der Dinge?»
«Bei welcher Lage?»
«Eine halbe Million Auswanderer, fast die ganze erwerbsfähige Bevölkerung; eine völlig vernachlässigte Landwirtschaft; Schwefelgruben, die bereits stillgelegt sind, und Salzbergwerke, die demnächst stillgelegt werden; die Sache mit dem Erdöl, die ein Witz ist; Regionalbehörden von erschreckender Verantwortungslosigkeit; eine Regierung, die uns im eigenen Saft schmoren läßt. Wir gehen unter, mein Freund, wir gehen unter... Sizilien, dieses Korsarenschiff, buntbeflaggt in Guttusos Farben, mit seinem hübschen Leo-

parden als Galionsfigur, mit seinen Mafiabossen, denen die Regierung das Opferbringen überläßt, mit seinen engagierten Schriftstellern, seinen Malavoglia, seinen Percolla, mit seinen verstiegenen Denkern und seinen Narren, mit seinen Mittags- und Nachtgespenstern, mit seinen Orangen, seinem Schwefel und seinen Leichen an Bord, dieses Schiff sinkt, lieber Freund, es sinkt! Und während uns beiden das Wasser bereits bis an die Knie reicht, beschäftigen wir uns, ich als Narr und Sie vielleicht sogar ernsthaft, mit Raganà und wollen wissen, ob er hinter seinem Abgeordneten ins Meer gesprungen oder zusammen mit den Todgeweihten an Bord geblieben ist.»
«Das sehe ich aber ganz anders», entgegnete Laurana.
«Ich im Grunde auch», sagte Don Benito.

XIII

«Welches Tier hält den becco* unter der Erde?» fragte Arturo Pecorilla schon auf der Schwelle.
Fast jeden Abend hielt der junge Pecorilla seinen Einzug im Klub mit einem Feuerwerk von Witzen, Wortspielen und Kalauern, die er frisch-fröhlich aus Zeitungen, Almanachen und den von ihm besuchten Varietévorstellungen in der Kreisstadt übernahm. Wenn allerdings sein Vater zugegen war, dann vollzogen sich seine Auftritte etwas zurückhaltender und gedämpfter. Denn der Notar Pecorilla sah zwar ein,

*Schnabel, Hahnrei.

daß jemand, der einem Nervenzusammenbruch nahe war (was sein Sohn von sich behauptete, um zu erklären, warum er die Universität schwänzte), heiterer Gesellschaft bedurfte, aber er mißbilligte es, wenn diese Heiterkeit von dem Betreffenden selbst ausging. Diese Meinung wurde zwar von den Ärzten nicht geteilt, aber der Notar hielt unerschütterlich daran fest, und sein Sohn mußte sie notgedrungen respektieren.
An diesem Abend war der Notar nicht im Klub, deshalb schoß sein Sohn schon an der Tür seine Scherzfragen ab.
Jene, denen die Tierwelt am vertrautesten war, die Jäger also, tippten auf die Schnepfe und den Ameisenbär. Weniger gut Bewanderte versuchten es mit so ausgefallenen Tieren wie Kranichen, Störchen, Straußen und Kondoren.
Der junge Pecorilla ließ sie ein Weilchen raten, dann gab er triumphierend die Lösung zum besten: «Die Witwe.»
Dem Lachen, mit dem das aufgenommen wurde, folgten drei Reaktionen. Oberst Salvaggio fuhr aus seinem Sessel hoch und fragte in einem Ton, der einen bevorstehenden Wutausbruch verhieß: «Soll das auch für die Kriegerwitwen gelten?»
«Davor werde ich mich hüten», antwortete der junge Mann, und der Oberst ließ sich wieder in seinen Sessel sinken.
«In Ihrer Frage war eine sprachliche Unrichtigkeit», bemerkte der Buchhalter Piranio. «Sie haben das Verb halten statt haben gebraucht, eine aus dem Spanischen übernommene neapolitanische Sprachgewohnheit.»
«Da haben Sie recht», sagte Arturo Pecorilla, der nicht

diskutieren wollte, da er es eilig hatte, einen nagelneuen Witz zu erzählen.
Ganz abwegig, zerstreut und höchst unvorsichtig reagierte dagegen Don Luigi Corvaia. «Wer weiß», sagte er wie in Gedanken, «ob Doktor Roscios Witwe wieder heiraten wird?»
«Hat die denn auch ihren becco unter der Erde?» fragte der junge Pecorilla mit jenem Mangel an Takt, der ihn überhaupt auszeichnete.
«Du benimmst dich doch immer wie ein Elefant im Porzellanladen», brüllte Don Luigi ihn rot vor Wut an. Das Bewußtsein, etwas Ungehöriges gesagt zu haben, war der eigentliche Grund dieses Zorns, aber nun mußte der junge Pecorilla, dieser Taugenichts, diesen Fehler auch noch so deutlich unterstreichen, daß alle aufmerksam wurden. Über so delikate und gefährliche Dinge riß der Witze.
«Ich habe das, was ich gesagt habe», erklärte Don Luigi und zwang sich dabei zur Ruhe, «ganz unbewußt gesagt. Ich hörte das Wort Witwe, und da kam mir dieser Gedanke. Aber du, der du weder vor den Lebenden noch vor den Toten Respekt hast...»
«Ich habe doch nur einen Scherz gemacht», entschuldigte sich der junge Mann. «Hat etwa jemand nicht verstanden, daß es ein Scherz war? Ich hätte mir doch nie erlaubt...»
«Es gibt Dinge, über die scherzt man nicht. Wenn ich mich hier im Freundeskreis frage, was einmal aus der Witwe unseres armen Freundes Roscio werden soll, dann kannst du versichert sein, daß das in der respektvollsten Weise geschieht. Im übrigen ist die Tugend dieser Dame hier ja jedermann bekannt.»

«Aber gewiß. Selbstverständlich», wurde ihm im Chor geantwortet, und Don Luigi fuhr fort: «Aber Frau Luisa ist noch so jung und, sprechen wir es ruhig offen aus, so schön, daß einen – so meine ich zumindest – der Gedanke schmerzlich berührt, sie könnte für immer in Kummer und Leid versinken.»
«Ach ja», seufzte Oberst Salvaggio, «ein Prachtweib.»
«Aber Sie sind doch längst...» wandte sich Arturo Pecorilla an ihn, dem es bereits leid tat, daß er auf die Frage nach den Kriegerwitwen nicht eingegangen war. Nun wollte er zum Ausgleich den Oberst mit Anspielungen auf dessen Manneskraft zu einem Wutausbruch reizen.
«Längst was?» fragte der Oberst und setzte in seinem Sessel wie ein Panther zum Sprung an.
«Längst...» wiederholte der junge Mann im Ton und mit einer Geste tiefen Bedauerns.
Der Oberst sprang auf. «Ich, lassen Sie sich das gesagt sein, muß noch in meinem Alter trotz meiner zweiundsiebzig Jahre wenigstens einmal täglich...»
«Aber Herr Oberst, Sie sind ja nicht wiederzuerkennen», ermahnte ihn der Buchhalter Piranio streng. «Denken Sie doch an Ihren Ruf und an Ihren Dienstgrad.»
Piranio war nämlich wirklich überzeugt, daß zu einem Oberst Anstand und Würde gehören, darum taten seine Ermahnungen ihre unmittelbare, tiefe Wirkung.
«Sie haben recht», sagte der Oberst, «Sie haben recht. Aber wenn ich auf so unfeine Weise provoziert werde...»
«Hören Sie doch nicht hin», unterbrach ihn Piranio.
Dieser Auftritt wiederholte sich täglich; und wer die

Wutausbrüche des Obersten voll genießen wollte, mußte sich die Abwesenheit Piranios zunutze machen.
Sobald der Oberst wieder in seinem Sessel saß, kam Piranio noch einmal auf die Witwe Roscio zu sprechen.
«Jung und schön, das stimmt. Aber man muß doch auch daran denken, daß sie ein Kind hat, und vielleicht will sie sich ganz diesem Kind widmen.»
«Was heißt das: sich ganz diesem Kind widmen?» mischte sich der Postmeister ein. «Wenn Geld da ist, verehrter Freund, dann gibt es keine derartigen Probleme. Das kleine Mädchen ist mit dem, was sein Vater ihm hinterlassen hat, ausreichend versorgt. Man braucht es nur in ein gutes Internat zu stecken, und schon ist das Problem, daß man sich ihm widmen muß, gelöst.»
«Richtig», bestätigte Don Luigi.
«Aber man muß auch die andere Seite der Angelegenheit sehen», meinte Piranio jetzt, «eine Witwe mit Kind zu heiraten, selbst wenn sie wirtschaftlich gut gestellt ist, das überlegt man sich zweimal.»
«Wirklich? Ist hier jemand, abgesehen von Ihnen, der sich das zweimal überlegen würde? Bei einer solchen Frau? Hals über Kopf würde man das doch tun, ohne auch nur ein halbes Mal zu überlegen», sagte Commendatore Zerillo.
«Donnerwetter», brummte der Oberst.
Von diesem Augenblick an nahm der Respekt vor der Witwe Roscio rapide ab. Der Respekt vor ihrem Körper selbstverständlich, nicht der vor ihrer Tugend. Denn ihre Tugend blieb auf Grund einer vorgefaßten Meinung einzigartig und unantastbar, während ihr nackter Körper und bestimmte Teile desselben ständig

beredet wurden und schließlich Perspektiven annahmen, wie sie der Fotograf Brandt auf so bestürzende Weise zu entfalten versteht. Dieser Mangel an Respekt ging so weit, daß der Oberst sich wie ein Säugling an ihre Brust klammerte und es Piranios ganzer Autorität und des Hinweises auf glorreiche historische Ereignisse bedurfte, um ihn wieder davon loszureißen.
Laurana sagte kein Wort. Fast immer hörte er im Klub belustigt dem endlosen Gerede über die Frauen zu. So ein Abend war für ihn wie die Lektüre eines Buches von Pirandello oder von Brancati, je nach den Themen und der Stimmung der Unterhaltung; häufiger war es freilich, ehrlich gesagt, wie bei Brancati. Deshalb besuchte Laurana den Klub regelmäßig, er war für ihn etwas wie ein täglicher kleiner Urlaub.
Das Gerede über Frau Roscio verwirrte ihn und rief widerstreitende Gefühle in ihm wach. Er war empört und zugleich fasziniert. Mehrmals wollte er fortgehen oder seiner Entrüstung Ausdruck verleihen. Doch das Ungehörige und Bösartige dieses Geredes, mehr aber noch ein schmerzliches Gefühl, das der Eifersucht nicht unähnlich war, fesselten ihn und zwangen ihn zu bleiben.
Nach diesem erotischen Zwischenspiel kam man auf ein Thema, das Commendatore Zerillo das Kronprinzenthema nannte, das heißt, man sprach von den Junggesellen zwischen dreißig und vierzig, jenen gutaussehenden Akademikern mit tadellosem Charakter, die sich mit einiger Aussicht auf Erfolg um Bett und Vermögen der Witwe Roscio bewerben konnten. Und jemand nannte vielleicht mehr aus Höflichkeit als aus Überzeugung auch Lauranas Namen, und Laurana

errötete und verwahrte sich dagegen, als gälte es ein Kompliment abzuwehren.

Schließlich fand Don Luigi Corvaia eine Lösung des Problems.

«Was überlegt ihr denn so lange», sagte er. «Wenn Frau Luisa wirklich eines Tages wieder heiraten will, dann hat sie den richtigen Mann dafür doch in der eigenen Familie.»

«Und wer soll das sein?» fragte der Oberst so drohend, als wollte er im nächsten Augenblick einen Blitz auf den Auserwählten schleudern.

«Wer soll es schon sein? Ihr Vetter, unser Freund Rosello.» Gerade wenn Don Luigi am bösartigsten war, vergaß er nie, die Opfer seiner Freundschaft zu versichern.

«Was, diese Kirchenmaus?» fragte der Oberst und spuckte mit gewohnter Zielsicherheit aus drei Meter Entfernung in den weißen Emailnapf.

«Ja, genau der.» Don Luigi lächelte und sonnte sich an der eigenen Weitsicht. «Genau der.»

Dieser Gedanke beunruhigte Laurana schon seit einigen Tagen. Während Don Luigi Corvaia jetzt nur aus Klatschsucht und Lust am bösen Gerede auf ihn gekommen war, sah Laurana darin das einzig mögliche Motiv für das Verbrechen. Nicht damit zu vereinbaren oder jedenfalls schwer zu deuten, dunkel und widersprüchlich blieb allerdings die Tatsache, daß Roscio mit Hilfe des kommunistischen Abgeordneten heimlich versucht hatte, Rosello einen vernichtenden Schlag zu versetzen. Es gab nämlich zwei Möglichkeiten: Entweder hatte Roscio seine Frau und ihren Vetter, wie es in polizeilichen Protokollen heißt, in fla-

granti ertappt, oder Roscio hatte nur einen – allerdings begründeten – Verdacht. Im ersten Fall hätte er sich recht sonderbar verhalten: Er hätte gesehen, wie die Dinge lagen, hätte dem Liebhaber seiner Frau kaltblütig seine Absicht mitgeteilt, ihn zu ruinieren, und ihm dann den Rücken gekehrt; und während er seine Rache vorbereitete, wären seine Beziehungen zu dem Mann, den er haßte, unverändert geblieben. Im zweiten Fall bedurfte hingegen die Tatsache noch einer Erklärung, wie Rosello erfahren hatte, daß Roscio etwas gegen ihn im Schilde führte. Gewiß, eine dritte Hypothese war denkbar: daß nämlich Frau Luise ohne ihre Schuld von dem Vetter umworben und bedrängt wurde, daß sie das ihrem Mann mitgeteilt oder er es selbst bemerkt hatte. Aber in diesem Fall wäre Roscio der Treue seiner Frau sicher gewesen und hätte sich darauf beschränkt, seine Beziehungen zu Rosello auf ein anderes Gleis zu bringen oder abzubrechen. Seine Toleranz und sein Verständnis für die menschlichen Leidenschaften hätten nicht so sehr umschlagen können, daß er sich für die keineswegs irreparable Beleidigung, die ja im Grunde erst versucht worden war, auf irreparable Weise rächen wollte.
Allerdings mußte man auch berücksichtigen, daß er zu dem Abgeordneten nur gegangen war, um dessen Empfänglichkeit für die Denunziation zu sondieren. Damals hatte er sich noch nicht zur Rache entschlossen, ja er hatte ausdrücklich gesagt, er müsse noch entscheiden, ober er ihm alles oder nichts sagen wolle, je nachdem... Je nachdem? Je nachdem, ob Rosello unter dem Druck dieser Drohung sein Verhalten änderte? Hatte er also seine Drohung offen ausgespro-

chen und seine Bedingungen gestellt? Dann mußte man auf die erste Hypothese zurückkommen, auf das eher sonderbare, an festländisches High life und Film erinnernde Benehmen eines betrogenen, aber in seine Frau verliebten Ehemannes, der fest entschlossen war, sie zu halten. Und obwohl Laurana ein von Leidenschaften, vor allem von den Leidenschaften der Selbst- und der Ehrsucht beherrschtes Leben scharf verurteilte, konnte er doch nicht übersehen, daß es dieser Hypothese an Respekt vor Roscios Andenken gebrach, und darum bemühte er sich sehr, Gegenargumente zu finden und von ihr loszukommen. Aber wie man die Sache auch drehte und wendete, alles blieb zweideutig und mißverständlich, auch wenn das Verhältnis von Ursache und Wirkung, die Beziehungen zwischen den Hauptpersonen und die Bedeutung der ihm bisher bekannten Tatsachen für den Hergang des Verbrechens noch nicht vollständig geklärt waren. Und in diese Zweideutigkeit und Mißverständlichkeit fühlte er sich moralisch und sinnlich einbezogen.

XIV

Wenn ein Prozeß auf Grund dreier mehr oder minder stichhaltiger Indizien und eines Motives, von dem fast anzunehmen war, daß es auf Verleumdung beruhte, mit einer Verurteilung geendet hätte, dann wäre das für Laurana eine Bestätigung seiner gefühlsmäßigen und philosophisch untermauerten Abneigung gegen die Justiz und das Prinzip gewesen, von dem sie sich herleitete. Aber die drei Indizien, die er erwog und zu ordnen versuchte, und das Motiv, das sich nur unklar abzeichnete, schienen ihm jetzt keinen Zweifel an Rosellos Schuld mehr zuzulassen.

Demnach hatte der Pfarrer von Sant' Anna recht, als er sagte, daß Rosello zwar ein Dummkopf sei, aber ein raffinierter. Und entsetzlich raffiniert hatte er, nach einem Schema, das in der Kriminalgeschichte nicht mehr ganz neu war, sein Verbrechen vorbereitet. Dabei hatte er aber nicht auf die Zeitung geachtet, aus der er die Wörter für die Todesdrohung ausgeschnitten hatte, weil für ihn der «Osservatore Romano», den er zu Hause und in den Kreisen, in denen er verkehrte, ständig herumliegen sah, eine Zeitung wie jede andere war. Und hier beging er seinen ersten Fehler. Der zweite war, so viel Zeit verstreichen zu lassen, daß Roscio sich umtun und mit anderen sprechen konnte. Aber dieser Fehler war vielleicht nicht zu vermeiden, denn man kann nicht von heute auf morgen ein Verbrechen ersinnen und seine Ausführung planen. Und drittens: Er ließ sich in Begleitung des Mörders sehen, während die «Branca»-Zigarre bei den Ermittlungen und in den Zeitungsberichten noch Leitmotiv war.

Natürlich ist es zweierlei, im stillen von der Schuld eines Menschen überzeugt zu sein oder einer solchen Überzeugung schwarz auf weiß durch eine Anzeige oder ein Urteil Ausdruck zu geben. Aber vielleicht, dachte Laurana, finden Polizei oder Gericht in der physischen Anwesenheit des Verdächtigen oder Angeklagten grundlegende Anhaltspunkte für ihre Überzeugung oder ihr Urteil, in seinem Verhalten, seinen Blicken, seinem Zögern, seinem Zusammenzucken und seinen Worten. Von all diesen Dingen erfährt man aus den Zeitungsberichten nur wenig. Und gerade sie waren es, die ihn von Rosellos Schuld überzeugten. Zwar gibt es bekanntlich Fälle, in denen Unschuldige sich wie Schuldige benehmen und dadurch ihr Verderben heraufbeschwören. Und Italiener verhalten sich unter dem Auge eines Polizisten, eines Zöllners oder eines Carabiniere fast stets wie Schuldige. Aber er, Laurana, hatte nichts mit dem Gesetz zu tun, er stand denen, die mit der Autorität des Gesetzes ausgestattet sind, ferner als Mars der Erde, ja, Polizisten und Richter kamen ihm wie Bewohner eines fremden Planeten vor, die nur dann und wann im menschlichen Schmerz und Wahnsinn Gestalt annahmen.

Seit dem Tag, an dem Laurana den Anwalt nach dem Mann gefragt hatte, der mit ihm die Treppe im Gerichtsgebäude heruntergekommen war, hatte Rosello den Kopf verloren. Er ging ihm möglichst aus dem Wege, und wenn es ihm nicht gelang, rechtzeitig um eine Ecke zu biegen oder zu tun, als sähe er ihn nicht, grüßte er ihn kaum. Dann wieder hängte er sich an ihn, bekundete ihm seine Sympathie, bot ihm seine Dienste an und wollte sich für ihn bei hohen Beamten, Staatssekretären und Ministern verwenden. Und wenn Laurana diese Sympathiekundgebungen verlegen und steif aufnahm und erklärte, er bedürfe keiner Empfehlungen bei den Gewaltigen der Schulverwaltung, dann wurde Rosello mißtrauisch und grob. Er dachte vielleicht, Laurana erwidere seine Freundschaftsbezeigungen nicht und wolle von den ihm angebotenen Diensten nicht Gebrauch machen, weil er – heute eine Seltenheit – als anständiger Mensch einen Verbrecher verachtete oder vielleicht sogar die Absicht hatte, dem Wachtmeister oder dem Kommissar seinen Verdacht mitzuteilen und ihn damit mehr oder weniger unmittelbar den Untersuchungsbehörden zur Kenntnis zu bringen. Solche Absichten lagen Laurana indessen völlig fern, ja es bedrückte und bekümmerte ihn geradezu, daß Rosello ihm dergleichen zutraute. Weniger aus Angst, die ihn gelegentlich bei dem Gedanken an das Ende des Doktors und des Apothekers beschlich und ihn – möglicherweise ganz mechanisch – zu Vorsichtsmaßnahmen veranlaßte, um nicht ebenso zu enden wie die beiden Jäger, als aus uneingestandener Selbstgefälligkeit wies er den Gedanken weit von sich, er trage dazu bei, die Schuldigen ihrer gerechten Strafe zuzuführen. Was er empfand, war eine rein menschliche, intellektuelle Neugierde, nicht zu verwechseln mit der Neugierde derer, denen Gesellschaft oder Staat ein Gehalt dafür zahlen, daß sie Gesetzesübertreter und Gesetzesbrecher aufspüren und der Rache des Gesetzes überantworten. Und diese uneingestandene Selbstgefälligkeit hatte etwas mit der jahrhundertelangen Schande zu tun, die ein geknechtetes und immer besiegtes Volk dem Gesetz und denen anlastete, die seine Werkzeuge waren, und mit der noch immer lebendigen Überzeugung, daß für den, der wirklich Wert auf Recht und Gerechtigkeit legt und sie nicht dem Schicksal oder Gott überlassen will, eine Jagdflinte das beste Mittel ist, sich dieses Recht und diese Gerechtigkeit zu verschaffen.

Zugleich aber waren ihm seine unfreiwillige Komplizenschaft und seine – wenn auch uneigentliche und distanzierte – Solidarität mit Rosello und dem Mörder

höchst unbehaglich. Trotz seiner moralischen Entrüstung und seinem Abscheu neigte er nämlich dazu, ihnen Straffreiheit zuzubilligen und jene Sicherheit wiederzuverschaffen, die sie in letzter Zeit auf Grund seiner Neugierde zweifellos eingebüßt hatten. Aber durfte die Rosello zugebilligte Straffreiheit so weit gehen, daß er den Platz des Opfers an der Seite jener Frau einnahm, die in Lauranas Herzen wie in einem Labyrinth aus Leidenschaft und Tod in schamloser Schönheit erstrahlte? Und hier wurden sogar Sinnlichkeit und Begehren zweideutig: Auf der einen Seite empfand er eine unbegründete, sinnlose Eifersucht, in die alle Versäumnisse, Schüchternheiten und Zurücksetzungen seines Lebens hineinspielten, auf der anderen Seite eine tiefe Erregung, etwas wie die Befriedigung einer voyeurhaften Lust. Aber alle diese Empfindungen waren sehr verschwommen; wie geblendet und im Fieberwahn, nahm sein Bewußtsein sie nur hin und wieder wahr.
Und darüber verging der ganze Oktober.
Anfang November, als Allerseelen und Siegesfest Laurana vier schulfreie Tage bescherten, entdeckte er nicht nur, daß die Unfähigkeit, zu Hause zu bleiben, die Wurzel allen Übels ist, sondern auch, daß sich zu Hause ungeahnte Arbeitsmöglichkeiten und die Entzückungen wiederholter Lektüre boten. Am Morgen des zweiten November begleitete er seine Mutter auf den Friedhof, und als sie sich an den Gräbern ihrer Toten überzeugt hatten, daß die von ihnen bestellten und bezahlten Blumen und Lichter auch tatsächlich dort waren, wollte seine Mutter wie jedes Jahr einen Rundgang über den Friedhof machen, um an den

Gräbern von Freunden und Verwandten ein Gebet zu sprechen. Als sie an die Familiengruft der Rosellos herantraten, sahen sie dort Frau Luisa, elegant verschleiert, betend auf einem Samtkissen vor der Marmorplatte knien, auf der der Name ihres Mannes stand, «den Seinen durch ein tragisches Schicksal entrissen»; in der Mitte war ein Emailbild angebracht, auf dem der arme Roscio zwanzig Jahre jünger aussah und ein zugleich entsetztes und schmerzliches Gesicht machte. Frau Luisa erhob sich und begrüßte die beiden. Sie erklärte, sie habe dieses Jugendbildnis ihres Mannes ausgesucht, weil er darauf genauso aussehe wie zu der Zeit, als sie einander kennengelernt hatten, und erläuterte dann den Stammbaum all der in der Kapellenwand eingemauerten Toten, und wie sie mit ihr, der Lebenden, verwandt und verschwägert seien. Mit ihr, der dieses Leben nichts mehr bedeute, wie sie hinzufügte. Sie seufzte und trocknete unsichtbare Tränen. Die alte Frau Laurana sprach ihr Gebet. Als sie sich verabschiedeten, kam es Laurana vor, als drückte ihm Frau Luisa besonders lange und absichtsvoll die Hand, während in ihren Augen ein flehender Blick aufblitzte. Er stellte sich vor, daß ihr Vetter und Liebhaber ihr alles erzählt hatte und daß sie ihm deshalb Schweigen anempfahl. Das verwirrte ihn, weil es bedeutete, daß sie mitschuldig war.

Schweigen brauchte man ihm indessen nicht eigens anzuempfehlen. Vielmehr entsprang sein Entschluß, jetzt abends immer zu Hause zu bleiben, dem Wunsch, zu vergessen und vergessen zu werden und so Rosello die Sicherheit und die Freiheit zurückzugeben, die ihm in letzter Zeit abhanden gekommen waren. Und nicht

nur ihm, sondern auch Frau Luisa, die ja schreckliche Angst haben mußte, wenn sie sich zu diesem makabren Eifer zwang und stundenlang am Grab ihres Mannes kniete und darauf wartete, daß ein zufälliger Besuch ihr aufzustehen erlaubte. Auf diese Bewegung lauerte, wie Laurana bemerkt hatte, eine Gruppe übler Burschen, denn ihr enges schwarzes Kleid, das bereits, während sie reglos kniete, um Sammlung und Gebet vorzustellen, die Nacktheit einer fülligen und hingebungsbereiten, von Delacroix gemalten Odaliske ahnen ließ, entblößte, wenn sie sich erhob, über dem straff sitzenden Strumpf zwangsläufig das Weiß eines Schenkels. Ein schreckliches Volk, dachte Laurana verächtlich und nicht ohne einen Funken Eifersucht und überlegte, daß es überall auf der Welt, wo ein Rocksaum ein paar Zentimeter über ein Knie hinaufrutschte, im Umkreis von dreißig Metern bestimmt auch einen – wenigstens einen – Sizilianer gab, der dieses Phänomen erspähte. Dabei ließ er ganz außer acht, daß auch er begierig wahrgenommen hatte, wie das weiße Fleisch zwischen all dem Schwarz aufblitzte, und daß er die Gruppe übler Burschen nur bemerkte, weil er derselben Rasse angehörte.
Auf seinen Arm gestützt, flüsterte ihm seine Mutter beim Weitergehen zu, die Witwe Roscio werde wohl nicht lange mit ihrer Wiederverheiratung warten.
«Warum denn?» fragte er.
«Weil das Leben halt so ist. Und so jung, so schön...»
«Hast du vielleicht wieder geheiratet?»
«Ich war schließlich nicht mehr ganz jung, und schön bin ich nie gewesen», sagte die Alte seufzend.
Das war Laurana unangenehm, beinahe widerlich.

Merkwürdig, dachte er, wie tierisch lebendig man sich bei so einem Spaziergang über den Friedhof fühlt. Vielleicht liegt es auch am Wetter. Denn der Tag war ausnehmend schön und warm, und von Wurzeln und Erdboden stieg modriger, aber angenehmer Geruch auf, mit dem sich auf dem Friedhof der Duft von wilder Minze, Rosmarin und Nelken und in der Nähe der reichsten Gräber von Rosen mischte.
«Und wen sollte sie deiner Meinung nach heiraten?» fragte er ein wenig gereizt.
«Natürlich ihren Vetter, den Rechtsanwalt Rosello», sagte die Alte, blieb stehen und sah ihn forschend an.
«Warum denn ausgerechnet den?»
«Sie sind doch zusammen im selben Haus aufgewachsen, sie kennen sich gut, und sie brächten durch ihre Ehe einen alten Besitz wieder zusammen.»
«Und das hältst du für ausreichende Gründe? Ich fände das eher unanständig, und zwar gerade, weil sie im selben Haus aufgewachsen sind.»
«Weißt du, was man sagt? Dreierlei sei gefährlich: Gevattern, Vettern und Schwäger. Die ärgsten Liebesgeschichten kommen meist zwischen Verwandten vor.»
«Hat es denn da eine Liebesgeschichte gegeben?»
«Wer weiß das schon? Jedenfalls hieß es früher, als sie noch jung und immer beisammen waren, sie seien ineinander verliebt. Kindereien, natürlich... Dem Dekan mißfiel das, und er sann auf Abhilfe. Ich kann mich nicht mehr genau erinnern, aber damals wurde darüber geredet.»
«Und warum sann er auf Abhilfe? Wenn sie verliebt waren, konnte er doch eine Ehe daraus werden lassen.»

«Du hast doch eben selbst gesagt, daß du das unanständig fändest, und genau dieser Meinung war der Dekan auch.»

«Unanständig fand ich es, weil du nicht von Liebe gesprochen, sondern als Gründe für eine mögliche Ehe die Tatsache genannt hast, daß sie zusammen im selben Haus aufgewachsen sind, und den Besitz... Aber wenn es sich um Liebe handelte, dann war das etwas anderes.»

«Für eine Vetternehe bedarf es einer kirchlichen Dispens, also liegt ein Schatten von Sünde darauf. Und glaubst du, der Dekan hätte es hinnehmen können, daß eine Liebe, die nicht ganz in Ordnung war, sich ausgerechnet in seinem Haus anbahnte? Das wäre eine Schande gewesen, und der Dekan ist ein sehr gewissenhafter Mann.»

«Und jetzt?»

«Was jetzt?»

«Wenn sie jetzt heiraten, ist es dann nicht dasselbe? Viele Leute werden doch ebenso wie du denken, daß sie sich schon geliebt haben, als sie im Hause des Dekans lebten.»

«Jetzt ist es nicht dasselbe, jetzt ist es beinahe ein Werk christlicher Nächstenliebe. Eine Witwe mit Kind heiraten und den Besitz wieder zusammenbringen...»

«Den Besitz wieder zusammenbringen – ein Werk christlicher Nächstenliebe?»

«Wieso denn nicht? Auch der Besitz bedarf der Liebe.»

Mein Gott, was für eine Religion, dachte Laurana. Im übrigen legte seine Mutter täglich Zeugnis ab für diese Religion des Besitzes, da sie nicht zuließ, daß altes Brot, die Reste von den Tellern und Obst, das schlecht

zu werden begann, weggeworfen wurden. «Das kann ich nicht mit ansehen», sagte sie und aß das harte Brot und die angefaulten Birnen. Und wegen dieser Liebe, die sie den Essensresten entgegenbrachte, als flehten sie um die Gnade, Fäkalien werden zu dürfen, bestand hin und wieder die Gefahr, daß es überhaupt nichts Eßbares mehr im Hause gab.
«Und wenn die beiden, die sich schon unter dem Dach des Dekans liebten, sich auch nach der Heirat der Frau weitergeliebt hätten? Und wenn sie dann beschlossen hätten, Roscio aus dem Wege zu räumen?»
«Das kann nicht sein», widersprach die Alte. «Der arme Doktor, das weiß man doch, ist wegen des Apothekers umgekommen.»
«Und wenn nun der Apotheker wegen des Doktors umgekommen wäre?»
«Das kann nicht sein», wiederholte die Alte.
«Na schön, das kann nicht sein. Aber nehmen wir es doch mal für einen Augenblick an. Würdest du das dann auch ein Werk der Nächstenliebe nennen?»
«Da hat man doch schon Schlimmeres erlebt», sagte die Alte, nicht im geringsten ärgerlich. Und in diesem Augenblick waren sie gerade am Grab des Apothekers Manno angelangt, der unter den Flügeln eines Engels auf seinem Emailmedaillon befriedigt über eine gute Jagd lächelte.

XV

Laurana verbrachte die vier freien Tage damit, seine Notizen für den Unterricht in italienischer Literatur und Geschichte zu ordnen und auf den neuesten Stand zu bringen. Er war ein leidenschaftlicher und gewissenhafter Lehrer, deshalb gelang es ihm, bei dieser Arbeit die Angelegenheit beinahe zu vergessen, in die er sich eingemischt hatte. Und wenn er einmal flüchtig daran dachte, dann sah er sie von sich abgelöst, in weiter Ferne, und in ihrer Technik, in ihrer Form und fast auch in ihrer Idee ein bißchen wie eine Geschichte von Graham Greene. Und so gerieten die Begegnung mit Frau Luisa auf dem Friedhof und die Gedanken, die diese Begegnung in ihm ausgelöst hatte, in einen literarischen Umkreis mit Akzenten schwärzester katholischer Romantik.

Aber als er das gewohnte Schulleben wiederaufnahm, das er nach vier freien Tagen um so drückender empfand, entdeckte er zu seiner Überraschung im Autobus nach der Kreisstadt die Witwe Roscio.

Sie saß in der ersten Reihe, die schwarzbestrumpften Beine unmittelbar an der offenen Tür. Der Platz neben ihr war frei. Als Laurana sie grüßte, wies sie mit schüchtern auffordernder Gebärde darauf. Er zögerte. Ein Gefühl der Scham, als werde, wenn er so in der ersten Reihe neben ihr sitze, für alle der Bruch zwischen dem, was er wußte, und seinen aus Verlangen und Abscheu gemischten Gefühlen sichtbar, ließ ihn einen Augenblick lang nach einer Ausrede suchen, um die Aufforderung ablehnen zu können. Er schaute in den hinteren Reihen nach einem Freund, mit dem er etwas besprechen könnte. Aber dort saßen nur Bauern und Schüler, und im übrigen waren alle Plätze schon besetzt. Er nahm also dankend an, und Frau Luisa sagte, es sei ein Glück, daß der Platz neben ihr bis jetzt frei geblieben sei, denn nun werde jemand neben ihr sitzen, mit dem sie sich unterhalten könne, und nur wenn sie sich unterhalte, werde ihr im Autobus nicht schlecht; im Personenauto und im Zug werde ihr nie übel. Dann redete sie vom Wetter, das so schön, vom Altweibersommer, der so sommerlich, von der Olivenernte, die so reich sei, und von dem Onkel Dekan, dem es gar nicht gut gehe... Zerstreut und flatterhaft wechselte sie fortwährend das Thema und redete so törichtes Zeug, daß ihm die Ohren davon dröhnten. Und Laurana hatte tatsächlich ein Gefühl, als rausche ihm das Blut in den Ohren, wie wenn man von Bergeshöhen plötzlich ins Tal kommt. Nicht daß er gerade aus solchen Höhen herabgestiegen wäre, er war nur noch verschlafen und schlecht gelaunt nach dem frühen Aufstehen und dem dünnen Kaffee, den seine Mutter ihm aufgebrüht hatte. Aber das Dröhnen in den Ohren kam wirklich vom Blut, das sich in ihrer Nähe erhitzte. Und je klarer ihm ihre Verworfenheit und ihre Schlechtigkeit wurden, je schärfer und unbarmherziger er sie verurteilte, um so mehr weckten die füllige Anmut ihres Körpers, ihr Gesicht mit den schmollenden und lockenden Lippen, ihr dichtes Haar und ihr Duft, der etwas von der Schwüle des Bettes und des Schlafes hatte, in ihm ein schmerzliches, ein physisch schmerzhaftes Verlangen.

Merkwürdig war die Tatsache, daß er ihr vor Roscios Tod häufig begegnet war und sich oft mit ihr unterhalten hatte. Eine schöne Frau, dagegen war nichts zu sagen. Aber eine, wie es viele gibt, besonders heute, da die Normen weiblicher Schönheit durch die Leitbilder des Films eine solche Vielfalt und Veränderlichkeit angenommen haben, daß Fülle und Zerbrechlichkeit, das Profil einer Arethusa so gut wie das eines Mopses zu ihrem Recht kommen. Jetzt fehlt nur noch der steinerne Gast, dachte er, denn besonders schön, besonders begehrenswert war sie ihm in Trauerkleidung unter dem vergrößerten Bild ihres Mannes in jenem Salon vorgekommen, wo die halbgeschlossenen Fensterläden, das brennende Licht und die verhangenen Spiegel die Anwesenheit des toten Roscio durch die lebendige Anwesenheit seiner Frau, durch die Jugend, die Fülle und das Selbstbewußtsein ihres Körpers mit düsterem Hohn umgaben. Und dann hatte die Entdeckung des Verbrechens, der Leidenschaft, des Betrugs und der eisigen Bosheit, mit der es geplant worden war, seine Erregung weiter geschürt und kompliziert. Er war der Inkarnation des Bösen in der finsteren und herrlichen Gestalt des Geschlechtlichen begegnet. Und in seinem Taumel erkannte Laurana die Überbleibsel einer lange zurückliegenden Erziehung zur Sünde, zum Festdrehen der Schraube (also wirklich zum «turn of the screw»), zum Entsetzen vor allem Geschlechtlichen, von denen er sich niemals frei gemacht hatte und die ihn um so heftiger bedrängten, je strenger die Übungen der Vernunft waren, denen sein Geist sich

unterwarf. Darum fühlte er sich vor allem neben ihr, wenn ihr Körper sich in scharfen Kurven an den seinen schmiegte, wie verdoppelt oder zweigeteilt, und das Märchen von Verdoppelungen oder Zweiteilungen, das ihn in der Literatur immer so beeindruckt hatte, erlebte er jetzt im eigenen Dasein.
Als sie in der Kreisstadt ausstiegen, wußte Laurana nicht, was er tun sollte und ob es richtiger war, sich zu verabschieden oder sie zu begleiten. So blieben sie ein wenig auf dem Platz stehen, dann sagte Frau Luisa, die sich plötzlich nicht mehr so albern wie auf der ganzen Fahrt benahm und sogar härtere Gesichtszüge bekam, sie wolle ihm sagen, warum sie an diesem Tage in die Kreisstadt gefahren sei. «Ich habe entdeckt, daß mein Mann wirklich nach Rom gereist ist, um den Abgeordneten, seinen einstigen Mitschüler, aufzusuchen und ihn um das zu bitten, wovon Sie – Sie erinnern sich doch? – an dem Abend sprachen, als Sie mit meinem Vetter zu mir kamen.» Und bei dem Wort Vetter verzog sie angeekelt das Gesicht.
«Wahrhaftig?» fragte Laurana verwirrt und suchte rasch nach den Motiven für dieses unerwartete Geständnis.
«Ja, ich bin fast durch Zufall daraufgekommen, als ich die Hoffnung schon aufgegeben hatte. Denn auf Grund dessen, was Sie mir damals gesagt haben, sind mir dann so viele Dinge, so viele kleine Dinge eingefallen, daß das, was Sie zufällig erfahren haben, dadurch doch sehr wahrscheinlich wurde. Und darum habe ich gesucht und gesucht. Und schließlich habe ich ein Tagebuch gefunden, das mein Mann ohne mein Wissen geführt und hinter einer Bücherreihe versteckt

hatte. Ich fand es, als ich die Hoffnung schon aufgegeben hatte, obgleich mich die Sache noch immer sehr beschäftigte, zufällig, als ich ein Buch aus dem Regal nahm, das ich lesen wollte.»
«Ein Tagebuch, er hatte ein Tagebuch...»
«Einen jener dickleibigen Kalender, die die Arzneimittelwerke den Ärzten schicken... Vom ersten Januar an hatte er darin mit seiner schwer lesbaren Ärztehandschrift täglich in zwei oder drei Zeilen das notiert, was ihm erinnernswert schien, vor allem über das Kind. In den ersten Apriltagen fängt er dann plötzlich an, von jemandem zu schreiben, dessen Namen er nicht nennt.»
«Dessen Namen er nicht nennt?» fragte Laurana mißtrauisch und ironisch.
«Er nennt ihn nicht, aber man versteht sehr gut, um wen es sich handelt.»
«Aha, das versteht man», sagte Laurana in einem Ton, dem man die herablassende Neigung anhörte, auf den Scherz einzugehen, ohne auf ihn hereinzufallen.
«Es handelt sich unmißverständlich um meinen Vetter, ein Irrtum ist ausgeschlossen.»
Das hatte Laurana nicht erwartet. Ihm stockte der Atem, er schnappte nach Luft.
«Ich vertraue mich Ihnen an», fuhr Frau Luisa fort, «weil ich weiß, wie freundschaftlich und herzlich Sie meinem Mann verbunden waren. Sonst weiß niemand davon, und niemand darf es erfahren, bevor ich die Beweise in der Hand habe. Und heute bin ich hergekommen, um sie mir zu verschaffen. Ich habe einen bestimmten Verdacht.»
«Ja, dann...» sagte Laurana.
«Was dann?»

Er war drauf und dran zu sagen, daß sie dann ja nichts damit zu tun hatte, daß sie schuldlos war, daß er sie zu Unrecht verdächtigt hatte, aber er sagte errötend: «Dann glauben Sie also nicht mehr, daß Ihr Mann umgebracht wurde, weil er in Begleitung des Apothekers war?»
«Das kann ich noch nicht mit Bestimmtheit sagen. Aber möglich ist es... Und Sie?»
«Ich?»
«Sie sind davon überzeugt?»
«Wovon?»
«Daß die Sache von meinem Vetter ausging und daß der arme Apotheker überhaupt nichts damit zu tun hatte.»
«Ehrlich gesagt...»
«Bitte, verheimlichen Sie mir nichts, ich brauche Sie so sehr», sagte Frau Luisa bekümmert und sah ihm mit flehentlich leuchtendem Blick in die Augen.
«Wirklich überzeugt bin ich nicht. Ich habe Gründe für den Verdacht, ziemlich schwerwiegende Gründe. Aber Sie... Sie wären wirklich bereit, etwas gegen Ihren Vetter zu unternehmen?»
«Warum nicht? Wenn der Tod meines Mannes... Aber ich brauche Ihre Hilfe.»
«Ich stehe Ihnen zur Verfügung», stammelte Laurana.
«Vor allem müssen Sie mir versprechen, daß Sie niemandem, nicht einmal Ihrer Mutter, etwas von dem sagen, was ich Ihnen eben anvertraut habe.»
«Das schwöre ich Ihnen.»
«Dann wollen wir über das, was Sie wissen, und über das, was ich heute zu erfahren hoffe, sprechen und überlegen, wie wir weiter vorgehen wollen.»
«Dabei sind aber Vorsicht und Klugheit geboten.

Denn es ist ein großer Unterschied zwischen einem Verdacht...»
«Ich hoffe, heute Gewißheit zu erhalten.»
«Wie denn?»
«Darüber kann ich vorläufig nicht sprechen. Ich bleibe bis morgen abend hier. Wenn Sie Lust haben, können wir uns morgen abend treffen. Wo könnten wir uns treffen?»
«Ich weiß nicht. Ich meine, ich weiß nicht, ob Sie Bedenken haben, mit mir gesehen zu werden.»
«Nein.»
«In einem Café?»
«Gut, in einem Café.»
«Im Café Romeris. Dort sind nicht viele Leute, man kann in aller Ruhe sprechen.»
«Gegen sieben? Um sieben?»
«Ist das nicht ein bißchen spät für Sie?»
«Aber nein. Ich glaube übrigens nicht, daß ich vor sieben fertig bin. Bis dahin habe ich eine schwierige Aufgabe zu lösen. Aber das werden Sie morgen abend alles erfahren... Also um sieben, im Café Romeris. Und dann können wir zusammen mit dem letzten Zug nach Hause fahren, wenn Sie wollen.»
«Daß wäre mir eine große Freude», sagte Laurana und errötete vor Glück.
«Und Ihre Mutter? Was sagen Sie Ihrer Mutter?»
«Daß ich in der Schule länger zu tun habe. Es wäre übrigens nicht das erste Mal.»
«Versprechen Sie mir das?» fragte Frau Luisa mit einem verheißungsvollen Lächeln.
«Ich schwöre es Ihnen», antwortete Laurana überglücklich.

«Also auf Wiedersehen», sagte sie und reichte ihm die Hand.
Von Liebe und Reue überwältigt, beugte Laurana sich über sie, als wollte er sie küssen. Dann sah er Frau Roscio nach, während sie sich zwischen Palmen in der Bläue des Platzes entfernte: ein wunderbares, unschuldiges, tapferes Geschöpf. Und beinahe kamen ihm die Tränen.

XVI

Das Café Romeris, ganz im Jugendstil gehalten, mit großen, löwengeschmückten Spiegeln und einem geschnitzten «baiser au serpent», dessen Fangarme vom Büfett bis in die Beine der Tische und Stühle, in die Arme der Leuchter und in die Henkel der Tassen zu greifen schienen, wurde von Einheimischen kaum noch besucht und lebte eigentlich nur in den Büchern eines rund dreißig Jahre zuvor verstorbenen Schriftstellers der Stadt fort. Die wenigen Gäste waren Fremde, Leute aus der Provinz, die sich an seine früheren Glanzzeiten erinnerten, oder Menschen wie Laurana, die es aus literarischen Gründen und wegen seiner Ruhe bevorzugten. Es war unbegreiflich, warum Herr Romeris, der letzte in einer glorreichen Dynastie von Konditoren, es noch offenhielt; vielleicht ebenfalls aus literarischen Gründen, zu Ehren des Schriftstellers, der in dem Café verkehrt und ihm Unsterblichkeit verliehen hatte.
Laurana erschien dort zehn Minuten vor sieben. Nur

selten war er um diese Zeit bei Romeris gewesen, aber
er traf dieselben Leute an wie morgens oder am frühen
Nachmittag: Herrn Romeris, der hinter der Registrierkasse saß, den vor sich hin dösenden Baron d'Alcozer,
Exzellenz Mosca und Exzellenz Lumia, zwei Richter,
die es zu hohen Würden gebracht hatten und hier nun
seit geraumer Zeit ihre Pension, ihre Partie Dame, ihr
Glas Marsala und ihre halbe Zigarre genossen.
Laurana kannte sie. Er grüßte, und alle erkannten ihn,
sogar der Baron, der die Leute immer am spätesten
wiedererkannte. Exzellenz Mosca fragte ihn, weshalb
er zu so ungewohnter Stunde komme. Laurana erklärte, er habe den Autobus verpaßt und müsse nun auf
den Zug warten. Er setzte sich an einen Ecktisch und
bat Herrn Romeris, ihm einen Kognak zu bringen.
Herr Romeris erhob sich schwerfällig hinter seinem
Jugendstilmonument aus Messing, denn den Luxus,
sich einen Kellner zu halten, konnte er sich nicht
leisten. Langsam und bedächtig schenkte er den Kognak ein und brachte ihn Laurana an den Tisch. Da der
Lehrer schon ein Buch aus seiner Aktentasche gezogen
hatte, fragte er ihn, was er da lese.
«Voltaires Liebesbriefe», antwortete Laurana.
«Hihi, Voltaires Liebesbriefe.» Der Baron kicherte.
«Kennen Sie sie?» fragte Laurana.
«Lieber Freund», antwortete der Baron, «ich kenne
alles von Voltaire.»
«Wer liest ihn denn heute noch?» mischte sich Exzel-
lenz Lumia ein.
«Ich», erwiderte Exzellenz Mosca.
«Gewiß, wir lesen ihn. Auch der Professor – ich weiß
zwar nicht, in welchem Umfang. Aber nach dem, was

heute so geschieht, ist kaum anzunehmen, daß Voltaire noch ein vielgelesener Schriftsteller ist, oder jedenfalls nicht, daß er auf die richtige Weise gelesen wird», sagte Exzellenz Lumia.
«Ach ja», seufzte der Baron.
Laurana ließ das Gespräch einschlafen. Im übrigen wurden zwischen diesen alten Leuten im Café Romeris Gespräche so geführt: lange Pausen, in denen jeder still für sich ein Thema wiederkäute; dann sagte der eine oder der andere plötzlich etwas. Und tatsächlich erklärte eine Viertelstunde später Exzellenz Mosca: «Diese Hunde lesen Voltaire nicht mehr.» Und im Sprachgebrauch des Cafés Romeris wurden als Hunde die Politiker bezeichnet.
«Voltaire? Die lesen doch überhaupt nichts, nicht einmal die Zeitungen», sagte der Baron.
«Es gibt Marxisten, die haben nicht eine Zeile von Marx gelesen», bemerkte Herr Romeris.
«Und Volksparteiler» – der Baron blieb hartnäckig dabei, die Christdemokraten Volksparteiler zu nennen –, «die keine Zeile von Don Sturzo kennen.»
«Hu, Don Sturzo», sagte Exzellenz Mosca und prustete gelangweilt.
Dann schwiegen alle wieder. Es war bereits Viertel nach sieben. Laurana überflog, ohne sich etwas von dem Inhalt zu merken, das zweifach obszöne Italienisch eines Briefes von Voltaire und blickte dabei fortgesetzt nach der Tür. Aber bekanntlich bedeuten eine Viertelstunde oder sogar eine halbe Stunde Verspätung für das normale Zeitgefühl einer Frau nichts. Deshalb war er nicht ungeduldig, sondern nur unruhig, und es war die gleiche Unruhe, mit der er sich in

den letzten Tagen herumgeschlagen hatte, eine freudige Unruhe, der aber eine Spur Ängstlichkeit beigemischt war, die Luisa (so nannte er sie jetzt im stillen) an seiner Seite und der alten Frau Laurana gegenüber in eine Art Weltgerichtsstimmung versetzte.

Viertel vor acht sagte Baron d'Alcozer mit unverhohlen provokatorischer Absicht zu Herrn Romeris: «Im übrigen hat ihn ja nicht einmal Ihr Don Luigi gelesen.» Damit bezog er sich auf den Schriftsteller, der dem Café Romeris Unsterblichkeit verliehen hatte und dem Herr Romeris einen eifersüchtigen, ja geradezu fanatischen Kult widmete.

Herrn Romeris' Stirn und Brust schnellten hinter der Registrierkasse hoch. «Was hat denn Don Luigi damit zu tun?» fragte er. «Don Luigi las alles, wußte alles... Daß Voltaire nicht zu seiner Weltanschauung paßte, steht auf einem ganz anderen Blatt.»

«Aber, lieber Commendatore Romeris», erwiderte Exzellenz Mosca, «ich gebe ja gern zu, daß Don Luigis Weltanschauung nichts mit der Voltaires zu tun hatte, aber sein Telegramm an Mussolini und der Fez, den er aufsetzte...»

«Entschuldigen Sie, Exzellenz, aber haben Sie vielleicht nicht den Eid auf den Faschismus abgelegt?» fragte Herr Romeris, der bereits rot sah und sich nur mit Mühe beherrschte.

«Ich nicht», erwiderte Exzellenz Lumia und hob die Hand.

«Na, ich weiß nicht», meinte Exzellenz Mosca.

«Ach, du weißt es nicht?» fragte Exzellenz Lumia gekränkt.

«Doch, ich weiß es wohl, aber es war nur ein Zufall;

die haben bloß vergessen, dich den Eid ablegen zu lassen», räumte Exzellenz Mosca ein.
«Es war kein Zufall, ich habe alles darangesetzt, um diesen Eid nicht ablegen zu müssen.»
«Jedenfalls», sagte Exzellenz Mosca, «war der Eid für uns eine Lebensnotwendigkeit: Friß, Vogel, oder stirb!»
«Don Luigi hingegen...» Der Baron lächelte höhnisch.
«In diesem Land», sagte Herr Romeris, «verzehren sich die Leute vor Neid. Don Luigi hat Dinge geschrieben, die von der ganzen Welt bewundert werden, aber hier ist er nur der Mann, der Mussolini ein Telegramm geschickt und der einen Fez aufgesetzt hat. Es ist zum Verrücktwerden.» Aber keiner ging auf diese Anspielung ein oder fühlte sich durch diese Beleidigung getroffen. Denn den drei alten Herren kam es nur darauf an, ihren Freund zu reizen, bis er wütend wurde.
Laurana hätte das unter anderen Umständen viel Vergnügen bereitet. Jetzt machte ihn das kleine Wortgefecht nur ungeduldig, als wäre es schuld, daß Luisa auf sich warten ließ. Er stand auf, ging an die Tür, schaute nach rechts und nach links auf die Straße. Nichts. Er setzte sich wieder.
«Erwarten Sie jemanden?» fragte Herr Romeris.
«Nein», antwortete er kurz. Sie kommt bestimmt nicht mehr, sagte er sich im stillen, es ist jetzt schon acht. Aber noch hoffte er. Zu Herrn Romeris' Verwunderung bestellte er noch einen Kognak. Viertel nach acht fragte ihn Exzellenz Mosca: «Und die Schule, Signor Laurana, wie geht's in der Schule?»

«Schlecht», antwortete Laurana.
«Warum sollte es mit ihr auch gutgehen», sagte der Baron. «Wenn alles in die Brüche geht, geht's auch mit der Schule bergab.»
«Stimmt», bestätigte Exzellenz Lumia.
Um Viertel vor neun sah Laurana in seiner Angst Luisa tot vor sich. Er war versucht, den vier alten Herren, die sich im Leben und im menschlichen Herzen gewiß besser auskannten als er, zu erzählen, was ihm widerfuhr und was er dabei empfand. Aber Baron d'Alcozer zeigte auf das Buch, das Laurana zugeklappt hatte, und sagte: «Wenn man diese Briefe von Voltaire liest, denkt man an unser Sprichwort, in dem es heißt, in gewissen Augenblicken, unter gewissen Umständen kümmere sich ein gewisser Körperteil nicht mehr um verwandt oder nicht verwandt», und er erklärte den anderen, daß Voltaire diese Briefe an seine Nichte geschrieben hatte. Exzellenz Lumia zitierte das Sprichwort wörtlich, und der Baron fügte hinzu, Voltaire gebrauche denselben Ausdruck wie das Sprichwort für die Umstände, unter denen Verwandtschaft nichts mehr gelte, und zwar gebrauche er ihn auf italienisch. Und er bat Laurana um das Buch, um den Freunden die Briefe vorzulesen, in denen dieser Ausdruck vorkam.
Zu Lauranas Ärger fanden sie großen Spaß daran. Wie sollte er mit diesen alten Trotteln, die nichts als Bosheiten und Obszönitäten im Sinn hatten, von seiner Sorge, seinem Kummer sprechen? Alles in allem war es sicherlich besser, zur Polizei zu gehen, nach einem seriösen, aufmerksamen Beamten zu suchen und ihm alles zu erzählen... Ihm was zu erzählen? Daß eine

Dame sich mit ihm im Café Romeris verabredet hatte und dann nicht gekommen war? Lächerlich. Die Gründe seiner Besorgnis nennen? Aber damit hätte er eine gefährliche Maschinerie in Gang gesetzt, die dann nicht mehr anzuhalten war. Und was wußte er schließlich von dem, was Luisa in diesen beiden Tagen erfahren hatte? Wenn sie nun Beweise gefunden hatte, die in eine ganz andere Richtung wiesen? Und wenn sie nicht den leisesten Schatten eines Beweises gefunden hatte? Und wenn ihr Kind krank geworden oder sonst etwas Unvorhergesehenes geschehen war und man sie deshalb nach Hause geholt hatte? Und wenn sie im Eifer des Gefechts einfach ihre Verabredung vergessen hatte?

Aber hinter all diesen Möglichkeiten tauchte immer wieder der Gedanke auf, daß Luisa in Gefahr, daß sie schon tot sei. Aufgeregt ging er zwischen Tür und Theke hin und her.

«Haben Sie Sorgen?» fragte der Baron und unterbrach seine Lektüre.

«Nein, nur daß ich schon zwei Stunden hier bin.»

«Wir sind schon seit Jahren hier», sagte der Baron, schlug das Buch zu und gab es ihm zurück.

Laurana nahm es und steckte es in seine Aktentasche. Er blickte auf die Uhr: neun Uhr zwanzig. «Ich glaube, ich sollte mich auf den Weg zum Bahnhof machen», sagte er.

«Sie haben noch eine Dreiviertelstunde Zeit, bis Ihr Zug fährt», meinte Herr Romeris.

«Ich gehe noch ein bißchen spazieren, der Abend ist so schön», antwortete Laurana. Er bezahlte die beiden Kognaks und verließ das Café. Ehe die Tür hinter ihm zufiel, hörte er Exzellenz Lumia noch sagen: «Wahrscheinlich hat er eine Verabredung mit einer Frau und kann es nicht abwarten.»

Auf der Straße waren nur wenige Leute. Der Abend war schön, aber bitter kalt und windig. Langsam und in düsteren Gedanken ging er zum Bahnhof hinunter.

Als er auf den Bahnhofsplatz einbog, überholte ihn ein Wagen, hielt mit kreischenden Bremsen zehn Meter vor ihm und fuhr dann im Rückwärtsgang zu ihm zurück. Die Tür öffnete sich, der Fahrer beugte sich heraus und rief: «Herr Professor, Herr Professor Laurana.» Laurana näherte sich ihm und erkannte einen Mann aus seinem Dorf, wenn ihm im Augenblick auch sein Name nicht einfiel.

«Gehen Sie zum Bahnhof? Wollen Sie mit dem Zug nach Hause fahren?»

«Ja», antwortete Laurana.

«Wenn Sie mitfahren wollen», bot der Mann ihm an.

Eine gute Gelegenheit, dachte Laurana. Ich werde bald zu Hause sein, und vielleicht kann ich noch bei Luisa anrufen, um zu hören, was los ist. «Danke», sagte er, stieg ein und setzte sich neben den Fahrer. Eilig fuhr der Wagen ab.

XVII

«Ein verschlossener Charakter, wortkarg, manchmal ungeduldig und zu Widerspruch geneigt. Einer von denen, die zwar freundlich, hilfsbereit und sogar herzlich sein können, dann aber auf einen falschen Ein-

druck, ein mißverstandenes Wort mit den unvorhergesehensten Einfällen reagieren. Als Lehrer ist nichts gegen ihn einzuwenden: sehr tüchtig, genau und gewissenhaft. Solid in seiner Bildung, gut in der Methode. In dieser Beziehung, das möchte ich noch einmal betonen, ist nichts gegen ihn zu sagen. Aber was sein Privatleben angeht... Nun, ich möchte nicht indiskret sein, aber als Mann, im Bereich privater Gefühle, ist er mir immer – wie soll ich es ausdrücken? – komplexbeladen und wie besessen vorgekommen.»
«Wie besessen?»
«Vielleicht ist dieses Wort ein bißchen zu hart, jedenfalls entspricht es nicht dem Eindruck, den die meisten Leute von ihm und seinem Leben haben. Ein ausgeglichener, ordentlicher Mensch mit regelmäßigen Gewohnheiten; unabhängig in seinen Meinungen und Urteilen, frei... Aber wer ihn gut kennt, der kann es immer wieder erleben, daß er plötzlich schwierig wird, Ressentiments hat... Den Kolleginnen und den Schülerinnen gegenüber spielt er den Weiberfeind, aber ich glaube, er ist nur schüchtern.»
«Besessen, was die Frauen angeht? In sexueller Hinsicht?» fragte der Kommissar.
«Ja, so ungefähr», bestätigte der Direktor.
«Und gestern, wie hat er sich gestern benommen?»
«Ich würde sagen: ganz normal. Er hat seinen Unterricht gehalten, hat ein bißchen mit mir und den Kollegen geplaudert. Wir haben, glaube ich, über Borgese gesprochen...»
Der Bleistift des Kommissars senkte sich auf das Papier, um diesen Namen zu notieren. «Warum?» fragte er.

«Warum wir über Borgese gesprochen haben? Nur weil Laurana sich seit einiger Zeit in den Kopf gesetzt hatte, Borgese werde unterschätzt, man müsse ihm mehr Gerechtigkeit widerfahren lassen.»

«Und Sie sind nicht dieser Meinung?» fragte der Kommissar, und ein Verdacht schwang in dieser Frage mit.

«Ehrlich gesagt, könnte ich das nicht behaupten. Ich müßte ihn wieder lesen... Sein ‹Rubè› hat mich tief beeindruckt, aber vor dreißig Jahren, Herr Kommissar, vor dreißig Jahren.»

«Ach so», sagte der Kommissar und ließ den Namen Borgese, den er zuvor notiert hatte, unter nervösem Gekritzel verschwinden.

«Aber vielleicht», fuhr der Direktor fort, «haben wir auch vorgestern von Borgese gesprochen. Gestern... Jedenfalls hatte ich nicht das Gefühl, daß er gestern anders war als sonst.»

«Jedenfalls steht fest, daß er gestern nicht wegen einer Lehrerkonferenz in der Stadt geblieben ist.»

«Ganz fest.»

«Aber warum hat er das dann zu seiner Mutter gesagt?»

«Ja, wer weiß. Zweifellos wollte er etwas verheimlichen. Und das einzige, von dem man sich vorstellen kann, daß er es ihr verheimlichen wollte, ist ein Verhältnis mit einer Frau oder, wenn schon kein Verhältnis...»

«Eine Verabredung, ein Treffen. Daran haben wir auch schon gedacht. Aber bisher ist es uns nicht gelungen, zu rekonstruieren, wie er seine Zeit verbracht hat, nachdem er das Restaurant hier in der Nähe verlassen hatte, das heißt, die Zeit nach vierzehn Uhr dreißig.»

«Ein Schüler aus seiner Klasse hat mir gesagt, er habe ihn gestern an einem Tisch im Café Romeris sitzen sehen.»
«Könnte ich diesen Jungen sprechen?»
Der Direktor ließ den Jungen sofort holen, der bestätigte, er sei am Abend zuvor am Café Romeris vorbeigekommen, habe einen Blick hineingeworfen und Professor Laurana an einem Tisch sitzen sehen; er habe in einem Buch gelesen, es sei ungefähr drei Viertel acht, vielleicht auch schon acht Uhr gewesen.
Der Junge wurde entlassen. Der Kommissar steckte Bleistift und Notizbuch in die Tasche und stand seufzend auf. «Dann werden wir mal ins Café Romeris gehen. Ich muß die Sache rasch klären, denn seine Mutter ist seit heute früh um sechs auf der Polizei und wartet.»
«Die arme Alte. Und er hing so an seiner Mutter», sagte der Direktor.
«Na, wer weiß», meinte der Kommissar. Ihm war ein Gedanke gekommen, und tatsächlich fand er im Café Romeris die Bestätigung dafür.
«Meiner Meinung nach», sagte Exzellenz Lumia, «war er mit einer Frau verabredet. Er war so ungeduldig und aufgeregt.»
«Er wartete darauf, daß es Zeit würde, und war so bewegt wie ein Junge, der das erste Abenteuer vor sich hat», äußerte sich der Baron.
«Sie irren sich, Herr Baron, meiner Meinung nach war er mit der Frau hier verabredet, und die Frau ist nicht gekommen», wandte Herr Romeris ein.
«Ich weiß nicht», meinte Exzellenz Mosca, «ich weiß nicht... Eine Frau steckt dahinter, da gibt es keinen Zweifel. Als er nach zwei Stunden fortging, hat einer

von uns gesagt, er gehe bestimmt zu einer Verabredung mit einer Frau.»

«Das habe ich gesagt», erklärte Exzellenz Lumia.

«Aber eigentlich hat er sich nicht wie einer benommen, der nur ein bißchen Zeit bis zu einer Verabredung verbringen muß. Ständig hat er von seinem Buch aufgesehen und zur Tür hinübergeschaut, dann ist er zwischen Tür und Theke auf und ab gegangen, einmal hat er sogar die Tür aufgemacht, um nach rechts und nach links auf die Straße zu schauen», sagte Exzellenz Mosca.

«Also», bemerkte der Kommissar, «wußte er nicht, von welcher Seite die Frau kommen würde, ob von rechts oder von links. Daraus kann man folgern, daß er nicht wußte, in welchem Teil der Stadt die Frau wohnte.»

«Wir sollten lieber nichts folgern», wandte der Baron ein, «die Wirklichkeit ist immer vielfältiger und weniger übersehbar als unsere Folgerungen. Wenn Sie aber unbedingt Schlüsse ziehen müssen, dann will ich Ihnen sagen, daß diese Frau, falls er wirklich eine hier im Café erwartete, von auswärts kam. Oder glauben Sie etwa, daß hier die Frauen um sieben oder acht aus dem Haus gehen, um sich in einem Café mit einem Mann zu treffen?»

«Es sei denn, es handelte sich um ein leichtes Mädchen», korrigierte ihn Exzellenz Lumia.

«Der war nicht der Typ, der sich mit leichten Mädchen einläßt», widersprach Herr Romeris.

«Lieber Commendatore Romeris, Sie machen sich ja keine Vorstellung, wie viele Leute, seriöse, würdige und gebildete Leute, die Gesellschaft leichter Mädchen suchen», entgegnete Exzellenz Lumia. «Eher wäre einzuwenden, daß ein leichtes Mädchen ihn in ihre Wohnung oder ins Hotel bestellt hätte; hier kann allenfalls ein Rendezvous von Verliebten stattfinden.»

«Das Problem», sagte der Baron, «ist folgendes: Entweder er hatte hier eine Verabredung, die Frau kommt nicht, er verläßt das Café, geht zum Bahnhof, verschwindet; oder er bleibt hier, bis es Zeit für seine Verabredung ist, und verschwindet. Wenn er die Frau hier erwartet hat, was kann er dann getan haben, als er merkte, daß er sitzengelassen wurde oder daß die Frau aus wer weiß welchen Gründen nicht kommen konnte, ganz gleich, ob er sich nun betrogen fühlte oder ob er sich Sorgen machte? Da gibt es drei Möglichkeiten: Er geht nach Hause, um seine Enttäuschung oder seinen Kummer zu verschlafen; er geht in die Wohnung der Frau, um eine Erklärung zu verlangen, und trifft dort mit jemandem zusammen, der ihm das Fell über die Ohren zieht, oder er stürzt sich von der Bastion hinunter oder wirft sich vor einen Zug. Da er nicht nach Hause gegangen ist, bleiben die beiden letzten Möglichkeiten. Wenn er aber hier war, um die Zeit bis zu seiner Verabredung zu verbringen, dann bleibt nur eine der beiden Möglichkeiten, daß er nämlich am Ort seiner Verabredung auf einen Vater oder Bruder stößt, der ihn umbringt, und damit gute Nacht.»

«Aber man könnte auch eine weniger romantische, natürlichere, alltäglichere Hypothese aufstellen: Er ist zu der Verabredung gegangen, hat die Frau seiner Wünsche angetroffen und bei ihr seine Mutter, die

Schule und Gott den Herrn vergessen. Wäre das nicht auch möglich?» fragte Exzellenz Mosca.

«Ich glaube nicht, ein so ruhiger, beherrschter Mensch», wandte Herr Romeris ein.

«Gerade darum», entgegnete Exzellenz Lumia

Der Kommissar stand auf. «Mir raucht der Kopf.» Die Schlüsse des Barons in ihrer unwiderlegbaren Folgerichtigkeit hatten einen Abgrund vor ihm aufgerissen. Wie sollte man alle Frauen ausfindig machen, die mit dem Professor ein flüchtiges oder dauerhaftes Verhältnis haben konnten? Angefangen bei seinen Schülerinnen, denn Mädchen zwischen fünfzehn und achtzehn Jahren sind heute zu allem fähig. Dann seine Kolleginnen. Und die Mütter von Schülern und Schülerinnen, zumindest die besterhaltenen und hübschesten. Und schließlich die leichten Mädchen, die man wiederum wie seit alters einteilen konnte in ehrbare und minderwertige, die sich nach bestimmten Sätzen bezahlen ließen. Es seit denn natürlich, der Professor käme heute oder morgen wieder zum Vorschein wie ein Kater, der ein paar Nächte auf den Dächern umhergestrichen ist.

Aber der Professor lag unter einem Schlackenhaufen in einer stillgelegten Schwefelgrube, in der Luftlinie genau halbwegs zwischen der Kreisstadt und seinem Heimatort.

XVIII

Am achten September feiert man im Ort das Fest Mariä Geburt. In einer Prozession wird das Bild eines Kindes in gold- und perlenbestickten Tüchern durch die Straßen getragen. Feuerwerk und Musikkapellen lassen selbst die dicksten Mauern wie ein Trommelfell vibrieren. Das erste Schwein wird geschlachtet, und zum letztenmal gibt es Eis in Hülle und Fülle. An diesem Tag nahm der Dekan Rosello die alte Gewohnheit wieder auf, in seinem Haus zu Ehren der Kindheit Mariä, deren Altar in der Hauptkirche seine ganze Liebe galt, einen Empfang zu geben. Seit vielen Jahren hatte er es so gehalten, im Vorjahr aber hatte er davon abgesehen, weil er Roscios wegen in Trauer war. Jetzt indessen hatte sich das tragische Ereignis im August gejährt, darum öffnete er sein Haus wieder für das Fest, und er tat es um so lieber, als die Verlobung seines Neffen, des Rechtsanwalts, mit seiner Nichte Luisa anzuzeigen war, ein Ereignis, zu dem, wie der Dekan sagte, die Bosheit der Menschen und der unerforschliche Ratschluß Gottes, in den er sich ergab, gleichermaßen beigetragen hatten.
«Ich finde mich eben damit ab», erklärte er Don Luigi Corvaia. «Gott weiß, ob ich diese Heirat der beiden, die in meinem Haus wie Bruder und Schwester aufgewachsen sind, gewollt habe. Aber so, wie die Dinge heute liegen, nach dieser Tragödie, handelt es sich um ein Werk christlicher Nächstenliebe... Richtiger ge-

sagt: christlicher Familienliebe. Dürfte man zulassen, daß meine arme Nichte, so jung und mit einem Kind, den Rest ihres Lebens einsam vertrauert? Und wie sollte man andererseits heutzutage einen guten Ehemann für sie finden, einen, der sie nicht heiratet, um ihr Vermögen zu verprassen, und der so voller Güte, so voller Nächstenliebe ist, daß er das Kind wie sein eigenes betrachtet? Das hält schwer, lieber Don Luigi, das hält sehr schwer. Und darum hat mein Neffe, der sich, ehrlich gesagt, nicht zur Ehe berufen fühlte, den Entschluß gefaßt, nun, ich will nicht sagen, sich zu opfern, aber diesen richtigen, diesen barmherzigen Schritt zu tun.»
«Donnerwetter», sagte der Oberst, der hinter dem Rücken des Dekans den letzten Satz gehört hatte, und das klang beinahe wie ein Röhren.
Empört und erschrocken zugleich wandte der Dekan sich um. Aber als er den Oberst sah, lächelte er und ermahnte ihn sanft: «Herr Oberst, Herr Oberst, noch immer der alte...»
«Verzeihen Sie», sagte der Oberst, «aber ich wollte damit nur sagen, daß Sie es in Ihrem Amt natürlich mit der Nächstenliebe zu tun haben, aber ich als alter Sünder, der ich bin, habe es mit etwas ganz anderem zu tun. Frau Luisa ist doch ein Prachtweib. Und Ihr Neffe, du lieber Gott, ist schließlich ein Mann. Und ich meine, daß ein Mann angesichts dieser Anmut und Schönheit...»
Der Dekan drohte ihm schalkhaft mit dem Finger und entfernte sich; und der Oberst sprach mit Don Luigi in freierem Ton weiter. «Der redet von christlicher Nächstenliebe, dieser widerliche Pfaffe. Dabei wäre ich

einer Wahnsinnstat fähig, um diese Frau in meiner Nähe zu haben, diese Frau...» Er zeigte auf sie, die in Halbtrauer hochelegant neben ihrem Vetter und Verlobten stand. Sie sah den Oberst, grüßte mit einem Lächeln, einer leichten Kopfbewegung. Den Oberst überlief ein Schauer des Entzückens, er neigte sich zu Don Luigis Ohr, damit er sein lustvolles Grunzen höre. «Sehen Sie dieses Lächeln? Wenn sie lächelt, ist es, als zöge sie sich aus. Das geht mir durch und durch.» Und unversehens hob er die Hand, als umklammerte er damit einen Säbel, und schrie: «Auf zum Sturm, zum Sturm!» Don Luigi sah ihn loslaufen und glaubte, er werde sich auf Frau Luisa stürzen; aber der Oberst stürzte nur ans Büfett, wo man angefangen hatte, das Eis auszugeben.
Auch Don Luigi trat ans Büfett heran. Dort standen schon der Pfarrer von Sant'Anna, Notar Pecorilla mit Gattin und Frau Zerillo. Andeutungsweise und flüsternd lästerten sie über die Gäste. Natürlich. Aber Don Luigi war nicht zu Klatsch aufgelegt. Er ging weiter.
Der Notar Pecorilla verschlang eilends sein Eis und folgte ihm. Sie trafen sich auf dem Balkon. Unten brodelte das Fest. Don Luigi mäkelte mißlaunig daran herum, kam dann von dem Fest auf die Cassa del Mezzogiorno zu sprechen und von ihr auf Fiat, die Regierung, den Vatikan und die Vereinten Nationen.
«Man hat uns ganz schön reingelegt», sagte er.
«Ist dir was nicht recht?» erkundigte sich der Notar.
«Alles», antwortete Don Luigi.
«Wir beide müssen miteinander sprechen», sagte der Notar.

«Wozu denn das?» fragte Don Luigi müde. «Was ich weiß, das weißt du auch, das wissen alle. Wozu also darüber reden?»
«Ich bin eben neugierig. Außerdem habe ich das Bedürfnis, mich auszusprechen. Und wenn ich mich nicht mit dir ausspreche, den ich seit Jahren kenne, mit wem soll ich es dann tun? Über diese Dinge rede ich nicht einmal mit meiner Frau.»
«Komm, wir wollen gehen», sagte Don Luigi.
«In mein Büro», schlug der Notar vor.
Das Büro des Notars lag wenige Schritt enfernt in einem Erdgeschoß. Sie traten ein. Der Notar machte Licht und schloß die Tür. Sie setzten sich einander gegenüber und schauten sich schweigend an. Dann sagte Don Luigi: «Du hast mich doch hierher mitgenommen, um zu sprechen, also sprich.»
Der Notar zögerte, dann sagte er rasch entschlossen und mit gequältem Ausdruck, als risse er sich einen Fetzen Haut vom Leibe: «Der arme Apotheker hatte nichts damit zu tun.»
«Eine großartige Entdeckung», sagte Don Luigi, «das habe ich schon begriffen, ehe die ersten drei Trauertage vorüber waren.»
«Begriffen oder erfahren?»
«Ich hatte etwas erfahren, was mir klargemacht hat, was sich hinter dem äußeren Anschein verbarg.»
«Und was hast du erfahren?»
«Daß Roscio die Liebschaft seiner Frau mit ihrem Vetter entdeckt hatte. Er hatte sie zusammen überrascht.»
«Ganz recht, das habe ich auch erfahren. Vielleicht später als du, aber erfahren habe ich es auch.»

«Ich habe es gleich erfahren, weil die Aufwartefrau im Haus Roscio die Mutter des Dienstmädchens meiner Tante Clotilde ist.»
«Ach so... Aber ich frage mich, was Roscio eigentlich getan hat, als er seine Frau – nun, sagen wir – bei einem Schäferstündchen mit dem anderen überraschte?»
«Nichts hat er getan. Er hat ihnen den Rücken gekehrt und ist fortgegangen.»
«Ach, du lieber Himmel. Wie hat er sie denn am Leben lassen können? Ich hätte sie auf der Stelle umgebracht.»
«Unsinn. Hier im Land der Eifersucht und der Ehre begegnet man den vollkommensten Exemplaren gehörnter Ehemänner. Und dann kommt hinzu, daß der arme Doktor in seine Frau wahnsinnig verliebt war.»
«Und den Rest kann ich dir erzählen, den habe ich aus erster Hand. Der Sakristan der Stadtkirche hat ihn mir erzählt. Aber ich flehe dich an...»
«Du kennst mich doch, nicht einmal unter der Folter würde ich sprechen.»
«Also, ungefähr einen Monat lang hat Roscio nichts gesagt. Eines Tages hat er dann den Dekan aufgesucht, ihm mitgeteilt, was er entdeckt hatte, und ihm ein Ultimatum gestellt: Entweder schicke er seinen Neffen weg, fort aus dem Ort, und zwar auf Nimmerwiedersehen, oder er händige einem Freund, einem kommunistischen Abgeordneten, gewisse Unterlagen aus, auf Grund derer der Liebhaber seiner Frau geradenwegs ins Zuchthaus wandern werde.»
«Wie war er denn an diese Unterlagen gekommen?»
«Anscheinend ist er an einem Tag, an dem Rosello nicht da war, in dessen Büro gegangen. Der Prak-

tikant, ein halbes Kind, hat ihn in das Zimmer geführt und dort allein gelassen. Zuvor erklärte er, der Rechtsanwalt sei auswärts und komme vorläufig nicht zurück, aber Roscio behauptete, er sei mit ihm verabredet. Mittag war vorüber, der Junge mußte essen gehen. Und er wußte nicht, daß die Beziehungen zwischen dem Rechtsanwalt und dem Doktor sich verschlechtert hatten, ihm war nur bekannt, daß die beiden sehr gut miteinander standen. Er ließ ihn also allein, und der Doktor fotografierte, was er finden konnte. Ich sage, daß er fotografiert hat, denn es steht fest, daß Rosello nichts merkte und nichts erfuhr, ehe Roscio mit dem Dekan sprach. Als der Dekan ihm sagte, was Roscio in Händen hatte, nahm sich der Anwalt den Jungen vor. Der erinnerte sich an den Besuch und gestand, daß er den Doktor in Rosellos Zimmer allein gelassen hatte. Rosello verlor die Nerven, ohrfeigte den Jungen und entließ ihn auf der Stelle. Dann überlegte er sich die Sache noch einmal, ging zu dem Jungen, erklärte ihm, die Nerven seien ihm durchgegangen, denn Roscio habe ihm Vorwürfe gemacht, daß er ihn vergebens habe warten lassen, ihre Verabredung sei nämlich wichtig gewesen. Er schenkte ihm zehntausend Lire und stellte ihn wieder ein.»
«Und das hat dir der Sakristan erzählt?»
«Nein, das habe ich von dem Vater des Jungen erfahren.»
«Hat Rosello denn wichtige Dokumente einfach in Reichweite von jedermann aufbewahrt?»
«Das weiß ich nicht. Vielleicht hatte Roscio einen Nachschlüssel. Außerdem tut Rosello doch schon so viele Jahre, was ihm paßt, daß er sich inzwischen

vielleicht für sicher, für unantastbar gehalten hat. Aber als sein Onkel ihm mitteilte, was Roscio verlangte, da fühlte er den Boden unter seinen Füßen wanken.»
«Genau das», stimmte ihm Don Luigi zu. «Aber Tante Clotilde ist der Ansicht, Roscio sei beseitigt worden, weil die Liebenden es nicht länger ausgehalten hätten mit dem Versteckspielen und dem Heimlichtun... Kurz und gut: aus Leidenschaft.»
«Mit Leidenschaft hat das überhaupt nichts zu tun», erwiderte der Notar. «Die waren das doch längst gewohnt. Ihr Verhältnis reicht ja in die Zeit zurück, als sie aus dem Internat nach Hause kamen. Erst verheimlichten sie es dem Dekan und dann dem Doktor, und vielleicht machte ihnen gerade das besonderen Spaß, weil das Verbotene und Riskante sie reizte.»
Er unterbrach sich, weil an die Tür geklopft wurde. Es war ein leises, aber beharrliches Pochen. «Wer kann das sein?» fragte der Notar besorgt.
«Mach doch auf», riet Don Luigi.
Der Notar öffnete. Commendatore Zerillo stand vor der Tür.
«Warum sind Sie denn weggegangen und haben sich hier eingeschlossen?» fragte der Commendatore.
«Nur so», antwortete der Notar trocken
«Worüber haben Sie denn gerade gesprochen?»
«Über das Wetter», sagte Don Luigi.
«Lassen Sie doch das Wetter aus dem Spiel. Das bleibt vorläufig schön und ist also kein Gesprächsstoff. Ich will ehrlich sein: Wenn ich nicht mit jemandem rede, platze ich. Und Sie haben auch gerade von Dingen gesprochen, die mir schwer im Magen liegen.» Er machte mit der flachen Hand eine kreisende Bewegung

über dem Magen und biß dabei die Zähne zusammen, als hätte er unerträgliche Schmerzen.

«Wenn Sie es durchaus nicht länger aushalten können, dann los. Wir hören», sagte Don Luigi.

«Und Sie werden nicht darüber reden?»

«Was sollen wir denn sagen?» fragte der Notar mit Unschuldsmiene.

«Wir wollen die Karten offen auf den Tisch legen: Sie haben gerade über diese Verlobung, über Roscio und den Apotheker gesprochen.»

«Nicht mal im Traum», antwortete der Notar.

«Und über den armen Professor Laurana», fuhr der Commendatore fort, «der verschwunden ist wie Antonio Patò im Mysterienspiel.»

Fünfzig Jahre zuvor war nämlich während der Aufführung eines Mysterienspiels, und zwar der Passion Christi nach dem Cavalier d'Orioles, Antonio Patò, der den Judas spielte, wie es seine Rolle vorschrieb, in der Versenkung verschwunden, die sich ebenso pünktlich aufgetan hatte wie in den mehr als hundert Proben und Aufführungen zuvor. Nur daß (und das gehörte nicht zu der Rolle) von diesem Augenblick an niemand mehr etwas von Antonio Patò sah und hörte. Dieses Ereignis war sprichwörtlich geworden, um das mysteriöse Verschwinden von Personen und Dingen zu bezeichnen. Darum löste die Anspielung darauf bei Don Luigi und dem Notar Heiterkeit aus. Aber sie nahmen sich gleich wieder zusammen und machten ernste, ratlose, sorgenvolle Gesichter, und Zerillos Blick ausweichend, fragten sie: «Und was hat Laurana damit zu tun?»

«Die armen Unschuldslämmer», sagte der Commenda-

tore ironisch, «sie wissen nichts und begreifen nichts. Kommt, beißt in dieses Fingerchen.» Und er näherte seinen von der geschlossenen Faust abgespreizten kleinen Finger erst dem Mund des Notars und dann Don Luigis Mund, wie es in weniger aseptischen Zeiten als den unseren die Mütter mit ihren Kindern taten, wenn sie zahnten.
Alle drei lachten.
Dann sagte Zerillo: «Ich habe etwas erfahren, was aber unter uns bleiben muß. Ich beschwöre Sie! Es betrifft den armen Laurana.»
«Er war ein Dummkopf», sagte Don Luigi.

TOTE RICHTER REDEN NICHT

DER ZUSAMMENHANG

Man muß es machen wie die Tiere,
die jede Spur vor ihrer Höhle vertilgen.

Montaigne

O Montaigne! Du bildest dir auf deinen Freimut und deine Wahrhaftigkeit etwas ein, nun sei aufrichtig und wahrhaftig, wenn ein Philosoph es sein kann, und sage mir, ob es auf Erden ein Land gibt, wo es ein Verbrechen ist, das gegebene Wort zu halten und milde und großmütig zu sein; wo der Gute verachtet und der Bösewicht geehrt wird.

Rousseau

O Rousseau!

Anonymus

Staatsanwalt Varga war mit dem Prozeß Reis beschäftigt, der seit etwa einem Monat lief und sich zumindest noch zwei weitere Monate hingezogen haben würde, als er an einem milden Maiabend ermordet wurde; laut Zeugenaussagen und Obduktionsbefund nach zehn Uhr und nicht später als um Mitternacht. Die Zeugenaussagen stimmten in Wahrheit nicht genau mit den Ergebnissen der Leichenschau überein: der Gerichtsarzt setzte den Augenblick des Ablebens gegen Mitternacht an, während die Freunde, mit denen der Staatsanwalt sich allabendlich zu treffen pflegte und mit welchen er auch an jenem Abend beisammen war, bestätigten, daß er sie gegen zehn Uhr verlassen hatte. Da er zu Fuß nicht länger als zehn Minuten für den Hinweg gebraucht haben würde, verblieb ein Zeitraum von mindestens einer Stunde, und es galt herauszufinden, wo und wie der Staatsanwalt jene Stunde verbracht hatte. Vielleicht waren seine Gewohnheiten weniger streng, als es den Anschein hatte, und es gab in seinem Tagesablauf nichtprogrammierte Stunden einsamen und nach Zerstreuung suchenden Umherspazierens; vielleicht hatte er Gewohnheiten, die auch seinen Freunden und Angehörigen unbekannt waren. Boshafte Vermutungen wurden angestellt und von der Polizei wie von seinen Freunden weitergeflüstert. Aber noch bevor sie an die Öffentlichkeit drangen, kam es zu einer Sitzung der obersten Behördenvertretung des Distrikts, auf der beschlossen wurde, daß alle Nachforschungen über jene verbleibende Stunde einen Angriff auf das Andenken eines vorbildlichen und ehrenhaften Mannes darstellten und zu unterbleiben hätten. Der Bischof hielt überdies die Tatsache, daß der Staatsanwalt unterhalb eines jasminüberwachsenen Mäuerchens gefunden worden war, die Finger um eine Blüte geklammert, für schicksalhaft, war doch jene soeben gepflückte Blume Sinnbild eines unbefleckten Lebens, eine Güte, deren Duft noch in den Gerichtssälen, im Schoße der Familie und an all jenen Orten zurückgeblieben war, die der Staatsanwalt zu besuchen pflegte, den bischöflichen Palast inbegriffen. Dieser Gedanke wurde alsbald aufgegriffen und weitergesponnen: in den Protokollen der Polizei, «während der Ermordete stehenblieb, um Jasmin zu pflücken, bot er dem Verbrecher ein genaues Ziel für einen einzigen Schuß, direkt ins Herz, aus einer Entfernung von zwei oder drei Metern abgefeuert»; in den Gedenkreden bei der Trauerfeier, «die Gebärde des Pflückens einer kleinen Blume bekundete eine Zartheit des Gemüts und Hinneigung zur Poesie, die der Verstorbene im übrigen in der Ausübung seines Amtes wie in seiner persönlichen Lebensführung nie verleugnet hat.»

An einer bestimmten Stelle zitierte der Redner seufzend «avisad los jazmines con su blancura pequena», bringt Botschaft den kleinen, weißen Blüten des Jasmins, und vergaß dabei in seinem Schmerz, daß, die Hörfähigkeit der Jasminblüten vorausgesetzt, diese die Botschaft von einem Schuß, den die Sachverständigen eher als laut einschätzten, und von dem letzten Atemzug des Staatsanwalts empfangen hatten, während die Polizei erst mehrere Stunden später benachrichtigt worden war, als bereits mindestens ein Drittel

der Einwohner der Stadt den Leichnam besichtigt hatte.
Der Prozeß Reis wurde eingestellt. Und da der Staatsanwalt mit unerbittlichem Scharfsinn die öffentliche Anklage vertreten hatte, glaubte die Polizei, daß in dem Prozeß das Motiv für den Mord zu suchen wäre. Es gab in der Kriminalgeschichte des Landes, oder zumindest in der Erfahrung der Untersuchenden, keine Präzedenzfälle dieser Art: niemals waren Ankläger und Richter wegen ihrer in einem Prozeß eingenommenen Haltung oder wegen des ausgesprochenen Urteils bedroht oder verletzt worden. Aber nachdem der Prozeß Reis ganz auf Indizien beruhte und seine Hintergründe in undurchdringliches Dunkel gehüllt waren, schien es aussichtsreich, dem Verdacht nachzugehen, daß jemand die unerbittliche Anklage Vargas zum Schweigen bringen oder auch nur die bereits ziemlich trüben Wasser der Angelegenheit trüben wollte. Aber die Verwandten und Freunde (sehr wenige Freunde) des Angeklagten erwiesen sich als unverdächtig. Die Untersuchung wandte sich den Feinden zu, denen man den teuflischen Plan zuschrieb, auf diese Weise nicht allein die Schuld des Angeklagten als sicher erscheinen zu lassen, sondern auch andere Personen darin zu verwickeln, die der Untersuchungsrichter geglaubt hatte, am Rande des Prozesses lassen zu sollen. Doch auch nach dieser Richtung erwies sich die Untersuchung als Fehlschlag.
Nachdem die Nachforschungen an einem toten Punkt angekommen waren (und zwar bei jener von dem Staatsanwalt wer weiß wo und wie verbrachten Stunde, Dunkelzone, an deren Grenzen der polizeiliche Eifer aufzuhören hatte), beschloß der Polizeiminister,

um der öffentlichen Meinung jenes Vertrauen in die Schlagkraft der Polizei zurückzugeben, das die öffentliche Meinung im übrigen nie gehegt hatte, oder um sie von der Unlösbarkeit des Falles zu überzeugen, Inspektor Rogas einzusetzen: den scharfsinnigsten Untersuchungsbeamten, über den die Polizei verfügte, wenn man den Zeitungen glaubte; den vom Glück am meisten begünstigten, nach Ansicht seiner Kollegen. Der Minister versäumte nicht, ihm durch den Chef der Polizei als Reisezehrung einen Wunsch des Präsidenten des Obersten Gerichtshofes, den er teilte, mit auf den Weg zu geben. Rogas sollte bedenken, daß jeder Schatten, der auf den guten Ruf des verstorbenen Varga fiel, das gesamte Justizwesen zu Unrecht in Mißkredit bringen würde. Jeder derartige Verdacht sollte daher sofort mit aller Vorsicht abgewendet und, falls nicht mehr aufzuhalten, beseitigt werden. Aber Rogas hatte Grundsätze, in einem Land, wo fast niemand solche hat. Ohne zu zögern, jedoch allein und mit aller Behutsamkeit drang er in die verbotene Zone ein. Sicher wäre er über kurz oder lang – gleich dem Jagdhund, der mit dem Wasserhuhn im Maul aus dem im Nebel liegenden Sumpf auftaucht – mit irgendeinem Fetzen von Vargas gutem Ruf zum Vorschein gekommen, hätte ihn nicht die Nachricht erreicht, am Strand von Ales sei die Leiche von Richter Sanza aufgefunden worden – mit einem Pistolenschuß im Herzen.
Ales war ungefähr hundert Kilometer von der Stadt entfernt, in der sich Rogas zu Nachforschungen über den Mord an Varga aufhielt; aber ohne Ermächtigung des Chefs konnte er nicht hingehen. Er erbat sie telefonisch, erhielt sie brieflich und kam drei Tage später in

Ales an, als die Ortspolizei bereits etwa zehn Personen
– die gar nichts damit zu tun hatten – festgenommen
hatte und sich angestrengt bemühte, unter diesen den
Schuldigen auszulosen. Rogas stellte eine summarische
Prüfung der Beweggründe an, welche die Polizei den
Verhafteten unterschob: nur ein Wahnsinniger hätte
sich von ihnen verleiten lassen, einen Mord zu planen
und auszuführen. Nachdem keiner von ihnen verrückt
schien, ausgenommen vielleicht Inspektor Magris, der
die Polizei des Ortes befehligte, sorgte Rogas dafür,
daß sie wieder freigelassen wurden. Anschließend mie-
tete er sich im besten Hotel der Stadt ein und gab sich
an dem wundervollen Strand, wo Richter Sanza auf
seinem einsamen Spaziergang den Tod gefunden hatte,
einem Müßiggang hin, der schon fast Ärgernis erregte:
er schwamm, fuhr mit den Fischern aufs Meer hinaus,
speiste frischgefangenen Fisch, schlief lange. Inspektor
Magris beobachtete ihn nervös: gedemütigt, weil er
einem untergeordnet wurde, der ihm gleich im Rang
und überlegen im Ansehen war, von Groll erfüllt;
zugleich aber im voraus den Mißerfolg genießend, dem
sein Kollege entgegenging, die brüske Zurückberu-
fung in die Hauptstadt, den Hohn der Zeitungen.
Aber Rogas arbeitete mit dem Verstand. Zwei Richter
im Lauf einer Woche ermordet, in zwei nicht weit
voneinander entfernten Städten, auf dieselbe Art, mit
Geschossen desselben Kalibers, vielleicht von derselben Waffe abgefeuert (die Orakelsprüche der wissen-
schaftlichen Polizei nahm er niemals für bare Münze):
nach seinem Dafürhalten genügte das, um von der
Hypothese auszugehen, daß sich hier ein zu Unrecht
Verurteilter an seinem Ankläger, an seinen Richtern

rächte. Nur daß Staatsanwalt Varga und Richter Sanza nie, in keinem Augenblick ihrer Laufbahn, in einem Prozeß beisammen gewesen waren; darüber hatte er sich sogleich, nachdem er die Nachricht von dem zweiten Verbrechen erfahren hatte, mit Leichtigkeit vergewissert. Aber die Hypothese hielt stand. Rogas hatte die Gründe herausgefunden, um nicht von ihr abzugehen: der Mörder konnte von einem Gerichtshof in erster Instanz verurteilt worden sein, in dem Varga die Anklage vertrat, und dann in zweiter Instanz von einem Gerichtshof, in dem Sanza dem Richterkollegium angehörte (auch das Gegenteil konnte der Fall gewesen sein: Sanza in erster Instanz, Varga in der Berufung); der Mörder konnte bei einem seiner beiden Opfer einen Irrtum begangen haben: eine falsche Information, eine Täuschung des Gedächtnisses, ein Fall von Gleichnamigkeit (Fernsprechbericht: Gab es oder hatte es noch einen anderen Staatsanwalt Varga gegeben, einen anderen Richter Sanza? – denn in gewissen Familien widmete man sich immer wieder dem gleichen Beruf, und zwar über Generationen hinweg); hatte der Mörder absichtlich die Dinge verwirren wollen, sein Spiel unentzifferbar machen, seine Identität unergründlich, indem er einen der beiden grundlos tötete, den Staatsanwalt oder den Richter (Fernsprechbericht: Wer von den Verurteilten in Prozessen, an denen jeweils Varga und Sanza beteiligt waren, ist im letzten Halbjahr aus dem Gefängnis gekommen?). Wie auch immer, jedenfalls hatte Rogas, aus einer abergläubischen Vorliebe für die Zahl Drei heraus, die er als eigentümlich für die Neurose der anderen wie für die eigene hielt, die untrügliche Vorahnung, daß es ein drittes Opfer geben würde, und diesmal das richtige, das heißt dasjenige, welches das zur Lösung des Falles fehlende Glied liefern würde. Und darum wartete Rogas. Das dritte Opfer blitzte wie ein Funken in seinem Geist auf, um dann in das Gebiet der Wunschträume und Phantasien zu entschwinden wie ein abstraktes Zeichen, das im Begriff war, Name, Körper, Leichenbegräbnis, Erbschaft, Pension zu werden; vor allem aber Verbindungsglied, von dem aus die Nachforschung gezielt zu betreiben war.

Er brauchte nicht lange zu warten. Vier Tage später fiel in Chiro der Richter Azar: ein ungeselliger und finsterer Mensch, der seine Jahre von der Jugend bis zum Tod in der Angst vor Ansteckung durch Krankheiten und Gefühle verbracht hatte. Nie hatte er einem Kollegen oder einem Anwalt die Hand gedrückt, und wenn er sich dem Händedruck irgendeines neuangekommenen Vorgesetzten nicht entziehen konnte, litt er solange, bis er sich hinter einen Vorhang oder sonstwohin verdrücken konnte, wo er sich ungesehen glaubte: dann zog er ein Fläschchen mit Alkohol heraus und goß sich davon reichlich – die einzige Sache, die er reichlich hatte – auf die mageren Hände, die von Adern wie von Stricken durchzogen und so fleckig waren wie mit Flechten bedeckte Steine. Aber der ranghöchste Justizbeamte, der in Chiro war, mußte in der Trauerrede den Schatz menschlicher Güte erfinden, welchen Azar unter einer rauhen Schale verbarg; während den anderen Schatz, den wirklichen, der Sohn einer Schwester und einziger Erbe, entdeckte. Nachdem er auf die Nachricht vom tragischen Ende seines Onkels nach Chiro gekommen war, würde er dort noch wer weiß wie lange als Gast der öffentlichen Gefängnisse verblieben sein, wenn Rogas ihn nicht befreit hätte. Der etwas leichtsinnige junge Mann hatte für den Abend, an welchem Azar ermordet worden war, kein Alibi; und obgleich es allen nunmehr klar war, daß ein gewisser Jemand umherging, der aus Rache oder aus Verrücktheit Richter umbrachte, ließ die Polizei nicht von ihrer Gewohnheit ab, leichthin und sogar mit Vergnügen den Ruf der Personen zu opfern, die den Ermordeten zuletzt gesehen hatten oder aus seinem Tode Nutzen zogen.

Nachdem Rogas das Vertrauen des jungen Mannes gewonnen hatte, stand er ihm, wie um ihm zu helfen und ihm tatsächlich helfend, bei der Inventur der Erbschaft zur Seite. Sie ergab mindestens das Zwanzigfache der gesamten Gehälter, die der Staat dem Richter in zweiundzwanzig Jahren gezahlt hatte, vorausgesetzt dieser hätte in zwanzig Jahren keinen Heller für Kost, Wohnung, Kleidung und Desinfektionsmittel ausgegeben. Er hatte auch, soweit der Neffe sich erinnerte, seine Laufbahn angetreten, ohne etwas zu besitzen: jedenfalls hatte ihm seine Mutter immer wieder die beispielhafte Geschichte der Entbehrungen und des Hungers erzählt, die ihr Bruder, jetzt Richter von hohem Rang und Ansehen, in jungen Jahren auf sich genommen hatte. Also machte Rogas sich daran, jenem Reichtum nachzuforschen. Selbst wenn er dabei nicht den Grund entdecken würde, aus dem Azar umgebracht worden war, so würde er bestimmt besser verstehen, was für ein Typ Richter Azar gewesen war.

Aber kaum begann Rogas, der Hypothese der Bestechlichkeit Azars nachzugehen, mit jemandem zu spre-

chen, sich um vertrauliche Mitteilungen zu bemühen, als aus der Hauptstadt die gebieterische Mahnung kam, keine leeren Gerüchte aufzugreifen, sondern lieber jenem Wahnsinnigen auf der Spur zu bleiben, wenn es eine Spur gab, der ohne jeden Grund Richter umbrachte. Die These, daß ein Wahnsinniger am Werk war, leuchtete den obersten Regierungsspitzen nunmehr ein: dem Polizeiminister und dem Justizminister, dem Präsidenten des Obersten Gerichtshofes, dem Polizeichef. Und auch der Präsident der Republik, so teilte der Chef Rogas im Vertrauen mit, fragte jeden Morgen, ob der verrückte Mörder gefaßt worden sei. Noch, und darüber wunderte sich Rogas, sah niemand hinter dem Fall politische Hintergründe: nicht einmal jene Zeitungen, die jederzeit bereit waren, einer der vielen revolutionären Sekten, von denen das Land wimmelte, jedes absurde oder ungeheuerliche Verbrechen anzulasten.
Zum Glück kam, noch ehe Rogas seine zu den Weisungen des Chefs im Widerspruch stehende Meinung äußerte, die Information, welche er sogleich nach Azars Tod angefordert hatte: ungefähr zwei Jahre lang hatten Azar und Varga dem Strafgericht von Algo angehört. Rogas verschwand ebenso plötzlich aus Chiro, wie er aus Ales verschwunden war. Die Journalisten verloren seine Spur, bis ihn schließlich ein Lokalkorrespondent in Algo entdeckte. Daraufhin wurden die unterschiedlichsten und seltsamsten Mutmaßungen angestellt; und sie wurden geradezu abwegig, als ausgerechnet in Algo der Richter Rasto ermordet wurde. Ob Rogas gewußt habe, daß Algo Schauplatz eines vierten Mordes würde? Und wenn er es wußte, wieso war es

ihm nicht gelungen, das Verbrechen zu verhindern? War es eine bloße Vermutung gewesen? Hatte er dem Mörder eine Falle stellen wollen? Aber die Falle hatte nicht funktioniert: und als Köder einen Richter hineinzutun, war ein bißchen zuviel. Die Zeitung «Die Lunte», deren Redakteure einen unparteiischen Glauben sowohl an die gewaltsame soziale Wiedergeburt als auch an die ebenso gewaltsamen und feindlichen Kräfte des bösen Blicks hatten, unterstellte, daß Rogas angeborene unheilvolle Eigenschaften besäße: eine Unterstellung, die von den wenigen Lesern der Zeitung auf die vielen, die sie nicht lasen, übergehend zur Gewißheit wurde. Eine Woche lang murmelten mindestens zwei Drittel der erwachsenen Bevölkerung des Landes Beschwörungen und berührten Amulette, sobald der Name Rogas fiel. Am Ende jener Woche rief der Polizeiminister, der fürchtete, daß sich die Zuschreibung unheilvoller Kräfte auf das gesamte Polizeikorps und sogar auf das von ihm geleitete Ministerium ausdehnen könnte, plötzlich die Journalisten zusammen. Er legte die Absichten der Polizei und vor allem den Grund dar, warum sich Inspektor Rogas, kurz bevor Richter Rasto ermordet wurde, in Algo aufgehalten hatte. Rogas, so erklärte er, war nach Algo auf Grund eines Indizes gegangen, das zwei der drei bis dahin begangenen Morde in Verbindung brachte: Varga und Azar waren zehn Jahre zuvor etwa zwei Jahre lang am Strafgericht von Algo gewesen. Nun war die Tatsache, daß gerade in Algo der unbekannte Mörder noch einmal zugeschlagen hatte, mit der Notiz zu erklären, welche die Zeitungen über die Anwesenheit von Rogas in der Stadt gebracht hatten, und somit

als eine an die Polizei gerichtete Herausforderung zu verstehen. Die Polizei nehme die Herausforderung an und verfolge alle Spuren, die mit dem von Rogas gefundenen Indiz zusammenhängen, um den verrückten Mörder zu fassen.
Die Erklärungen des Ministers machten Rogas dermaßen nervös, daß er seinen Chef telefonisch bat, ihm den Auftrag wieder zu entziehen, falls der Minister tatsächlich entschlossen wäre, ihm Prügel zwischen die Räder zu werfen. Der Chef tröstete ihn, befahl ihm, die Nachforschung fortzusetzen. Aber wie Rogas befürchtete, kam sogleich die Antwort des Mörders an den Minister: in einer weit von Algo entfernten Stadt fiel der Richter Calamo. Soviel man alsbald erfuhr, hatte er niemals mit einem der anderen vier Opfer in Verbindung gestanden. Der Mörder, der entweder in Algo Richter Rasto wie geplant ermordet hatte, ohne von Rogas' Anwesenheit zu wissen, oder der den Mord begangen hatte, weil er von der Anwesenheit Rogas' wußte und ihn herausfordern wollte, war sich also inzwischen seines falschen Schrittes bewußt geworden und versuchte nun, den Inspektor von Algo und jenem Indiz abzulenken, um ihn hinter sich in das Labyrinth der Sinnlosigkeit, der Verrücktheit zu ziehen.
Aber Rogas blieb in Algo. Er hatte alle Prozesse zusammengestellt, an denen Varga als Ankläger und Azar als Richter beteiligt gewesen waren, und einem ziemlich einfachen Kriterium folgend und nach summarischer Prüfung teilte und gruppierte er sie. Eine erste Gruppe von neunzehn Prozessen, die mit Freispruch geendet hatten, schied er sofort aus. Die zweite von fünfunddreißig Prozessen, in denen die Angeklag-

ten verurteilt worden waren, weil sie sich entweder als schuldig bekannt hatten oder weil sie auf Grund einwandfreier Beweise und Zeugenaussagen von der Polizei gefaßt worden waren, schied er aus, nachdem er vier Fälle aufmerksam gesichtet hatte, die ihm, in den Protokollen der Polizei oder in den Erklärungen der Zeugen, irgendeine falsche Note aufzuweisen schienen. Aus diesen vier Fällen, die nicht eigentlich zu seiner Untersuchung gehörten, da es hier nicht um böse Absicht der Richter ging, sondern, wenn überhaupt, um die der Polizei oder der Zeugen, gewann er die Überzeugung, daß es im Grunde nicht schwer sein müsse, auch auf dem Papier, aus bloßen Worten die Wahrheit von der Lüge zu unterscheiden; und daß eine beliebige Tatsache, einmal im geschriebenen Wort festgehalten, wieder zum Leben erweckt werden konnte, etwas, das nach Meinung der Professoren nur für die Kunst, die Literatur zutraf.

Er gab dem Gerichtsarchiv die vierundfünfzig ausgeschiedenen Prozeßakten zurück und behielt eine Gruppe von zweiundzwanzig zurück, in welchen die Angeklagten auf Grund von Indizien und Vermutungen verurteilt worden waren und sich im Verlauf der polizeilichen Verhöre, der Voruntersuchung und der Verhandlung stets als unschuldig erklärt hatten.

Rogas machte ein Verzeichnis derjenigen, welche in den zweiundzwanzig Prozessen verurteilt worden waren, vervollständigt durch alle Hinweise, die zu ihrer Aufspürung dienen konnten. Er verschickte sie an die Gerichts- und Polizeibüros, die in der Lage waren, das Schicksal jener Personen zu kennen, die sich noch im Gefängnis befanden oder entlassen worden waren. So erfuhr er, daß vierzehn noch Gäste der Strafanstalten waren, in der Tat solche, auch wenn ein Gesetzesvorschlag vorlag, um jene traurige Benennung zu ändern (aber nur die Benennung); und acht waren in die Freiheit zurückgekehrt, weil sie ihre Strafe verbüßt hatten oder weil sie ihnen durch Straferlasse und Amnestien abgekürzt worden war oder weil sie im Berufungswege freigesprochen worden waren. Auf diese acht, auf die Akten ihrer Prozesse konzentrierte sich Rogas über eine Woche lang. Es war eine Art Flucht, ein Spiel: er lernte aus den Akten jene Tatbestände kennen, die dazu verwendet werden konnten, die Unschuld der Angeklagten zu beweisen, und er fand ein Gefühl der Freiheit und des Vergnügens darin, jene Denkgewohnheiten und Vorurteile zu vermeiden, die sich fortwährend erheben, um die Schuld des Angeklagten zu untermauern.

Die Fakten, welche die Richter dahin hätten bringen können, die Unschuld der Angeklagten zu erklären, überwogen nach Rogas' Ansicht in allen acht Fällen jene, deren sie sich bedient hatten, um die Schuld, die Verurteilung zu begründen. Im höchsten Maß ungerecht erschien ihm, wie man das «Vorleben» herangezogen hatte, in fünf von acht Fällen lieferte es den Nachweis von «bewiesener Fähigkeit zum Begehen eines Verbrechens» und wurde als unumstößliches und endgültiges Argument gebraucht. Wenn einer mit zwölf Jahren im Nachbarsgarten Pflaumen gestohlen hatte, konnte er mit dreißig leicht einen Raubmord begangen haben. Wenn er die Pflaumen gar im Garten des Pfarrers gestohlen hatte, ließ alles glauben, daß er zehn Jahre später seine Mutter umgebracht haben könnte. Und so fort, immer mit dem «Vorleben» zur Hand, in einem Land, das in seiner Literatur stets die unvorhersehbaren Stimmungen, die Widersprüche, die nutzlosen Gesten und die grundlegenden Veränderungen dargestellt hatte, denen die Menschen unterlagen. Nachdem er es als Beleidigung der Justiz und als sinnlose Zeitverschwendung erachtete, das jeweilige «Vorleben» in Rechnung zu ziehen, hielt Rogas sich länger bei den drei Fällen auf, deren Hauptpersonen kein «Vorleben» hatten; und bei diesen drei Fällen setzten seine Nachforschungen ein.

Die drei Personen wohnten in der Nähe von Algo. Die Verteidigung oder die Anklage hatte gegen ihre Urteile Berufung eingelegt; ihre Akten waren von einer Instanz zur nächsten gewandert, auch nach – wie es dem Verurteilten in der Gefängniszelle scheinen mußte – langen Jahren, jedoch nach kurzer Frist – gemessen am gemächlichen Gang der Verwaltungsmaschinerie – beim Obersten Gerichtshof gelandet: und hier hatte Zweifel die Richter ergriffen, nicht am Tatbestand, dessentwegen sie verurteilt worden waren, sondern an der Anwendung des Gesetzes, das sie verurteilt hatte, und die Angeklagten waren zu neuem Prozeß zurückgestellt worden. Ergebnis: einer hatte die Strafe bestätigt erhalten; einem war sie um zwei Jahre verlängert worden; einer war freigesprochen worden.

Rogas begann bei diesem letzten: ihm schien, sowohl wegen des Charakters, der aus dem Prozeß hervorging, als auch wegen der Tat selbst, von der er schließlich freigesprochen worden war, daß er diesen Mann sogleich aus der Reihe der Verdächtigen ausschalten konnte. Der Mann hatte weder einen festen Wohnsitz noch Be-

schäftigung. Nicht daß er durch den Prozeß und die vier Jahre Gefängnis, die er sich eingehandelt hatte, ruiniert worden wäre; seine Mißgeschicke hatten sich vielmehr aus einer Neigung zum Müßiggang ergeben, den er zur Schau trug und auch theoretisch vertrat; und da der Müßiggang bekanntlich aller Laster Anfang ist, schien es der Polizei und den Richtern der ersten Instanz durchaus glaubhaft, ihm auch einen Mord zuzutrauen. Es gab kein «Vorleben», aber es gab den Müßiggang.
Er saß in der Sonne auf der Piazza, am Fuße des Denkmals für einen General Carco, der vor hundert Jahren jenes Gebiet dem einen Tyrannen weggenommen hatte, um es einem anderen zu geben. Er hatte sich die Baskenmütze über die Augen gezogen. Regungslos, in der Haltung vollkommener Gelöstheit. Vielleicht schlief er. Rogas blieb so vor ihm stehen, daß sein Schatten auf ihn fiel. Wie zum Spaß zog er ihm die Mütze zurück. Ein angewiderter und fragender Blick starrte ihn an. Er schlief also nicht. Dann zog ein Schatten des Argwohns über sein Gesicht. Rogas sah sich geprüft, erkannt als das, was er war. Ohne die Stellung zu ändern, dem Anschein nach lässig, war der Mann jetzt gespannt, auf der Hut.

«Wie gehts?», fragte der Inspektor. Der Ton sollte herzlich sein und war es: aber es war doch eine Frage, der Anfang eines Verhörs.
«Es geht nicht», sagte der Mann.
«Was geht nicht?»
«Alles.»
«Und vorher?»
«Wann vorher?»

«Vorher, sage ich, ging es da?»
«Nie.»
«Und dann?»
«Und dann sind wir hier.»
«Immer?»
«Nicht immer: manchmal sitze ich auf der Piazza, manchmal im Café.»
«Manchmal eine kleine Reise?»
«Schön wärs. Aber die letzte, die ich gemacht habe, ist nach Rus gewesen: zwölf Kilometer, zu Fuß. Vor drei Jahren.»
«Was sagst du zu diesen Richtermorden?» Rogas duzte ihn, weil er einer von den Typen war, die sich von der Behörde eine Behandlung als alte Bekannte erwarten, auch wenn sie erbarmungslos ist.
«Sie gefallen mir nicht», sagte der Mann: wie einer, der weiß, daß er eine unbefriedigende Antwort gibt und indessen fieberhaft befriedigendere vorbereitet auf die Fragen, die kommen werden. Allmählich bekam er es mit der Angst zu tun.
«Der Staatsanwalt Varga...», begann Rogas.
«Er glaubte, ich hätte den Ladenbesitzer umgebracht. Er wollte, daß sie mir dreißig Jahre Gefängnis geben. Schade, daß es die Todesstrafe nicht mehr gibt, hat er damals gesagt.»
«Und der Richter Azar?»
«Hat mir siebenundzwanzig gegeben. Aber nicht allein: es waren noch zwei andere Richter dabei.»
«Ich weiß. Und sie leben noch. Und du?»
«Was sollte ich machen? Zum Glück haben sie mir als Pflichtverteidiger einen jungen Anwalt gegeben, der sich einen Namen machen wollte. Er hat Berufung

eingelegt, meinen Prozeß bis vor den Obersten Gerichtshof gebracht. Und nun bin ich hier.»
«Und die vier Jahre Gefängnis?»
«Sind vorbei.»
«Vorbei, gut. Aber du hast sie ungerechterweise aufgebrummt bekommen, nicht?»
«Ich habe zweiundfünfzig Jahre Leben aufgebrummt bekommen, ungerechterweise. Die vier, die ich im Gefängnis verbracht habe, drücken mich nicht so sehr. Das Gefängnis ist sicher.»
«Was heißt sicher?»
«Essen, schlafen. Alles geregelt.»
«Und die Freiheit?»
«Die Freiheit ist hier», sagte der Mann, und tippte sich gegen die Stirn.
«Du hast doch gesagt, du hättest Glück gehabt, einen Rechtsanwalt zu finden, der dich aus dem Gefängnis herausgebracht hat.»
«Man sagt halt so. Gewiß, es ist kein Unglück gewesen. Sie sagten, ich hätte einen Mann umgebracht, um sein Geld zu nehmen; der Advokat hat bewiesen, daß ich unschuldig war: ein Glück. Aber für das übrige...», er zuckte die Achseln.
Rogas legte ihm eine Hand auf die Schulter, zum Gruß. Er ging. Als er sich am Rand der Piazza noch einmal umdrehte, sah er, daß der Mann sich wieder die Baskenmütze über die Augen gezogen hatte und gelöst dasaß. Die Sonne. Die Ruhe, der Müßiggang. Die Würde der Ruhe, die Kultur des Müßiggangs. Luis Cernuda, Variaciones sobre tema mexicano. Schöne Stellen. «Die Freiheit ist hier.» Ach was, am Ende lassen sie einem nicht einmal die.

Dem zweiten ging es hingegen sehr gut, jedenfalls gemessen an den üblichen Maßstäben: er betrieb eine Reparaturwerkstatt, arbeitete unaufhörlich, machte Geld, das Geld legte er in einem florierenden Handel mit alten und neuen Automobilen an. Aber vielleicht ging es dem ersten doch besser, überlegte Rogas, als er ihn verschmiert und schwitzend unter einem Auto hervorkommen sah, das er gerade reparierte.
Er merkte nicht, daß Rogas von der Polizei war: er sagte, er hätte zu tun, ein Wagen mexikanischer Touristen, den er sofort reparieren müsse, und wieso das Gespräch mit Rogas so dringlich sei.
«Polizei. Inspektor Rogas.»
Die Wagenschmiere und der Schweiß wurden auf dem plötzlich bleich gewordenen Gesicht des Mannes zur Maske.
«Gut», sagte er, «gehen wir da hinüber.»
Sie betraten ein Kämmerchen aus Glasscheiben: es waren zwei Stühle da; er wies Rogas einen an, ließ sich auf den seinigen niederfallen: wie eine Marionette, der man die Drähte durchschnitten hat. Dann suchte er auf dem Tisch fahrig nach den Zigaretten, zündete sich eine an, während er den Inspektor anstarrte, als ob sein Blick hinter einer Mauer hervorkäme, aus einer Höhle. Seine Hände zitterten.
«Ich bin nur in einer Routineangelegenheit hier: und es wird mich ohnehin nicht weiterbringen, aber bei unserer Arbeit ist es nötig, zuerst die überflüssigen Dinge, die nutzlosen Dinge beiseite zu räumen; sonst kommen sie dir schließlich wieder zwischen die Füße, wenn du sie am wenigsten erwartest... Zum Beispiel, als ich hier hereinkam, ist mir gleich klargeworden,

daß es für Sie schwierig sein würde, für einen Tag oder nur für ein paar Stunden Ihre Werkstatt zu verlassen, ohne daß die Arbeiter und die Kunden Ihre Abwesenheit bemerken, sich daran erinnern und außerdem noch eine Rechtfertigung dafür von Ihnen verlangen. ‹Ist der Meister nicht da?› ‹Er ist krank... Er ist zu einer Hochzeit gegangen... Er ist zum Finanzamt bestellt worden...› ‹Und wann kommt er zurück?› Kurzum, Ihre Abwesenheit kann nicht unbemerkt bleiben.»
«Sie bleibt nicht unbemerkt», sagte der Mechaniker etwas erleichtert.
«Aber Sie haben begriffen, warum ich Sie aufgesucht habe?», fragte Rogas.
«Ich glaube ja.»
«Dann sagen Sie mir: haben Sie sich in letzter Zeit aus Ihrer Werkstatt entfernt, für Stunden oder Tage, Zeiträume, die vernünftigerweise ausreichen, um nach Ales oder Chiro zu fahren?»
«Nein, absolut nicht.»
«Und im Zusammenhang mit den Morden an Staatsanwalt Varga und an den Richtern Sanza, Azar, Rasto...?»
«Ich wiederhole: Nein, absolut nicht.»
«Aber Sie erinnern sich an Staatsanwalt Varga, an Richter Azar?»
«Ich träume nachts von ihnen», und er fuhr sich mit der Hand übers Gesicht wie einer, der aus einem Traum erwacht und die Erinnerung daran wegwischen möchte.
«Betrachten Sie sich als ihr Opfer?»
«Nicht gerade als ihr Opfer. Ein Opfer.»

«Welche Wirkung hat es auf Sie, zu erfahren, daß sie ermordet worden sind?»
«Keine. Es war ein Räderwerk, und ich bin hineingekommen. Es konnte mich zermalmen. Aber ich bin lebendig wieder herausgekommen.»
«Aber Sie waren unschuldig.»
«Glauben Sie das wirklich?»
«Ich bin hier, weil ich es glaube.»
«Ja, ich war unschuldig... Aber was will das heißen, unschuldig zu sein, wenn man in das Räderwerk hineingerät? Nichts will es heißen, das versichere ich Ihnen. Nicht einmal für mich, an einem gewissen Punkt. Wie wenn man eine Straße überquert, und ein Auto überfährt einen. Unschuldig, und er ist von einem Auto überfahren worden: was hat es für einen Sinn, so etwas zu sagen?»
«Aber nicht alle sind unschuldig», sagte Rogas. «Ich meine: nicht alle sind unschuldig, die in das Räderwerk geraten.»
«So wie das Räderwerk funktioniert, könnten alle unschuldig sein.»
«Dann könnte man auch sagen: so wie das mit der Unschuld ist, könnten wir alle in das Räderwerk geraten.»
«Vielleicht. Aber ich gehe nicht in die Kirche, und darum sehe ich die Sache anders.»
Rogas dachte: Er versteht es, einen Gedanken zu entwickeln, rasch zu einem Schluß zu kommen. Und zynisch dachte er weiter: Das Gefängnis hat ihm gutgetan. Er sagte: «Ich verstehe.» Er fiel in den berufsmäßigen Ton zurück. «Sie haben also in letzter Zeit Ihre Werkstatt nicht einmal für einen Tag verlassen, Sie sind nicht verreist...»

«Am Sonntag ist die Werkstatt natürlich geschlossen: aber ich bin da, um abzurechnen, alles in Ordnung zu bringen; und wenn einer kommt, der eine kleine Reparatur braucht, sage ich nicht nein.»
«Am Sonntag...», sagte Rogas: keines der Verbrechen, denen er nachforschte, war an einem Sonntag geschehen. «Und abends, an den Werktagen: wie verbringen Sie den Abend?»
«Ich schließe immer nach zehn Uhr und gehe ins Restaurant.»
«Welches?»
«In den ‹Cacciatore›.»
«Jeden Abend?»
«Jeden Abend: ich lebe allein.»
«Warum?»
«Sie haben meinen Prozeß gelesen?»
«Ja, ich habe ihn gelesen. Ich verstehe.» Er stand auf. «Ich mache Sie darauf aufmerksam, daß ich leider nachprüfen muß, ob Sie abends im ‹Cacciatore› waren.»
«Dann werden die Leute wieder anfangen, über mich zu reden, über meinen Fall und daß die Polizei mich wieder verdächtigt. Aber was soll ich machen? Es ist das Räderwerk.»
«Ich werde diskret und vorsichtig vorgehen.»
«Ich danke Ihnen.»

Rogas kam um drei Uhr nachmittags aus dem «Cacciatore»: er hatte vorzüglich gegessen, ein halbes Wildkaninchen, süßsauer zubereitet, und eine Flasche Roten, sehr stark, aber mit einem schwachen Hauch von Jasmin, und er hatte nebenbei das Alibi des Mechanikers überprüft, das über jedem Zweifel stand. Er fühlte sich zufrieden, sicher: einerseits weil er zur wachsenden Schar derer gehörte, die das Wildbret, das heimische Hühnchen, das hausgebackene Brot und den Wein aus dem Faß als Überbleibsel eines goldenen Zeitalters zu genießen versteht, andererseits weil sich in der Person, der er jetzt auf der Spur war, die idealen Fähigkeiten zu einem sozusagen idealen Typ des Verbrechers kristallisierten. Der Prozeß der Kristallisation, nicht ungleich dem der Liebe (Stendhal, De l'amour), hatte sich in Rogas beim wiederholten Lesen der Prozeßakten vollzogen, beim Gespräch mit all denen, die mit dem Fall zu tun gehabt hatten, beim Sammeln der geringfügigsten, der verschwommensten Informationen über die Hauptperson.

Die Tatsachen, so wie sie ihm sein Kollege Contrera erzählt hatte, der damals das Polizeibüro in Algo leitete, waren diese (aber es waren nicht nur diese Tatsachen; hinzu kamen die Eindrücke, die Beurteilungen): Am Abend des 25. Oktobers 1958 erscheint auf dem Polizeibüro Frau Cres. Sie verlangt den Inspektor zu sprechen. Der Wachtposten, später auch der Inspektor bemerken, daß sie aufgeregt ist, verwirrt, erschreckt. Die Frau hat ein Paket von zylindrischer Form in der Hand. Sie wickelt es auf: heraus kommt ein Töpfchen aus emailliertem Metall, das die Frau aufdeckt und dem Inspektor unter die Augen hält: ein körniger, schokoladenfarbiger Matsch.

«Schwarzer Reis», sagt die Frau.

«Wie?», fragt der Inspektor.

«Schokoladenreis», erklärt die Frau. «Haben Sie ihn nie gegessen?»

«Nein.»
«Mir schmeckt er sehr.»
«Er ist sicher gut», sagt der Inspektor und beginnt eine gewisse Besorgnis zu empfinden.
«Ja, aber nicht dieser», sagt die Frau.
«Warum?», fragt der Inspektor mit geheucheltem Interesse, als spiele er mit einem Kind. «Ist etwas darin, was nicht schmeckt?»
«Es ist Gift darin», sagt die Frau, entsetzt und feierlich.
«Ach so, Gift», sagt der Inspektor, immer um im Spiel zu bleiben, überzeugt, daß er es mit einer Verrückten zu tun hat. «Und wer hat es hineingetan, das Gift?»
«Ich weiß es nicht», sagt die Frau «aber die Katze ist tot.»
«Ach so, die Katze... Und wer hatte ein Interesse daran, die Katze umzubringen?»
«Niemand, glaube ich: den schwarzen Reis habe ich der Katze gegeben.»
«Sie sind es also gewesen. Und warum?»
«Weil ich nicht wußte, daß Gift darin war.»
«Erzählen Sie mir alles der Reihe nach», sagt der Inspektor: und er denkt, daß entweder eine Geschichte herauskommt, die zu protokollieren ist, oder daß es ein Fall ist, um einen Krankenwagen zu rufen. Aber bei der letzten Antwort beginnt seine Überzeugung, daß die Frau verrückt ist, zu wanken. In der Tat erzählt die Frau klar der Reihe nach.
Ihr Mann ist Apotheker, und sie hilft ihm in der Apotheke. Sie lösen sogar einander ab: es ist selten, daß die Ärzte heute noch eigene Rezepturen aufschreiben wie früher, soviel von diesem und soviel von jenem, das Pülverchen, die Blätter für den Aufguß:

und mit den Spezialitäten kommt sie besser zurecht als ihr Mann, weil sie ein besseres Gedächtnis hat. Wenn sie in die Apotheke herunterkommt, geht der Mann in die Wohnung hinauf oder in den Klub, um eine Partie Billard zu spielen. Öfter jedoch geht er in die Wohnung hinauf, weil er gern kocht, und es stimmt, gewisse Gerichte macht er ausgezeichnet. Den schwarzen Reis zum Beispiel. Sie ist ganz versessen darauf. Eben an jenem Tag hatte der Apotheker schwarzen Reis zubereitet. Als er in die Apotheke zurückgekommen war, hatte er ihr nichts gesagt, es war für sie eine Überraschung gewesen, den schwarzen Reis in der Küche vorzufinden: in Form einer Muschel, schwarz, glänzend auf dem Servierteller mit den Blümchen. Und er duftete nach Zimt, vielleicht ein bißchen stärker als sonst. Sie kann im allgemeinen nicht widerstehen, zu kosten und sich eine Portion zu nehmen. Aber an jenem Tag hatte sie eine Eingebung gehabt: die Katze war ihr nachgelaufen, aus der Apotheke, wo sie gewöhnlich war; sie miaute, ihr Schnurrbart zitterte beim Duft des Zimts; und sie hatte, einfach so, impulsiv, einen Löffel voll schwarzen Reis genommen und ihn für sie auf den Fußboden fallen lassen.
«Warum?», fragte der Inspektor. «Warum auf den Fußboden?»
Seine Frau würde es nie getan haben, sie wurde zornig, wenn die Kinder ein Stückchen Fleisch für die Katze fallen ließen, die unter dem Tisch war. (Dank der Frau, überlegte Rogas, hatte sein Kollege Contrera die einzige sinnvolle Frage des ganzen Verhörs gestellt.)
«Aber ich habe es Ihnen gesagt: impulsiv, aus einer Eingebung heraus.»

«Ich glaube nicht an Impulse, die im Gegensatz zu den Gewohnheiten stehen; und noch weniger an die Eingebung», sagte der Inspektor. «Ist nicht irgend etwas gewesen, das Ihren Verdacht erregt hat und Sie in dieser Weise handeln ließ?»
«Vielleicht der übermäßige Geruch nach Zimt.»
«Aber!», sagte der Inspektor, seinen Zweifel in ein langgezogenes A legend. «Wie dem auch sei, erzählen Sie weiter... Und die Katze?»
«Die Katze fraß den schwarzen Reis mit Genuß, leckte den Boden sauber auf, schaute in die Höhe, bettelte um einen zweiten Löffel, maunzte; dann auf einmal wurde sie kürzer, schien sich in sich selber zurückzuziehen, wobei sie Luft ausblies wie eine Drehorgel... Aber an die Drehorgel denke ich erst jetzt, in dem Augenblick kam sie mir wie ein leerer Pelzärmel vor, der von selber die Bewegung machte, sich umzudrehen... Dann schnellte sie los wie eine Sprungfeder, fiel um und lag lang und steif auf dem Boden.»
«Und Sie?»
«Ich war wie tot vor Schrecken. Aber ich habe nicht geschrien.»
«Warum?»
«Ich weiß nicht, in jenem Moment. Jetzt, wo ich ruhiger bin, kann ich sagen, daß mir vielleicht blitzartig ein Verdacht kam.»
«Der Verdacht, daß Ihr Mann Gift in den, wie heißt er gleich, getan haben könnte?»
«In den schwarzen Reis», verbesserte die Frau und antwortete nicht auf die Frage. Sie war jetzt sehr ruhig. Eine schöne Frau zwischen dreißig und vierzig, stellte der Inspektor fest.

«Aber warum dachten Sie an Gift?»
«An was konnte ich sonst denken?»
«Katzen können genauso sterben wie die Menschen: auf der Straße, mit dem Bissen im Mund, während sie eine Zigarette anzünden...»
«Die Katze, die raucht...», sagte die Frau mit einem halben Lächeln. «Entschuldigen Sie, mir ist das Schild eines Pariser Cafés eingefallen.»
«Das ist ein Hund: der Hund, der raucht», sagte der Inspektor pikiert. «Jedenfalls, auch eine Katze kann plötzlich sterben: sie hört auf, den schwarzen Reis zu fressen, und stirbt. Wieso haben Sie nicht gedacht, daß Ihre Katze zufällig plötzlich gestorben sei?»
«Ich weiß nicht, vielleicht weil ich an der Zuneigung meines Mannes zweifelte.»
«An seiner Zuneigung? Aber zwischen Zweifeln an der Zuneigung und in einem Nu Gewißheit haben, daß Ihr Mann Sie mit schwarzem Reis vergiften wollte, besteht ein Unterschied, würde ich sagen.»
«Ich habe nicht von Gewißheit gesprochen. Ich habe lediglich Eindrücke, Vorahnungen, Befürchtungen. Die Gewißheit muß aus den Analysen kommen. Ich habe Ihnen den schwarzen Reis mitgebracht, und auch die Katze, ich habe sie in den Gepäckraum des Autos gelegt, in einem Säckchen. Und es hat keinen Sinn, noch weiter von meinen Eindrücken zu reden, bevor man das Ergebnis der Analyse kennt. Ich sage Ihnen nur dies: daß ich glaube, man habe einen Anschlag auf mein Leben machen wollen; und ich weiß nicht, von welcher Seite. Wenn die Katze wirklich an Gift gestorben ist, wenn im schwarzen Reis Gift ist...»
Die Katze war an Gift gestorben, im schwarzen Reis

war Gift, um zehn Personen umzubringen. Der Apotheker leugnete nicht, die Süßspeise zubereitet zu haben; er hielt es für ausgeschlossen, daß jemand, außer seiner Frau, der Süßspeise hätte Gift hinzufügen könne. Bei der Kontrolle war die Giftmenge, die sich in der Süßspeise fand, genau dieselbe, die nach dem Register aus der Apotheke fehlte; und auf dem Glasgefäß waren nur die Fingerabdrücke des Apothekers. Die Tüte, in welche das Gift getan worden war, wurde in der Tasche seines Schlafrockes gefunden (er zog den Schlafrock an, wenn er sich als Koch betätigte); und in seiner Brieftasche wurde, schwerer Beweis, ein kurzer Brief gefunden, der von seiner Frau geschrieben zu sein schien (die Sachverständigen fanden die Schrift gut nachgeahmt, verneinten jedoch die Authentizität): «Ich kann nicht mehr leben. Du hast nichts damit zu tun. Du hast keine Schuld, brauchst dir also keinen Vorwurf zu machen. Lebe in Frieden.» Es fehlte ein Motiv, außer den unklaren Eindrücken über das Abnehmen der Zuneigung (nie ließ sie sich zu einem anderen Ausdruck hinreißen und wies mit kompromißloser Schamhaftigkeit jede Anspielung auf die sexuellen Beziehungen zurück); aber wenn etwas fehlt, hilft Gott; ein anonymer Brief kam zur rechten Zeit, um einen wertvollen Hinweis zu liefern: zehn, fünfzehn Tage zuvor hatte sich der Apotheker bei einer Frau von zweifelhaftem Ruf aufgehalten, hatte ihr gewisse vertrauliche Mitteilungen gemacht. Als man die Frau auf das Polizeibüro bestellte, brauchte es nicht viel, um ihr das Geheimnis zu entreißen, das ihr der Apotheker anvertraut hatte: daß er eine «kalte» Frau hatte. Dem Inspektor schien dies kein ernsthafter

Grund, kein ausreichendes Motiv für einen Ehemann zu sein, seine Frau zu beseitigen: alle Frauen sind «kalt». Aber er nahm die vertrauliche Mitteilung zur Kenntnis und gab sie, ohne ihr ein Wort hinzuzufügen, an den Untersuchungsrichter weiter, dessen Träume, an der Seite einer «kalten» Frau, von «heißblütigen» Frauen bevölkert waren: und daher wurde die Kälte, welche Frau Cres ihrem Gatten gegenüber bekundete, zur Basis, auf welcher Staatsanwalt Varga, Richter Azar und Genossen eine Verurteilung zu fünf Jahren wegen versuchten Mordes aufbauten, die dann vom Berufungsgericht bestätigt wurde, unter Vorsitz des Richters Riches, der in der Folge zum Präsidenten des Obersten Gerichtshofes aufstieg.

Bei dem Prozeß, wo er von einem nicht ganz von seiner Unschuld überzeugten Anwalt verteidigt wurde, zeigte der Apotheker Cres eine Haltung, die verächtlich erschien. Er sagte, daß, im Lichte des gesunden Menschenverstandes gesehen, nichts seine Ankläger, seine Richter zu denken hindern würde, daß alles eine Machenschaft seiner Frau wäre. Die Berufung auf den gesunden Menschenverstand verärgerte Staatsanwalt und Richter. Der Staatsanwalt fragte ihn, ob seine Frau der Katze zugeneigt gewesen war. Der Apotheker räumte die Zuneigung ein. «Sehr zugeneigt?», drängte Varga. Cres erwiderte, daß er den Grad der Zuneigung nicht feststellen konnte, und fügte ironisch hinzu: «Sie schien auch mir zugeneigt.» Berufung auf den gesunden Menschenverstand, Ironie: Dinge, die sich ein Angeklagter nie leisten darf. Varga äußerte sich empört über den Zynismus des Angeklagten und schloß mit dem Ausruf: «Nehmen wir einen Augen-

blick an, die Frau wäre wirklich imstande gewesen, einen so teuflischen Plan zu erdenken und auszuführen (und warum denn auch, wenn nicht einmal der Gatte ein Interesse, ein Motiv anzugeben vermochte?), ist es denkbar, daß sie so weit gegangen wäre, das unschuldige Tierchen zu opfern, dem sie, nach dem Eingeständnis des Angeklagten, der die bedrängende Anschuldigung auf sie abwälzen möchte, so sehr zugeneigt war?»
Im Gerichtssaal breitete sich ein Gemurmel der Entrüstung, der Ungläubigkeit aus; die Präsidentin des Tierschutzvereins, bei allen Verhandlungen in ihrer Eigenschaft als solche und als Freundin der Frau anwesend, rief aus «Unmöglich!», und der Anwalt machte dem Apotheker ein Zeichen, daß sein Fall unrettbar verloren war.

Nach dem Berufungsprozeß verschwand Frau Cres. Plötzlich, ohne sich auch nur von ihren Freundinnen zu verabschieden, die ihr während des traurigen Prozesses beigestanden hatten. Soviel man auf dem Polizeibüro von ihr wußte, hätte sie auch gestorben sein können. Aber Inspektor Contrera hatte zu diesem Punkt seine eigene Theorie. Er hatte bereits im Verlauf der Nachforschungen einen gewissen Verdacht gehabt; keinen Beweis, versteht sich; nur den Verdacht, daß jene von Indizien allzu sorgfältig aufgebaut und daß zwischen den beiden, in ihrem Zusammenleben ohne Liebe, die Langeweile, die verzweifelte und blanke Langeweile, mehr auf ihrer als auf seiten ihres Mannes wäre. Als man erfuhr, daß sie verschwunden war, verdichtete sich der Verdacht: die Frau hatte das Verbrechen ausgeheckt, seine Ausführung aber seelenruhig der Polizei und den Richtern überlassen, um sich von ihrem Mann solange zu befreien, als sie brauchte, um zu verschwinden; und da eine Frau, nach Contrera, nie allein verschwindet, mußte es irgendeinen Mann geben, den die Dame, vorher und nachher, mit großem Geschick verborgen gehalten hatte. Contrera hatte versucht, irgend etwas zu entdecken, was sie belastete: aber vergebens.

Nach Verbüßung der fünf Jahre war der Apotheker nach Hause zurückgekehrt. Er erwartete natürlich nicht, seine Frau am häuslichen Herd vorzufinden; er bemühte sich auch nicht zu erfahren, wo sie geblieben war. Er hatte die Apotheke aufgelöst, alles verkauft, was er besaß, außer seinem Haus, wo er wohnte und an dem er sehr hing, trotz der traurigen Erinnerungen an den schwarzen Reis, die Katze, die Jahre, die er mit seiner Frau darin verbracht hatte, die ihn später so treulos verraten sollte. Er ging kaum aus und suchte selten die Gesellschaft jener zwei oder drei Freunde, mit denen er vor Zeiten Billard gespielt hatte und die abends unveränderlich bei der Apotheke vorbeikamen, um ihm die Neuigkeiten des Tages zu berichten.

Rogas hatte sich, bevor er das Restaurant verließ, vergewissert, daß Cres zu Hause war. Seit drei Tagen wurde das Haus genau überwacht, was insofern nicht schwierig war, da gegenüber ein Café, rechts davon die mittelalterliche Burgruine und linker Hand die Wohnung eines Polizisten lag. Er war da. Am Abend zuvor, gegen Einbruch der Dunkelheit, hatten sie ihn beobachtet, wie er auf den Balkon trat, im Schlafrock (viel-

leicht bereitete er den schwarzen Reis, dachte Rogas). Das Licht hatte bis nach Mitternacht gebrannt. Seitdem hatte nichts mehr darauf hingewiesen, daß er zu Hause war. Aber er war da.
Als Rogas ankam, gab ihm der Wachhabende ein unauffälliges Zeichen, daß Cres zu Hause war. Rogas suchte an der Haustüre nach dem Klingelknopf. Es war keiner da. Er hob den wie ein Löwenkopf geformten Türklopfer, ließ ihn fallen. Der leere Widerhall im Hausflur, die Woge tiefsten Schweigens, die ihn überrollte, gab Rogas das unbehagliche Gefühl, daß Cres fortgegangen war. Aber er hämmerte weiter gegen die Tür, immer stärker. Dann wandte er sich nach dem Polizisten um, rief ihn mit einer Handbewegung herbei. Der Mann lief herzu, den Becher mit Mandelmilch in der Hand, an der er sich gerade gütlich tat, sagte zwischen Ärger und Verblüffung «Er muß da sein» und warf sich gegen die Tür, um wie verrückt zu klopfen.
«Genug», sagte Rogas. Er spürte, wie sie sich bei den Besuchern des Cafés lächerlich machten, die sich jetzt erklären konnten, warum sich die Polizisten beim Konsum der preiswerten Mandelmilch abwechselten.
«Das war zu erwarten», sagte Rogas: und er meinte damit nicht Cres, sondern die, die ihn seit drei Tagen überwachen und aufhalten sollten, wenn er wegzugehen versuchte. Es war nicht das erstemal, es würde nicht das letztemal sein.
«Er muß drinnen sein: vielleicht schläft er, vielleicht will er uns nur nicht aufmachen», sagte der Polizist.
«Kann sein», sagte Rogas: aber er tat es aus bloßer Freundlichkeit und um den verwirrten, ängstlichen Polizisten zu beruhigen.

«Was machen wir?», fragte der Polizist.
«Geh ins Café zurück», sagte Rogas. «Ich werde heute nacht mit einem Durchsuchungsbefehl und einem Schlosser zurückkommen.»
Er ging fort, wobei er vermied, die Zuschauer anzusehen.
Cres war fortgegangen. Bestimmt hatte er die Überwachung bemerkt und war in einem Augenblick, wo der Polizist sich entfernt hatte, in aller Gemütsruhe aus dem Haus gegangen. In zwei Tagen hatte er Gelegenheit gehabt, die Gewohnheiten seiner Überwacher zu studieren; am dritten war es ihm gelungen zu fliehen. Es gehörte im übrigen nicht viel dazu: es war fast Tradition beim Polizeikorps, sich die aus der Entfernung Überwachten entwischen zu lassen. Dem Anschein nach hing dies mit einer weitverbreiteten Nachläßigkeit zusammen; aber der eigentliche Grund war viel gefährlicher. Es war die Unfähigkeit der Polizeibeamten und ihrer Vorgesetzten, die Handlungsweise eines Menschen zu begreifen, der gewissermaßen nicht Fisch und nicht Fleisch war und den es zu überwachen und nicht zu verhaften galt. Die Struktur der Polizei war bis vor wenigen Jahren nur repressiv gewesen: und ihre Psychologie, ihre Gewohnheit dauerte fort. Obgleich er sich sagte, daß er nichts anderes erwartet hatte, fühlte Rogas brennend die Enttäuschung. Cres war aus einem Hause entwischt, das auch ein Blinder hätte überwachen können. Vor allem aber komplizierte seine Flucht, wenn es Flucht war, die Dinge. Indes, es mußte nicht unbedingt Flucht sein: vielleicht hatte Cres tatsächlich nichts gemerkt und war offen, ohne jede Vorsichtsmaßnahme fortgegangen, sogar unter

dem Auge des Polizisten, der in der drückenden Mittagshitze den Grund vergessen hatte, aus dem er seit Stunden im Café saß, und in dem Mann, den er überwachen sollte, irgendeinen sah, der aus dem Haus ging, um etwas zu erledigen oder weil er Lust hatte, auf der Bastei frische Luft zu schöpfen. Im übrigen sagte sich Rogas, daß man nicht jeden, der floh, kaum hatte er die Aufmerksamkeit der Polizei erregt, als Schuldigen gelten lassen konnte. Im Gegenteil. Nach seiner Erfahrung gab es mehr Unschuldige, die flohen, als Schuldige. Die Schuldigen warteten, daß die Aufmerksamkeit der Polizei sich in einem Haftbefehl konkretisierte; sie machten es der Polizei leicht, gaben vielleicht sogar ein Geständnis ab, um desto schneller aus dem unsicheren Bereich der polizeilichen Ermittlungen in jenen gesicherten Bereich der Rechtsprechung zu gelangen, wo auch die Geständnisse der Beweise bedurften und der Beweis fast immer fehlte. Die Unschuldigen hingegen flohen. Nicht alle, versteht sich. Und mit gutem Grund konnte einer wie Cres auch dann fliehen, wenn er unschuldig war: denn schon einmal war er, vielleicht unschuldig, in jedem Fall aber mit schwachen Schuldbeweisen, in das Getriebe der Justiz geraten und erst nach fünf Jahren daraus entkommen und hatte nicht einmal die Genugtuung eines Urteilsspruches erfahren, der, wenn nicht seine Unschuld, so doch wenigstens die Unzulänglichkeit jener Beweise anerkannt hätte.
Daß Cres unschuldig verurteilt worden wäre, stand für Rogas nicht unbedingt fest. Anders als sein Kollege Contrera, der den Fall untersucht und Cres den Richtern übergeben hatte, seine Hände waschend wie Pilatus, hätte sich Rogas schon damals Gewißheit über

Schuld oder Unschuld verschafft und – nach reiflicher Überlegung – diskret, aber zäh dafür gesorgt, daß sich seine Überzeugung in den Protokollen niederschlug. Den Mann vor sich haben, mit ihm reden, ihn kennenlernen, bedeutete für Rogas mehr als die Indizien, mehr sogar als die Tatsachen. «Eine Tatsache ist ein leerer Sack.» Man mußte den Menschen hineintun, die Person, die Persönlichkeit, damit er aufrecht stand. Und was für ein Mensch war dieser Cres, den man wegen versuchten Mordes zu fünf Jahren verurteilt hatte, eines Mordes, den er vorsätzlich und auf Grund verwerflicher Motive geplant haben sollte. Was für ein Mensch war er nach seiner Verurteilung geworden, in den fünf Jahren Haft, in den weiteren fünf Jahren, in denen er, in die Freiheit zurückgekehrt, im eigenen Haus beinahe wie in einem Gefängnis gelebt hatte? Rogas konnte nur vermuten, phantasieren. Und das einzige konkrete Ergebnis, zu dem er dabei gelangte, war: daß Cres ein Mann war, der für das Gefängnis bestimmt war, der sich aus dem Leben ein Gefängnis gemacht hatte. Der Beruf: einer der verdammtesten, den ein Mensch wählen kann, und Cres hatte ihn mit achtzehn Jahren gewählt; kaum aus dem Gymnasium gekommen, wenn nicht schon früher. Und aus freien Stücken: nicht aus Tradition oder familiärem Zwang, denn sein Vater war Rechtsanwalt und hätte gewollt, daß er sich auf das Studium der Rechte vorbereitet. Und dann das Leben, das er führte, seine Gewohnheiten, seine Vergnügen. Und eine «kalte» Frau neben sich. Er hatte sich ein Gefängnis geschaffen und schien sich darin wohl zu fühlen. Darum hatte die Entdeckung eines Gefängnisses, in dem man ihn ungerechter-

weise festhalten konnte, mit Zwang und Gewalt, durch Machenschaft und Entscheidung anderer, in ihm einen unerbittlichen Haß geweckt, einen eiskalten und mörderischen Wahnsinn. Denn im Grunde bejaht derjenige die Freiheit am stärksten, der sich selber ein Gefängnis schafft (Rogas widersprach sich). Montaigne, Kant. Und warum über den armen Cres lachen; warum es lächerlich finden, seinen Namen neben diese großen Namen zu stellen, wenn Beethoven vom Himmel herab bestimmt, daß eine vollkommene Wiedergabe seines C-moll-Quartetts an die Ohren einiger junger Mädchen dringe und diese nichts weiter hören als das Rauschen einer Muschel, die Fanfare des Regiments? Es gibt das, was Edward Morgan Forster, Autor der phantastischen Beethoven-Anekdote, «die ursprünglichen Quellen» nannte: die ursprünglichen und allen gleichermaßen gehörenden Quellen (Rogas zog die «res nullius», die herrenlosen Güter, vor) der Melodie, des Sieges, des Gedankens. Beethoven in einer Muschel, Austerlitz in einer Landpartie. Die «Kritik der reinen Vernunft» auf einem Billardtisch. Die «Essais» in den Destilliergläsern einer Apotheke. Aber das wirkliche Gefängnis, das, von dem die anderen die Schlüssel in Händen halten, das, in welches die anderen euch hineinzwingen, ist genau die Verneinung des Gefängnisses, nach dem vielleicht jeder Mensch strebt und das wenige, mehr oder weniger unbewußt, in ihrem eigenen Leben verwirklichen.
Wie auch immer, Cres war fortgegangen. Weil er sich noch einmal zu Unrecht verfolgt fühlte, oder ganz einfach, weil er seine verrückte Rache fortsetzen und der Strafe entgehen wollte? Dies war für Rogas das

Problem. Aber es war eine reine Gewissensfrage. Technisch konnte das Problem der Nachforschung als gelöst betrachtet werden; Cres hatte sich durch seine Flucht selbst beschuldigt (denn offiziell bedeutete die Flucht Schuld, wenn Rogas auch gegenteiliger Meinung war): jetzt konnte man nach ihm fahnden, und morgen oder in einem Jahr würde Cres verhaftet oder getötet werden («getötet im Schußwechsel mit den Polizeikräften»); oder er würde weiter fliehen und entwischen und an einem bestimmten Punkt vielleicht sogar verschwinden: aber auch wenn Hunderte sich nach seinem Beispiel dem Sport verschreiben würden, Richter umzubringen, würden alle ermordeten Richter stets nur ihm zur Last gelegt werden.

Von der Polizeiwache aus telefonierte Rogas mit dem Staatsanwalt von Algo und bat um die Vollmacht, Cres' Haus nachts und in Abwesenheit des Hausbesitzers zu durchsuchen. Der Staatsanwalt, der über die Untersuchung nicht unterrichtet war, wollte die ganze Geschichte erfahren; aber als ihm Rogas sagte, daß Cres wegen versuchten Mordes verurteilt worden war, genügte dies, um seine Neugier in einem «Es handelt sich also um einen Vorbestraften» erlöschen zu lassen, und er versprach, den Durchsuchungsbefehl auszustellen. Anschließend ließ sich Rogas den «Klub für Kultur General Carco» zeigen. Er war sicher, daß er um diese Zeit einen der ältesten und vertrautesten Freunde von Cres dort antreffen würde. Auf dem Weg dorthin versuchte er die Sorgen und Widerwärtigkeiten in der Betrachtung der Portale, Galerien und Höfe zu zerstreuen, die sich in den engen, winkligen Gassen der

Altstadt vor ihm aufrollten. Was der an einem malerischen, dreieckigen Plätzchen gelegene Klub überhaupt mit Kultur zu tun haben konnte, wurde ihm beim Eintreten nicht klar; im übrigen hätte die Benennung nach General Carco, dem die Verbrennung der Palatinischen Bibliothek zu verdanken war, genügen müssen, um ihn zu warnen. Im Klub gab es zwei Billards und vier Kartentische, ein Tischchen, auf dem eine Jagdzeitschrift und eine Tageszeitung lagen, viele Stühle und zwei Spiegelkonsolen, welche die in ihr Tun versunkenen und an eine Trauerversammlung erinnernden Gruppen der Billard- und Kartenspieler widerspiegelten. Das Schweigen wurde nur von dem trockenen Zusammenstoß der Billardkugeln unterbrochen, von dem länger hingezogenen Ton, und er schien fröhlicher bei den Kugeln, die ins Loch rollten. Als Rogas eintrat, wandte sich ihm die Aufmerksamkeit der Spieler für einen Augenblick und fast unmerklich zu. Rogas grüßte, aber keiner antwortete, dann fragte er: «Herr Doktor Maxia?» Ohne die Augen von den Karten zu erheben, sagte einer der Spieler: «Der bin ich. Sie wünschen?» «Ich möchte Sie sprechen.» Rogas sagte es barsch, um ihm nicht die Illusion zu lassen, daß man das Gespräch bis zum Ende des Spiels verschieben könnte. Der Ton wirkte.
«Ich komme gleich», sagte Maxia. Behutsam legte er den Fächer der Karten hin, überließ seinen Platz einem Mann, der als aufmerksamer Zuschauer bei seinem Spiel hinter ihm gestanden hatte. Er näherte sich Rogas. «Ja, bitte», sagte er.
«Ich danke Ihnen. Ich bin...»
«Gehen wir hinaus, wenn es Ihnen recht ist», unter-

brach ihn der Doktor. Und kaum draußen: «Sie sind Inspektor Rogas, ich habe ein Foto von Ihnen in der Zeitung gesehen.»
«Ja, ich bin Rogas.»
«Und Sie sind mit Nachforschungen über jene Kette von Verbrechen beschäftigt, die...»
«Ja», gab Rogas zu.
«Aber ich kann mir nicht denken, womit ich Ihnen dienen könnte.» Höflich das Lächeln, die Stirn besorgt gerunzelt.
«Ich muß mich entschuldigen, daß ich Sie vom Spiel weggeholt habe. Aber es handelt sich um eine kleine Routineangelegenheit, um eine Nachprüfung, die ich anstellen muß. Sie betrifft Ihren Freund Cres. Nichts, was in unmittelbarer Beziehung zu der Untersuchung stände, mit der ich beschäftigt bin, versteht sich. Es handelt sich nur um eine Feststellung, um jene scheinbaren Zusammenhänge auszuscheiden, die bei einer Untersuchung auftreten: und die man eben ausscheiden muß, um weiterzukommen.»
«Ich verstehe», sagte Maxia. Welcher nichts verstand.
«Man hat mir gesagt, daß Sie der einzige sind, mit dem Cres häufig verkehrt...»
«Das stimmt nicht ganz. Er, um Ihren Ausdruck zu gebrauchen, verkehrt nicht mit mir. Ich bin es, der ihn aufsucht, der versucht, ihn aus seinem Schneckenhaus herauszuholen, ihn zu bewegen, alte Gewohnheiten wiederaufzunehmen, ihn unter die Leute zu bringen. Aber es ist vergebliche Mühe. Manchmal würde ich es am liebsten aufgeben, um so mehr, als mir scheint, daß ich ihm mit meinen Besuchen lästig falle.»
«Interessant», sagte Rogas.

«Was?», fragte Maxia argwöhnisch.
«Das, was Sie sagen.»
«Aber, entschuldigen Sie, was wollen Sie eigentlich wissen?»
«Nichts Genaues. Ich möchte nur, daß Sie mir etwas über Cres erzählen: über seinen Charakter, wie er lebt...»
«Es ist mir lieber, wenn Sie mir Fragen stellen: wenn ich so frei über ihn spreche, fürchte ich etwas zu sagen, das von jemandem, der ihn nicht kennt, mißverstanden werden kann; etwas, das sich vielleicht sogar zu seinem Schaden auswirken kann.»
«Das brauchen Sie nicht zu befürchten: nichts von dem, was Sie mir sagen werden, wird in einen Bericht, in ein Protokoll kommen. Dies ist ein vertrauliches Gespräch. Ich will mir nur eine Vorstellung von dem Menschen Cres machen, von seiner Persönlichkeit.»
«Seltsame Persönlichkeit», sagte Maxia.
«Nun, ich stelle Ihnen eine präzise Frage: war er Ihrer Meinung nach unschuldig?»
«Ich will offen sein: lange Zeit hindurch habe ich geglaubt, daß er wirklich daran gedacht haben könnte, seine Frau zu beseitigen. Er ist immer ein verschlossener, schweigsamer, scheuer Typ gewesen, und von einem solchen Menschen kann man alles Mögliche glauben, im Guten oder im Bösen. Man weiß nie, was in ihm vorgeht. Und dann kommt plötzlich diese Anklage, auf Indizien aufgebaut, aber in abstracto ziemlich glaubhaft; aus der Anklage wird ein Urteil; das Urteil wird in der Berufung bestätigt... Irgendeiner glaubt daran. Ich habe daran geglaubt.»
«Schuldig.»

«Schuldig... Aber dann wirkt seine Frau plötzlich verändert: befriedigt, eine glückliche Miene, sorgfältig verborgen, aber aus jeder Gebärde, jedem Wort spürbar...»
«Weiter nichts?»
«Nichts weiter. Und dann, wie Sie wissen, ist sie verschwunden.»
«Sie könnte tot sein. Ermordet, will ich sagen.»
«Warum? Von wem? Wo?... Ihr Mann war im Gefängnis. Und niemand konnte ein Interesse daran haben, an der Frau Rache zu nehmen, die ihn, zu Unrecht oder zu Recht, für fünf Jahre ins Gefängnis gebracht hatte.»
«Es hätte ein Auftrag sein können.»
«Das halte ich für ausgeschlossen. Ich weiß zwar nicht, inwieweit Cres fähig ist, ein Verbrechen zu begehen. Aber ich halte es aus dem einfachen Grunde für ausgeschlossen, weil seine Frau am Tag vor ihrem Verschwinden die Operation, alle ihre Besitztümer zu Geld zu machen, abgeschlossen hatte.»
«Richtig», stimmte Rogas zu. «Sagen Sie mir: hat Cres im Gefängnis erfahren, daß seine Frau verschwunden ist?»
«Ich glaube schon.»
«Wissen Sie es nicht?»
«Nein, ich weiß es nicht. Seit er aus dem Gefängnis gekommen ist, hat er kein einziges Wort über seine Frau gesagt.»
«Nicht einmal über die Machenschaften, deren Opfer er geworden ist, über die ungerechte Verurteilung?»
«Auch nicht. Nie.»
«Und wovon spricht er? Wenn er mit Ihnen zusammen

ist, meine ich: es muß doch irgendein Thema geben, über das Sie sich häufiger unterhalten... Eine Vorliebe, ein Interesse... Bücher, Politik, Sport, Frauen, Skandalchronik...?»
«Lassen Sie mich nachdenken... Aber Sie haben vorhin gesagt: das ungerechte Urteil. Haben Sie das nur so gesagt, um mir einen Gefallen zu tun, oder sind Sie wirklich überzeugt, daß Cres zu Unrecht verurteilt worden ist?»
«Nicht ganz: sagen wir zu siebzig Prozent... Aber, wovon spricht er, wenn er mit Ihnen zusammen ist?»
«Er spricht nicht von Frauen. Verstehen Sie, das wäre, als ob man im Haus des Gehenkten vom Strick redete oder als ob der Gehenkte selbst vom Strick reden würde... Er versteht nichts vom Sport, Politik interessiert ihn nicht, Bücher liest er nur selten... Ich würde sagen, daß er gern über die Wechselfälle des Lebens redet: die dunkelsten, die verwickeltsten, die doppelsinnigen... Aber mit Abstand, mit Leichtigkeit; wie einer, der ein groteskes Schauspiel genießt, einen Schabernack... Wenn ich es recht bedenke: wie einer, der bereits Opfer eines Schabernacks gewesen ist und sich jetzt darüber amüsiert, andere in die gleiche Falle hineintappen zu sehen.»
«Er amüsiert sich?»
«Vielleicht tut er nur so... Der Prozeß Reis zum Beispiel: er verfolgte ihn in den Berichten von drei oder vier Zeitungen, er spricht oft davon...»
«Ah, der Prozeß Reis!»
«Verstehen Sie mich nicht falsch: Cres ergreift nicht Partei für den Angeklagten; er ist nicht von seiner

Unschuld überzeugt, er rechtfertigt auch nicht das Verbrechen, dessen er angeklagt ist.»
«Und als man Staatsanwalt Varga umgebracht hat?»
«Nichts.»
«Aber Sie haben darüber gesprochen?»
«Ja, aber nur unter einem, sagen wir, technischen Gesichtspunkt: ob, wenn der Ankläger tot ist, der Prozeß von vorne beginnen würde oder ob das Gesetz die Stellung eines Ersatzmannes vorsieht.»
« Und Cres hoffte auf die Stellung eines Ersatzmannes und daß der Prozeß nicht auf einen neuen Termin verschoben würde.»
«Wie können Sie das wissen?»
«Ich denke es mir.»
Maxia sah ihn mißtrauisch an. Augenscheinlich begann er sich zu fragen, ob er nicht zuviel geredet habe, und sich vorzunehmen, seine Worte abzuwägen. Rogas spürte, daß der Augenblick gekommen war, das Gespräch in eine andere Richtung zu lenken. «Cres ist nicht da», sagte er.
«Wo ist er nicht da? Zu Hause? In der Stadt?»
«Weder zu Hause noch in der Stadt: verschwunden.»
«Was soll das heißen, verschwunden? Und wie können Sie sicher sein, daß er nicht zu Hause ist?»
«Ich bin hingegangen, habe wiederholt geklopft: Schweigen.»
«Er tut, als ob er nicht da wäre. Auch bei mir, manchmal. Aber ich gehe darüber hinweg, ich bin nicht beleidigt. Er ist nicht gern mit Leuten zusammen, und manchmal auch mit mir nicht... Einmal habe ich das Tagebuch eines Florentiner Malers aus dem 16. Jahrhundert gelesen: eine eher düstere Ange-

legenheit, das Dokument einer Neurose. Ich habe mich gerade mit Bezug auf Cres daran erinnert: denn der Maler hörte seine Freunde klopfen und nach ihm rufen, und er tat, als ob er nicht zu Hause wäre; und dann notierte er ‹es klopfte der und der, ich weiß nicht, was sie wollten›, und er dachte ein paar Tage darüber nach...»
«Pontormo», sagte Rogas.
«Ja, Pontormo... Woher wissen Sie das?»
«Ich denke es mir», sagte Rogas. Diesmal ironisch.
«Pontormo», wiederholte Maxia verwirrt. Und den Faden wiederaufnehmend: «Sehen Sie, wenn ich vor seiner Haustüre stehe, sicher, daß er da ist und mir nicht aufmachen will, dann lasse ich den Zorn verrauchen, der mich momentan packt, und denke an Pontormo: daran, daß Cres mich da stehenläßt, nur um dann zwei Tage lang darüber nachzugrübeln, was ich gewollt haben könnte, und er weiß dabei, daß ich nichts will, und er schämt sich, weil er mich schlecht behandelt hat.»
«Pontormo geht aus dem Tagebuch als Hypochonder hervor. Was sagen Sie dazu?»
«Ich würde ja sagen.»
«Cres auch?»
«Da ich Arzt bin, würde ich in Hinsicht auf Cres vorsichtiger sein.»
«Richtig. Aber diesmal, lieber Doktor, glaube ich, daß Cres wirklich nicht zu Hause ist, daß er fortgegangen ist... Aber sagen Sie mir: sind Sie sicher, daß er jedesmal, wenn Sie vor der geschlossenen Türe standen, zu Hause war?»
«Beweise habe ich keine dafür. Ich kann auch nicht

sagen: immer. Es wird vorgekommen sein, daß er wirklich nicht da war.»

«Aber Sie haben immer den Verdacht gehabt, daß er da war?» -

«Die ersten Male nicht. Dann, nachdem ich mich bei den Nachbarn erkundigt hatte und niemand ihn fortgehen sah, habe ich mir diese Erklärung zurechtgelegt; und im übrigen entspricht sie seiner Art, so wie ich ihn kenne.»

«Und ist es Ihnen in letzter Zeit öfter passiert, daß Sie vor der verschlossenen Haustüre standen?»

«Ich erinnere mich nicht... Es ist mir öfter passiert, ja, aber ich kann nicht sagen, ob häufiger als im vorigen Jahr oder vor drei Jahren.»

«Ich will Ihnen offen sagen, daß wir Cres suchen, um ihn bezüglich dieser Richtermorde zu verhören. In diesen letzten Tagen haben wir ihn überwachen lassen: und bis gestern abend war er nach Aussage der Wachen zu Hause. Nun habe ich das bestimmte Gefühl, daß er nicht mehr da ist, daß es ihm gelungen ist, die Überwacher zu täuschen und sich zu verdrücken. Ich habe vom Staatsanwalt eine Vollmacht angefordert: heute nacht, wenn Cres nicht da ist, wie ich vermute, oder wenn er tut, als ob er nicht da wäre, wie Sie glauben, werden wir die Tür aufbrechen und das Haus durchsuchen. Bei dieser Gelegenheit werden Sie, wie ich hoffe, als Freund von Cres und in seinem Interesse die Güte haben, mich zu begleiten.»

«Ich werde kommen. Aber zuerst möchte ich, daß wir jetzt zusammen hingehen, um zu versuchen, ob er uns aufmacht.»

«Einverstanden», sagte Rogas.

Cres war auch in der Nacht nicht da. Rogas bemerkte, wie sauber und ordentlich das Haus gehalten war, das für einen Mann allein viel zu groß war. Aber es wehte ein bedrückender Hauch darin, wie in Gefängnissen und Klöstern. Als besonders bedrückend empfand Rogas ein Bild von Frau Cres, das (mit schmachtendem Blick und nur leicht geschlossenen Lippen, wie im Begriff, ein Liebeswort auszusprechen) aus einem schweren Silberrahmen hervorblickte: es war gegenüber dem Ehebett angebracht, in welchem Cres dem Anschein nach weiterhin geschlafen hatte, da auf dem Nachttischchen Flasche und Trinkglas, Bicarbonat, Hustenpastillen, Schuhlöffel, Aschenbecher und der dritte und letzte Band einer Volksausgabe der «Brüder Karamasow» ordentlich nebeneinander lagen. Unter dem Buch war eines jener Notizkärtchen, wie sie den Luxuszigaretten beigegeben sind: und der Inspektor dachte, daß Cres es als Buchzeichen benutzt hatte; und da es nicht mitten im Buch steckte, konnte man vermuten, daß er es zu Ende gelesen hatte. «Los, jetzt machen wir Schluß mit den Reden und gehen zum Leichenschmaus. Stören Sie sich nicht daran, daß wir Pfannkuchen essen werden; das ist ein alter, uralter Brauch, und auch er hat sein Gutes.» Vielleicht hatte er es zu Ende gelesen, während er darauf wartete, daß er sich unbemerkt davonschleichen konnte, nachdem er zuvor das Haus so in Ordnung gebracht hatte, daß die Polizei bei der erwarteten Durchsuchung nichts finden würde. Ein genauer, pedantischer Mensch: und er hatte nichts hinterlassen, das dazu dienen konnte, ihn zu identifizieren oder in Verdacht zu bringen, keine Photographie, keine Hotelrechnung, keine Fahrkarte oder irgendwel-

che Quittungen. Die Identität des Mannes, der bis vor wenigen Stunden das Haus bewohnt hatte, verblaßte in den wenigen Dingen, die neben dem Bett lagen: dem Bicarbonat, den Hustenpastillen, den «Brüdern Karamasow»... Bicarbonat- und Pastillenschachtel waren fast leer, darum hatte er sie wohl dagelassen. Man konnte daraus schließen, daß er davon einen gewissen Verbrauch hatte, zumal er komplizierte Gerichte aß (in der Küche waren die seltensten und pikantesten Gewürze) und türkische Zigaretten rauchte. Was die «Karamasows» anging, so konnte man dieser Lektüre aus der Tatsache einen Sinn geben, daß in der kargen Bibliothek die Russen, bis zu Gorki, vorherrschten.
Die leeren Photorahmen lösten in Maxia eine plötzliche Krise aus. Er erinnerte sich sehr gut an eine der verschwundenen Photographien: da stand Cres, über seine Mutter gebeugt; die alte Dame hatte einen geöffneten Fächer in der Hand und war darauf bedacht, daß das Objektiv jene Gebärde überlebter Koketterie wiedergäbe. Warum hatte Cres sie verschwinden lassen? Offenbar weil er nicht wollte, daß ein Bild von ihm der Polizei in die Hände fiele. Dies wurde durch die Tatsache bestätigt, daß sich in einer großen Schachtel unzählige Photographien seines Vaters, der Mutter, seiner Frau und vieler Unbekannter befanden, die Verwandte und Freunde sein mußten, und nicht eine von ihm, nicht einmal die von der ersten Kommunion. Maxias Loyalität gegenüber seinem Freund geriet ins Wanken. Für Rogas hingegen war das Problem nicht so einfach: entweder hatte Cres die Photographien aus einer Art Aberglauben entfernt, damit sein Bild nicht Leuten in

die Hände fiel, die ihm nicht Freunde waren (denn in der Neurose, auch eines leidlich gebildeten Menschen, kommen die seltsamsten abergläubischen Regungen an die Oberfläche); oder er wollte verhindern, daß die Polizei sich ihrer bei der Fahndung nach ihm bediente, indem sie sie im ganzen Land verbreitete und in den Zeitungen veröffentlichte. Aber in diesem Fall hatte die Umsicht wenig zu bedeuten: in einigen Stunden konnte Rogas sowohl vom Paßamt als auch von dem Archiv des Gefängnisses, in dem Cres seine Strafe abgesessen hatte, die Photographien bekommen, die für die Fahndung gebraucht wurden. Abgesehen davon, daß auch in den Zeitungsarchiven und Bildagenturen die eine oder andere Photographie aus der Zeit des Prozesses liegen mußte. Es sei denn... Blitzartig erinnerte sich Rogas an die Unordnung und Nachlässigkeit, die in diesen Archiven herrschte, daran, wie leicht es wäre, aus den historischen Archiven ein Dekret von Carlo dem Sechsten oder eine Denkschrift des Generals Carco und aus den Gerichtsarchiven eine Prozeßakte zu entwenden, und zum ersten Mal kam ihm der Verdacht, daß er Photographien von Cres nirgends finden würde.

Er fand tatsächlich keine. Auch die zwei Photographien, die vor zehn Jahren in den Zeitungen veröffentlicht wurden, nützten ihm nichts: denn auf der einen sah man nur Inspektor Contrera, auf der anderen den Verteidiger, und Cres wie einen Umriß hinter trübem Glas. Was den berühmten Zeichner der Polizei betraf, dem man die Festnahme eines Diebes verdankte, dessen Gesicht er nach der Beschreibung des Bestohlenen gezeichnet hatte, so hätte man durch die Verbreitung

des Porträts, das nach zwei Arbeitstagen und mit Hilfe des Doktors Maxia, der ununterbrochen beschrieb und Korrekturen empfahl, schließlich zustande kam, beinahe eine Fahndung nach einem berühmten Filmschauspieler ausgelöst.
Es wurde die Beschreibung eines Mannes verbreitet, einsfünfundsiebzig groß, mager, mit bräunlichem Teint, Geheimratsecken, den ersten weißen Haaren, vollständigem Gebiß, leicht gebogener Nase, der sich mit Vorliebe in Grau kleidete und über viel Geld verfügte. Und dieser letzte Punkt machte ihn praktisch unverwundbar, sofern er sich auf Reisen und bei seinen Aufenthalten an die Luxusklasse hielt, wohin die Kontrolle der Polizei nur sehr schüchtern vordrang.
Kurzum, Cres war unsichtbar geworden.

Rogas glaubte auch bald zu wissen, wie es Cres gelungen war, sich falsche Papiere zu beschaffen: er hatte im Gefängnis einen der geschicktesten Fälscher des Landes kennengelernt, der den Polizeibehörden von vier oder fünf Staaten bestens bekannt war. Ein seriöser Mann, sehr gewissenhaft und loyal der Kundschaft gegenüber.
Mitgefangene, darüber befragt, erinnerten sich, daß der Fälscher im Gefängnis viel mit Cres zusammengewesen war. Rogas suchte ihn auf, da auch er jetzt frei war: aber der Mann sagte, daß er im Gefängnis mit Cres Schach gespielt und über Bücher geredet hätte, daß er ihn in guter Erinnerung hätte, aber außerhalb des Gefängnisses hatte er ihn nicht wiedergesehen; er

war sogar begierig darauf, etwas über ihn zu erfahren. Ging es ihm gut? Hatten sie seinen Prozeß wiederaufgenommen? Wenn der Inspektor ihn träfe, ob er so freundlich sein wollte, ihn von ihm zu grüßen? Rogas hatte nichts anderes erwartet.
Zu diesem Zeitpunkt glaubte Rogas, die Beweisfrage ziemlich zuverlässig gelöst zu haben. Er mußte nur noch Cres finden: und dazu galt es als erstes, die Hotelregister in jenen Städten zu kontrollieren, wo die Verbrechen verübt worden waren. Sie mußten feststellen, ob sie nicht in jeder Stadt auf ein und denselben Namen stießen, und das würde der Name sein, den sich Cres in den falschen Papieren zugelegt hatte. Nicht als ob Rogas tatsächlich auf ein Ergebnis gehofft hätte, aber es war eine Arbeit, die er machen mußte; und im übrigen belehrten ihn unzählige Kriminalfälle, mit denen er sich befaßt hatte, daß sich in das vollkommenste, in allen Einzelheiten, mit aller Spitzfindigkeit und Sorgfalt geplante Verbrechen stets und unvorhersehbar irgendein dummer, plumper Fehler einschlich, der dazu angetan war, seinen Urheber zu verderben.
Aber während der Inspektor, in die Hauptstadt zurückgekehrt, sich darauf vorbereitete, einen vollständigen Bericht über seine Untersuchung zu verfassen, wurde ausgerechnet in der Hauptstadt Staatsanwalt Perro ermordet. Und diesmal gab es Zeugen: einen Nachtwächter, eine Prostituierte, einen Herrn, der sich wegen der Hitze auf dem Balkon aufhielt. Keiner von den dreien hatte das Verbrechen beobachtet; aber unmittelbar nachdem sie den Schuß gehört hatten, sahen alle drei zwei Männer fliehen. Sie waren so schnell und leichtfüßig gerannt, daß es sich um junge Leute han-

deln mußte; ihr Haarwuchs und ihre Kleidung (sie waren für einen Augenblick unschlüssig unter einer Laterne stehengeblieben) wies sie als Angehörige ganz bestimmter Gruppen aus. «Sie ließen sich Schnurrbart und Backenbart frei wachsen, die Haare sehr lang und lose herabhängend... Sie trugen Schmuck... Die Ärmel sehr eng um die Handgelenke... Mäntelchen, Hosen und verschiedenartige Formen von Schuhwerk...» (Procopius von Caesarea, Geheime Geschichte).

Die Nachricht erheiterte das ganze Land, oder doch das ganze Land beinahe. Die Moral wurde dadurch in jedem Sinn gehoben: des Parlaments, der Regierung, der Zeitungen, des Klerus, der Familienväter, der Professoren. Und auch der Arbeiterklasse und der Internationalen Revolutionspartei, die sie vertrat. Es gab keine Zeitung, die der Polizei verhüllten Sarkasmus oder offenen Hohn erspart hätte. Die Frage, welche alle Kommentatoren, Anhänger der Regierungspartei und der Opposition gleichermaßen beschäftigte, war: Wieso hatte sich die Polizei in einem Land, das durch die Aktivität jugendlicher Gruppen beunruhigt wurde, welche die Gewalt als Mittel und als Endzweck predigten, ausgerechnet der These des einsamen Verbrechers, des verrückten Rächers verschrieben?

Das fragten sich auch der Chef der Polizei und der Minister. Vergeblich versuchte Rogas seinem Chef begreiflich zu machen, daß nichts vorgefallen war, das die Gültigkeit der bis zu diesem Augenblick verfolgten These gemindert hätte, und daß man das übereinstimmende Zeugnis dreier angesehener Bürger als das betrachten müsse, was es war: die Beobachtung, daß sich zwei junge Leute eilig vom Ort des Verbrechens entfernten. Der Chef fühlte sich beleidigt, und er befahl Rogas, sich Cres endlich aus dem Kopf zu schlagen; der arme Tropf sei wahrscheinlich vor der ungerechten Verfolgung geflohen. Er solle lieber mit seinem Kollegen von der politischen Abteilung zusammenarbeiten, wenn er sich und das Polizeikorps vor der Blamage retten wolle.

Rogas schlug sich Cres nicht aus dem Kopf, welcher jetzt dank einem Nachtwächter, einer Prostituierten und einem unter der Hitze leidenden Herrn seinen Plan ungestört und in aller Freiheit weiter ausführen konnte. Sein berufliches Interesse hatte sich gemindert; es blieb sein menschliches Interesse und der Ehrgeiz. Er würde Cres begegnen, früher oder später: und vielleicht nicht einmal um ihn zu verhaften; man mußte ihn hereinlegen, er würde ihn hereinlegen. Inzwischen hielt sich Rogas seinem Kollegen von der politischen Abteilung zur Verfügung: und das lief in Wirklichkeit auf eine Bestrafung, eine Degradierung hinaus.
Die Büros der politischen Abteilung glichen einer soeben eingerichteten Zweigstelle der Bibliothek der Benediktinermönche: an jedem Tisch ein in die Lektüre eines Buches, einer Broschüre, einer Zeitschrift vertiefter Beamter; und überall Bücher, Broschüren und Zeitschriften mit bedrohlichen oder unverständlichen Titeln aufgetürmt.
«Wir sind dabei, alle Veröffentlichungen der Gruppen in diesem letzten Halbjahr zu lesen; und wir halten uns

bei denjenigen Artikeln oder Stellen auf, welche die Justizbehörden unseres Landes angreifen», erklärte ihm der Sektionschef, Herr Aron.
«Bisher haben wir drei oder vier gefunden, in denen eine gewisse Gewalttätigkeit propagiert wird; aber unser besonderes Interesse gilt dem da.» Er nahm eine Zeitschrift aus grobem Hanfpapier, schlug sie auf, zeigte Rogas die am Rand rot angestrichene und mit blauen Unterstreichungen übersäte Seite.
«Lesen Sie das, diese Sätze sind hervorragend dazu geeignet, Wirrköpfe aufzuhetzen und Leute zur Tat anzustacheln, die bereits alle vernünftigen Maßstäbe verloren haben.»
Rogas las, zerstreut. Er dachte an vernünftige Maßstäbe: bei seinem Kollegen, bei Cres. «Tatsächlich», sagte er und gab die Zeitschrift zurück – «das ist ein ziemlich starker Artikel: zu beanstanden, würde ich sagen, wegen Beleidigung; vielleicht auch wegen Anstiftung zu Verbrechen». Schon gemacht, lieber Kollege, schon gemacht.» Das Wort Kollege betonte er so herablassend, als wolle er sagen, daß sie es natürlich waren.
«Aber das Problem liegt darin, zu erfahren, wer ihn geschrieben hat. Natürlich könnten wir uns an den Chefredakteur der Zeitschrift halten. Aber der Artikel ist anonym: hat er ihn geschrieben, hat er ihn nicht geschrieben?... Sehen Sie, ich glaube, daß die Schüsse, diese Richtermorde will ich sagen, aus der Gruppe kommen, die diese Zeitschrift herausgibt. Und wissen Sie, warum ich das glaube? Weil die Gruppe, die wir überwachen, sich in letzter Zeit sozusagen aufgelöst hat: etwa zehn werden noch von uns überwacht; die

anderen sind verschwunden, und wir können sie nicht finden.»
«Glauben Sie nicht, daß es die Jahreszeit gewesen ist, die die Gruppe aufgelöst hat?» Rogas fiel auf, daß das Wort Gruppe aus den Artikeln auf die Polizeibüros übergegangen war; Herr Aron gebrauchte es wie zwischen Anführungszeichen. – Sie werden in die Ferien gereist sein, ans Meer, in die Berge, ins Ausland...
«Daran haben wir gedacht. Und sie werden vielleicht am Meer oder im Gebirge sein, aber verborgen.»
«Ach woher. Sie werden auf den Landsitzen ihrer Väter sein, auf den Segeljachten. Ich wette, daß die zehn, die ihr noch überwacht, die Ärmeren sind.»
«Kann sein.» Und dann warf er ein: «Auch der Chefredakteur der Zeitschrift ist verschwunden... Ich möchte, daß Sie ihn ausfindig machen: nicht um ihn zu verhaften oder festzuhalten, wohlgemerkt...»
«Das wird nicht leicht sein.»
«Für Sie leichter als für uns, schätze ich. Sie sind ja so etwas wie ein Literat.» In einem Ton, der gewinnend sein wollte, aber Spott und Geringschätzung durchblicken ließ: denn Rogas stand bei Vorgesetzten und Kollegen im Verruf, ein Literat zu sein, sowohl wegen der Bücher, die auf seinem Schreibtisch im Büro standen, als auch wegen der Klarheit, Präzision und dem guten Stil seiner schriftlichen Berichte. So verschieden waren sie von Schriftstücken, die seit undenklichen Zeiten in den Polizeibüros umliefen, daß sie häufig den Ruf auslösten: «Ja, wie schreibt denn der?» oder auch: «Aber was meint er denn?» Man brachte auch in Erfahrung, daß er gelegentlich den oder jenen Journalisten, den einen oder anderen

Schriftsteller aufsuchte. Und er besuchte häufig Kunstgalerien und Theater.

«Ich bin nicht so etwas wie ein Literat», sagte er schroff.

«Verzeihen Sie, ich wollte sagen, daß Sie mit diesen Leuten auf vertrautem Fuße stehen.»

«Auch das nicht. Ich kenne drei oder vier Journalisten, die kaum Literaten sind. Und ich bin mit dem Schriftsteller Cusan vom Gymnasium her befreundet.»

«Wie auch immer, Sie sind in einer besseren Lage als wir... Sie müssen also erstens feststellen, wo sich der Chefredakteur der Zeitschrift verborgen hält, und mich unverzüglich benachrichtigen, damit ich eine strenge Überwachung organisieren kann; zweitens, sobald die Überwachung im Gang ist, müssen Sie ihn aufsuchen, mit ihm sprechen, ihm jede nur mögliche Information über die Zeitschrift und die Gruppe entlocken, ihn genügend beunruhigen, damit er etwas unternimmt, um auch seine Freunde aufzuscheuchen. Überflüssig zu sagen, daß wir auch das Telefon des Hauses, wo er Zuflucht gefunden hat, abhören werden... Einverstanden?»

«Einverstanden», sagte Rogas.

Der Chefredakteur der Zeitschrift «Rivoluzione Permanente» war, wie Rogas schnell erfuhr, Gast des Schriftstellers Nocio. Rogas benachrichtigte seinen Kollegen von der politischen Abteilung, der umgehend Überwachung und Abhören der Telefongespräche anordnete. Zwei Stunden später klopfte Rogas an

der kleinen Villa am Stadtrand, wohin Nocio sich jeden Sommer zurückzuziehen pflegte, um ein neues Buch zu schreiben.
Ein Mädchen in Schürze und weißem Spitzenhäubchen öffnete, musterte ihn mißtrauisch, sagte, noch ehe Rogas ein Wort gesprochen hatte: «Herr Nocio ist nicht da.»
«Ich bin Polizeiinspektor.»
«Ich will nachsehen, ob er da ist», sagte das Mädchen: errötend entweder wegen der soeben ausgesprochenen Lüge oder vor Aufregung, erstmals in diesem Haus einem Polizeiinspektor gegenüberzustehen.
Nocio war da. Das Mädchen führte Rogas in das große, verdunkelte Arbeitszimmer; im Hintergrund an einem Schreibtisch, auf den das Licht einer Stehlampe fiel, und es war Tag, saß Nocio. Er hob die Augen von dem Manuskript, das er dem Anschein nach soeben korrigierte, als der Inspektor drei Schritte vor ihm stand; er erhob sich, indem er sich auf die Armlehnen des Sessels stützte, wie mit Anstrengung; er ging um den Schreibtisch herum, streckte ihm die Hand hin.
«Ich bin Inspektor Rogas.»
«Sehr erfreut. Ich stehe zu Ihrer Verfügung.» Die Hände ausbreitend, um zu sagen, daß es sehr wenig war, was er aus seinem eingewurzelten Stande der Unschuld heraus für die Polizei tun konnte, die bekanntlich immer nach Schuldigen sucht.
«Ich bin gekommen», sagte Rogas, «weil uns bekannt wurde, daß Dr. Galano, Chefredakteur der Zeitschrift ‹Rivoluzione Permanente›, Ihr Gast ist.»
«Nicht mein Gast: der meiner Frau.»
«Ah», erwiderte Rogas.

«Denken Sie nicht das, was Sie soeben denken», sagte Nocio lachend. Meine Frau hat das kanonische Alter hinter sich, man könnte sagen, daß sie seine Perpetua* ist; Perpetua eines Priesters der Revolution. Und dann, unter uns gesagt, Galano...
«Ich weiß», sagte Rogas.
«Ja, ja, ihr wißt alles... Und ihr habt erfahren» mit Ironie «daß Galano mein Gast ist: eine nicht ganz zutreffende Information. Er ist Gast meiner Frau. Unter uns gesagt, ich kann ihn nicht ausstehen: er ist ein kleiner, hysterischer Provinzintellektueller. Was sage ich, Intellektueller? Er ist einer von jenen Idioten, welche die Illusion eines intelligenten Gesprächs vorspiegeln. Es gehört heutzutage nicht viel dazu, diese illusionistische Geschicklichkeit zu erwerben: Worte, Worte, Worte... Sie lesen seine Zeitschrift?»
«Den einen oder anderen Artikel. Berufspflicht.»
Nocio ließ sich in seinen Lehnstuhl fallen, von einem lautlosen, unaufhaltsamen Lachen geschüttelt.
«Berufspflicht! Wissen Sie, daß Sie einen der besten Witze gemacht haben, die ich in den letzten Jahren gehört habe? Berufspflicht! Herrlich!... Aber nehmen Sie doch Platz!» Er deutete auf den Lehnstuhl gegenüber.
Sein plötzlicher Heiterkeitsausbruch war verflogen.
«Haben Sie», fragte Nocio, «jenen Teil der Zeitschrift gesehen, der die Bücher betrifft? Es ist eine Rubrik, die sich ‹Der Index» betitelt... Dieser Idiot, Galano meine ich, hat den Index der verbotenen Bücher entdeckt:

---

* die Haushälterin des Pfarrers Don Abbondio in dem berühmten Roman von Alessandro Manzoni «Die Verlobten».

nach vier Jahrhunderten und mehr, während die katholische Kirche ihn zurückzieht... Meine Bücher kommen auf seinen Index, alle, eines wie das andere. Stellen Sie sich vor: meine Bücher! Die revolutionärsten Bücher, die seit dreißig Jahren auf diesem Gebiet geschrieben worden sind!»
Er ist ein naiver Kerl, dachte Rogas, er ist gleich auf den schmerzenden Punkt gekommen.
«Ja, ja», stimmte er zu. Aber nur um ihn zu trösten.
«Tatsache ist», fuhr Nocio fort, «daß sie Katholiken sind, fanatische, finstere Katholiken: sie wissen es nur nicht. Schade, daß die katholische Kirche solche Eile hat, sich den veränderten Zeiten anzupassen: wenn sie sich verschanzen würde, wenn sie ihre Dogmen mit der gleichen Engstirnigkeit und Grausamkeit verteidigen würde wie zu Zeiten Philipps II., der Inquisition, der Gegenreformation, dann würden ihr diese Leute in Scharen zulaufen. Verbieten, untersuchen, bestrafen: das ist es, was sie wollen.»
«Aber dann würde die katholische Kirche wieder auf uns lasten wie in den Zeiten der Gegenreformation. Und das wollen Sie bestimmt nicht», bemerkte Rogas.
«Nein, ich will es nicht. Und im übrigen wird es nie dazu kommen. Aber manchmal sehne ich mich danach. Alles würde eindeutiger, klarer: sie auf der einen Seite, ich auf der anderen. So hingegen bin ich gezwungen, auf ihrer Seite zu stehen, auf der Seite Galanos, der mich auf den Index setzt. Die Revolution, verstehen Sie? Dieses Wort, das nur ein Wort ist, verpflichtet mich, verbindet mich mit Galano und seinesgleichen... Ich hasse sie!»
Eine Pause. Dann erhob sich Nocio, ging zum Schreibtisch, holte einige Blätter; setzte sich wieder Rogas

gegenüber. «Wissen Sie, was ich gerade tat, als Sie hereinkamen? Ich war dabei, Verse zu überlesen und zu korrigieren, die ich gestern abend in einem wahren Wutausbruch hingeworfen habe. Verse! Seit dem Gymnasium habe ich keine mehr geschrieben... Lesen Sie sie.» Er reichte ihm die Blätter mit einer nervösen Geste hin, als ob er einen Entschluß gefaßt hätte, dessen er sich schämte. Rogas las.

Voller Anmaßung wiederholt ihr Worte
die ihr nicht begreift:
Ideen-Spray, Schaum von alten und neuen Ideen
(mehr alten als neuen)
geifert und trieft von euren Lippen
wie gestern erst auf dem Arm der Mutter
– die Mutter die Mutter –
die Milch. Und es trieft herab
von euren Märtyrerbärten:
Vorspiegelung einer Reife, die euch
dem Vater gleichmachen soll
und damit tauglich zum Inzest.
Die Mutter –
da liegt das Problem:
die Frau, die im Bett eures Vaters liegt
und ihr verkündet ihr Reich
und unter dem Bart habt ihr das Gesicht
des Aloysius des Neokapitalismus
alle Erbfehler der Gonzaga
in jenem schmalen Antlitz
alle Erbfehler der Bourgoisie.
Aufgewachsen zwischen den Zwergen
und Hanswursten

zwischen den Buckligen und den Impotenten
destilliert aus der französischen Krankheit
war er heilig, weil er nie seiner Mutter
ins Gesicht sah
die eine Frau war.
Und ihr schaut ihr ins Gesicht und denkt
daß sie eine Sau ist
wenn sie im Bett eures Vaters liegt
weil ihr heiliger seid als er
selbst wenn ihr es nicht wißt.
Auch ihr seid aufgewachsen
zwischen Hanswursten, Zwergen und Impotenten
zwischen dem Gold und der Syphilis.
Euer Bart soll sie finster machen
die zarten Gesichter von Zuhältern
von Homosexuellen
von Abartigen.
Und Robespierre, der keinen Bart hatte
lacht über euch, über eure Revolution:
sein Schädel lacht
sein Staub
sein letztes Stäubchen, das mehr wert ist
als euer ganzes Leben.
Und auch Marx, der einen Bart hatte, lacht
lacht in jedem Haar seines Bartes
lacht über die leeren Hülsen
die er euch hinterlassen hat:
Schellen, die klingeln
vom vertrockneten Samen
vom erstorbenen Samen.
Und ihr putzt euch auf damit wie Zirkuspferde
schüttelt sie im Müßiggang

in eurem Unbefriedigtsein
im Überdruß.
Der lebendige Same von Marx ist in denen
die leiden
die denken
die keine Fahnen haben.
Sie lachen, Robespierre und Marx
oder sie weinen über euch
über den nicht mehr menschlichen Menschen
über den Gedanken, der nicht denkt
über die Liebe, die nicht liebt
über das ewige Fiasko des Geschlechtes
und des Geistes,
mit dem ihr das Reich der Mütter verkündet
and that is not what I meant at all
that is not it, at all
dies nicht, dies nicht
und auch wir wollten es nicht
wir lasterhaften, verderbten Hanswurste
wir Väter
auch wir nicht
denn wir prostituierten das Leben
aber meinten die Liebe
wir prostituierten den Geist
aber meinten den Gedanken
die Vernunft
das Geschlecht
den Mann und die Frau
den Schmerz
den Tod.
Talleyrand sagte, die Süße des Lebens
kannten nur jene, die wie er

vor der Revolution gelebt hätten
aber nach euch (nicht nach eurer Revolution
denn ihr werdet sie nicht machen) wird es
weder Widerschein noch Widerhall
der Süße des Lebens geben
noch wird eine Erinnerung an euch bleiben
außer in den Archiven des
Federal Narcotic Bureaus.
Der menschliche Mensch hat seinen
Mond gehabt
menschliche Gottheit
stille Leuchte der Liebe
ihr habt den euren:
grauen, pockennarbigen Bimsstein
Wüste, würdig eurer nicht mehr
menschlichen Gebeine
tote Natur mit den toten Ampullen des
Verstandes.
Aber was wißt ihr
von Ariostos rasendem Roland
seinem zurückeroberten Verstand durch Astolfo
auf einer Reise zum Mond
von Verstand, versiegelt in einer Flasche
wie der eure (aber nicht zurückzuerobern
der eure).
Die Flasche tote Natur
die Scherzflasche des Eros
wie Stendhal sagte
Stendhal, den ihr nicht kennt
Stendhal, der die Sprache der Leidenschaft
spricht
für die ihr tot seid.

«Interessant», sagte Rogas. «Werden Sie es veröffentlichen?»
«Wollen Sie mich auf den Arm nehmen?» Seine feinen und gedankenvollen Züge wurden gewöhnlich. Ein Kaufmann, dachte Rogas, der ein Angebot hört, das ihm Verlust bringt. «Wollen Sie mich auf den Arm nehmen? Mit dem Finger würden sie auf mich zeigen, mich als Reaktionär beschimpfen; wenn ich etwas Derartiges herausbringe, bin ich geliefert: dann kann ich mir gleich einen Grabstein kaufen.»
«Aber Sie mußten es schreiben, Sie haben es geschrieben.»
«Ein Ausbruch, nichts weiter als ein Ausbruch. Die Laune eines Augenblicks. Verrückt. Sie werden mir sagen, daß auch Wahrheiten darin stecken, Prophezeiungen. Aber sie zählen nicht gegenüber der Wahrheit der Revolution, die so gewiß kommen wird, wie der Tag nach der Nacht... O nein, Galano wird sie nicht machen; Leute wie er werden sie nicht machen... Aber sie wird kommen: und Galano und die anderen, die von ihr reden, ohne sie zu begreifen, werden dabei sein, in vorderster Front... Und vielleicht werden sie die ersten sein, die verschlungen werden, aber einstweilen sind sie da, sie werden da sein bis zu dem Augenblick, wo sie losbricht.» Den Ton ändernd: «Sie haben Pascal gelesen?»
«Ich habe ihn gelesen.»
«Erinnern Sie sich an die Stelle über die Wette? Im ersten Augenblick erscheint der Gedanke zynisch...»
«Ich würde sagen ungeheuerlich.»
«Er ist es nicht. Wenn ich an Gott glaube, an das ewige Leben, an die Unsterblichkeit der Seele, auch

wenn es sie nicht gibt, welchen Preis werde ich bezahlen? Keinen. Aber wenn ich nicht an sie glaube, und es gibt sie doch, dann ist der Preis die ewige Verdammnis... Heute gilt diese Wette nicht für die Metaphysik, sondern für die Geschichte. An die Stelle des Jenseits ist die Revolution getreten. Ich würde riskieren, alles zu verlieren, wenn ich nicht an sie glaubte. Aber wenn ich auf sie setze, verliere ich nichts, wenn sie nie eintritt, gewinne alles, wenn sie kommt... Das ist kein ungeheuerlicher Gedanke, wie Sie sagen: über der utilitaristischen Auslegung darf man nicht vergessen, daß es dabei für Pascal wie früher für Augustinus immer um das Problem des freien Willens geht, um die Freiheit für mich... Sie haben dieses Problem nicht? Wetten Sie nicht? Wollen Sie nicht wetten?»

«Ich verabscheue Wetten. Ich will nicht Gefahr laufen, zu gewinnen. Und ich habe eine Schwäche für die Niederlagen, für die Besiegten. Ich kann Ihnen auch sagen, daß ich im Begriff bin, eine gewisse Liebe zur Revolution bei mir zu entdecken: eben weil sie nunmehr besiegt ist.»

«Ich würde sagen, ohne die entfernteste Absicht, Sie zu kränken, daß Ihr Gesichtsausdruck berufsbedingt ist: weil es Ihre Aufgabe ist, die bestehende Gesellschaft zu verteidigen, glauben Sie schließlich, daß die Einrichtungen des bürgerlichen Staates praktisch unzerstörbar sind. Aber sehen Sie nicht, was in diesem Land vorgeht? Nichts ist so fein gesponnen, als daß es nicht doch ans Licht käme.»

«Wenn es genügend Licht gibt», sagte Rogas melancholisch.

«Ja, wenn es genügend Licht gibt.» Er blickte Rogas zerstreut an. Dann, scherzend: «Ist es nicht so, daß von Revolution zu sprechen ein Verbrechen ist?»
«Vom professionellen Gesichtspunkt aus versichere ich Ihnen diesmal, daß es um so besser ist, je mehr man davon spricht.»
«O Galano!», rief er in komisch-flehendem Ton aus. Und auf einmal erinnerte er sich an den Grund, aus welchem Rogas da war.
«Aber Sie sind ja gekommen, um mit ihm zu sprechen! Entschuldigen Sie, ich werde ihn sofort rufen lassen.»
Er ging zum Schreibtisch, nahm eine silberne Glocke, läutete, bis das Mädchen kam. «Sagen Sie Herrn Galano und natürlich auch der gnädigen Frau, daß ein Polizeiinspektor da ist, der ihn sprechen möchte.»
Kaum war das Mädchen verschwunden, nahm Nocio hastig die Blätter, die er Rogas hatte lesen lassen, verschloß sie in eine Schublade des Schreibtisches, steckte den Schlüssel in die Tasche.
«Werden Sie sie vernichten?», fragte Rogas.
«Warum?», überrascht, gereizt.
«Wenn Sie sie liegen lassen, könnten Sie die Wette verlieren... Aber ich frage mich: Und wenn Sie die Wette mit diesen Blättern gewinnen könnten?»
«Um Gottes willen!», sagte Nocio. Rogas wußte nicht recht, ob sich das auf die Verse bezog oder ob er ihn damit beschwor, nicht mehr davon zu reden: denn Galano war in das Zimmer getreten. Er blieb vor Nocio stehen, und Besorgnis, Erschrecken heuchelnd fragte er: «Ein Polizeiinspektor? Für mich?» Nocio

wies auf Rogas, der sich erhoben hatte.
«Werden Sie mich verhaften?», fragte Galano. Er wandte sich zu Nocio: «Glaubst du, daß er gekommen ist, um mich zu verhaften?»
«Ich weiß es nicht», sagte Nocio barsch.
«Aber es würde dich freuen», sagte Galano und drohte ihm mit dem Finger, als hätte er ihn auf frischer Tat ertappt.
«Was würde ihn freuen?», fragte Frau Nocio von der Türe her in einem Ton wie «das laß nur meine Sache sein». Rogas machte ihr eine halbe Verbeugung, dachte: Tallemant des Réaux würde sagen, daß wenige Frauen weniger schön sind als sie.
«Daß sie mich verhaften», sagte Galano.
«Oh», sagte die Dame und betrachtete ihren Mann voller Abscheu. Da er einen Streit kommen sah, sagte Rogas: «Ich muß Sie enttäuschen: ich bin nicht gekommen, um Sie zu verhaften.»
«Sie enttäuschen mich wirklich», sagte Galano geziert.
«Und Sie enttäuschen ihn.» Auf Nocio deutend.
«Ich bin gekommen», sagte Rogas, «um Sie zu informieren, daß Sie als Chefredakteur der Zeitschrift ‹Rivoluzione Permanente› und vermutlich Verfasser eines nicht unterzeichneten Artikels über die Justizbehörden angezeigt worden sind, wegen Beleidigung und Aufhetzung zum Angriff gegen die öffentliche Sicherheit.»
«Die alte Geschichte», sagte Galano.
«Ja, die alte Geschichte. Aber die Umstände haben sich inzwischen geändert, verstehen Sie?»
«Nein, ich verstehe nicht. Und ich will Sie auch nicht verstehen. Denn wenn man aus mir das Sühneopfer für

diese Kette von Richtermorden machen will, so bedeutet das, daß sich die Justizbehörden noch mehr zuschulden kommen lassen, als wir in unseren Berichten behauptet haben: und daher Grund, sie noch heftiger anzugreifen.»
«Den Artikel haben also Sie geschrieben?»
«Ich leugne nicht und bestätige nicht. Ihr habt mich angezeigt: und wir werden uns bei Gericht sehen. Aber ich versichere Ihnen: ich bin es nicht, der die Richter umbringt.»
«Davon bin ich überzeugt.»
«Persönlich, oder ist es die Polizei, die davon überzeugt ist?»
«Persönlich.»
«Und warum?» Es klang enttäuscht.
«Vielleicht aus Eigenliebe.»
«Ach ja, ich entsinne mich: Sie verfolgen eine andere Spur... Die Polizei hingegen hat mich im Verdacht.»
«Das habe ich nicht gesagt. Die Polizei hat Ihren Artikel im Verdacht: das heißt die Wirkung, die Ihr Artikel auf einen Leser gehabt hat, der nicht mehr klar denken kann; oder auf eine Gruppe von Lesern, auf eine extreme Zelle ihrer Anhänger.»
«Leider bringen meine Artikel keine solchen Wirkungen hervor. Sonst würde er», er deutete auf Nocio – sich schon längst im Pantheon befinden, vereint mit den großen Toten der Nation.»
Nocios Kinn zitterte wie das eines Kindes, das gleich anfangen wird zu weinen. Aber vielleicht war es Zorn. «Du bist eine Kanaille», sagte er. Und er versuchte die Beleidigung zu versüßen, indem er dazu lächelte wie zu einem Scherz.

«Und warum? Weil ich behaupte, daß du ein bürgerlicher Schriftsteller bist, daß dich mehr Schuld trifft als den Polizeiminister oder den Präsidenten des Obersten Gerichtshofes oder den finstersten amerikanischen Kapitalisten?»

«Ein bürgerlicher Schriftsteller, ich?» Zu Rogas gewendet: «Haben Sie das gehört? Ich ein bürgerlicher Schriftsteller! Sagen Sie ihm, ob die Polizei mich für einen bürgerlichen Schriftsteller hält.»

«Vilfredo, mach dich nicht lächerlich», mischte sich seine Frau ein. «Dir fehlt wirklich eine Bescheinigung von der Polizei: ‹Vilfredo Nocio ist kein bürgerlicher Schriftsteller›. Unterschrieben von Tamborra.» Tamborra war der Polizeichef, dem man eine tiefsitzende Abneigung gegen alle Intellektuellen nachsagte.

«Halt den Schnabel», sagte Nocio.

«Da haben wir schon den Beweis, wie reaktionär du bist: ‹Halt den Schnabel›. Weil ich eine Frau bin, weil ich deine Frau bin...»

«Weil du keinen Mund hast, sondern einen Schnabel wie ein Papagei, wie eine Elster», sagte Nocio wütend.

«Es hilft dir alles nichts: du bist ein bürgerlicher Schriftsteller, bist ein Bürger, lebst wie ein Bürger, ißt, schläfst und amüsierst dich wie ein Bürger», sagte Galano.

«Ich bin kein Bürger», schrie Nocio. Er war am Rande einer Krise.

«Verzeihen Sie», sagte Rogas zu Galano: und seine Frage war auch ein mitleidiger Versuch, Nocio zu helfen «Sie sagen ‹du lebst wie ein Bürger, du ißt, schläfst und amüsierst dich wie ein Bürger›. Was wollen Sie damit sagen?»

«Verstehen Sie nicht?»

«Nein, ich verstehe nicht.»

«Aber dies alles», sagte Galano: und er hob die Arme, um das Arbeitszimmer, das Haus, den Garten, das Leben, das Nocio zwischen den Dingen führte, in der Vorstellung zu umgreifen und zu umschreiben.

«Du lebst auch hier. Und dein eigenes Haus ist nicht viel anders», sagte Nocio.

«Aber ich lebe in anderer Weise darin, darauf kommt es an», sagte Galano triumphierend.

«Du ißt wie ich, bezahlte Proletarier bedienen dich, wie sie mich bedienen, du schläfst in einem Bett mit Vorhängen wie das meine... Zu Hause schläfst du sogar in einem Bett, das man dir mit der Behauptung angedreht hat, es habe der Marquise von Pompadour gehört...»

«Man hat es mir nicht angedreht», entrüstete sich Galano «es ist echt. Aber dein Lesepult ist vor ein paar Jahren in Evian hergestellt worden: es kommt nicht aus der Villa D'Annunzios in Arachon.» Er wandte sich an Rogas: «sehr bezeichnend, finden Sie nicht? Er hat das Lesepult gekauft, weil man ihm weisgemacht hat, daß D'Annunzio auf ihm Petrarca gelesen habe.»

«Gut, mein Lesepult ist falsch, dein Bett echt. Der Punkt ist, daß du es gekauft hast und darin schläfst... Kurzum: du lebst wie ich; gibst Geld aus wie ich; hast die gleichen Freunde und Bekannten wie ich; du reist zwischen St. Moritz, Taormina, Monte Carlo hin und her, du spielst und kaufst dir die Liebe, wie ich es nicht tue, nie getan habe: aber ich bin ein Bürger, du nicht.»

«Ob man ein Bürger ist oder nicht, entscheidet sich

hier», sagte Galano und tippte sich mit dem Zeigefinger gegen die Stirn.

«Sehr bequem», sagte Rogas. Er erhob sich, um zu gehen.

«Das verstehen Sie nicht», sagte Galano verächtlich.

Der Chef der politischen Abteilung war enttäuscht und müde.

«Sie waren kaum weg», erzählte er Rogas, «als sich Galano ans Telefon gehängt hat. Er hat der Reihe nach den Generaldirektor der Westbank, den Präsidenten der Pharmazeutischen Gesellschaft Schiele, den Chefredakteur der Regierungszeitung ‹Ordnung und Freiheit› und den der oppositionellen Wochenzeitung ‹Roter Abend› angerufen, den berühmten Couturier Gradivo, die Schauspielerin Marion Delavigne, den Grafen von Santo Spirito, die Exkönigin von Moldavia... (eine Art ‹Lustige Witwe›, nicht wahr?). Allen diesen Leuten hat er vergnügt mitgeteilt, daß er den Besuch eines Polizeiinspektors gehabt hätte und daß es scheine, als ob die Polizei ihn als Urheber der Richtermorde im Verdacht hätte. Diese Leute haben sich köstlich amüsiert. Glauben Sie, solche Leute könnten an einem revolutionären Komplott beteiligt sein und obendrein Handlungen billigen wie die Ermordung von Richtern?»

«Und Sie?» Er dachte: es fehlt nicht viel, und er schiebt mir den idiotischen Einfall, Galano aufzusuchen, in die Schuhe.

«Ich würde nicht einmal im Traum daran denken... Auf jeden Fall haben wir aus den Telefongesprächen Galanos einen winzigen Hinweis gezogen, der nützlich sein kann. Als er mit der Schauspielerin sprach, hat er gesagt, wenn überhaupt, müsse die Polizei die Gruppe Zeta unter die Lupe nehmen, die Neoanarchisten, die bei einem Expriester, Vertreter eines christlich-evangelischen Anarchismus, zusammenkommen und von Narco finanziert werden, der praktisch der Besitzer der großen Warenhauskette OC ist (was, wie Sie wissen, Onesto Consumo heißen will). Ich muß sagen, es kommt mir ein bißchen unwahrscheinlich vor, daß die Neoanarchisten auf Richter Jagd machen: ich werde das Evangelium lesen müssen und dann alle Blätter, die von der Gruppe Zeta veröffentlicht werden.»

«Was das Evangelium angeht, kann ich Ihnen sagen, daß Sie darin zahllose Stellen finden werden, die sich gegen das Richten, die Richter wenden. Gewiß, es ist nicht im Sinne des Evangeliums, zu Tätlichkeiten überzugehen, wie wir sagen würden. Aber man weiß nie, was Priester und Expriester in das Evangelium hineinlesen. Es heißt dort auch: ‹Ich bin nicht gekommen, um den Frieden zu bringen, sondern das Schwert›.»

«Wer sagt das?»

«Christus hat es gesagt.»

«Ja, es ist vom Schwert die Rede. Aber ich hätte nie gedacht, daß Christus...»

«Es kann eine Metapher sein. Das Schwert, meine ich.»

«Aber die Kaliber 38, um die es in unserem Fall geht, ist keine... Da sehen Sie, warum ich dem Hinweis mißtraue, den uns Galano in so liebenswürdiger Weise gegeben hat.»

«Ich auch.»

«Aber wir haben ihn: und wir können nicht umhin, uns damit zu befassen... Ich meine, Sie sollten sich damit befassen... Galano hat übrigens auch zu der Schauspielerin gesagt: ‹Heute abend werden alle bei Narco sein, wenn das die Polizei wüßte...›.»
«Wahrscheinlich vermutet Galano, daß sein Telefon abgehört wird: er wollte sich einen Spaß mit uns machen.»
«Glauben Sie? Aber Spaß oder nicht, Sie sollten heute abend zu Narco gehen. Das Haus wird natürlich überwacht: aber diskret, von Beamten in Zivil, die einzeln hinkommen werden.»
«Warum kommen Sie nicht auch?»
«Ich kann nicht, ich bin zum Minister bestellt.»
«Dann sagen Sie mir, was ich tun soll, was ich sagen soll.»
«Sagen Sie, daß Sie mit dem Expriester sprechen wollen... Wie zum Kuckuck heißt er eigentlich?... Oder besser, daß Sie einen suchen, der sich angeblich im Hause Narco aufhält: erfinden Sie irgendeinen Namen... Der Trick, irgendeinen zu suchen, den es nicht gibt, ist immer gut: und er rechtfertigt es, bei allen Anwesenden eine Ausweiskontrolle vorzunehmen... Kurzum, ich verlasse mich auf Ihren Scharfsinn, auf Ihre Diskretion.»

Während Rogas in Begleitung eines Polizisten den Barockpalast betrat, den ein Kardinal hatte erbauen lassen und den Narco jetzt bewohnte, wurde in Tera der Gerichtspräsident ermordet. Aber der Inspektor

dachte in diesem Augenblick nicht an die Verbrechen, auch nicht an Cres, der aller Wahrscheinlichkeit nach ihr Urheber war: er machte sich Sorgen darüber, daß er auf dem besten Wege war, sich lächerlich zu machen und daß sein Kollege von der politischen Abteilung ihm den Rücken kehren würde, sowie er, Rogas, den Tiefpunkt erreicht hätte, wo er nicht nur versagt, sondern sich zudem lächerlich gemacht haben würde. Er gab dem Portier Namen und Dienstgrad an. Dieser drückte eine Taste und brüllte «Polizeiinspektor Rogas» in ein unsichtbares Mikrophon. Man hörte eine befehlende Stimme: «Lassen Sie ihn heraufkommen: Dienstbotentreppe.» Geringschätzig zeigte der Portier Rogas die Treppe.
Die Tür war offen, und der Majordomus stand da, wie um ihm den Eintritt zu verwehren. «Sie wünschen?»
«Ich möchte Herrn Narco sprechen.»
«Ich weiß nicht, ob er Sie empfangen kann.»
«Dann fragen Sie ihn.»
Er kam zurück mit einer Miene, in welcher sich die Arroganz in Belustigung auflöste. Rogas entnahm daraus nichts Gutes: die Gesichter der Diener kündigten stets zum voraus die Stimmung ihrer Herrschaft an. Ein langer Gang, ein entzückend eingerichteter Salon, ein Saal mit vielen Bildern: Watteau, Fragonard, Boucher. Wenn sie wenigstens falsch wären, hoffte Rogas. Noch eine Tür: und sie befanden sich in einem großen Saal voller Leute. Sofort wußte Rogas, daß ihn sein Kollege von der politischen Abteilung belogen hatte: er war nicht zum Minister gerufen worden, wenn ausgerechnet der Minister mit einem Herrn auf ihn zukam, der Narco sein mußte.

«Was wollen Sie?» fragte der Minister barsch.
Rogas entschied sich, ihn nicht zu kennen. «Mit Herrn Narco sprechen», sagte er ruhig.
«Das bin ich», sagte der andere. Der Minister machte eine Gebärde, die besagte: schweig, es ist meine Sache, mit diesen Tölpeln fertig zu werden. Er wandte sich an Rogas.
«Wer sind Sie?»
«Ich bin Inspektor Rogas. Und Sie?»
«Er fragt mich, wer ich bin», sagte der Minister zu Narco und lächelte halb ironisch, halb verächtlich.
«Tatsächlich, er fragt dich, wer du bist», gab Narco zurück. Doppelt befriedigt, weil der Minister in seiner Eitelkeit verletzt worden war und weil er die unangenehme Situation genoß, in der sich der Inspektor bald befinden würde.
«Sie erkennen mich wirklich nicht?»
«Ich schon», sagte der Polizist, stolz wie ein Schüler, der auf die Frage antwortet, die sein Banknachbar nicht beantworten konnte. Rogas war ein guter Schauspieler: er schaute ihn überrascht und mißbilligend an. Beinahe flüsternd sagte der Polizist zu ihm: «Es ist unser Minister.»
Dieses «unser» besänftigte den Minister. Er blickte Rogas mit der Miene dessen an, der bereit ist zu verzeihen, aber erwartet, daß man ihn darum bittet. Rogas sagte: «Ich bitte Sie um Entschuldigung, Exzellenz, aber ich glaubte nicht...»
«Was glaubten Sie nicht? Mich hier zu finden, im Hause meines Freundes Narco?»
«Ich wollte sagen: ich glaubte nicht, einen Abend unter Freunden zu stören.»

«Sie haben ihn gestört. Also?»
«Wir sind gekommen, um Herrn Narco um eine Auskunft zu bitten: er, der einen gewissen Zervo kennt.»
«Warum sollte ich ihn kennen?», fragte Narco.
«Weil man uns gesagt hat, daß er der Bewegung der christlichen Neoanarchisten angehört; oder häufig dort verkehrt, ohne ihr anzugehören.»
«Ich habe diesen Namen nie gehört», sagte Narco.
«Vielleicht kennt ihn einer von unseren Freunden... Kommen Sie.»
Alle vier bewegten sich auf den Kreis der Gäste zu, die in dem Augenblick, als Rogas und der Polizist hereingekommen waren, enger zusammengerückt waren, um miteinander zu tuscheln und verstohlen zu lachen. Als er sich dem Kreis näherte, entdeckte Rogas, elegant in einen großen Lehnsessel geschmiegt, Galano. Das war zu erwarten gewesen.
«Lieber Inspektor», begrüßte ihn Galano munter. Und zum Minister gewendet: «Ich muß dir sagen, mein teuerster Evaristo, daß du ein großer Lügner bist: du hast immer in Abrede gestellt, daß die Polizei unsere Telefone abhört; aber sie hört sie ab, und wie! Die Anwesenheit des Inspektors ist der sicherste Beweis.»
Evaristo erbleichte: «Ist das wahr?», fragte er Rogas.
Rogas sagte: «Mir ist davon nichts bekannt.»
«Wunderbar!», sagte Galano. «Er fragt, ob es wahr ist, und der andere antwortet, daß es nicht wahr ist...»
Er erhob sich, um dem Minister gegenüberzutreten.
«Hältst du mich für einen Schwachkopf? Sag es nur, geniere dich nicht: ‹Du bist ein Schwachkopf, und ich erwarte, daß du glaubst, was ich sage, was der Inspektor sagt›.»

«Ich gebe dir mein Wort, daß ich nichts von der Telefonüberwachung weiß... Ich kann nicht ausschließen, daß sie zuweilen vorgenommen wird, aber stets auf gerichtliche Anordnung und wenn es um ernstlich verdächtige Personen geht... Aber aus rein politischen Gründen: nein, das schließe ich entschieden aus.»
«Nun, dann muß ich verdächtig sein: denn mein Telefon wird bestimmt abgehört... Nicht mein Telefon, um genau zu sein: das von Vilfredo Nocio.» Ein entrüstetes Erstaunen wurde aus dem Kreis der Umstehenden laut.» «Wie dem auch sei», fuhr Galano fort, «ich will dir einen Rat geben: anstatt hier mit deinem Inspektor eine Komödie aufzuführen, rufe ihn zu dir ins Ministerium und laß dir erzählen, wieso und warum er heute abend hierher gekommen ist.»
«Kommen Sie morgen um zehn Uhr zu mir», sagte der Minister zu Rogas.
«Natürlich», sagte Galano, «werde ich nicht erfahren, was ihr euch morgen sagen werdet. Aber mir genügt, was ich weiß. Und es gefällt mir nicht: aber in der nächsten Nummer von ‹Rivoluzione Permanente› wirst du sehen...»
«Laß uns die Sache vergessen», sagte Narco.
«Nein, nein, das kann ich ihm nicht durchgehen lassen.»
«Trinken wir», sagte Narco. Und er winkte dem Diener. «Etwas zu trinken für den Inspektor. Scotch, Armagnac, Champagner?»
«Danke, nein.»
«Trinken Sie», sagte der Minister, «Sie sind nicht im Dienst: der Dienst, wegen dem Sie hierhergekommen sind, ist zu Ende.»

Am nächsten Morgen um zehn Uhr traf Rogas im Vorzimmer des Ministers auch den Chef der politischen Abteilung an. Er war ebenfalls bestellt worden und hatte erst eine knappe halbe Stunde zuvor davon erfahren: er war außer Atem, aufgeregt, erschreckt; und Rogas' Ruhe steigerte seine Befürchtungen nur noch, war er doch sicher, daß sie nur aus dem Entschluß herrühren konnte, die ganze Verantwortung für diese unglückselige Visite im Hause Narco auf ihn abzuwälzen. Es wäre nur richtig gewesen, wenn er die Verantwortung dem Minister gegenüber auf sich genommen hätte; statt dessen überlegte er fieberhaft, wie er Rogas die unzulängliche Ausführung des Planes in die Schuhe schieben könnte, wenn nicht überhaupt die Idee.
Aber die Stimmung des Ministers, so gutmütig, daß sie an Kameraderie grenzte, zerstreute die Ängste des Chefs der politischen Abteilung im selben Maße, wie sie Rogas besorgt machte.
Nach einem herzlichen und energischen Händedruck wollte der Minister die Vertraulichkeit der Begegnung noch dadurch unterstreichen, daß er seinen Platz von dem kalten, glänzenden Schreibtisch, voll von Telefonaten und Tastaturen, in eine Ecke des großen Zimmers verlegte, der bequeme Sessel, ein Tischchen und eine kleine Bar einen häuslichen und intimen Charakter gaben. Um das Gespräch einzuleiten und noch mehr um sich von einem Stachel zu befreien, der ihn quälte, fragte er Rogas mit Lächeln: «Sagen Sie: haben Sie mich gestern abend tatsächlich nicht erkannt?»
«Ich habe Sie sofort erkannt, Exzellenz, aber ich wollte Zeit gewinnen, mir über die Situation klarwerden...»

«Bravo», sagte der Minister. Und zum Chef der politischen Abteilung gewandt: «Überflüssig zu sagen, daß das gestern abend ein Fehlgriff von Ihrer Seite gewesen ist, aber...»
«Exzellenz, ich...»
«Aber ich pflege nie über zerschlagenes Porzellan zu jammern. Außerdem zeitigen derartige Fehlgriffe zuweilen Wirkungen, die zwar von denen verschieden sind, die man erreichen wollte, aber trotzdem ganz nützlich sind. Der gestrige Abend hat zunächst zu einem Triumph für Galano geführt, dem es gelungen ist, die Polizei hinters Licht zu führen und den Beweis für die Telefonüberwachung zu bekommen... Und mich in Verlegenheit zu bringen, natürlich... Aber dann, nachdem ich gegangen war, sind, wie ich erfahren habe, über das Vorgehen der Polizei und über den Zufall, daß ich mich gerade an jenem Abend im Hause Narco befand, das ich seit über vierzehn Tagen nicht mehr betreten hatte, ganz andere Vermutungen angestellt worden. Es hieß, man dürfe weder die Polizei noch mich unterschätzen und daß irgendein Winkelzug dahinterstecken müsse, auf den Galano, der uns anzuführen glaubte, hereingefallen war. Verflucht feinfühlige Leute, und mit Phantasie: sie haben sich den Kopf zerbrochen, Pläne zu erraten, die wir überhaupt nicht ausdenken könnten; dabei ist ihnen ihre spöttische Keckheit gründlich vergangen, und zum Schluß ist ihnen nur rabenschwarze Furcht geblieben. Galano ist in der Nacht aus dem Hause Nocio in das Haus Schiele umgezogen: er fürchtete, verhaftet zu werden. Und noch viele andere Übersiedlungen hat es gegeben: von einem Gastgeber zum

anderen, vom eigenen Haus in das Haus eines Freundes.»

«Verrückt», sagte Rogas.

«Verrückt, ja», sagte der Minister. «Aber ich, lieber Inspektor, setze eben auf diese verrückten Reaktionen. Ich stehe mittendrin und lasse Protektion mit Drohung abwechseln. Je mehr sie an die Drohung glauben, um so höher schraube ich den Preis der Protektion hinauf. Denn Gruppen wie die von Galano und Narco, und insbesondere die von Narco, von revolutionären Katholiken also, kommen mir gelegen. Sie kommen mir beinahe so gelegen wie die Warenhauskette des ‹Onesto Consumo›, die, wie Sie wissen, Narco gehört. Grob gesagt: ich konsumiere (es ist das richtige Wort in diesem Fall) das Ei von heute und die Henne von morgen, wenn ich mit ihnen zusammen bin. Das Ei der Macht und die Henne der Revolution... Ihr wißt, wie die politische Situation ist. Man kann es in einem Witz zusammenfassen: meine Partei, die dieses Land seit dreißig Jahren schlecht regiert, hat plötzlich erkannt, daß sie es gemeinsam mit der Internationalen Revolutionspartei besser schlecht regieren kann; und vor allem dann, wenn auf meinen Sessel Herr Amar zu sitzen käme. Die Vision, daß Herr Amar von jenem Sessel aus auf streikende Arbeiter schießen läßt, auf Bauern, die Brunnen fordern, auf protestierende Studenten, wie dies mein seliger Vorgänger getan hat, und sogar noch besser: diese Vision, ich muß es gestehen, ist auch für mich verlockend. Aber noch ist das nur ein Traum. Herr Amar ist kein Dummkopf: er weiß genau, daß es besser ist, wenn ich auf diesem Sessel sitze; und zwar für alle besser, auch für Herrn Amar.»

«Unter der Leitung Eurer Exzellenz ist dieses Ministerium...», begann der Chef der politischen Abteilung salbungsvoll.

«Ein Hirngespinst, ich weiß. Und ich weiß, daß ihr lieber von Herrn Amar Befehle empfangen würdet: aber ihr müßt Geduld haben...»

«Exzellenz!», protestierte der Chef der politischen Abteilung.

«Doch, ich weiß es, und es kränkt mich nicht. Auch ich würde, wie gesagt, meinen Platz gerne Herrn Amar überlassen. Aber dieses Land ist noch nicht soweit, daß es die Partei von Herrn Amar ebenso verachtet wie die meine. In unserem System ist das Charisma der Macht die Verachtung. Die Männer um Amar sind im Begriff, alles zu tun, um sie zu erlangen: und sie werden sie bekommen. Und wenn sie die Macht haben, werden sie wissen, was sie tun müssen, um sie zu legitimieren. Denn unser System gestattet es, mit der Verachtung an die Macht zu kommen; aber es ist die Ungerechtigkeit, das ständige Begehen von Ungerechtigkeiten, die sie legitimiert. Wir, von meiner Partei, die wir einander auf den Ministersesseln ablösen, sind nicht übertrieben ungerecht: das mag Veranlagung sein oder am Zufall liegen, vielleicht verstehen wir einfach nicht, ungerechter zu sein; wir sind es sogar immer weniger. Und ihr sehnt euch nach Ungerechtigkeit. Nicht nur ihr von der Polizei.»

Der Chef der politischen Abteilung schaute den Minister mit den Augen eines Hasen an, der vom Licht des Leuchtturms erfaßt ist. Der Minister sah ihn spöttisch an. Und Rogas ebenfalls. Er dachte: er ist doch kein Schwachkopf, unser Minister, selbst wenn er Dinge sagte, die er von anderen gehört hat.

«Zu Ihrer Beruhigung», sagte der Minister zu dem Chef der politischen Abteilung «und um Ihnen bewußt zu machen, welche Verdienste Sie sich erwerben, auf die Sie sich auch in Zukunft berufen können, will ich Ihnen sagen, daß das, was Sie jetzt in meinem Auftrag tun, ganz den Wünschen von Herrn Amar entspricht.»
«Was tue ich, Exzellenz?»
«Wissen Sie es nicht?», fragte der Minister spöttisch. «Nun, machen Sie so weiter, macht so weiter... Revolutionäre Gruppen belästigen: soweit ihr es eben wagen könnt. Durchsuchungen, Verhöre, Verhaftungen: natürlich immer mit Zustimmung der Richter... gestern abend ist übrigens wieder einer umgebracht worden: sie werden euch daher nichts abschlagen.»
«Exzellenz, mir scheint, daß wir die richtige Spur verlassen haben, um einer falschen zu folgen. Ich meine wegen der Richtermorde.»
Der Minister blickte Rogas mit Nachsicht und Mißtrauen an. Er sagte: «Vielleicht. Aber verfolgt sie weiter.»

«Was sagen Sie dazu?», fragte der Chef der politischen Abteilung Rogas, als sie aus dem Ministerium herauskamen.
«Ich habe keine Meinung. Sonst hätte ich mir einen anderen Beruf gesucht. Ich habe nur Grundsätze. Und Sie?»
«Ich habe weder Meinungen noch Grundsätze. Aber die Rede des Ministers...»
«Ich habe gemerkt: sie hat Sie verwirrt.»
«Nein, sie hat mich nicht verwirrt. Dazu gehört mehr.»

«Der Schuß. Ob ihn nun mein Mann abgibt oder ob es Ihre Gruppen sind.»
«Sie glauben, daß sie sich an den Präsidenten des Obersten Gerichtshofes heranwagen werden?»
«Warum nicht?»
«Mein Gott!»
«Man muß ihn wohl warnen.»
«Gewiß: aber behutsam, mit Takt.»
«Wollen Sie hingehen?» Es war die richtige Frage, damit sich der Chef der politischen Abteilung in seiner Autorität bestätigt fühlte und zugleich vor der Verantwortung zurückschreckte.
«Aber nein, gehen Sie hin. Ich habe anderes zu tun.»
Er hatte also nichts zu tun.
«Gut, ich werde heute nachmittag hingehen.»
«Also dann?»
«Nichts. Ich frage mich nur, warum hat er diese Dinge gerade zu mir gesagt, zu uns?»
«Allerdings: zu uns.»
«Es muß doch ein Grund dahinterstecken.»
«Ich bin sicher, daß Sie ihn herausfinden werden», sagte Rogas, und verbarg die Ironie hinter Schmeichelei.
«Ganz bestimmt.» Er biß auf die Schmeichelei an.
«Und was machen wir inzwischen?»
«Ja, was machen wir?»
«Wenn Sie erlauben, werde ich dem Präsidenten des Obersten Gerichtshofes einen Besuch machen. Früher oder später wird es ihn treffen.»
«Was?»

Der Präsident des Obersten Gerichtshofes bewohnte das Obergeschoß einer großen Villa, die in einem riesigen Park lag, der einst zu der unmittelbar vor den Stadtmauern gelegenen Sommerresidenz der Herzöge von San Concordio gehört hatte. Die Vereinigung zum Schutz der Grünzonen hatte anfangs vehement dagegen protestiert, daß der Park in ein vornehmes Wohngebiet umgewandelt werden sollte; aber inzwischen waren zwei oder drei Mitglieder aus dem Vorstand der Vereinigung in das neugeschaffene Wohngebiet gezogen und wohnten dort ebenso wie einige Minister, ungefähr zehn Abgeordnete (verschiedenen politischen Glaubens), der Präsident des Obersten Gerichtshofes und der Generalstaatsanwalt.
Die ganze Wohnzone war umzäunt, und man betrat sie durch wohlbewachte Gartentore. Rogas ging hindurch, zeigte dem Pförtner seinen Ausweis und erhielt seinen Passierschein von dem Polizeibeamten, der sich neben der Loge aus Glas und Beton aufhielt, in welcher der Pförtner wie in einem Käfig saß. Man zeigte ihm die schmale Allee, die zur Villa führte, in der Präsident Riches wohnte. Der Weg wand sich zwischen hohen Bäumen dahin, mündete unvermittelt in einen freien Platz, wo sich die Villa in reizloser, geradezu unglücklicher Geometrie erhob. Auf dem Platz standen fünf große Automobile, die Rogas sogleich (Größe, Farbe, Nummernschild mit Kennzeichen SS – Servizio Statale – denn von Automarken und Typen verstand er nichts) als Regierungswagen erkannte. Die fünf Fahrer standen in einer Gruppe beisammen. Einer war in Uniform: Unteroffizier der Luftwaffe. Als er näher kam, erkannte Rogas unter den Fünfen den

Fahrer des Polizeichefs: in Zivil, aber er grüßte Rogas militärisch.

In einem anderen Käfig, diesmal ganz aus Glas, in der Mitte der Vorhofes, saß ein weiterer Portier. Wieder zeigte Rogas seinen Ausweis, sagte, daß er Präsident Riches zu sprechen wünschte: ob Seine Exzellenz ihn empfangen könnte. Der Pförtner schloß den Schalter seines Käfigs und sprach in das Haustelefon. Er öffnete den Schalter wieder und sagte ihm, der Präsident könne im Augenblick niemand empfangen, im übrigen müßten sich alle Besucher vorher anmelden. «Darf ich hoffen», fragte Rogas mit einer gewissen Ironie, «daß der Präsident mich morgen zu dieser Stunde empfangen wird?»

«Hoffen Sie», sagte der Portier scharf.

Und er notierte auf ein Blatt «Präsident Riches, Polizeiinspektor morgen 17 Uhr.» «Danke», sagte Rogas; und unwillkürlich, aus gewohnheitsmäßiger Neugier, setzte er eine Frage hinzu: «Sind diese Herren», er deutete auf die Automobile, die draußen standen «beim «Präsidenten?»

Der Portier blickte ihn gereizt und mißtrauisch an. «Warum wollen Sie das wissen?» Damit schloß er den Schalter seines Käfigs: er erwartete keine Antwort und wollte sie auch nicht. Seine Frage war lediglich eine Zurechtweisung: ein kleiner Polizeiinspektor hatte keine Fragen über Personen zu stellen, die viel mächtiger waren als er und deren Macht gleichsam auf den Portier ausstrahlte.

Ja, warum? fragte sich Rogas. Und die Frage galt nicht seiner Neugier, sondern jener Versammlung.

Er ging wieder an dem Grüppchen der Chauffeure

vorüber, und wieder wurde er vom Chauffeur des Chefs gegrüßt. Ja, warum? Der Polizeichef, ein hoher Offizier der Luftwaffe... Und die anderen drei? Daß der Polizeichef mit dem Präsidenten des Obersten Gerichtshofes etwas zu besprechen hatte, war nicht zu verwundern, normal sogar: die Regel... Allerdings im Amt, zu Hause etwas weniger. Aber ein Offizier der Luftwaffe? Außer er wäre Militärrichter. Und die anderen drei?
Er ging zum Gartentor hinaus und stand auf einer Einbahnstraße. Er ging etwa hundert Schritte bis zur Endhaltestelle des Autobusses.
Von der Endhaltestelle ging jede Stunde ein Autobus: die Leute, die hier wohnten, brauchten ihn nicht. Noch war er nicht da. Rogas zog die Zeitung heraus, öffnete sie bei der Literaturbeilage. Es war die Rede von der Übersetzung eines Romans von Moravia, von Erzählungen von Solschenizyn, von Essays von Lévi-Strauss, Sartre, Lukacs. Man tat nichts als übersetzen. Er versuchte zu lesen: aber bei jedem Auto, das vorbeifuhr, hob er die Augen von der Zeitung. Ohne sich darüber klarzusein, hatte er beschlossen, zu warten, bis die fünf Regierungswagen vorbeifuhren. Er wollte wissen, wer darin saß: vielleicht waren es die Ehefrauen jener Mächtigen, denn die Regierungswagen dienten häufiger ihnen als ihren Männern. Wahrscheinlich verhielt es sich so. Eine Versammlung von hochgestellten Damen wäre logischer gewesen, selbstverständlicher als eine Versammlung ihrer Ehemänner. Aber Präsident Riches war Junggeselle und Frauenfeind: er würde bestimmt keine Damen empfangen.
Der Autobus kam nach ein paar Stunden, mit jener

Verspätung also, mit der sich hierzulande die Reisenden abfinden mußten, auch wenn sie das Flugzeug nahmen. Zum Glück diesmal: denn einer, der an der Endhaltestelle stehenblieb und den Autobus abfahren ließ, wäre aufgefallen. So sah Rogas in einem Abstand von jeweils etwa fünf Minuten die fünf Automobile vorbeifahren. Fünfmal fünf ist fünfundzwanzig: fünfundzwanzig Minuten Verspätung zwischen dem ersten und dem letzten Wagen. Und warum fahren sie nicht gemeinsam ab, ein Wagen hinter dem anderen? Vorsicht, Besorgnis? Warum, wovor?
Außer seinem Chef erkannte Rogas in einem der Autos den Oberbefehlshaber der Gendarmerie und, nicht mit Sicherheit, derart in die Ecke seines Wagens gedrückt, daß er leer erschien, den Außenminister. Die anderen zwei erkannte er nicht: aber in dem von dem Unteroffizier gefahrenen Auto mußte ein General der Luftwaffe sein, auch wenn er in Zivil war. Idiotisch, typisch General, dachte Rogas, diese Vorsicht, in Zivil zu gehen und sich vom Chauffeur in Uniform begleiten zu lassen.
Als der Autobus kam, ließ Rogas sich völlig erschöpft auf den Sitz fallen. Während er vor sich hingrübelte, hatte er keine Müdigkeit bemerkt. Nun spürte er sie, auch geistig. Aber er war gewohnt, wenn ein Gedanke allzu quälend wurde, ihn entschlossen beiseite zu schieben, gleichsam hinter einem trennenden Vorhang zu lassen. Und als Vorhang genügte ihm für den ganzen Abend die Literaturbeilage der Zeitung.

Am nächsten Tag wurde er dringend zum Polizeichef gerufen. Seine Miene war finster, drohend. Ohne Rogas' Gruß zu erwidern, ihn stehenlassend, sagte er sogleich – Sie sind gestern zum Präsidenten des Obersten Gerichtshofes gegangen. Warum?
Rogas erklärte warum. Die Miene des Polizeichefs wurde ironisch. «Mit Ihrer unfehlbaren Witterung», wobei er das «unfehlbar» mit Fehlbarkeit auflud «sind Sie ständig hinter Ihrem Cres her.»
«Nicht ganz», sagte Rogas. «Ich bin hinter einem möglichen Attentat auf das Leben des Präsidenten Riches her: und das kann jeden Augenblick unternommen werden, von Cres oder einer dieser Gruppen.»
«Der Präsident ist gut bewacht», sagte der Chef.
«Ich weiß. Aber wenn Sie nichts dagegen haben, möchte ich trotzdem mit ihm sprechen.»
«Weil Sie sich diesen Cres nicht aus dem Kopf schlagen wollen, darum. Wie auch immer, gehen Sie zum Präsidenten: er erwartet Sie heute nachmittag. Er hat mich gestern abend angerufen: er hat mir gesagt, daß Sie nachmittags dort waren, aber er hat Sie nicht empfangen können; und daß der Portier ihm von gewissen Fragen Ihrerseits berichtet hat...
Er war ziemlich verärgert, müssen Sie wissen.»
«Eine einzige Frage», sagte Rogas. Und er dachte: da haben wir's.
«Gut, eine einzige: aber eine indiskrete.»
«Als ich Ihr Auto sah, dachte ich, Sie wären aus demselben Grund zum Präsidenten gegangen, aus dem ich...»
«Es waren noch andere Regierungswagen da: dachten Sie, wir wären alle aus dem gleichen Grund bei Präsident Riches?»

«Sie interessierten mich nicht, die anderen Autos.»
«Nein?» sagte der Chef mit spöttischem Mißtrauen.
«Nein. Ich habe nach allen gefragt, da ich dem Portier den Grund meiner Neugier nicht zu deutlich zeigen wollte.»
«Wie auch immer, wir waren nicht bei Riches: der italienische Botschafter, der im gleichen Palais wohnt, hatte uns zu einem kleinen Nachmittagsempfang eingeladen. Sie wissen, wie die Italiener sind: sie leben ständig in der Besorgnis, von oben herab angesehen zu werden; sie sind leicht beleidigt...»
«Ich verstehe», sagte Rogas.
«Gehen Sie also zum Präsidenten. Und ich darf um Diskretion bitten.» Er machte eine verabschiedende Geste und beschäftigte sich wieder mit den Papieren auf seinem Schreibtisch.
Natürlich prüfte Rogas die Geschichte sofort nach. Er schloß sich in eine Telefonzelle ein, suchte und rief die Nummer der italienischen Botschaft an, die Wohnung des Botschafters (und wirklich war sie in der gleichen Villa wie die des Präsidenten). Als er gerade wieder einhängen wollte, antwortete eine gereizte Stimme. «Entschuldigen Sie», sagte Rogas «aber General Fabert glaubt, daß er gestern abend eine Mappe bei Ihnen vergessen hat.» «Aber wo denn?» «Bei euch, im Hause des Botschafters.» «Hören Sie: der Botschafter ist seit zwei Wochen in Urlaub, das Haus ist geschlossen, ich bin nur zufällig in diesem Augenblick da. Der General Dingsda wird seine Mappe wahrscheinlich in der Botschaft vergessen haben.» «Das glaube ich auch. Danke.» Er hängte befriedigt wieder ein.
Er war Zeit zum Mittagessen geworden, und Rogas

begab sich zum Restaurant für den Donnerstag: er hatte für jeden Tag der Woche eines, also insgesamt sieben. Überall betrachtete man ihn als Stammgast, aber man war seiner doch nicht so sicher, als daß man ihn schlecht behandeln konnte. Wie jeder Polizeibeamte, der auf seinen Ruf hält, also vor sich selber jenen Respekt hat, den er dann von den Lesern ernten will, lebte Rogas allein; es gab auch keine Frauen in seinem Leben (es schien, und unbestimmt schien es auch ihm, daß er einmal eine Frau gehabt hatte).
Er saß am gewohnten Ecktisch, wählte sorgfältig Gericht und Wein aus. Aber er aß unlustig, zerstreut. Innerhalb einer Kette von Verbrechen, die aufzuklären er sich von Berufs wegen verpflichtet fühlte, um den Täter der gerechten Strafe oder doch den Justizbehörden zuzuführen, hatte sich ein anderes erhoben, ein Verbrechen gegen die Grundprinzipien des Staates, das zu klären jedoch nicht sein Beruf, ja gegen seinen Beruf war. Praktisch handelte es sich darum, den Staat gegen jene zu verteidigen, die ihn darstellten und die ihn gefangenhielten. Der gefangengehaltene Staat. Und er mußte befreit werden. Auch er war gefangen: er konnte nichts tun als versuchen, eine winzige Bresche in die Gefängnismauer zu schlagen.
Er dachte an seinen Freund Cusan und daran, ihn aufzusuchen, am Abend, nach der Unterredung mit Präsident Riches.

Als er das Restaurant verließ, kam ihm plötzlich der Gedanke, daß der Polizeichef sich bestimmt sofort, nachdem er ihn verabschiedet hatte, ans Telefon gehängt und angeordnet hatte, Rogas zu beschatten.

Elementar, er hätte vorher daran denken müssen. Er fühlte, daß er beobachtet wurde, der Blick des anderen hemmte jeden seiner Schritte, ließ sie gewissermaßen am Boden festkleben. Er vermied es, vor den Schaufenstern stehenzubleiben, auch wenn er von ihnen angezogen wurde: denn das Stehenbleiben vor Schaufenstern war typisch für einen, der fürchtet oder weiß, daß er beschattet wird. Er ging nach Hause und widerstand tapfer der Versuchung, sich umzuwenden. Er verbrachte eine Stunde damit, sich zu rasieren und ein wenig zu lesen. Als er aus dem Aufzug trat, sah er durch die Glastüre auf dem anderen Gehsteig seinen Beschatter. Nach den Regeln wäre jetzt ein anderer daran gewesen, ihm zu folgen: er würde ihn im Autobus entdecken. Und er entdeckte ihn tatsächlich: ein flüchtiger Blick an der Endhaltestelle, während er ausstieg.
Der Mann folgte ihm bis an das äußere Gartentor. Er ging weiter, natürlich: ohne ihn zu sehen, konnte Rogas seine Schritte zählen, die topographische Karte seiner Bewegungen zeichnen. Er würde etwa fünfzig Meter zurücklegen und wieder umkehren, aber ohne durch das Tor zu gehen; dann würde er sicher auf der Suche nach einem Telefon sein, um seine Ablösung anzufordern; anschließend würde er vor dem Tor warten und sich dabei so gut verstecken, wie er konnte.
Ein Hund frißt den anderen, dachte Rogas. Aber es gibt Hund und Hund.
In dem Glaskäfig in der Mitte des Vorhofes sah der Portier wie ein Haifisch aus, der sich gegen die Wand des Aquariums wirft. Er erkannte ihn wieder. Er hob zwei Finger: zweiter Stock.

Im zweiten Stock öffnete sich eine der vier Türen, während Rogas aus dem Aufzug trat. Ein Diener in gestreifter Jacke, sicher ein Polizist (oder Ex-Polizist, seinem Alter nach), führte ihn in ein geräumiges, wohlgeordnetes Büro. Im Hintergrund, in einem Lehnstuhl in der Ecke, hinter einem bläulichen Rauchnebel, saß der Präsident. Er sagte: «Kommen Sie», und als Rogas bei ihm war, auf einen Sessel deutend: «Nehmen Sie Platz.»
Rogas grüßte, setzte sich. Der Präsident sah ihn über die Brillengläser verstohlen an, mit einem stechenden, mißgünstigen Blick. Zweimal zog er an der Zigarre, den Rauch gegen einen Sonnenstreifen blasend, der ihn wie einen Schleier entfaltete. Dann sagte er langsam, verächtlich, unverwundbar und unsterblich gegenüber dem kleinen, verwundbaren und sterblichen Philister, «Sie glauben also, daß man mich umbringen wird.»
«Ich glaube, daß sie es versuchen werden.»
«Gewisse Gruppen, oder dieser Mensch, der Ihrer Meinung nach Opfer eines Irrtums gewesen ist? Eines Justizirrtums, wie man zu sagen pflegt.» Er sprach das Wort Justizirrtum aus, daß es klang wie das Messer auf dem Wetzstein des Scherenschleifers.
«Dieser Mensch: Cres.»
«Cres, jawohl... Er hat versucht, seine Frau zu beseitigen: ein eher naiver Plan, würde ich sagen; aber von der Sorte, die leicht gelingen... Was für ein Urteil hat er bekommen?»
«Fünf Jahre in erster Instanz: in der Berufung von Ihnen bestätigt.»
«Nicht von mir», sagte der Präsident und hielt die geöffneten Hände vor die Brust, wie um einen unangenehmen Zusammenstoß abzuwehren.

«Entschuldigen Sie: ich wollte sagen, von dem Gerichtshof unter Ihrem Vorsitz.»
«Sehen Sie, von dem Gerichtshof unter meinem Vorsitz.» Mit der herablassenden Befriedigung des Lehrers, der endlich eine annehmbare Antwort von dem begriffsstutzigen Schüler bekommen hat.
«Also?»
«Es ist ein Irrtum gewesen. Ein Justizirrtum, wie man zu sagen pflegt.»
«Das heißt?»
«Er war unschuldig.»
«Tatsächlich!»
«Ich glaube, ja.»
«War er unschuldig oder glauben Sie, daß er unschuldig war?»
«Ich glaube, daß er unschuldig war. Ich kann dessen nicht sicher sein.»
«Ach, Sie können dessen nicht sicher sein!» Spöttisch lächelnd, von der Höhe seiner Sicherheit herab.
«Ich bin nur der Überzeugung, nicht absolut und sogar mit einem leisen Zweifel, daß er zu Unrecht verurteilt worden ist.»
«Nicht absolut, ein leiser Zweifel... Das ist amüsant.» Seine Stimme, eben noch spöttisch, wurde tragisch, als habe ihn ein plötzlicher Stich mitten in die Brust getroffen. «Haben Sie sich jemals das Problem gestellt, was es heißt zu richten?»
Für einen Augenblick warf er sich im Sessel zurück, als würde er mit diesem Problem im Todeskampf ringen.
«Immer», sagte Rogas.
«Und haben Sie es gelöst?»

«Nein.»

«Eben: Sie haben es nicht gelöst. – Ich schon, selbstverständlich... Aber nicht ein für allemal, nicht endgültig... Hier und jetzt, wenn ich mit Ihnen von dem nächsten Fall spreche, bei dem ich den Vorsitz führen soll, kann ich auch sagen: ich habe es nicht gelöst. Wohlgemerkt: ich rede von dem nächsten Fall. Nicht von dem Fall, den ich gerade abgeschlossen habe, oder von dem Fall vor zehn oder zwanzig oder dreißig Jahren. Für alle vergangenen Fälle habe ich das Problem gelöst, immer: und ich habe es in dem Richterspruch gelöst, in dem Akt, sie zu richten... Sind Sie praktizierender Katholik?»

«Nein.»

«Aber katholisch?»

Rogas machte eine Gebärde, die sagen wollte: wie alle. Und wirklich dachte er, daß alle jetzt und überall ein bißchen katholisch wären.

«Ja: wie alle», interpretierte der Präsident richtig. Und in der Haltung eines Priesters im Religionsunterricht: «Nehmen wir einmal die Messe: das Geheimnis der Wandlung, durch die Brot und Wein zu Leib, Blut und Seele Christi werden. Der Priester kann unwürdig sein, in seinem Leben, seinen Gedanken: aber die Tatsache, daß er mit der Weihe bekleidet ist, bewirkt, daß sich bei jeder Wandlung das Geheimnis vollzieht. Nie, sage ich, nie kann es geschehen, daß die Transsubstantiation nicht eintritt. Und ebenso ist es mit dem Richter, der den Richtspruch fällt: die Gerechtigkeit kann sich unmöglich nicht enthüllen, nicht vollziehen. Vorher kann der Richter sich abquälen, verzehren, sich sagen: du bist nicht würdig, bist voller Fehler, von deinen

Trieben geleitet, verwirrt, jeder Schwäche und jedem Irrtum unterworfen; aber im Augenblick, da er richtet, nicht mehr. Und noch weniger danach. Kennen Sie einen Priester, der sich, nachdem er die Messe zelebriert hat, sagt: wer weiß, ob sich die Wandlung auch diesmal vollzogen hat? Kein Zweifel: sie hat sich vollzogen. Ganz bestimmt. Und ich würde auch sagen: unvermeidlich. Denken Sie an jenen Priester, der, während er zweifelte, im Augenblick der Konsekration Blut auf den Gewändern hatte. Und ich kann sagen: kein Urteilsspruch hat mir in den Händen geblutet, hat meine Robe befleckt.»

Unwillkürlich stöhnte Rogas auf. Der Präsident betrachtete ihn voller Widerwillen. Und wie bei einem Feuerwerk, wo, wenn man glaubt, daß alles vorbei ist, in dem staunenden Schweigen ein noch großartigeres, blendenderes und lauter donnerndes Schlußbouquet folgt, sagte Riches: «Natürlich bin ich nicht katholisch. Natürlich bin ich nicht einmal Christ.»

«Natürlich», echote Rogas. Und tatsächlich wunderte er sich nicht darüber.

Der Präsident schien darüber enttäuscht und verärgert, wie ein Taschenspieler, dessen Kunststück von einem Kind durchschaut worden ist. Fast hysterisch rief er: «Der Justizirrtum existiert nicht.»

«Aber die verschiedenen Justizen, die Möglichkeit, Einspruch zu erheben, Berufung einzulegen...», warf Rogas ein.

«Das setzt, wollen Sie sagen, die Möglichkeit eines Irrtums voraus... Aber es ist nicht so. Das setzt nur die Existenz einer, sagen wir, laienhaften Meinung über die Justiz, über die Justizbehörden voraus. Eine

Meinung, die außerhalb steht. Nun ist eine Religion, eine Kirche, die anfängt, die Meinung der Laien zu berücksichtigen, schon tot, auch wenn sie es nicht merkt. Und ebenso die Justiz, die Justizbehörden, und ich gebrauche den Begriff Behörden, Ihnen zuliebe; und auf jeden Fall ohne den geringsten statutenmäßigen und bürokratischen Anstrich.»
Leiser, eindringlicher, beinah melancholisch fügte er hinzu: «Alles hat mit Jean Calas angefangen... jedenfalls, wenn man versucht, einen genauen Punkt zu fixieren, einen Namen, ein Datum zu nennen, und das ist notwendig, wenn wir von den großen Niederlagen oder den großen Siegen der Menschheit Kenntnis nehmen wollen...»
«Es hat angefangen mit...?»
«Jean Calas: ‹Der Mord an Calas, begangen zu Toulouse mit dem Schwert der Justiz am 9. März 1762, ist eines der merkwürdigsten Geschehnisse, welche die Aufmerksamkeit unseres Zeitalters und der Nachwelt verdienen. Man vergißt schnell jene Unzähligen, die in den Kriegen sterben, nicht nur weil ihr Tod in Zusammenhang mit einer schicksalhaften Auseinandersetzung stand, sondern auch weil sie in der Lage gewesen sind, ihren Feinden den Tod zu geben und nicht zu fallen, ohne sich verteidigt zu haben. Dort, wo die Gefahr und der Vorteil sich die Waage halten, hört das schmerzliche Staunen auf, und sogar das Mitleid wird schwächer; aber wenn ein schuldloser Familienvater in die Hände des Irrtums gefallen ist, oder der Leidenschaft, oder des Fanatismus; wenn der Angeklagte keine andere Verteidigung hat als die eigene Tugend, wenn die Herren über sein Leben kein

anderes Risiko eingehen, wenn sie ihn abschlachten lassen, als das des Irrtums; wenn sie ungestraft mit einem Urteil töten können: dann erhebt die Öffentlichkeit ihre Stimme, jeder fürchtet für sich selbst...› Haben Sie es gelesen?»
«Traité sur la tolérance à l'occasion de la mort de Jean Calas», zitierte Rogas.
«Ah, Sie haben es gelesen», stellte der Präsident fest. Und mokant, aber mit einem drohenden Unterton: «Unsere Polizei leistet sich einen unvorstellbaren Luxus.»
«Ich leiste mir die eine oder andere Lektüre», stellte Rogas richtig.
«Und die Polizei leistet sich Sie. Aber lassen wir das... Jean Calas also... Den ‹Traktat› und was Voltaire sonst noch über den Tod von Calas geschrieben hat, weiß ich fast auswendig. Er ist der Ausgangspunkt des Irrtums gewesen: des Irrtums, daß der sogenannte Justizirrtum existieren könnte... Natürlich entsteht dieser Irrtum nicht aus dem Nichts, noch bleibt er isoliert oder gar isolierbar, er hat seinen Nährboden, steht in einem größeren Zusammenhang... Ich habe viele Stunden meines Lebens, meiner sogenannten Freizeit... sogenannt weil es für mich nie eine Zeit gegeben hat, da ich wirklich frei war von den Lasten des Amtes... damit verbracht, Voltaire in dem Fall von Jean Calas zu widerlegen. Das heißt: die Idee der Justiz, der Justizbehörden zu widerlegen, die von jenem Fall, wie Voltaire ihn betrachtet, ausgeht.» Er zeigte auf einen großen Stoß Hefte auf seinem Tisch: «Hier ist meine Widerlegung, mein Traktat.»
«Werden Sie ihn veröffentlichen?»

Die gleiche Frage, die er vor wenigen Tagen an Vilfredo Nocio gestellt hatte.
Im Gegensatz zu Nocio entsetzte sich der Präsident nicht darüber. «Gewiß werde ich ihn veröffentlichen: sobald die Voraussetzungen günstig für einen Erfolg sind. Und ich rede, wohlverstanden, nicht von einem materiellen, praktischen Erfolg, ich rede von einem ideellen Erfolg... Ich würde sagen, daß die Zeit schon fast gekommen ist... Denn, sehen Sie, das Heraufkommen der Massen ist die Voraussetzung, die uns erlaubt umzukehren und neu zu beginnen... Ich will es Ihnen erklären...»
Er rutschte auf seinem Sessel vor, neigte sich mit einem gewinnenden Lächeln Rogas zu und blickte ihn aus fiebrig glänzenden Augen an. Wie in den Irrenhäusern, dachte Rogas, wo du immer auf einen triffst, der dir seine Utopie anvertrauen will, seine Civitas Dei, seine Phalanstère.
«Ich will Ihnen meinen Gedankengang erklären... Der schwache Punkt des Voltaireschen Traktates findet sich schon auf der ersten Seite: wo er den Unterschied zwischen dem Tod im Krieg und dem Tod, sagen wir, durch die Hand der Justiz, feststellt. Dieser Unterschied existiert nicht: die Justiz beruht auf einem immerwährenden Zustand der Gefahr, auf einem immerwährenden Kriegszustand. So war es auch zu den Zeiten Voltaires, aber man sah es nicht; jedenfalls war Voltaire zu kurzsichtig, um es zu bemerken. Aber jetzt sieht man es: die Massen haben erkennbar gemacht, was zuvor nur von einem scharfsichtigen Geist erfaßt werden konnte, daß nämlich die menschliche Existenz sich in einem totalen und absoluten Kriegszustand

vollzieht. Ich werde mich zu einem Paradox vorwagen, das auch eine Vorausschau in die Zukunft sein kann: die einzige mögliche Form von Justiz würde das sein können und wird das sein, was man im Krieg Dezimierung nennt. Der einzelne verantwortet sich für die Menschheit. Und die Menschheit verantwortet sich für den einzelnen. Es wird keine andere Weise geben können, die Gerechtigkeit zu verwalten. Mehr noch: es hat sie nie gegeben. Aber nun kommt der Augenblick, sie auf eine theoretische Grundlage zu stellen, sie zu kodifizieren. Den oder die Schuldigen zu verfolgen ist unmöglich; praktisch unmöglich, technisch unmöglich. Es ist nicht mehr das Suchen nach der Nadel im Strohhaufen, sondern das Suchen im Strohhaufen nach dem Strohhalm. Unter den geläufigen Dummheiten wurde einmal gesagt, daß es unmöglich ist, sich an das Gesicht eines Chinesen zu erinnern, weil sich alle gleichen. Man hat dann gesehen, daß mindestens drei Gesichter von Chinesen unvergeßlich bleiben und sich nicht gleichen. Aber Millionen Menschen, Hunderte von Millionen gleichen sich heute: und ich sage, nicht physisch. Besser: nicht nur physisch. Es gibt keine Individuen mehr, es gibt keine individuellen Verantwortlichkeiten. Ihr Beruf, lieber Freund, ist lächerlich geworden. Er setzt die Existenz des Individuums voraus, und das Individuum gibt es nicht. Er setzt die Existenz Gottes voraus, eines Gottes, der die einen blind macht und die anderen erleuchtet, eines Gottes, der sich verbirgt: und er ist so lange verborgen geblieben, daß wir ihn als tot annehmen können. Er setzt den Frieden voraus, und da ist der Krieg... Das ist der entscheidende Punkt: der Krieg... Da ist der Krieg:

und die Unehre und das Verbrechen müssen der Masse zurückgegeben werden, wie in den Kriegen der Militärs den Regimentern, den Divisionen, den Armeen. Bestraft in der Zahl. Gerichtet vom Schicksal.»
«Die Zahl kann niemals unbestimmt sein», sagte Rogas.
«Wie? Was sagen Sie?»
Rogas gab keine Antwort. Er dachte: «*Argumentum ornithologicum*. Ich schließe die Augen und sehe einen Schwarm Vögel. Die Vision dauert eine Sekunde, vielleicht weniger. Ich weiß nicht, wie viele Vögel ich gesehen habe. War ihre Zahl bestimmt oder unbestimmt? Das Problem schließt das der Existenz Gottes in sich. Wenn Gott existiert, ist die Zahl bestimmt, da Gott weiß, wie viele Vögel es waren. Wenn Gott nicht existiert, ist die Zahl unbestimmt, da niemand sie zählen konnte. In diesem Fall sagen wir, daß ich weniger Vögel als zehn und mehr als einen gesehen habe, aber ich habe weder neun gesehen noch acht, noch sieben, noch sechs, noch fünf, noch vier, noch drei, noch zwei. Ich habe eine Zahl von Vögeln gesehen, die zwischen zehn und eins liegt und die nicht neun ist, noch acht, noch sieben, noch sechs, noch fünf und so weiter. *Ese numero entero es incocebile; ergo Dios esiste.*» Als sich in seinem Gedächtnis die kurze Seite wieder so darstellte, wie sie hier gedruckt ist, wandte er seine Aufmerksamkeit erneut dem Präsidenten zu: aber mit dem Gefühl, daß jener Vogelschwarm, der für eine Sekunde oder noch weniger über Borges hinweggeflogen war, sehr viel wirklicher war als der Mann, der zu ihm sprach, und alles um ihn her.

Er hörte den Präsidenten sagen: «Im übrigen scheint sich das Problem der Gerechtigkeit für Voltaire und jene, die von ihm beeinflußt sind, darauf zu konzentrieren, was er *délits locaux* nennt, Straftaten, die von Ort zu Ort verschieden beurteilt werden. Aber jetzt hat die Masse, die Kodexe wie eine durstige Herde überschwemmend, nach strafwürdigen Taten durstig, will ich sagen, die örtlichen Unterschiede ausgelöscht. Der Richter braucht sich nicht mehr zu fragen: ‹*Je n'oserais punir à Raguse ce que je punis à Lorette?*› Das, was man in Ragusa bestraft, bestraft man auch in Loreto. Besser wäre es zu sagen, was man *nicht* bestraft. Wenig Dinge werden heute noch bestraft.»

«Es scheint mir nicht so», sagte Rogas. «Und was die von Ort zu Ort verschiedene Bestrafung angeht: Loreto ist in Italien, Ragusa heißt heute Dubrovnik, in Jugoslawien; man kann nicht sagen, daß man das, was in Italien bestraft wird, auch in Jugoslawien bestraft.»

«Kann sein, kann sein.» Mit der Miene zerstreuter Ungläubigkeit.

«Glauben Sie nicht?»

«Wenn Sie es wirklich wissen wollen: nein. Denn Sie sind im Begriff, den Irrtum zu begehen, Delikte als nur nach örtlichen Gesetzen bestrafenswert anzusehen, die universell und ewig sind, also überall und immer bestraft werden. Delikte gegen die Rechtmäßigkeit der Macht zum Beispiel, die nur die Macht, die sich auf ihre Seite stellt, als Straftat auslöschen und in Gestalt des erwarteten Eintritts Gottes in die Welt hinnehmen kann. Der einzige Eintritt, den die Welt Gott gewährt... Nicht dem Gott, der sich verbirgt, wohlver-

standen... Nun sind es gerade diese Delikte, die Art, wie diese Delikte immer verurteilt und bestraft worden sind, die Prozedur, deren man sich dabei bedient hat, welche meinem Traktat eine feste Grundlage gegeben haben. In diesen Prozessen wird die Schuld als gegeben vorausgesetzt und ohne jede Rücksicht auf Rechtfertigungsgründe der einzelnen Angeklagten verfolgt. Was ein Angeklagter tatsächlich begangen hat oder nicht, ist dabei für die Richter stets ohne die geringste Bedeutung gewesen...»
«Aber die Tatsache, daß man in diesen Prozessen von den Angeklagten mit allen Mitteln ein Geständnis der nicht begangenen Schuld zu erlangen versucht...»
«Besagt genau das Gegenteil von dem, was Sie sagen wollen... Erinnern Sie sich an jenes Pamphlet über den Prozeß von 1630 in Mailand: die Angeklagten waren beschuldigt worden, die Pest durch die Ölung zu verbreiten. Der Verfasser, ein italienischer Katholik, sagt, daß man in jenem Prozeß eine Ungerechtigkeit entdeckte, die von eben denselben, die sie begingen, gesehen werden konnte, nämlich den Richtern. Natürlich sahen sie die! Sie wären keine Richter gewesen, hätten sie die nicht gesehen; aber noch weniger wären sie es gewesen, wenn dies sie dazu bewogen hätte, die Angeklagten freizusprechen, statt sie zu verurteilen. Die Möglichkeit, die Pest auf diese Weise zu verbreiten, gab es noch nicht: damit will ich sagen, daß es sie heute gibt. Die Angeklagten in jenem Prozeß hatten kein Motiv, es bestanden nicht die geringsten Beweise, und sogar die Indizien paßten nicht zusammen. Aber die Pest war da: darauf kommt es an. Der Verfasser des Pamphlets bestritt, daß die Seuche ausge-

brochen war, und das stellte in der Tat die einzige damals mögliche Haltung des Laien dar. Natürlich lächerlich. Aber Voltaire ist es, ein Jahrhundert danach, nicht weniger. Und ebenso, zwei Jahrhunderte nach Voltaire, Bertrand Russell und Sartre.»
«Aber das Schuldgeständnis...»
«Wenn Sie dem Wort einen religiösen Sinn geben anstatt eines technischen, so stellt das Geständnis einer Schuld von seiten eines, der sie nicht begangen hat, das dar, was ich den Kreislauf der Legitimität nenne. Jene Religion ist wahr, jene Macht ist legitim, welche den Menschen einem Zustand der Schuld ausliefert: der Sündhaftigkeit in Körper und Geist. Aus dem Zustand der Sünde läßt sich die Überzeugung, ein Verbrechen begangen zu haben, viel leichter ableiten als aus objektiven Beweisen, die es nicht gibt; und es sind sogar, wenn überhaupt, die objektiven Beweise, die das verursachen, was Sie Justizirrtümer nennen.»
«Genau. In dem fraglichen Fall sind es auch die objektiven Beweise gewesen, die zum Ausgangspunkt für den Justizirrtum geworden sind: Cres ist verurteilt worden...»
«Das interessiert mich nicht», sagte der Präsident.
«Ich verstehe», sagte Rogas. «Ich verstehe sehr gut. Aber sehen Sie, Exzellenz, meine Aufgabe ist es, den Strohhalm im Strohhaufen zu suchen, wie Sie so gut gesagt haben. Und jener Strohhalm ist bewaffnet, schießt, hat bereits an die zehn Richter ermordet; und ohne sich bis jetzt zu irren, ohne abzuschweifen. Natürlich kann ich mich täuschen, können die Schüsse von ganz anderer Seite kommen. Immerhin bleibt das Problem, Ihr Leben zu schützen und ein Attentat durch

Cres oder die Gruppen zu vereiteln... Halten Sie sich für hinreichend beschützt, hinreichend sicher?»
In den Augen des Präsidenten saß die Furcht.
«Was meinen Sie dazu?», fragte er mit von Angst gedämpfter Arroganz, mit durch Arroganz getarnter Angst.
«Ich meine, daß Sie, soweit es möglich ist, in dem Maße beschützt und sicher sein werden, in dem Sie sich nicht beschützt, nicht sicher fühlen.»
«Ah», machte der Präsident. Betroffen.

Wie ein Schlafwandler fand sich Rogas im Aufzug wieder; und als sich die Lifttür im Vorraum öffnete, hatte er für einen Augenblick das Gefühl, einem Spiegel gegenüberzustehen. Nur daß im Spiegel ein anderer war.
«Entschuldigen Sie», sagte der andere und drängte an ihm vorbei in den Aufzug, während Rogas heraustrat.
«Bitte», sagte Rogas, mit einem Schlag hellwach. Die gleiche Statur wie er, einsfünfundsiebzig; daher der Eindruck des Spiegels, als sie einander plötzlich im unsicheren Licht des Vorraums gegenüberstanden. Dunkler Teint, im Kontrast zu dem weißen Haar. Geheimratsecken. Leicht gebogene Nase? Vielleicht nicht. Nicht gerade mager: kräftig, gesund aussehend. Er war ein wenig dicker geworden, hatte weiße Haare bekommen, vielleicht hatte er sich die Nase ummodeln lassen. Aber was für eine Identität hatte er angenommen? Wie war es ihm gelungen, in die Villa einzudringen, wo unter anderen Mächtigen Präsident Riches wohnte?

Rogas kontrollierte die eigenen Instinkte: ohne besondere Anstrengung, muß man sagen, zu seiner Ehre oder Unehre (wie ihr wollt). Die blitzartige Versuchung, den Aufzug wieder zu nehmen, um zum Präsidenten zurückzukehren, war eben nur ein Blitz, der sogleich erlosch in der bei dieser Gelegenheit eher zynischen Erinnerung an den Satz des Innocenz, wenn er den Revolver auf den Schopenhauerianer-Professor richtet (K. G. Chesterton, Manalive): «Ich würde es nicht für den ersten besten tun, aber Ihr und ich, wir sind so gute Freunde geworden!» Natürlich an den Präsidenten gerichtet: wo vielleicht in diesem Augenblick Cres im Begriff war, seine Rechnung mit dem Revolver zu begleichen. Der sich vor seinem inneren Auge in schöner Kursivschrift wiederholende Satz bildete die Webkante zu den Überlegungen, die er nacheinander aufrollte, und er löste sich in Rhythmus, in Musik auf («ich würde es nicht – für den ersten – besten – tun», nach der Melodie eines Schlagers; und dann «aber Ihr und ich – wir sind so gute Freunde!» mit breiter Phrasierung, Puccini, baritonal gefärbt), als ihm bewußt wurde, daß er schon eine Zeitlang im Autobus war, daß alle Lichter der Stadt sich entzündet hatten, vom Schirokko mit einem Dunstkreis umgeben; daß die Geschäfte schlossen und er also nicht mehr Zeit genug hatte, um seinem Verfolger dadurch zu entkommen, daß er ihn hinter sich in ein großes Kaufhaus lockte (eben vom Onesto Consumo), wo die vielen Türen, die Aufzüge, die Rolltreppen und vor allem die Menschenmenge es möglich machen, auch den geschicktesten Beschatter der Polizei oder des Sicherheitsdienstes irrezuführen. Denn nach Rogas'

Meinung waren die zwei, die ihm zuerst gefolgt waren, von der Polizei gewesen, aber der, welcher ihm jetzt folgte und sich in dem fast leeren Autobus so plaziert hatte, daß er nicht von einem plötzlichen Aussteigen des Überwachten überrascht werden konnte, war bestimmt vom Sicherheitsdienst: man sah es am Maßanzug, dem kurzen Haarschnitt, der wohlgenährten Figur. Im Unterschied zu ihren amerikanischen Berufskollegen, Vorbildern, denen sie sich anzugleichen suchten, waren die Agenten des Sicherheitsdienstes über Gebühr der guten Tafel (das Spesenkonto) zugeneigt und weniger ·den vorgeschriebenen gymnastischen und sportlichen Übungen, denen sie sich ebenso häufig und hingebungsvoll hätten widmen sollen wie Benediktiner der Meditation.
Der Agent entfaltete die Abendzeitung, die er in der Hand hielt. Rogas spähte nach den Überschriften: wieder war ein Richter ermordet worden.
Er erinnerte sich plötzlich an eine Einzelheit: Cres hatte ein Köfferchen in der Hand gehabt. Und aus dieser Einzelheit zog er eine Schlußfolgerung: daß der Mann die Villa nicht betreten hatte, um den Präsidenten zu ermorden, sondern weil er da wohnte. Er kam soeben von einer Reise zurück, das war es: aus der Stadt, in welcher es ihm ein paar Stunden zuvor gelungen war, noch einen Richter zu beseitigen. Den Präsidenten konnte er umbringen, wann er wollte: aber die Tarnung, die ihm die Wohnung in der Villa des Präsidenten verlieh, war so vollkommen, daß er, um sie nicht aufs Spiel zu setzen, bestimmt die Entscheidung hinausschob und weiter hinausschieben würde. Daneben hatte Cres wohl noch einen gewichtigen Grund,

den Präsidenten vorläufig am Leben zu lassen: zu seiner selbstgeschaffenen Ordnung gehörte es, daß er sich den Präsidenten gewissermaßen in einem Gehege (oder Hühnerkäfig) für das Schlußbankett aufhob. Die plötzliche Entdeckung von Cres, der das bequemste und privilegierteste Asyl unter ein und demselben Dach mit dem Präsidenten des Obersten Gerichtshofs gefunden hatte, beunruhigte Rogas. Die Berufsleidenschaft, die Ungeduld nachzuprüfen, sich zu vergewissern, vermischte sich in ihm mit der Befürchtung, daß Cres ihn bei der flüchtigen Begegnung erkannt haben könnte und daß er, im Zweifel, ob der Inspektor seinen Zufluchtsort entdeckt hatte oder bei der zufälligen Begegnung von einem Verdacht oder auch nur Eindruck gestreift worden wäre, wieder verschwinden und darauf verzichten könnte, den Präsidenten hinzurichten, oder die Strafexpedition auf einen günstigeren Zeitpunkt verschieben könnte. Aber einen günstigeren Zeitpunkt, den Präsidenten umzubringen, würde es nie geben. Nur daß Cres, wenn er Rogas erkannt hatte und wenn er glaubte, seinerseits erkannt worden zu sein, sich niemals vorstellen konnte, daß jener Polizeiinspektor, von dem die Zeitungen sagten, daß er zäh, aber vergeblich damit beschäftigt sei, ihn zu jagen, in Wahrheit auf seine Seite übergegangen war. Und wie ein Sportfan, der vor dem Bildschirm ein Fußballspiel genießt (erleidet), die entschlossene Tat, den stürmischen Einbruch in das gegnerische Feld vorwegnehmend, anfeuernd, flehend, so malte sich Rogas im Geiste aus, was er an Stelle von Cres getan haben würde, was Cres hätte tun sollen. Aber inzwischen wollte er sichergehen, daß er sich nicht geirrt hatte,

daß der Mann wirklich Cres war. Zurückkehren, um von den Portiers und dem Polizisten Auskünfte einzuholen? Den Verwalter der Villa ausfindig machen? Aber wenn Cres tatsächlich dort wohnte, bestand die Gefahr, daß er von den Nachforschungen erfuhr, unruhig wurde und flüchtete. An der Haltestelle an der Piazza Clio stieg er mit lässiger Bewegung aus. Er kaufte die Zeitung. Die Nachricht von der Ermordung des Richters war kurz und fettgedruckt. Die Zeitung durchblätternd, ging er unter den Arkaden dahin. Der Agent des Sicherheitsdienstes schien verschwunden, aber Rogas wußte, daß er an der am wenigsten beleuchteten Ecke des Platzes stand.
Er betrat ein Café, bestellte kalte Milch und heißen Kaffee. Er gab Zucker hinzu, trank sie abwechselnd rasch aus. Die zwei entgegengesetzten und beinahe gleichzeitigen Empfindungen, das Kalte, das Heiße, hoben sich gegenseitig auf: und so erwarb sein Körper auf einige Minuten eine Art Gleichgültigkeit gegen die schreckliche Schirokkodecke, die über der Stadt hing. Und da kam ihm die gute Idee. Das Café war fast menschenleer, und das Telefon so günstig gelegen, daß kein Neugieriger sich nähern konnte, ohne entdeckt zu werden. Rogas wählte die Geheimnummer des Präsidenten Riches. Wie er vorausgesehen hatte, antwortete der Diener. Rogas sagte: «Ich bin Inspektor Rogas, ich rufe an, um Routineauskünfte von Ihnen zu erhalten... Ja, von Ihnen; es würde mir nicht einfallen, Seine Exzellenz zu stören... Ja, also: ich würde gerne die Namen derjenigen wissen, die in der Villa wohnen; die Namen und womöglich Auskünfte über ihre Tätigkeit, ihren Beruf... Der italienische Botschafter also;

der Präsident der Nationalen Rundfunk- und Fernsehanstalten; der Herzog von Leiva; Herr Ribeiro, Carlos Ribeiro... Spanier?... Ah, Portugiese. Und was macht er, der Herr Ribeiro? Ist er von der portugiesischen Botschaft?... Nein, wenn es Ihnen recht ist, bleiben wir einen Augenblick bei Herrn Ribeiro: wie ist er? Vom Aussehen her, meine ich... Ah, ein schöner Mann... Ein typisch portugiesisches Gesicht: das soll heißen dunkler Teint, nicht?... Und weiße Haare, sehr gut... Machen wir weiter...» Aber nur, um bei dem Diener und Ex-Polizisten durch sein besonderes Interesse für Herrn Ribeiro keinen Argwohn zu erregen.
Cres hatte also den Namen Ribeiro angenommen. Ein portugiesischer Kaufmann. Portugiesisches Gesicht. Portugiesischer Paß. Und reich wie ein reicher Portugiese.

Am Tag darauf, einem Freitag, legte sich Rogas, lange unter der Dusche stehend, das Programm für den Tag zurecht. Aber das Programm konnte nur durchgeführt werden, wenn es ihm gelänge, die Agenten abzuhängen, die ihn beschatteten. Denn nunmehr würden alle, denen er begegnete, automatisch in die Lage von polizeilich Überwachten geraten, und wer weiß, für wie lange Zeit und mit welchen Folgen.
Er hielt sich einige Stunden im Büro auf, um einen Bericht über seinen Besuch bei Präsident Riches zu schreiben. Er legte jene ganze Ironie hinein, die wohl keiner von denen, die ihn lesen würden, zu erfassen imstande wäre: die ganze Hierarchie, die er durchlaufen würde, der künftige Archivforscher, der Histori-

ker. Ein Land ohne Sinn für Ironie, aber es machte Rogas gleichwohl Vergnügen, sich ihrer zu bedienen. Er schrieb unter anderem: «Seit dem Augenblick, wo der Unterzeichnete das Haus des Präsidenten des Obersten Gerichtshofes verlassen hat, drängt sich ihm der bestimmte Eindruck auf, von erfahrenen Personen beschattet zu werden, das heißt von besonders für diese Aufgabe Befähigten, so als ob sie in einem staatlichen oder privaten Polizeikorps ausgebildet worden wären... Wenn vorgesetzte Dienststellen darum besorgt wären, diese Personen zum Schutze des Unterzeichneten einzusetzen, so kann der Unterzeichnete nur seine Dankbarkeit zum Ausdruck bringen, sich aber gleichzeitig erlauben, darauf hinzuweisen, daß eine derartige, durch die Verwendung so vieler Männer, die einander in der Beschattung ablösen, kostspielige Überwachung vielleicht besser zum Schutze der Richter durchzuführen wäre. Sofern jedoch die vorgesetzten Dienststellen die Beschattung nicht angeordnet haben sollten und überhaupt nichts davon wüßten, würde es nach dem Dafürhalten des Unterzeichneten angebracht und sogar unbedingt notwendig sein, so zu verfahren, daß ebenso befähigte Polizeibeamte sich der Aufgabe widmeten, die Beschatter zu beschatten.»
Pünktlich zu der Stunde, zu der der Chef der politischen Abteilung seine Untergebenen zum Rapport empfing, betrat Rogas das Büro. Aber an diesem Tage fand kein Rapport statt: der Abteilungschef, so informierte ihn ein Kollege, verhörte gerade ein Mädchen, das zu den Aktivsten einer Gruppe gehörte, die die Stadt unsicher machte, in der am Tage zuvor ein Richter ermordet worden war. Sie war im Flugzeug in die

Hauptstadt gebracht worden, zusammen mit drei ihrer Gefährten: und der Abteilungschef hatte bei ihr beginnen wollen. Eben weil sie eine Frau ist, dachte Rogas. Und: wird er sie mit einer Blume schlagen?
Er schaute in das Vorzimmer hinein: da waren die drei jungen Leute, in der Erwartung, verhört zu werden, und etwa zehn Polizisten, die sie bewachten. Bärtig, in Hemdsärmeln, verächtlich Blick und Lächeln, sagten die drei kein Wort und schauten sich nicht einmal untereinander an. Arme Kerle, dachte er: und nicht, weil sie einem Idioten begegnen sollten, nicht, weil sie soeben dieses kleine Mißgeschick erlebten (in wenigen Stunden würden sie frei sein, gefeiert und gleichsam ausgezeichnet durch den in Gefangenschaft verbrachten Tag). Er bedauerte sie, bedauerte alle jungen Menschen, jedesmal wenn er ihnen begegnete, eingeschlossen in ihre Verachtung, in ihren Zorn. Nicht, daß es nichts zu verachten und zu zürnen gäbe. Aber es gab auch zu lachen.
Er ging hinunter, trat auf den Platz hinaus. Es war die Stunde, da die Stadt im Verkehr erstickte. Er begab sich zu Fuß auf den Weg, denn ein Taxi zu finden war unmöglich. Eine Viertelstunde lang ging er mit raschen Schritten in der Sonne dahin: schließlich bog er in die Via Frazer ein, die ruhig und schattig dalag. Es war eine gerade, lange Straße, für Autos in beiden Richtungen gesperrt. Reiche Leute wohnten dort, keine Neureichen, sondern Familien, die schon ein Vermögen besessen hatten, als Reichtum zumindest noch zur Zierde gereichte. Er betrat das Haus Nummer 30: hier wohnten drei Generationen von Pattos, Reeder, Eigentümer der Zeitung «Der Sturm», Freunde des

Polizeichefs («Sie werden mir morgen berichten, heute abend bin ich zum Essen bei den Pattos»). Rogas hingegen war mit dem Portier befreundet: er hatte einmal seine Unschuld bewiesen, als die Polizei nach einem schweren Diebstahl bei den Pattos unbedingt ihn als Schuldigen verhaften wollte. Der Portier begrüßte ihn überschwänglich. Rogas schnitt ihm das Wort ab und erklärte ihm, was er machen sollte: so tun, als ob er am Haustelefon dem Hausherrn einen Besuch ankündigte; ihn zum Aufzug begleiten; warten, bis ein Mann hereinkäme (er war noch nicht da, würde in einer halben Minute auftauchen), um zu fragen, zu wem Rogas gegangen wäre, und ihm sagen, daß er mit dem alten Herrn Pattos habe sprechen wollen. Der Beschatter tauchte auf, als der Portier bereits telefonierte. Er legte den Hörer auf, kam aus seiner Loge und begleitete Rogas zum Lift. Rogas fuhr bis zum obersten Stockwerk hinauf und stieg dann über die Treppe wieder hinunter. Er stellte sich so, daß er, ohne gesehen zu werden, das Gespräch zwischen dem Agenten des Sicherheitsdienstes und dem Portier hörte.
«Der Herr da, der eben hereingekommen ist, zu wem ist er gegangen?», fragte der Agent.
«Warum wollen Sie das wissen?», Typische Gegenfrage.
«Neugier», sagte der Agent. Mit kalter Drohung.
«Er ist zu Herrn Pattos gegangen.»
«Welchem Pattos?»
«Pattos Pattos», sagte der Portier mit einem gewissen Stolz.
«Dem Reeder?»

«Dem Reeder.»
«Gut... Wenn er herunterkommt, sagen Sie ihm nicht, daß einer nach ihm gefragt hat, verstanden?»
«Ist gut.»
Er ging weg. Und auch Rogas ging weg, die Kellerwohnung durchquerend, in welcher der Portier hauste, und in die Via Pirenne einbiegend, die parallel zu der Via Frazer verlief, aber nicht mit ihr in Verbindung stand. Um dorthin zu gelangen, hätte der Agent des Sicherheitsdienstes einen Kilometer laufen müssen: aber in diesem Augenblick vermutete er bestimmt noch nicht, daß Rogas ihm entwischt war; sondern freute sich über die Neuigkeit, die er soeben erfahren hatte und unverzüglich an seine Auftraggeber weiterleiten würde: denn man geht nicht zu wichtigen Leuten, außer in wichtigen Angelegenheiten.
Von einem Café aus rief Rogas bei Cusan an und verabredete sich mit ihm in einem Restaurant vor der Stadt, anschließend bestellte er sich ein Taxi. Eine halbe Stunde später saß er an einem Tisch unter einer Laube, einen kellerkühlen Weißwein schlürfend. Daß Cusan sich verspätete, war ihm nur recht: das erlaubte ihm, die Tatsachen, die Vermutungen, die Voraussagen in Gedanken zu ordnen. Mit klarem Kopf, in der erfrischenden Kühle des Windes, der durch die Rebenblätter wehte, des Weines; aber mit einem Rest von Besorgnis, von Unsicherheit, vielleicht von Furcht.

Er erzählte Cusan alles.
Cusan war ein engagierter Schriftsteller: daher erfaßte ihn tiefe Bestürzung, als er sich plötzlich in diese Geheimnisse, diese Gefahren verwickelt sah. Aber er

war ein anständiger Mensch, ein redlicher Freund: nachdem er von jeder Seite und von jedem schwachen Punkt her versucht hatte, das Gebäude von Eindrükken, Beweisen, Vermutungen zum Einsturz zu bringen, merkte er, daß er zusammen mit Rogas unentrinnbar darin steckte, wie in einem Labyrinth, und sie mußten den Faden finden, um herauszukommen. Einen Faden in Reichweite gab es; er würde sie herausführen, sofern sie nur die ganze Geschichte vergaßen. Mehrmals streiften sie in Gedanken diese Möglichkeit, waren, der eine und der andere, schon nahe daran, sie zu ergreifen. Der friedliche Landgasthof, das gute Essen, der Wein, die Erinnerung an Vater und Mutter, die das «wer heißt es dich tun?» zu wiederholen schienen, das zwei Jahrtausende Geschichte des Landes geprägt hatte, die Erinnerungen an die sorglose Jugendzeit, die immer auftauchte, wenn sie sich trafen; der Sehnsuchtstraum von Erkenntnissen, die noch vor ihnen lagen, von den Ländern, die sie noch sehen würden, von den Büchern, die sie mit jener Objektivität und geistigen Reife lesen würden, die sie in sich wachsen fühlten (sofern es Krebs und Infarkt zuließen): dies alles ließ sie an jenen Rettungsfaden denken, an das Vergessen. Aber davon sprachen sie nicht, und jeder schämte sich, es zu denken und nicht zu sagen; auch wenn er sich noch mehr geschämt hätte, es zu sagen. Aber da war auch, böse, unterschwellig und kaum bewußt, die gegenseitige Erwartung, daß der andere nachgeben würde.

Und ein wenig gab Cusan nach. Nachdem sie gemeinsam zu der natürlichsten Lösung gelangt waren, die sich aufdrängte, bot er sich an, die Mission zu übernehmen. Der Ton, in dem er es tat, verriet mehr als seine Worte Resignation und Heroismus. Und je mehr er drängte, je mehr Gründe er anführte, warum er für diese Mission besser geeignet sei, um so wahrnehmbarer wurden diese Untertöne.

«Ich kenne Amar sehr gut, ich bin sicher, daß er mich achtet, daß er mir vertraut... Und außerdem kann ich ihn eher aufsuchen, ohne Verdacht zu erregen... Ein Schriftsteller, der den Generalsekretär der Internationalen Revolutionspartei besucht; nichts, was weniger Beachtung von seiten der Polizei oder des Sicherheitsdienstes verdienen würde. Was kann ein Schriftsteller von Amar wollen? Einen Literaturpreis, das Wohlwollen der Parteipresse? Und was kann Amar von einem Schriftsteller wollen? Die Unterschrift für ein Manifest, das gegen die Unterdrückung von Freiheit und Recht protestiert?... Kein Risiko für mich. Du hingegen...»

Rogas sagte nein, und er blieb dabei. «Ich werde morgen zu Amar gehen... Es ist mein Handwerk: ein Jäger, der die Rolle des Kaninchens übernimmt, ist sicher, daß er sich besser helfen kann als das Kaninchen... Sei unbesorgt: morgen, wenn ich mit Amar gesprochen habe, werde ich zu dir kommen: vorausgesetzt, daß es mir gelingt, mich von meinem Schutzengel zu befreien.»

«Aber wenn du morgen nicht ganz sicher bist, daß dir niemand folgt, wenn du zu Amar gehst, dann rufe mich an, und ich werde gehen», bot Cusan noch einmal an.

«Ich werde ihn abschütteln. Wie du siehst, ist es mir auch heute geglückt», und er wies auf all die harmlosen

Gäste ringsum, die im Garten des Restaurants den guten Wein und die frische Abendbrise genossen.
Aber er irrte sich. «Man kann schlauer sein als ein anderer, aber nicht schlauer als alle anderen» (La Bruyère?).

Rogas gab am nächsten Tag, einem Samstag, kein Lebenszeichen, auch nicht am Sonntagvormittag: das heißt in den Stunden, in welchen er, wörtlich genommen, noch ein Lebenszeichen geben konnte.
Am Sonntag mittag während des Essens erfuhr Cusan, der wie immer den Fernsehapparat im Nebenzimmer eingeschaltet hatte, um die Nachrichten zu hören, ohne die trübseligen Bilder dazu zu sehen, daß Rogas tot war. Der Sprecher verkündete mit jener vor innerer Bewegung brüchigen Stimme, die Erdbeben und Flugzeugunglücken vorbehalten ist: «Heute vormittag um elf Uhr hat eine Gruppe ausländischer Besucher in einem Saal der Nationalgalerie die Leiche eines ungefähr vierzigjährigen Mannes entdeckt. Die sofort herbeigeeilte Polizei hat den Toten als Inspektor Americo Rogas identifiziert, einen der bekanntesten und geschicktesten Polizeibeamten, und als Todesursache: drei Schüsse aus einer Feuerwaffe festgestellt. Der Inspektor hielt mit der rechten Hand seine Dienstpistole umklammert... Eine noch schwerwiegendere Entdeckung machten die Polizeibeamten unmittelbar darauf: im nächsten Saal lag, gleichfalls von Schüssen getötet, wahrscheinlich aus ein und derselben Feuerwaffe, der Generalsekretär der Internationalen Revolu-

tionspartei, Amar.» Das Zahnwehgesicht des Sprechers verschwand – Cusan stand mittlerweile vor dem Fernsehapparat! Und nun erschien das Portal der Nationalgalerie, die Treppen, die Flucht der Säle. Der Saal XII. Eine dunkle Masse zu Füßen eines Porträts. «Die Leiche von Herrn Amar wurde unter dem berühmten Porträt des Lazaro Cardenas von Velasquez aufgefunden.»
Saal XI. Eine andere dunkle Masse zu Füßen einer Madonna mit Engeln und Heiligen. «Die des Polizeiinspektors unter dem Gemälde der Madonna mit der Kette, von einem unbekannten Florentiner Meister des fünfzehnten Jahrhunderts gemalt... Und nun, hören Sie, wie sich die Tat nach Zeugenaussagen und Vermutungen der Untersuchungsbehörden abgespielt haben muß.» Ein erschrockenes Gesicht taucht auf. «Sie haben heute früh in der Pförtnerloge Dienst gehabt: haben Sie die zwei Männer hereinkommen sehen, die ermordet worden sind?» «Ich habe sie hereinkommen sehen: zuerst ist jener Herr gekommen, von dem es heißt, daß er ein Polizeiinspektor war. Ungefähr zehn Minuten danach ist der andere gekommen, der Herr Amar.» «Also waren sie nicht zusammen.» «Nein, bestimmt nicht.» «Und dann?» «Und dann ist ein junger Mann gekommen: blond, groß, mit Bart.» «Welche Art von Bart?» «Ich würde sagen, wie ein Kapuziner.» «Und wie war er gekleidet?» «Enge schwarze Hosen. Besticktes Hemd. Und am Handgelenk baumelte an einem Riemen ein schwarzes Täschchen.» «Wie viele Minuten nach Herrn Amar ist der bärtige junge Mann gekommen?» «Zwei, drei Minuten.» «Und ist dann irgend jemand anderer gekom-

men?» «Niemand bis ungefähr zehn Uhr, als die Herde der Amerikaner gekommen ist... Ich bitte um Entschuldigung: wir nennen die Reisegesellschaften Herden, nur so, zum Spaß.» «Und der junge Mann, haben Sie ihn hinausgehen sehen?» «Ja, wenige Minuten, bevor die Gesellschaft hereinkam.» «War er aufgeregt, rannte er davon?» «Nein, er war ganz ruhig.» «Würden Sie ihn wiedererkennen, wenn Sie ihm begegneten?» «Inzwischen hat er sich den Bart abgenommen: und wie soll ich ihn ohne den Bart erkennen?» Er verschwand vom Bildschirm, erleichtert lächelnd. «Und hier ist der Aufseher des ersten Stockwerks der Galerie.» Befangene Miene, nervöser Tick zwischen Auge und Mund. «Was haben Sie gesehen?» «Nichts: die drei sind an mir vorbeigegangen, einer nach dem anderen, genau in der Reihenfolge und zu der Zeit, wie mein Kollege gesagt hat.» «Wo halten Sie sich üblicherweise auf?» «Im ersten Saal.» «Und Sie sind die ganze Zeit über nicht weggegangen?» «Nein.» «Und Sie haben nichts gehört?» «Nichts.» «Haben Sie den jungen Mann gesehen, der wegging?» «Ich habe ihn gesehen.» Schnitt. «Hören wir nun den Polizeiinspektor, der die Untersuchung leitet. Es ist Herr Dr. Blomm, Chef der politischen Abteilung... Verzeihen Sie, Inspektor, aber warum sind die Untersuchungen von der politischen Abteilung übernommen worden?» Das Gesicht des Inspektors, gezeichnet von den bürokratischen Drangsalen und der schlechten Verdauung, öffnete sich zu einem mitleidigen Lächeln. «Herr Amar war Politiker: und ein Politiker wird für gewöhnlich aus politischen Motiven ermordet.» «Haben Sie eine bestimmte Vorstellung von den politi-

schen Motiven, aus denen er ermordet worden ist?»
«Die habe ich.» «Natürlich können Sie nicht darüber
sprechen.» «Natürlich nicht.» «Können Sie uns wenigstens sagen, wie sich Ihrer Ansicht nach die Tat abgespielt hat?» «Sehen Sie: man muß etwas vorausschikken: ich habe noch nicht in Erfahrung gebracht, ob
Herr Amar und mein Kollege Rogas sich kannten, aber
beide haben in ihrer Freizeit mit Vorliebe Galerien und
Museen besucht. Herr Amar war der gebildete, kultivierte Mann, den alle kennen; und auch mein Kollege
Rogas galt unter uns als Mann von hoher Bildung.»
Mit einer leichten Grimasse; so als ob Bildung unweigerlich zu einem bösen Ende führen müsse. Und mit
Recht. «Heute vormittag haben sich beide zufällig fast
zur selben Stunde eingefunden, um die Nationalgalerie
zu besuchen, denn jeder von ihnen, so habe ich von
ihren Freunden erfahren, liebte es, bestimmte Gemälde
wiederzusehen. Herr Amar zum Beispiel hielt das Bildnis des Lazaro Cardenas von Velasquez, neben welchem er ermordet worden ist, für eines der größten
Meisterwerke der Kunst. Sie sind also hier zusammengetroffen. Zuerst ist Rogas gekommen, dann Herr
Amar. Die Galerie war, wie immer am frühen Vormittag, menschenleer. Der Mann, der als dritter auftauchte, war offenbar kein Kunstliebhaber: er folgte
Herrn Amar (er ist zwei oder drei Minuten nach ihnen
hereingekommen), wenn nicht mit einem genauen
Plan, so doch bestimmt in verbrecherischer Absicht.
Die Galerie menschenleer, Herr Amar ausnahmsweise
allein: welch bessere Gelegenheit, das Verbrechen auszuführen? Er rechnete nicht damit, daß sich noch ein
weiterer Besucher in der Galerie aufhalten könnte:

aber diese Nachlässigkeit war ohne Bedeutung; Rogas' Anwesenheit erledigte sich für den Mörder damit, daß er ein zweites Verbrechen beging... Meiner Ansicht nach befand sich Rogas in Saal vierzehn oder fünfzehn, als er den im Saal zwölf abgefeuerten Schuß hörte... Wahrscheinlich war die Pistole des Mörders mit einem Schalldämpfer versehen: daher hörte auch der Aufseher im ersten Saal nichts. Aber Rogas, näher, mit erfahrenem Gehör, entging das Geräusch nicht. Er lief zum Saal zwölf, sah die Leiche von Herrn Amar und zog seine Pistole. Hier erhebt sich nun ein kleines Problem: stellte er einen Mann im nächsten Saal, der ihm den Rücken zuwandte, und der Mörder, der die Waffe noch in der Hand hatte, drehte sich um und gab die drei Schüsse ab; oder stellte sich der Mörder, als er hörte, daß jemand aus den Sälen weiter vorne kam, gegen die Wand neben der Türe, durch die Rogas kommen mußte, um ihn von hinten zu treffen? Meiner Ansicht nach ist die zweite Hypothese richtig: aber die Bestätigung wird sich aus der Obduktion ergeben.»
Der Inspektor verschwand, der Sprecher erschien aufs neue. Sein Gesicht war gleichsam zu einem letzten Schmerzenskrampf erstarrt. «Bevor wir dem stellvertretenden Generalsekretär der Internationalen Revolutionspartei das Wort erteilen, müssen wir eine weitere furchtbare Nachricht bringen: Seine Exzellenz, der Präsident des Obersten Gerichtshofes, Riches, ist in seiner Wohnung ermordet worden. Der Mörder, von dem man nicht weiß, wie er in das gut bewachte Gebäude eindringen konnte, hat die Abwesenheit des alten, treuen Dieners des Präsidenten ausgenützt, der Sonntagvormittag wie üblich frei hatte. Wir werden in

den Tagesnachrichten von vierzehn Uhr weitere Einzelheiten bringen.»

Cusan wußte, von wem und wie Präsident Riches ermordet worden war. Er wußte, daß Amar und Rogas sich nicht zufällig in der Nationalgalerie aufgehalten hatten. Und er wußte, glaubte zu wissen, daß gerade ihre Begegnung (das, was Rogas zu Amar gesagt hatte, das, was Amar aus Rogas' Enthüllungen geschlossen haben würde) im Tode besiegelt werden sollte. Gewiß war es nicht unmöglich, daß der bärtige junge Mann im bestickten Hemd jenen Kreisen angehörte, auf welche Fernsehen und Zeitungen schon bald anspielen und dann mit unbedingter Gewißheit hinweisen würden; es war nicht auszuschließen, daß er hinter Amar her war, um ihn bei günstiger Gelegenheit aus dem Weg zu räumen. Aber für Cusan war es einleuchtender, sich vorzustellen, daß Rogas der Beschattete war: und zwar von einem zweckmäßig gekleideten und mit Bart versehenen Agenten des Sicherheitsdienstes; schließlich mußten viele von ihnen in die Gruppen eingeschleust und auf die Subkultur des Drogenkultes losgelassen worden sein. Und von Agenten mußte Rogas mehr als einer auf den Fersen gewesen sein, wenn er den ersten abgeschüttelt (er würde nicht zur Verabredung gegangen sein, wenn er nicht unbedingt sicher gewesen wäre, ihn abgehängt zu haben) und nicht bemerkt hatte, daß ihn ein zweiter beschattete. An diesem Punkt fühlte Cusan, wie ihm trotz der Hitze der Angstschweiß ausbrach. Und wenn es vorgestern ebenso gewesen wäre, dachte er, als er Rogas im Restaurant vor der Stadt getroffen hatte? Rogas glaubte sich sicher, weil er vor dem Hause Pattos den Agenten

versetzt hatte, der ihm folgte; aber es konnte ihn noch ein anderer beschattet haben, und womöglich mehr als nur einer, im Auto, bereit, sich nach jeder Richtung in Bewegung zu setzen. Auch der Einfall, beim Haupteingang hineinzugehen, um durch eine Nebentüre auf eine andere Straße hinauszugehen, war nicht so neu, als daß ihn die Leute vom Sicherheitsdienst nicht durchschauen konnten, die darauf geschult waren, allen Vorsichtsmaßnahmen zuvorzukommen. Vielleicht hätte der Einfall mit den zwei Türen die Polizei irreführen können. Aber nicht die anderen. Und schon fühlte Cusan sie allgegenwärtig, unerbittliche Lemuren, die, Gewalt und Tod verbreitend, in allem umherkrochen, was zu seinem Leben gehörte. Dieser verflixte Rogas: in was für eine armselige Lage hatte er ihn gebracht. Aber sogleich beschränkte sich sein Groll auf eine Einzelheit, ein Detail: Rogas verstand sein Handwerk, aber er verachtete die Instrumente, welche ihm die Technik für seinen Beruf zur Verfügung stellte. Und indem er es ablehnte, sich ihrer zu bedienen, vergaß er schließlich, daß andere sich ihrer bedienten. Das, was ihn zu Fall gebracht hatte, was auch ihn, Cusan, zu Fall bringen würde, war ein kleines Radiogerät mit Empfänger und Sender, wie man es heute schon in den Spielwarenabteilungen der großen Kaufhäuser kaufen konnte.
Laß dich nicht in Panik bringen, sagte er sich. Der arme Rogas. Der arme Amar. Unser armes Land. Er trat ans Fenster und erforschte die sonnenbeschienene, menschenleere Straße, als ob sie die Schlucht eines Cañons wäre: das lauernde Schweigen, der trockene Schuß des Heckenschützen, der den Forscher nieder-

streckte, der sich hineinwagt. Und sogleich zog er sich vom Fenster zurück, denn der Heckenschütze konnte am Fenster gegenüber stehen. Allein im Haus, Frau und Kinder am Meer. Immer allein, in den schwierigen Augenblicken seines Lebens. Welchen schwierigen Augenblicken? Er suchte nach Momenten, die dem glichen, den er soeben durchlebte. Aber dies war kein schwieriger Augenblick: es war das Ende. Und mitten in dem Gedanken an das Ende, an den Tod, der ihn im Cañon erwartete, überkam ihn ein Gefühl der Ruhe, vielleicht auch der Erschöpfung. Wie eine durchscheinende Wand, hinter der die Tatsachen, die Personen, die Dinge wie in Quarantäne lagen. Desinfiziert. Aseptisch.
Er bekam von neuem Angst, als der Cañon in der Dämmerung versank. Ich werde alles aufschreiben, sagte er sich.
Er schrieb länger als zwei Stunden. Er überlas es. Gut. Sehr gut. Vielleicht sind es die einzigen Seiten, die von mir bleiben werden: ein Dokument. Er faltete das Dokument zusammen.
Und wohin lege ich es? In den «Don Quichotte», in «Krieg und Frieden», in die «Recherche»? Ein Buch, das man bewahren wird, ein Buch, um das Dokument zu bewahren.
Natürlich wählte er den «Don Quichotte». Dann schrieb er einen Brief: «In meiner Bibliothek, Regal E, dritte Reihe, zwischen den Seiten des ‹Don Quichotte›, befindet sich ein Dokument über den Tod von Amar und Rogas. Und über meinen». Er steckte ihn in einen Umschlag und verschloß ihn. Aber an wen ihn adressieren? An seine Frau, an den stellvertretenden Gene-

ralsekretär der Revolutionspartei, an den Präsidenten des Schriftstellerverbandes? Er dachte auch an den Abt von San Damiano; sie waren Kameraden auf dem Gymnasium gewesen. Endlich entschloß er sich, ihn an sich selber zu adressieren. Aber er mußte ausgehen, um ihn einzuwerfen.

Er ließ die Lampe im Arbeitszimmer brennen, machte im Flur kein Licht. Im Dunkeln stieg er die Treppe hinunter, ging hinaus. Wenige Passanten an der Straßenecke, ein Paar, das sich eng umschlungen hielt, genau dort, wo der Briefkasten war. Cusan ging auf die andere Straßenseite hinüber; als er auf gleicher Höhe wie das Paar war, blieb er einen Augenblick stehen, um es zu betrachten: wie ein Voyeur, aber forschend. Er war beruhigt: so weit konnte die Verstellung nicht gehen. Er überquerte die Straße, warf den Brief ein. Unter einer Masse von Haaren und Bart blitzte ein Auge, von ihr oder von ihm, spöttisch hervor: wenn du schauen willst, bitte – du brauchst gar nicht so zu tun, als wolltest du einen Brief einwerfen. Verärgert dachte Cusan: es sind die Libertiner, die die Revolution vorbereiten, aber die Puritaner sind es, die sie machen; und daß sie, die sich hier umschlungen hielten, die ganze Generation, der sie angehörten, nie eine machen würden. Vielleicht ihre Kinder, und die würden Puritaner sein.

Über diesen Gedanken kehrte er ins Haus zurück. Er hatte keine Angst mehr, trotzdem schlief er nicht.

Am nächsten Tag rief er einen Freund an. Ehemals Literaturkritiker und Theoretiker der Revolution (aber einer hausgemachten Theorie, in der Art gewisser Biskuits, deren Rezept man innerhalb der Familie weitergibt: und sie scheinen etwas ganz anderes zu sein, wenn man statt einer zwei Prisen Salz oder Ingwer oder Vanille hineintut), war er jetzt für alle kulturellen Belange der Revolutionspartei graue Eminenz, oder vielmehr buntscheckig schillernde Eminenz. Cusan bat mit einer gewissen Dringlichkeit, ihm ein Gespräch mit dem stellvertretenden Generalsekretär zu vermitteln.
«Komm morgen zur Leichenfeier» (Kulturpolitik) «und ich werde dir sagen können, ob es klappt.»
«Gewiß komme ich», (er fühlte sich noch als engagierter Schriftsteller) «aber vergiß auf keinen Fall, sobald du kannst, mit dem stellvertretenden Sekretär darüber zu sprechen: es handelt sich um eine dringende und streng vertrauliche Sache.»
Er blieb den ganzen Montag zu Hause. Dienstag die Leichenfeiern: die für Rogas in der Kirche von San Rocco, voll von Polizisten und Fahnen (armer Rogas); die für Amar im Vorhof des Hauptsitzes der Partei. Es fand noch eine dritte statt, im Justizpalast: die für Präsident Riches. Die Nation war in Trauer: aber die Stadt wirkte mit den Farben der auf Halbmast wehenden Fahnen an diesem herrlichen Sommertag eher festlich. Von Zeit zu Zeit sah man Leute sich plötzlich zusammenrotten: ordnungsliebende Bürger, die irgendeinen umringten, der trotz Bart und langen Haaren unvorsichtig genug gewesen war, auszugehen. Man mußte diesen Existenzen das Recht bestreiten,

Polizisten, Richter und Vertreter der Revolutionspartei umzubringen, wenn nicht überhaupt, versteht sich, das Recht zu leben. Lynchversuche wurden unternommen: viele, und vor allem die Blondmähnigen und Bärtigen, endeten im Krankenhaus. Tote gab es keine, dank dem rechtzeitigen Eingreifen der Ordnungskräfte gegen die auf Ordnung bedachten Bürger.
In der Verwirrung und Erschütterung, die an Amars Bahre herrschten, konnte Cusan seinen Freund für einen Augenblick sprechen.
«Sei morgen nachmittag um fünf hier», sagte er ihm. Worauf Cusan nach Hause zurückkehrte, als hätte er nur die Pflicht erfüllt, sich beim Leichenbegräbnis sehen zu lassen. Er bemerkte im Briefkasten den Brief, den er sich selber geschrieben hatte. Er ließ ihn darin: seine Frau würde ihn herausnehmen, wenn ihm, bevor er dem Vizesekretär begegnete, das gleiche Schicksal beschieden sein sollte wie Rogas (armer Rogas). Und auf einmal stellte er bei sich hinter all seiner Angst eine gewisse Verstellung, eine gewisse Selbstzufriedenheit fest: doch dazwischen lagen immer Augenblicke echten, verzweifelten Erschreckens, wenn ihn das Knarren der Dielen, das Klirren der Fensterscheiben zusammenzucken ließ.

Am Mittwoch nachmittag um vier Uhr bestellte er ein Taxi und ließ sich zur Zentrale der Revolutionspartei bringen. Er war natürlich lange vor der vereinbarten Zeit da. Mit heroischer und herausfordernder Langsamkeit ging er die Straße auf und ab, wartete auf den Schuß. Der nicht kam.
Drei Minuten vor fünf Uhr trat er durch das Tor,

durchquerte den Vorraum, stieg die große barocke Freitreppe hinauf. Und hielt sich noch in Betrachtungen über das Barock auf, als ihm der stellvertretende Generalsekretär entgegenkam, um ihn in dem großen, strengen Arbeitsraum zu empfangen, der Amar gehört hatte und in dem Amar jetzt nur noch in dem Jugendbildnis gegenwärtig war, das einer der brillantesten Künstler gemalt hatte, über den die Partei verfügte.
«Wir können es noch immer nicht glauben», sagte der Vizesekretär und deutete auf das Porträt. Der klassische Satz, den Leidtragende und Kondolierende bei Trauerbesuchen sagen. Aber er glaubte es.
«Ja, nicht zu glauben», sagte Cusan.
Schweigen. Dann sagte der Vizesekretär: «Ich hatte Sie erwartet... Nein, ich meine nicht jetzt, zu dieser Begegnung... Ich hatte Sie schon seit Sonntagabend erwartet... Da ich ihre Aufrichtigkeit, Ihre Loyalität, Ihre freundschaftliche Gesinnung gegenüber unserer Partei kenne... Amar bewunderte Sie sehr, wissen Sie das?... Kurzum, ich zweifelte nicht daran, daß Sie früher oder später hierherkommen würden, um uns aufzuklären...»
«Aber...»
«Wir haben erfahren, daß Sie sich mit diesem Rogas getroffen haben, am Tag, bevor er zu Amar ging.»
«Ja, ich habe mich mit Rogas getroffen.» Und beunruhigt fragte er sich: warum *diesem* Rogas?
«Wir wissen es, wohlverstanden, nur aus Informationen, die uns von anderer Seite zugegangen sind... Jedenfalls haben wir unseren Informanten gesagt, daß wir uns ganz auf Sie verließen, auf Ihre Loyalität und Diskretion... Und auf Ihre Intelligenz natürlich.»

Cusan fühlte sich in diesem Augenblick alles andere als intelligent, seine Gedanken waren wie gelähmt.
«Ich bin gekommen, um Ihnen alles zu berichten, was Rogas mir bei jener Begegnung gesagt hat.»
«Ist es Ihnen unangenehm, wenn ich das, was Sie mir jetzt sagen, auf Tonband nehme? Zu Ihrer Sicherheit, damit die andere Seite genau erfährt, daß Ihr Anteil an dieser Sache nur klein war.» Er lächelte. «So wird man Sie in Ruhe lassen.» Und noch einmal fragte er: «Ist es Ihnen unangenehm?»
Cusan war es unangenehm. Und er verstand nicht. Er sagte: «Es ist mir nicht unangenehm.»
Der Vizesekretär drückte eine Taste auf seinem Schreibtisch. Er sagte: «Also.»
Cusan begann zu sprechen. Die Schlaflosigkeit und die Aufregung der letzten Tage verliehen seinem Gedächtnis eine seltene Klarheit: Wort für Wort wiederholte er, was er in der im Don Quichotte versteckten Denkschrift geschrieben hatte.
Als er fertig war, trommelte der Vizesekretär nervös auf dem Schreibtisch und starrte ihn mit einem Blick an, den Cusan nicht zu deuten wußte. Dann nahm er eine Miene düsterer Feierlichkeit an und sagte: «Herr Cusan...» Eine lange Pause. «Was würden Sie denken, wenn ich Ihnen sagte, daß Amar von Ihrem Freund Rogas ermordet worden ist?»
Als ob sich eine Falltüre vor ihm auftäte. Und hineinstürzend sagte er: «Unmöglich.»
Der Vizesekretär öffnete eine Schublade seines Schreibtisches, zog Blätter heraus, reichte sie Cusan, der sie mechanisch nahm.
«Lesen Sie», sagte der Vizesekretär. Aber als Cusan ihn

weiter anstarrte, erklärte er: «Es sind Photokopien der ballistischen Untersuchungsergebnisse, des Obduktionsbefundes, der Aussagen der Agenten; und eine Erklärung des Agenten des Sicherheitsdienstes, der Rogas erschossen hat.»
«Rogas ist also tatsächlich von einem Agenten erschossen worden: wie ich vermutete.»
«Ja, aber weil Rogas Amar ermordet hatte.»
«Das kann ich nicht glauben.»
«Hören Sie mir zu, Herr Cusan...» Denn Cusan war einem Zusammenbruch nahe.
«Hören Sie mir zu: am Samstag früh ging Rogas zur Abgeordnetenkammer, es gelang ihm, sich Amar zu nähern, er erzählte ihm von einem Komplott, das er entdeckt hatte. Ich weiß nicht genau, was sie sich sagten. Amar sagte mir lediglich etwas von einem Polizeibeamten, daß er ihm Enthüllungen über ein Komplott machen wolle und daß sie sich am nächsten Tag in der Nationalgalerie treffen würden. Hier enden meine direkten Informationen. Das übrige weiß ich vom Sicherheitsdienst, der Rogas schon seit geraumer Zeit auf Grund eines Verdachts, der sich leider als nicht unbegründet erwiesen hat, überwachte...»
«Aber doch nur, weil Rogas dem Komplott auf die Spur gekommen war.»
«Mag sein: aber Tatsache ist, daß Rogas Amar ermordet hat, und nicht einer von denen, die in das Komplott verwickelt sind.»
«Aber warum?... Ich meine: warum glaubt ihr, Rogas hätte Amar getötet?»
«Weil in den Dokumenten, die ich Ihnen zum Lesen gegeben habe, eine Logik ist, ein anderer Zusammen-

hang... Amar ist mit der Pistole erschossen worden, die Rogas in der Hand hielt, als er selber starb: glaubwürdige Sachverständige, darunter auch Leute von unserer Partei, haben es außer jedem Zweifel bestätigt... Sie werden denken, und auch wir haben es zu Anfang gedacht: zuerst hat man Rogas getötet und dann die ganze Sache inszeniert... Aber es ist bewiesen, daß nur ein einziger Agent des Sicherheitsdienstes in der Nationalgalerie war; dieser Mann hätte also Rogas töten, ihm die Pistole wegnehmen und Amar töten müssen. Glauben Sie, Amar hätte ruhig zugesehen, wie der Agent dem ermordeten Rogas die Pistole wegnahm, und gewartet, bis er selber an die Reihe kam?... Sie wissen: er war ein Mann von schnellen Reaktionen, er hatte den Guerillakrieg mitgemacht, war ein geübter Schwimmer und Tennisspieler. Er hätte reagiert, nicht wahr? Also hätte der Agent anders vorgehen müssen: Rogas töten; Amar bewußtlos schlagen; Rogas die Pistole wegnehmen; auf Amar schießen. Aber Amars Leiche hat nicht die geringsten Quetschungen oder Abschürfungen aufgewiesen. Und das bedeutet... Das bedeutet, daß wir annehmen müssen, daß Rogas Komplize des Agenten war: er ermordete Amar, ohne damit zu rechnen, seinerseits ermordet zu werden.»

«Unmöglich», sagte Cusan.

«Das denken wir auch. Aber nicht, um das Andenken von Rogas hochzuhalten.»

«Ich kannte ihn gut», sagte Cusan.

«Nicht gut genug, Herr Cusan, nicht gut genug.»

«Aber warum sollte er Amar ermorden?»

«Wir wissen es nicht. Aber er hat ihn ermordet.»

«Aber was kann Amar gesagt haben, um Rogas derart herauszufordern, daß er...»
«Herr Cusan.» Im Tone betrübten Vorwurfs.
«Ich wollte sagen: daß er für einen Augenblick die Beherrschung verlor oder nicht mehr wußte, was er tat.»
«Sehen Sie, Ihr Freund mochte uns bestimmt nicht...»
«Ja, gewiß: aber dennoch stand er innerlich der Opposition nahe; und die Opposition war für ihn die Revolutionspartei... Er achtete sie, kurz gesagt... Und als er mit mir sprach und ich ihm riet, mit Amar zu reden, einen Rat, den er sich sicherlich von mir erwartete, sagte er, daß es keinen anderen Ausweg gäbe.»
«Allerdings», sagte der Vizesekretär spöttisch «es gab keinen anderen Ausweg: mit Amar durch die Mündung einer Pistole reden.»
«Unfaßbar. Zum Verrücktwerden», sagte Cusan.
«Lesen Sie die Berichte», sagte der Vizesekretär. Cusan las sie.
«Aber warum Rogas töten?», fragte er. «Warum ihn nicht anhören, ihm nicht den Prozeß machen?»
«Die Staatsraison, Herr Cusan: es gibt sie noch, wie zur Zeit Richelieus. Und in diesem Fall ist sie, sagen wir, mit der Parteiraison zusammengefallen... Der Agent hat die weiseste Entscheidung getroffen, die er treffen konnte: auch Rogas mußte sterben.»
«Aber die Parteiraison... Ihr... Die Lüge, die Wahrheit; ihr könnt...» Cusan stammelte beinahe.
«Wir sind Realisten, Herr Cusan. Wir konnten nicht das Risiko eingehen, daß eine Revolution ausbräche.»
« Und er setzte hinzu: «Nicht in diesem Augenblick.»
«Ich begreife», sagte Cusan. «Nicht in diesem Augenblick.»

NACHWORT

Genau vor zehn Jahren habe ich mich mit einer Bemerkung, die ich an den Schluß der Erzählung «Der Tag der Eule» stellte, in die Nesseln gesetzt. Ich hatte sie als eine Art Moral von der Geschichte hingesetzt: indem ich so tat, als hätte ich aus Angst vor dem Gesetz nicht in voller Freiheit über die Mafia geschrieben, einer Angst, von der die Mafiosi nicht geplagt wurden. Aber ich wurde von den meisten wörtlich genommen; und der eine oder andere wirft es mir heute noch vor.
Diesmal, so hoffe ich, wird der Leser meine Bemerkungen so verstehen, wie jene anderen nicht gemeint waren, nämlich wörtlich. Als ich diese Parodie schrieb (komische Verkleidung eines ernsten Werkes, das ich zu schreiben vorhatte, aber nicht versucht habe, paradoxale Ausnützung einer Technik und bestimmter Klischees), ging ich von einem Vorfall der Gerichtschronik aus: ein Mann wird auf Grund von Indizien des versuchten Gattenmordes angeklagt, Indizien, die mir als möglicherweise von seiner Gattin fabriziert und für die Polizei als Köder ausgelegt zu sein schienen. Um diesen Fall herum entstanden vor mir die Umrisse der Geschichte eines Mannes, der umhergeht und Richter umbringt, und eines Polizisten, der im Verlauf der Nachforschungen sein «alter ego» wird. Ein unterhaltendes Spiel. Aber es geriet mir in eine andere Richtung: denn an einem bestimmten Punkt begann sich die Geschichte in einem nur in der Einbildung vorhan-

denen Land abzuspielen; in einem Land, wo die Ideen außer Kurs geraten waren, wo die Prinzipien – noch proklamiert und mit Beifall aufgenommen – Tag für Tag verhöhnt wurden, wo in der Politik die Ideologien zu bloßen Bezeichnungen herabgesunken waren, wo es bei den Auseinandersetzungen der Parteien lediglich um Macht ging, wo nur die Macht um der Macht willen zählte. Wie gesagt, spreche ich dabei von einem Land, das nur in der Einbildung existiert. Man mag dabei an Italien denken, an Sizilien; aber nur in dem Sinne wie mein Freund Guttuso, wenn er sagt: «Auch wenn ich einen Apfel male, ist Sizilien da.» Das Licht. Die Farbe. Und der Wurm, der ihn von innen her aushöhlt? Jedenfalls gehört der Wurm in meiner Parodie ganz der Vorstellung an. Sizilianisch und italienisch mögen das Licht, die Farbe sein (aber ist etwas davon zu spüren?), die Vorfälle, die Einzelheiten; aber die Substanz (wenn sie da ist) will etwas über das Wesen der Macht aussagen, über die Macht, die immer undurchsichtigere Formen der Verflechtungen annimmt, wie sie in gewisser Weise für die Mafia eigentümlich sind. Und schließlich: jene, die sich schon bei den ersten Zeilen, wo vom Mord am Staatsanwalt die Rede ist, an die Ermordung des Staatsanwalts Scaglione in Palermo erinnern und sagen werden: «da haben wirs ja», mögen bedenken, daß dieser erste Teil der Parodie damals schon veröffentlicht war: in der ersten Nummer, vom Januar-Februar 1971, der sizilianischen Zeitschrift «Questioni di letteratura». Das veranlaßt mich zu sagen, daß ich diese Parodie praktisch zwei Jahre lang in der Schublade behalten habe. Warum? Ich weiß nicht recht, aber dies kann eine Erklärung sein: daß mir die Arbeit daran im Anfang Spaß gemacht hat und daß sie mir keinen Spaß mehr machte, als ich mit ihr zu Ende war.

Leonardo Sciascia